FJB

Julie Heiland

PEARL

Liebe macht sterblich

Roman

FJB

MIX
Papier aus verantwortungsvollen Quellen
FSC® C083411
FSC
www.fsc.org

Erschienen bei FISCHER FJB

Dieses Werk wurde vermittelt durch die
Literaturagentur Kai Gathemann

Satz: Pinkuin Satz und Datentechnik, Berlin
Druck und Bindung: CPI books GmbH, Leck
Printed in Germany
ISBN 978-3-8414-4017-4

Für meine über alles geliebte Familie

Für all die Suchenden

Du bist der Liebe schon zum Raube
Und bist dir kaum des Worts bewußt.

Theodor Storm,
Du willst es nicht in Worten sagen

1

Ich liebe dich«, formen meine Lippen stumm. »Ich liebe dich …«

Jedes noch so kleine Detail des Toilettenvorraums, in dem ich mich verbarrikadiert habe, ist typisch venezianisch kitschig. Ein vergoldeter Wasserhahn in Form eines Schwans mit ausgebreiteten Flügeln. Üppige Sträuße aus weißen Rosen zu beiden Seiten der marmornen Ablage. Weiche Frotteehandtücher, aufgestapelt in einer goldenen Halterung.

Seit fünf Minuten prüfe ich anhand des Bildes, das mir der ovale Spiegel mit den goldenen Rahmenverzierungen präsentiert, wie mein Mund diese drei Worte sagt. *Ich. Liebe. Dich.*

John – mein Date –, der draußen auf der Terrasse des Nobelrestaurants auf mich wartet, ist ein Mann, den eine Frau sich nur wünschen kann. Er ist charmant, klug und aufmerksam. Hat ein schönes Lächeln, dunkelblonde, dicke Haare. Graue Augen, die hervorragend zu seinem dunkelblauen Anzug passen. Sein Drei-Tage-Bart lässt sein Gesicht männlich wirken. Er lebt in Kalifornien, studiert dort Wirtschaftspsychologie und arbeitet nebenbei vier Tage die Woche in einem großen Immobilienbüro.

Ich horche tief in mich hinein. Wenn ich mich konzentriere, spüre ich ein warmes Kribbeln in meinem Bauch. Fühlt sich so die Liebe an? *Ja!*, schreit mein Bauch hoffnungsvoll. *Nein*, antwortet mein Kopf trocken. *Dieses warme Kribbeln hast du lediglich dem Ramazotti zu verdanken, den du nach der Schokoladenmousse noch unbedingt trinken musstest.*

Ich stütze mich auf den Waschbeckenrand. Die Klinke wird heruntergedrückt, schon das dritte Mal innerhalb der fünf Minuten. Doch ich habe vorsorglich die Tür abgeschlossen. Nur noch ein paar Sekunden …, ein paar Sekunden lang brauche ich noch meine Ruhe. Ich kann John lieben. Das weiß ich. Er bringt mich zum Lachen. Ich misstraue ihm nicht. Mehr noch: Ich glaube, ich könnte ihm sogar vertrauen.

»Ich liebe dich, John. Ich liebe dich. Ich liebe dich. Ich liebe dich«, murmele ich, diesmal etwas lauter.

Mein Körper leistet Widerstand. Ich bekomme kaum noch Luft. Spüre, wie sich ein leichter Schweißfilm auf meinem Rücken bildet. Mein Mund wird ganz trocken. *Das ist die Nervosität!*, beruhige ich mich selbst in Gedanken. *Du bist nervös, weil John dir gefällt.*

»Are you alright?«, fragt eine hohe Frauenstimme durch die Tür hindurch. Vermutlich eine viel zu reiche Amerikanerin, die es sich leisten kann, mit ihrem Mann in diesem überteuerten Restaurant direkt am Canal Grande zu speisen. Die in einem der versnobten Hotels logiert, einen persönlichen, englischsprachigen Reisebegleiter gebucht hat und später ihren Freundinnen erzählen wird, sie habe das wahre Venedig kennengelernt.

»Yes, thank you.« Ich straffe die Schultern, nehme Haltung an.

Vor etwa einer Woche habe ich John in einer Bar in der Calle Vallaresso kennengelernt. Seitdem haben wir jeden Tag zusammen verbracht. Haben die Sehenswürdigkeiten der Stadt besucht. Haben am Lido den Sonnenuntergang betrachtet. Sind mit einem gemieteten Motorboot übers Meer geflitzt. Wenn John mir jetzt noch sagt, dass er mich liebt, ist alles perfekt.

Und wenn ich seine Liebe erwidere.

Zweihundert Jahre lang habe ich die Liebe gesucht, wollte sie mehr als alles andere – nie hat sie sich meiner erbarmt. Ich habe noch nie geliebt. Wurde noch nie geliebt. Nicht mal meine Mutter konnte mich ertragen. Sie hat mich als Säugling im Wald zurückgelassen, in der Hoffnung, dass ich von wilden Tieren gefressen werde. Alles in meinem Dasein ist auf die Liebe ausgerichtet, und dennoch weiß ich so gut wie nichts über sie. Weiß nicht, wie sie sich anfühlt. Kann es nur ahnen. Mir in meiner Phantasie ausmalen.

Ich werfe einen letzten Blick in den Spiegel. Tiefdunkle, fast schwarze Augen blicken mir entgegen. Schwarzes Haar, das mir bis zum Kinn reicht. Ein Pony wie mit dem Lineal gezogen. Mein Gesicht wirkt hart. Gezeichnet von all dem Leid, das ich ertragen musste. Man sagt, Männer mögen Frauen mit einer positiven und liebenswerten Ausstrahlung. Aber alles, was ich ausstrahle, ist, dass ich in zweihundert Jahren nie wirklich glücklich war.

Ich bin eine Suchende.

Suchende sind Menschen, die gestorben sind, ohne jemals Liebe erfahren zu haben. Deren Sehnsucht nach Wärme, Geborgenheit und Liebe aber so groß gewesen ist, dass ihr Herz nach dem Tod keinen Frieden gefunden hat.

Ich weiß nicht genau, wie alt ich war, als ich gestorben bin – oder eben nicht gestorben bin. Schätzungsweise war ich achtzehn. Obwohl ich inzwischen über zweihundert Jahre alt bin, habe ich noch immer den Körper des Mädchens, das ich damals war. Die Leiterin des Waisenhauses, in dem ich vor meinem Tod aufwuchs, war ein abgrundtief böses Miststück. Selbst wenn ich nichts falsch gemacht hatte, zerrte sie mich vors Haus und drückte meinen Kopf in ein Fass, gefüllt mit eisigem Wasser. Lange. Bis ich glaubte zu ertrinken. Erst dann ließ sie mich auftauchen und zischte: »Das hast du nun davon.« Die anderen Kinder bewarfen mich mit Steinen oder legten Schlangen unter meine Bettdecke. So wie ich, hatten auch sie noch nie etwas Gutes erlebt. Wie also hätten sie mich nicht quälen und verletzen sollen? Ich wehrte mich nie.

Eines Tages, als ich von der Leiterin ins Dorf geschickt worden war, um dort Briefe aufzugeben, warf ich die Kuverts einfach in die Büsche, steckte das Geld ein und lief. Lief, bis es stockdunkel war. Lief weiter bis zum nächsten Tag, die nächsten Tage hindurch. Immer weiter. Zunächst schmeckte meine Flucht nach Freiheit und Abenteuer. Aber dann hatte ich das wenige Geld ausgegeben und schrecklichen Hunger. Bis heute lässt mich die Erinnerung an meinen Tod nicht los. Erlebe ich meine letzten Stunden wieder und wieder.

Abwechselnd überkommen mich Schüttelfrost und Fieber. Das hat mir den Hunger vertrieben. Vom Brot, das ich gestohlen habe, ist eh nur noch ein faustgroßes Stück übrig. Und das ist schon ganz grün vom Schimmel.

Mein Körper und mein Kopf arbeiten nicht mehr zusammen. Mein Kopf sagt, dass ich von hier weg muss. Mein Körper aber hört nicht hin, konzentriert sich auf das siedend heiße Blut in meinen Adern. Auf meine Muskeln, die bei der kleinsten Bewegung schmerzen. Ich weiß nicht, wie lange ich schon hier bin, aber ich muss weiterziehen, immer weiter, damit sie mich nicht finden, weg von hier, weit weg von dem Waisenhaus, in dem sie mich mit einem Gürtel geschlagen haben, bis meine Haut aufgeplatzt ist.

Ich lecke über meine rauen Lippen. Schmecke Blut. An einem Holzbalken ziehe ich mich auf die Beine. Beiße die Zähne zusammen, um nicht vor Schmerz aufzuschreien. Vor einer Woche erwischte mich eine Bauersfrau dabei, wie ich etwas von der Milch trank, die in großen Kannen in einer Ecke des Stalls stand. Ich versuchte zu fliehen. Übersah das hervorstehende Brett am Boden. Stolperte, und eine Sekunde später grub sich die Spitze einer Mistgabel in meinen Oberschenkel. Ich konnte nur entkommen, weil es mir gelang, der Bauersfrau die Mistgabel aus der Hand zu treten.

Das Brennen in meinem Bein ist so heftig, dass mir ein paar Sekunden lang schwarz vor Augen wird. Trotzdem schaffe ich es irgendwie, ein paar Schritte zu laufen.

Jede Nacht sieht der Mond mir dabei zu, wie ich langsam zugrunde gehe. Auch heute hängt er inmitten dieses sternenlosen Himmels. Ich höre ihn lachen. Vielleicht bin auch ich es, die lacht. Alles geht ineinander über. Ich sehe verschwommen. Höre verschwommen. Nehme meinen eigenen Herzschlag nur noch dumpf wahr. Aber solange mein Herz schlägt, bin ich am Leben.

Das Gras neben dem Unterstand ist so hoch, dass es mir bis zur Hüfte reicht. Meine zu weite Hose und mein zerrissenes Hemd saugen die Feuchtigkeit auf. Offenbar hat es erst vor kurzem geregnet. Bereits nach wenigen Schritten beginnen erst meine Knie, dann mein ganzer Körper zu zittern.

Gott kann das nicht zulassen, ist alles, was ich denken kann. Er kann nicht zulassen, dass ich einfach so sterbe. Ich habe nie etwas Böses getan, ich habe verdient zu leben. Ich möchte so gerne leben …

Aber Gott lässt es zu. Meine Beine geben nach. Ich breche zusammen. Stürze zu Boden. Versuche, wieder aufzustehen. Aber ich kann nicht. Ich kann einfach nicht … Bin so schwach.

Es beginnt wieder zu regnen. Ich bin allein. So allein wie kein anderer auf dieser Welt. Es gibt niemand, der meine Hand hält. Niemand, der um mich weint. Niemand, der meinen Tod überhaupt bemerken wird.

Mein Herz hört auf zu schlagen.

Ich sterbe.

Aber ich bin nicht gestorben. Kurz bevor die Sonne aufging, setzte mein Herz wieder ein. Es fing einfach an zu schlagen, als wäre nichts passiert. Es schlug und schlug und schlägt und schlägt. Unaufhörlich. Ewig.

Die Sehnsucht nach der mir verwehrten Liebe hat es angetrieben. Und eben diese Sehnsucht ist es, die einen Suchenden ans Leben kettet. Es gibt für ihn nur eine Möglichkeit, den Fluch der Unsterblichkeit zu durchbrechen: Er muss die wahre Liebe erfahren. Eine bedingungslose, schicksalhafte Liebe. Wird diese einem Suchenden zuteil, so wird er wieder zum Menschen. Und so hoffen wir jeden Tag, jede Minute, jede Sekunde darauf, dem Menschen zu begegnen, der diese unglaublichen Gefühle für uns empfindet und in uns entfacht. Der uns rettet.

Ich spritze mir kaltes Wasser auf die Wangen. Um wieder Farbe ins Gesicht zu bekommen, trage ich etwas Rouge auf. Das Lächeln, das ich mir aufzwinge, strengt meine Mundwinkel an. Meine Lippen glänzen kirschrot. Laden ein, sie zu küssen. Ganz leicht zittern meine Hände.

Ich entschuldige mich bei der Amerikanerin, als ich aus dem Vorraum der Toilette trete. John sitzt auf der Terrasse des Restaurants, nimmt einen Schluck Rotwein und wirft einen Blick auf seine Rolex. Als er mich näher kommen sieht, springt er von seinem Stuhl auf, um mir den meinen zurechtzurücken. Ein wahrer Gentleman.

»Ich hatte schon Angst, dass du mir davongelaufen bist«, lacht er.

»Entschuldige, dass es so lange gedauert hat. Aber ich wollte mich für dich noch hübsch machen.«

»Noch hübscher? Das geht doch wohl kaum.«

Ich spüre seinen Atem an meinem Hals. Rieche den Duft seiner Herzensaura.

Wir Suchenden sehnen uns so sehr nach Liebe, dass wir Herzen riechen können. Wir nehmen, wenn man so will, die Geschichten wahr, die sie erzählen. Jede Aura duftet individuell. Johns riecht beispielsweise leicht süßlich. Ein angenehmer Duft, der darauf schließen lässt, dass ihm nur Gutes widerfahren ist. Da wir Suchenden meist nur Leid kennen, sind unsere Herzensauren finster und kalt. Wie tiefe, dunkle Keller.

»Möchtest du noch einen Espresso?«, fragt John. Seine Hand berührt ganz leicht meinen Oberarm.

»Nein, danke, keinen Espresso für mich. Was hältst du davon, noch ein bisschen am Wasser entlangzuspazieren?«

Ich setze mich, ziehe unauffällig den Ausschnitt meines roten, enganliegenden Kleides ein wenig höher, um die Narbe auf meinem Brustbein zu verdecken. Meine zum Kleid passenden, silbernen Sandaletten sind schlicht, dennoch sexy.

»Das klingt sehr gut.« John winkt dem Ober, lässt mich dabei nicht eine Sekunde aus den Augen. Er zahlt, gibt ein großzügiges Trinkgeld.

Zunächst spazieren wir die Riva degli Schiavoni entlang, die von Touristen am meisten bewanderte Promenade am Canal Grande.

John nimmt meine Hand und drückt sie zärtlich. Mir gefällt der Gedanke, dass andere Spaziergänger uns für Verliebte halten. Sind wir das denn nicht auch? Bestimmt ist dieses Prickeln, das mich erfüllt, das, was man Schmetterlinge im Bauch nennt.

Manchmal denke ich, dass Venedig schon fast zu romantisch ist, vor allem nachts. Trotz der Touristenschwärme, die, ausgerüstet mit Reiseführern und Fotoapparaten, tagtäglich den Markusplatz bevölkern, entbehrt die Stadt jeglicher Hektik. Motorboote schaukeln wie Kinderwiegen auf dem Wasser. Gondeln gleiten langsam die Kanäle entlang, gelenkt von leise singenden Gondolieri in weißblau gestreiften Hemden. Die sich dicht aneinanderdrängenden, im Wasser eingebetteten Häuser werden vom Schein der Laternen und Barkassen in ein sanftes Licht getaucht. Die leicht gekräuselte Wasseroberfläche reflektiert dieses Licht und lässt die Touristen glauben, sie säßen an einem Fluss aus purem Gold.

Ich weiß, dass das alles wunderschön ist. Aber diese Schönheit Venedigs … Sie berührt mich einfach nicht. Ich sehe sie, aber ich kann sie nicht fühlen. Weil mir etwas fehlt. Etwas, das mein Herz für diese Magie öffnet.

John ist so sehr damit beschäftigt, mir von seiner bevorstehenden Asienreise zu erzählen, dass er nicht merkt, wie ich ihn vom Zentrum fortlotse. Wie die Gassen, die ich auswähle, immer enger werden. Immer dunkler. Ich will allein mit ihm sein. Ungestört. Vielleicht, wenn es nur noch ihn und mich gibt, werde ich meine Gefühle für ihn deutlicher spüren …

Jetzt bleibt John lachend stehen. »Wo sind wir hier eigentlich?«

Es fällt mir schwer, meine Stimme verführerisch klingen zu lassen. Es erscheint mir falsch. Lächerlich. »Ich dachte, ich bringe uns an einen Ort, wo wir ungestört sein können.«

Wir sind in einem der stilleren Sestieri der Lagunenstadt, dem sogenannten Cannaregio. Hierhin verirren sich nur wenige Touristen, vor allem nicht um diese Uhrzeit. Die Gasse ist nur ein schmaler Spalt zwischen zwei Häusern, so dass John gezwungen ist, hinter mir zu gehen. Meine Fingerspitzen fahren über den roten, mit Graffiti besprühten Tuffstein der Gebäude. Die Berührung erdet mich ein wenig. Ich bin so nervös, dass mir schon leicht übel ist. Was, wenn John nicht der Richtige ist? Wenn ich mich wieder täusche? Wenn ich diesen Teufelskreis nie verlassen werde …

Am Ende der Gasse stütze ich mich auf einen filigranen Zaun aus schwarzem Eisen. Atme tief die frische Nachtluft tief ein, um mich zu beruhigen.

John merkt mir nicht an, wie aufgewühlt ich innerlich bin. »Es kommt mir vor, als würde ich dich schon seit Jahren kennen. Es ist, als hätte ich in dir eine Seelenverwandte gefunden.« Er lehnt mit dem Rücken an der Hausfassade. Seine Augen haben dieses verräterische Funkeln. Romantische Gefühle lassen Augen derart erstrahlen.

Langsam, ganz langsam drehe ich mich zu ihm um. Er fährt sich durchs Haar, weiß nicht wohin mit seinen Händen. »Pearl …«, haucht er.

John denkt, ich sei eine Kunststudentin aus Mailand. Bei meinen Recherchen in den sozialen Netzwerken wie Facebook und Instagram habe ich nämlich erfahren, dass er sich sehr für Bildhauerei interessiert und Mailand seine Lieblingsstadt ist. Ich schätze, es ist normal, ein wenig zu schummeln, wenn man jemanden kennenlernt, der einem gefällt. Jeder tut das. Man gibt sich sportlicher, belesener, glücklicher … Und mal ehrlich: Was hätte ich ihm auch sonst erzählen sollen? Dass ich über zweihundert Jahre alt bin und meine Zeit meistens auf den Dächern Venedigs totschlage? Ziemlich wahrscheinlich würde er mich für einen Freak halten – zu Recht. Aber ich mag es, der Sonne beim Aufgehen zuzusehen und auf ein und derselben Stelle zu warten, bis sie wieder verschwunden ist. Und das, ohne mich vom Fleck zu rühren. Wenn man so lange wie ich auf der Welt ist, spielt Zeit kaum noch eine Rolle.

Blut färbt das Nagelbett meines Daumens rot. Unbewusst habe ich wieder ein Stück Haut abgezupft. Eine Angewohnheit, die ich wohl niemals ablegen werde.

Johns Blick gleitet an mir hinab und wieder hinauf. Zögerlich mache ich noch einen Schritt auf ihn zu. Sehe ihn fest an. Sein Mund öffnet sich, als wolle er etwas sagen, doch schließlich lächelt er nur. Ein wunderschönes Lächeln, das ausdrückt, wie glücklich er in diesem Moment ist.

»Es war Schicksal, dass wir uns begegnet sind«, flüstere ich.

Es ist die Hoffnung, die aus mir spricht. Die Hoffnung auf eine schicksalhafte Liebe. Auf eine Liebe, die mich von meinem ewigen Leben erlöst.

Zu meinem Erstaunen wendet sich John ab. »Das ist mein letzter Abend hier in Venedig …«, sagt er.

Ich suche in mir so etwas wie Traurigkeit. Oder zumindest Bedauern darüber, dass John abreisen wird. Es muss mich doch traurig machen, dass er Venedig verlassen wird. Oder etwa nicht? Ich sehe mein Spiegelbild auf der glatten Wasseroberfläche hinter dem Eisenzaun. Es ist, als würde es sagen: *Mach dir keine Hoffnung, Pearl. Du wirst diesem ewigen Teufelskreis nicht entkommen. Auch John ist nicht der Richtige. So wie Tom vor einem Monat nicht der Richtige war oder Maurice oder Patrick …*

Das stimmt nicht!, widerspreche ich meiner inneren Stimme in Gedanken. *John ist anders. Ich mag ihn wirklich. Er könnte mein Erlöser sein …*

»In weniger als zwölf Stunden kehre ich wieder in die USA zurück«, fährt John fort.

»Dann lass uns keine Sekunde verschwenden.«

Ich kann es in seinen Augen sehen. Gleich wird er es sagen.

»Pearl, ich liebe dich.« Er atmet schwer aus, als wäre eine zentnerschwere Last von seiner Seele gefallen.

Seine wunderschönen Worte freuen mich aufrichtig. Worte, die der erste Schritt von dreien sind. John hat mir gesagt, dass er mich liebt. Jetzt bin ich an der Reihe.

»Auch ich habe mich in dich verliebt«, sage ich. Zu schnell, zu hastig. Man könnte meinen, dass ich es einfach nur hinter mich bringen will. Aber das stimmt nicht. Ich bin nur so verdammt nervös …

Jetzt fehlt noch der letzte Schritt: Der Kuss. Erst durch einen Kuss werde ich die Gewissheit haben, ob John wirklich mein Seelenverwandter ist. Ob er der Mensch ist, mit dem ich die wahre Liebe erfahre. Der mich erlösen kann. So, wie der Prinz Dornröschen mit einem Kuss aus ihrem Schlaf erweckt, könnte mich John durch einen Kuss wieder zu einem richtigen Menschen machen.

Metaphorisch ausgedrückt, sieht das folgendermaßen aus: Unsere gegenseitigen Liebesgeständnisse sind wie die beiden Flügel eines Tores. Und der Kuss vermag dieses Tor zu öffnen. Dahinter liegt entweder das unvorstellbare, erlösende Glück der wahren Liebe oder erneute Enttäuschung. Enttäuschung, die ich nicht mehr verkraften kann. Nicht noch einmal …

Die Sache hat aber einen Haken: einen verhängnisvollen Haken. Ist John nicht mein Seelenpartner, dann beraube ich ihn durch den Kuss seiner Liebe. Dann wird er nie wieder dieses Gefühl empfinden. Er wird sich daran erinnern, er wird es vermissen. Aber sein Herz wird nur noch die reine Funktion ausführen, Blut durch seinen Körper zu pumpen. Manche Menschen werden depressiv, nachdem ein Suchender ihnen die Fähigkeit zu lieben genommen hat. Es kann sogar so weit führen, dass sie sich in den Tod stürzen, weil sie im Leben keinen Sinn mehr sehen. Deshalb können wir Suchenden grausame Wesen sein. Aber niemals, nicht mal ansatzweise geliebt worden zu sein, ist ebenso grausam. Ewig erfüllt zu sein von einer gewaltigen und schmerzhaften Sehnsucht ist kaum zu ertragen.

Auf eine bittere Weise war ich erleichtert, als ich starb. Die Augen wieder aufzuschlagen und noch immer von dieser Sehnsucht gequält zu werden, war das Schlimmste, was mir widerfahren konnte.

John berührt zart mein Gesicht. »Pearl …«

Tu es, Pearl. Jetzt!

Aber was, wenn ich mich täusche? Wenn ich mir meine Gefühle nur einbilde?

Schwachsinn. Du warst die letzten Tage so von ihm erfüllt!

Oder, wenn John mich zwar sehr mag, aber nicht liebt? *Er kennt mich doch kaum … Auch dann würde ich ihn seiner Fähigkeit zu lieben berauben.*

Ich versuche, meine Gefühle zu verstehen. Versuche, auf meine zweihundert Jahre lange Lebenserfahrung zurückzugreifen. Doch das Problem ist – ich habe keine Ahnung von der Liebe. Ich weiß nicht, wie sie sich anfühlt. Ich bin nervös, und da ist dieses Prickeln in meinem Bauch und diese Wärme, wenn ich John ansehe … Aber reicht das?

Jetzt tu es doch einfach!

Ich denke: *Bitte lass es die wahre Liebe sein! Bitte lass dieses Dasein ein Ende finden! Mach, dass ich ein richtiger Mensch werde.*

Ich lasse meine Finger seinen Arm hinaufwandern, halte mich am Kragen seines weißen Hemdes fest. Ziehe ihn an mich.

Unsere Lippen treffen sich. Nicht. »Nein …«

»Was?«

Ich schiebe John von mir fort. »Es geht nicht. Entschuldige …«

»Was ist denn los?«

»Ich glaube … ich befürchte, ich mag dich sehr, aber … aber womöglich nicht genug.«

»Was? Was redest du denn da? Du hast doch gerade noch gesagt, dass du mich liebst!« Jegliches Funkeln ist nun aus Johns Augen verschwunden, sein Blick ist traurig.

»Es tut mir leid.«

»Pearl, hey, du bist nur nervös. Aber das bin ich auch. Wir beide …«

»Du verstehst nicht …«

»Doch, das tue ich. Wirklich.«

Gerade, als ich ihm sagen will, dass ich gehen muss, fragt er: »Gehört der da zu dir?«

Zunächst verstehe ich seine Frage nicht. Dann sehe ich, was er meint. Am anderen Ende der Gasse steht eine Gestalt mit grauem Kapuzenpullover. Die nächtliche Brise trägt den Duft ihrer Herzensaura herüber. Eine Herzensaura, die gleichzeitig so warm ist wie Sonnenstrahlen und so scharf wie Chili.

»Gibt es ein Problem?«, rufe ich der Gestalt zu.

Schweigen. Zähne blitzen in der Dunkelheit auf, nur von einer Straßenlaterne schwach erleuchtet. Die Gestalt grinst. Jetzt erkenne ich, dass es ein Mann ist. Sehe noch, wie er ein Handy zückt, bevor er sich in Bewegung setzt, um die nächste Ecke biegt und verschwunden ist. In diesem Moment weiß ich, dass *ich* ein Problem habe. Sie haben mich entdeckt.

Die Jäger.

2

Während ich meine Bankkarte aus meinem Geldbeutel krame, denke ich darüber nach, von hier wegzuziehen. Zu viele Erinnerungen, die mich in dieser Stadt nachts wachhalten. Ich stecke die Karte in den Schlitz des Zigarettenautomaten. Zwei offensichtlich frisch Verliebte spazieren hinter meinem Rücken vorbei. Ich wähle *Marlboro*. Beobachte aus dem Augenwinkel, wie die beiden um die Ecke der Gasse verschwinden. Höre den Typen lachen: »Wo sind wir hier eigentlich?«

»Ich dachte mir, ich bringe uns an einen Ort, wo wir ungestört sein können«, antwortet sie.

Mein Jäger-Instinkt schlägt Alarm. Ich werde aufmerksam. Kann es sein, dass …? Kurz höre ich nicht, was die beiden sagen, denn der Automat spuckt die Packung Zigaretten aus. Ich stecke sie in meine Jacke. Tue so, als würde ich nach etwas im meinen Taschen suchen. Lausche.

»In weniger als zwölf Stunden kehre ich wieder in die USA zurück«, sagt der Typ.

»Dann lass uns keine Sekunde verschwenden.«

Scheiße. Kann sein, dass ich mich täusche. Dass sie gar keine Suchende ist. Es soll ja Frauen geben, die so rangehen. Aber mein Gefühl sagt mir, dass da was faul ist.

Das Problem ist nur, dass ich erst vor zwei Monaten nachts ein Pärchen in einer schummrigen Gasse auseinandergerissen habe, weil ich die Frau schützen wollte. Weil ich dachte, dass der Typ, mit dem sie zusammen war, ein Suchender wäre. Tja. Fehlanzeige. Einen ordentlichen Kinnhaken habe ich kassiert und wurde als geisteskrank bezeichnet. Außerdem hat die Frau mir gedroht, die Bullen zu rufen, wenn ich nicht sofort verschwinde. Na, vielen Dank. Ich wollte sie nur davor bewahren, ihr restliches Leben in Depressionen zu verbringen. Aber wie hätte ich das den beiden erklären sollen? Hätte ich sagen sollen, dass es Suchende auf dieser Welt gibt, die Menschen mit einem Kuss ihrer Fähigkeit zu lieben berauben?

Die meisten beraubten Menschen verlieren jegliche Motivation. Werden depressiv. Manche stürzen sich sogar vor den Zug oder schneiden sich die Pulsadern auf, weil sie's einfach nicht mehr aushalten. Tja, hätte ich das den beiden erklärt, wäre ich schnurstracks in der Klapse gelandet.

Ich schleiche ans Ende der Gasse. Werfe einen Blick um die Ecke.

»Pearl, ich liebe dich«, sagt er.

»Auch ich habe mich in dich verliebt«, entgegnet sie.

Scheiße. Ich bin hin- und hergerissen …

Meine Finger tasten in der Innentasche meiner Jacke nach der Spritze. Das Mittel darin wird ihre Muskeln lähmen. Ich habe immer eine volle Spritze dabei.

Kurz bevor die beiden sich küssen, macht sie einen Rückzieher. Also doch keine Suchende?

Ich trete aus meinem Versteck. Gebe mich zu erkennen.

»Gibt es ein Problem?«, ruft das Mädchen mir zu.

Obwohl es dunkel ist, sehe ich es an ihren Augen. Kein normaler Mensch hat einen solchen Blick. Einen solch erfahrenen, wissenden und müden Blick. Ich bin mir ganz sicher: Sie ist eine Suchende. Aber wäre sie eine von den Bösen, dann hätte sie den Typen geküsst und ihm sein Leben versaut.

Ich könnte sie trotzdem beseitigen. Eine Suchende weniger schadet der Welt ganz bestimmt nicht. Es ist eh nur eine Frage der Zeit, bis sie böse wird … Außerdem lebt sie bestimmt nicht allein in dieser Stadt.

Nein. Erst beobachten. So lautet die Regel.

Aber es kann auch nicht schaden, ein paar Informationen aus ihr herauszuholen.

Ich bin froh, dass ich endlich wieder eine Mission habe. Ich zücke mein Handy, tauche im Schatten des Gebäudes ab und warte darauf, dass ich mich an ihre Fersen heften kann.

3

Vielleicht wäre das mit John die große Liebe gewesen. Vielleicht liebt er mich tatsächlich, vielleicht liebe ich ihn auch. Vielleicht habe ich gerade die Chance meines Lebens vertan. Aber vielleicht auch nicht, und dann hätte ich ihm durch einen Kuss das Schönste und Erfüllendste seines Lebens genommen. Und hätte mich zu einem bösen Wesen gemacht. Hätte den Jägern das Recht gegeben, mich auszuschalten.

Ein paar meiner Spezies, die bösen Suchenden, genießen es regelrecht, den Menschen ihre Liebe zu stehlen, denn sie verschafft ein kurzzeitiges Hochgefühl. Die Sehnsucht, die uns umtreibt, ist wie ein in der Brust brennendes Feuer. Die gestohlene Liebe eines Menschen löscht dieses Feuer wenigstens für ein paar Stunden. Alles wird dann leichter. Das Gehen. Das Atmen. Das Sein.

Es ist die Hoffnungslosigkeit, die uns Suchende böse werden lässt. Wenn wir nicht mehr daran glauben, die wahre Liebe zu erfahren. Auch ich zweifle so langsam daran. Ich bin schon so verdammt lange auf dieser Welt … Ich meine, weshalb sollte ich noch Hoffnung haben? *Weshalb?*

Die Welt von den bösen Suchenden zu befreien, haben sich die Jäger zur Aufgabe gemacht. Wenn sie einen erwischen, injizieren sie ihm ein Gift. Diese rote Flüssigkeit lähmt seine Muskeln – sterben können Suchende ja nicht. Wenn der Suchende nicht mal mehr seinen kleinen Finger bewegen kann, verfrachten die Jäger ihn in einen Sarg und begraben ihn bei vollem Bewusstsein. Das ist so schrecklich, dass allein der Gedanke daran mir einen kalten Schauer den Rücken hinunterjagt.

Die Jäger wissen aus einem ganz bestimmten Grund von unserer Existenz und davon, wie gering die Wahrscheinlichkeit ist, erlöst zu werden: Sie selbst waren einst Suchende. Aber sie zählen zu den wenigen Glücklichen, die der wahren Liebe begegnet und dem Fluch des ewigen Lebens entkommen sind. Ich bin wütend auf die Jäger, weil sie es geschafft haben, erlöst zu werden. Nein, das stimmt nicht, ich bin nicht wütend. Wenn ich ehrlich bin, wäre ich froh, Wut zu empfinden. Aber ich bin nur abgrundtief traurig. Und das ist viel schlimmer. Denn wer Wut empfindet, ist bereit zu kämpfen. Aber wer nur noch Trauer verspürt, hat aufgegeben.

Habe ich schon aufgegeben?

Nervös sauge ich das Blut von meinem Daumen. Versuche mir einzureden, dass die Gestalt am Ende der Gasse, die plötzlich aufgetaucht und ebenso plötzlich wieder verschwunden ist, doch nur ein verirrter Tourist gewesen ist. Aber es klappt nicht, ich weiß es besser: Es war ein Jäger. Und er wird mich nicht mehr aus den Augen lassen.

Das Beste wird sein, so schnell wie möglich dorthin zurückzukehren, wo es nur so von Touristen wimmelt. Eilig verabschiede ich mich von John. Dann haste ich entlang einer Reihe verrosteter Wandleuchten, die die bunten Haustüren erhellen.

Mein Handy vibriert. Lenkt meine Aufmerksamkeit auf ein

Foto, das Damien mir per WhatsApp geschickt hat: auf dem nichts als die Ecke eines dunkelroten Ledersofas, davor mehrere Flaschen Champagner, schwarze Damenpumps und zwei venezianische Masken zu erkennen sind.

Es gibt verschiedene Arten, mit dem ewigen Leben umzugehen. Viele meiner Spezies schlagen ihre Zeit mit rauschenden Partys tot, die erst in den frühen Morgenstunden enden. Damien ist dafür ein Paradebeispiel.

Auch ich habe das eine Zeitlang getan. Aber irgendwann konnte ich es nicht mehr ertragen, musste mich der Wahrheit stellen. Und die lautet: Ich bin allein und einsam. Zwar habe ich Damien und Alexa, meine »Familie«. Beide Suchende – zwei Gleichgesinnte. Aber wenn wir ehrlich sind, müssen wir uns eingestehen, dass wir nur zusammenleben, um uns die Einsamkeit etwas erträglicher zu machen.

Der scharfe Geruch von Chili verfolgt mich. Als ich mich umdrehe, ist die Gasse jedoch wie ausgestorben. Ich steuere auf einen weiteren Zweig des Kanals zu. Renne die flachen Treppenstufen der Brücke hinauf und wieder hinab, immer zwei Stufen auf einmal. Die an Eisenringen festgebundenen Motorboote liegen vollkommen ruhig auf dem spiegelglatten Wasser, das durch das nervös flimmernde Licht einer Laterne grünlich schimmert.

Eng an den bröckeligen Putz der Wand gedrückt, schleiche ich um die nächste Ecke. Konzentriere mich auf jedes noch so leise Geräusch. Ich kann nahezu lautlose Schritte hinter mir hören.

Ich beginne zu rennen. Eine Gruppe Jugendlicher kommt mir entgegen, steuert mit ausgelassenem Gelächter direkt auf mich zu. Ich könnte mich unter sie mischen, doch die Jungs und Mädchen bleiben unter einem Balkon stehen und rufen nach einem weiteren Freund. Der Geruch von Chili ist inzwischen so stark, so als würde er an meiner eigenen Haut haften.

Eine weitere Brücke, eine weitere Gasse. Dann höre ich auf einmal das vertraute Stimmengewirr und Durcheinander vieler Geräusche, das die großen Plätze hier gerne erfüllt. Ich folge dem bunten Gemurmel und entdecke, dass zu meinem Glück auf dem Campo Santa Maria Formosa heute Nachtmarkt ist. Es wimmelt nur so von Touristen, die viel zu viel für venezianische Masken, italienische Gewürze und Kleidung bezahlen. In der Hoffnung, mich unsichtbar zu machen, tauche ich im Gedränge ab. Fast stoße ich mit einem Händler zusammen, der gerade dabei ist, seine Wassermelonen zu drapieren. Ich weiche zur Seite aus, streife mit dem Oberschenkel die Holzkiste, in der die Orangen zu einer Pyramide aufgestapelt sind. Die oberste Frucht fällt herunter, bringt eine zweite Orange ins Rollen, die wiederum den Rest des Turms einstürzen lässt.

»Porca miseria!«, flucht der Händler, während er die Hände über dem Kopf zusammenschlägt. »Signorina, haben Sie denn keine Augen im Kopf?«

»Scusi!«

Noch ehe die Gruppe chinesischer Touristen überhaupt begreift, woher der plötzliche Tumult kommt, habe ich mich schon in den versteckten Hinterhof der Calle Cafetier geschlichen. Die Leute, die sich an der angrenzenden Gasse vorbeischieben, bemerken nicht, wie ich auf den Müllcontainer im Hof klettere. Trotz meiner Sandaletten und meines engen Kleides gelingt es mir, von dort aus den mit Blumen überladenen Balkon des ersten Stockwerks zu erklimmen. Ich schwinge die Beine über das Geländer, lasse meinen Blick prüfend über den Hinterhof gleiten.

Nichts, was auf einen Verfolger hinweist. Habe ich mir alles doch nur eingebildet?

Mit einem festen Tritt stoße ich die morsche Balkontür zur Wohnung auf.

»Aiuto! Hilfe!«, schreit eine alte, zahnlose Frau um die achtzig. Sie versucht mit zittrigen Armen, sich aus ihrem abgewetzten Polsterstuhl zu heben. Scheitert. Eine getigerte Katze springt von ihrem Schoß, flüchtet vor dem plötzlichen Lärm. Es tut mir leid, die Frau so erschreckt zu haben – aber ich habe keine Zeit, sie zu beruhigen.

Sie schreit noch immer, als ich ihre Wohnung durchquert und die Tür hinter mir zugezogen habe. Ich haste die Treppenstufen hinab, warte im Erdgeschoss noch wenige Minuten, ehe ich hinaus in die kühle Nachtluft trete.

Blick nach links, Blick nach rechts. Die Luft scheint rein zu sein. Erstaunt stelle ich fest, dass es noch immer Gassen gibt, durch die ich in den drei Jahren, die ich in Venedig lebe, nie gelaufen bin.

Ich wähle Damiens Nummer und halte mir das iPhone ans Ohr.

»Ja?«, meldet er sich mit rauer Stimme.

»Damien, ich wurde verfolgt. Von einem Jäger.«

»Was?! Scheiße … Wo bist du jetzt?«

»In der Nähe vom Campo Santa Maria Formosa. Ich versuche, irgendwie zum Canal Grande …«

Ich bringe den Satz nicht zu Ende. In derselben Sekunde, in der ich den scharfen Chiliduft wahrnehme, legt sich eine Hand auf meine Schulter. Im nächsten Moment durchzuckt ein heftiger Stromschlag meinen Körper. Meine Muskeln verkrampfen. Dann geben meine Beine nach. Ich schlage auf den Boden auf.

»Ich habe sie«, höre ich eine tiefe Männerstimme sagen, vermutlich in ein Handy hinein. »Komm schnell. Gasse Corte dei Orbi. Jaja, ich weiß. Ich warte.«

Ich keuche. Aus dem Augenwinkel sehe ich, wie der Mann sein Handy in eine der Gesäßtaschen seiner Jeans steckt. Stattdessen holt er aus der Innenseite seiner schwarzen Jacke eine Spritze hervor. Eine Spritze, die meine Muskeln lähmen wird. Die rote Flüssigkeit darin schillert im Licht der Straßenlaterne.

Er kniet sich neben mich. Ich kann in seine Augen sehen. »Erzähl mal, Nummer fünf: Wie viele Suchende gibt's in Venedig?«

Nummer fünf. Ich bin nicht mehr als eine Nummer …

»Nur mich«, lüge ich. Ich versuche meine Hand zu heben, doch sie gehorcht mir nicht.

»Schwachsinn! Das glaube ich dir nicht.« Er setzt die Spritze an meinen Hals an. Ich kann spüren, wie die Nadel meine Haut durchsticht. »Denk lieber noch mal über deine Antwort nach. Ich mag es nämlich nicht, wenn man versucht, mich zum Narren zu halten.«

Furchbare Angst überkommt mich. Mein Dasein wird jetzt noch schrecklicher werden. Tief unter der Erde. In einer Holzkiste. Mit dem Gefühl, zu ersticken und dann eben doch nicht zu ersticken. Vollkommen allein. Für immer. »Ich habe doch gar nichts gemacht … Ich bin eine von den Guten!«, bringe ich hervor.

»Ich weiß, dass du den Typen nicht beraubt hast. Aber das heißt noch lange nicht, dass du eine Gute bist. Vielleicht habe ich dich auch nur gestört.«

»Nein … Ich … ich hatte Angst, dass ich mich täusche. Dass meine Gefühle für ihn nicht ausreichen …«

»Ach ja? Das würde ich an deiner Stelle auch behaupten. Aber wenn du jetzt schön ruhig bleibst und mir die Wahrheit sagst, dann passiert dir nichts. Vorerst zumindest. Wie alt bist du?«

»Zweihundert.«

»Ziemlich alt, nicht wahr? Da verliert man doch sicher langsam die Hoffnung ... Und jetzt sag schon, wie viele Suchende treiben sich hier herum? Wenn du mich noch mal für dumm verkaufst, verliere ich die Geduld.«

Tränen treten in meine Augen. Niemals würde ich Alexa und Damien verraten. Niemals.

Meine Tränen lassen den Jäger innehalten. Die Härte, die eben noch sein Gesicht wie eine Maske wirken ließ, weicht etwas Zerbrechlichem. Mir fällt auf, dass er zwei unterschiedliche Augenfarben hat: Sein linkes Auge ist braun, sein rechtes grün.

»Scheiße«, flucht er leise. Schüttelt den Kopf. »Ich weiß noch ganz genau, wie es sich anfühlt, ein Suchender zu sein. Dieser ständige Schmerz, dieses abartige Hoffen ... Aber selbst wenn man erlöst wird, ist es nicht besser ... Im Gegenteil. Glaub mir.«

In diesem Moment lässt der Schock des Stromschlags nach. Meine verkrampften Muskeln lockern sich. Mein Überlebensinstinkt setzt ein. Noch in derselben Sekunde hole ich mit dem Fuß aus, treffe den Jäger an der Schläfe.

Wenige Atemzüge später bin ich schon am Ende der Gasse, reiße meinen Körper nach links herum. Renne weiter. Ich habe nicht viel Zeit, denn er hat bereits Hilfe angefordert.

Erschrockene Touristen springen zur Seite, als ich den schmalen Weg zwischen den Gebäuden und dem Wasser entlangsprinte. Straße. Brücke. Straße. Brücke. Wenn ich mich jetzt verlaufe, in einer Sackgasse lande, bin ich verloren.

Dann erhebt sich die Rialtobrücke vor mir. Ich wage zu hoffen, dass sie mich retten wird. Restaurantgäste glotzen mir nach. Ich stürme an den geschlossenen Souvenirläden vorbei, die weißen Stufen der Brücke hinauf. Bleibe im nächsten Moment wie vom Blitz getroffen stehen. Eine dunkle Gestalt erwartet mich bereits am anderen Ende. Ich wirble herum. Mein Verfolger erreicht die Treppenstufen. Jetzt sitze ich in der Falle.

Nein, eine Möglichkeit gibt es noch. Passanten schreien auf, zeigen auf mich, als ich über das von der Witterung schwarz verfärbte Geländer der Brücke klettere. Ich stoße mich ab. Fliege. Schlage im nächsten Moment schon auf dem Wasser auf. Von einer Sekunde auf die andere sind das Brummen der Motorboote und das Stimmendurcheinander wie ausgelöscht.

Meine Arme und Beine strampeln wie wild, ich habe die Orientierung verloren. Weiß nicht, wo oben und unten ist. Sehe nur Hunderte kleine Bläschen um mich herumtanzen.

Dann durchbreche ich die Wasseroberfläche. Ringe nach Luft.

Auf einmal blendet mich ein gleißend helles Licht. Ich habe nie verstanden, weshalb Tiere erstarren, wenn ein Auto auf sie zurast. Weshalb sie nicht um ihr Leben rennen. Jetzt verstehe ich es.

Es passiert so viel so schnell, dass mein Hirn nicht hinterherkommt. Ein Motorboot rauscht direkt auf mich zu. Ich bin nicht fähig, mich zu rühren.

4

Ich bin mir sicher, dass mich das Sportboot erwischen wird. Doch das hohe Jaulen des Motors bricht unerwartet ab. Das Boot gleitet die letzten zehn Meter auf mich zu, bis es schließlich fast punktgenau neben mir hält. Jemand greift unter meine Achseln, zieht mich ein Stück weit aus dem Wasser.

»Cazzo, Pearl!«, sagt eine mir vertraute Stimme.

Damien. Mit seiner Hilfe schaffe ich es ins Boot hinein. Keine Sekunde später ist er wieder am Lenkrad und drückt den Gashebel nach hinten. Das Boot gewinnt an Fahrt. Wir jagen unter der Rialtobrücke hindurch, folgen der Biegung des Kanals und sind im nächsten Moment außerhalb des Blickfelds der Jäger.

Damien macht die Scheinwerfer des Bootes aus, so dass uns nur noch das Licht der Palazzi und Straßenlaternen den Weg weist.

»Das war ja mal knapp«, sagt er atemlos, den konzentrierten Blick weiterhin nach vorne gerichtet. »Wie geht's dir?«

Ich kauere auf dem weißen Ledersitz, die Beine angezogen. Meine nasse Kleidung klebt auf meiner Haut. »Passt schon …«

Ihm ist anzusehen, wie gerne er mich trösten, umarmen, wie gerne er mich jetzt küssen würde. Aber es ist wichtiger, dass wir hier wegkommen. Und zwar schnell.

Damien fährt zunächst aus der Stadt hinaus, für den Fall, dass die Jäger uns verfolgen. Wie immer trägt er ein blütenweißes Poloshirt, das ihn in Kombination mit der beigen Jeans und den dunkelbraunen Lederschuhen wie den perfekten Schwiegersohn aussehen lässt. Äußerlich könnten wir nicht unterschiedlicher sein: Damien ist blass, blond und hat ein Gesicht, das den Anschein erweckt, er hätte nur Gutes in den vielen Jahren auf dieser Welt erlebt. Es ist mir immer noch ein Rätsel, wie jemand, der schon so viele Jahre auf dieser Welt ausharrt, eine so große Unbeschwertheit an den Tag legen kann.

»Unter dem Rücksitz liegt eine Decke. Dir ist sicher eiskalt«, sagt Damien.

»Danke, aber wir sind ja gleich zu Hause.«

»Wie hat dieser Jäger dich denn entdeckt? Hast du dich in letzter Zeit irgendwie beobachtet gefühlt?«

»Nein. Er stand heute Nacht auf einmal vor mir, als ich John fast geküsst hätte.«

»Du hast John also nicht geküsst?«

»Lass uns das Thema wechseln, Damien. Bitte.«

»Klar, tut mir leid.« Er streckt die Hand aus, und ich ergreife sie.

Venedig ist für Suchende ein Ort irgendwo zwischen Paradies und Hölle: Paradies deshalb, weil es tatsächlich die Stadt der Liebe ist. Und Hölle, weil genau das es zu einer Hölle macht. Überall trifft man auf verliebte Pärchen, die sich küssen, an den Händen halten und sich glücklich anstrahlen. Es tut weh, tagtäglich mitansehen zu müssen, wie scheinbar jeder Mensch auf dieser Welt geliebt wird – nur ich nicht. Nur meine Familie nicht: Damien und Alexa.

Zudem unterscheidet sich die Stadt trotz ihrer rund sechzigtausend Einwohner im historischen Kern kaum von einem Dorf.

Die hier Ansässigen kennen das Leben ihrer Nachbarn besser als ihr eigenes und tauschen auf dem Rialtomarkt stets die neuesten Gerüchte aus. Was bedeutet, dass es Damien, Alexa und mich erhebliche Anstrengung kostet, wie eine normale und glückliche Familie wahrgenommen zu werden.

Da wir, wie die meisten Suchenden, mit den Menschen Qual und Leid verbinden, halten wir uns auch so gut es geht von ihnen fern. Ich beispielsweise muss nur die Narbe auf meinem Brustbein ansehen und weiß, wie abscheulich Menschen sein können. Dennoch suchen wir auch immer wieder ihre Nähe, denn wir hoffen, dass uns irgendwann derjenige begegnet, von dem wir glauben, dass er uns erlösen könnte. Aber eigentlich haben wir nur Kontakt zu den Menschen, wenn es unbedingt sein muss. Wenn wir in der Bäckerei einkaufen, der Postbote ein Paket vorbeibringt oder wir unsere Zeit in Bars oder Cafés vertrödeln.

Damien und Alexa sind alles, was ich habe. Dasselbe traurige Schicksal zu teilen verbindet uns auf eine besondere Weise. Aber die beiden können nicht die Lücke füllen, die in meinem Herzen klafft.

Manchmal, wenn in der Stadt zufälligerweise direkt neben mir ein junger, hübscher Kerl läuft, gebe ich mir Mühe, genau seine Geschwindigkeit zu halten und auf seiner Höhe zu bleiben. Dann stelle ich mir vor, dass wir ein Paar sind. Male mir aus, wie wir gemeinsam auf dem Weg in unsere schicke Wohnung sind, wo er für mich kocht und wir gemeinsam vor laufendem Fernseher auf dem Sofa einschlafen. Man könnte also sagen, dass ich ein totaler Freak bin.

»Damien?«, sage ich.

»Was denn?«

»Danke.«

Er schenkt mir ein schiefes Lächeln. »Stets zu Diensten.«

»Im Ernst. Die Vorstellung, die Jäger würden gerade irgendwo ein Loch für mich in den Erdboden graben, in dem ich jahrhundertelang vor mich hin vegetieren muss …« Ein eiskalter Schauer jagt mir den Rücken hinab.

»Nicht, solange ich auf dich aufpasse.«

Die Mahagonispitze des Bootes schwenkt in einen schmalen Wasserweg von Dorsoduro ein, dem Sestiere, in dem wir leben. Meine Kleidung ist inzwischen vom Fahrtwind fast getrocknet. Leise schippern wir die Kanäle entlang, bis wir wieder am Canal Grande herauskommen, direkt an der Anlegestelle unseres Palazzos.

Gemeinsam leben Damien, Alexa und ich in einem der schönsten Palazzi Venedigs mit Blick auf den Canal Grande. Ein byzantinisches Gebäude, das mit seinen weißen Arkaden aus istrischem Marmor, den Spitzbögen und den aufwendigen Rahmenverzierungen der Fenster beliebtes Fotoobjekt vieler Touristen ist. Ein spanischer Millionär hat Alexa vor drei Jahren den Palazzo vererbt. Unser restliches Vermögen ist ein Mix aus klug angelegten Aktien und wertvollen Geschenken von Verehrern, die wir veräußern.

Das Gitter unserer Garage fährt hoch, um sich kurz darauf hinter uns zu schließen. Damien stellt den Motor ab, springt mit dem Tau an Land und bindet das Boot an dem dafür vorgesehenen Eisenring fest.

»Bitte erzähl Alexa nichts von meinen Verfolgern«, sage ich. »Wir sollten sie nicht unnötig beunruhigen.«

Damien lässt das Tau fallen. »Unnötig beunruhigen? Die Jäger sind in der Stadt! Das ist keine unnötige Beunruhigung!«

Jetzt reicht er mir die Hand, um mir die vom Wasser glitschigen Steinstufen hinaufzuhelfen.

Ich nehme seine Hilfe an. »Willst du schon wieder umziehen?«, frage ich.

Eine rhetorische Frage. Allein in den letzten zwanzig Jahren haben wir viermal die Stadt gewechselt, wenn auch nur das Gerücht kursierte, ein Jäger sei in der Nähe.

»Aber was, wenn Alexa nachts ausgeht und …«

»Alexa und ausgehen?«, entgegne ich.

Seine Kiefermuskulatur tritt deutlich hervor. Er nickt einmal, um mir zu bedeuten, dass er dichthalten wird. Wir sind ein Team.

»Wie viele Jäger waren es denn eigentlich?«, fragt er, während er den Schlüsselbund aus der Hosentasche zieht, um das Eisentor aufzuschließen.

»Zwei.«

»Würdest du sie wiedererkennen?«

»Einen schon. Vor allem seine Herzensaura. Den Anderen habe ich überhaupt nicht gesehen. Es ging alles so schnell.«

Wir durchqueren die prächtige Eingangshalle, die den Eindruck erweckt, eine Königsfamilie wohne hier: Säulen aus Marmor, die die hohe Decke stützen. Ein riesiger Kronleuchter aus Muranoglas. Rosen in hohen Vasen verströmen einen betörenden Duft. Wie in jedem typisch venezianischen Palazzo befinden sich im Erdgeschoss zu beiden Seiten der Eingangshalle Büro- und Abstellräume.

»Wir müssen jetzt auf jeden Fall verdammt vorsichtig sein«, sagt Damien. »Vor allem du, denn ich schätze mal, die zwei werden die Stadt nach dir durchsuchen.«

»Verdammt«, fluche ich. Kicke einen von Damiens Flipflops,

die er immer in der Gegend herumliegen lässt, aus dem Weg. »Drei Jahre lang war es perfekt in Venedig. Was wollen die Jäger plötzlich hier?«

Er zuckt mit den Schultern, als läge die Antwort auf der Hand. »Es war zu erwarten, dass sie irgendwann hierher kommen. Alles in dieser Stadt trieft nur so vor Romantik, da ist es doch klar, dass sich hier Suchende herumtreiben. Um ehrlich zu sein, wundert es mich, dass die Jäger nicht schon viel früher aufgetaucht sind.«

Ich folge Damien die elegant geschwungene Steintreppe hinauf, deren Stufen mit rotem Teppich ausgelegt sind. In einem venezianischen Palazzo ist es üblich, seine Gäste im *Piano nobile*, dem ersten Stockwerk, zu empfangen, weshalb dieses meist ziemlich beeindruckend ist. In unserem Fall ist *beeindruckend* stark untertrieben.

Der Saal, den Damien und ich nun durchqueren, lädt dazu ein, glamouröse Bälle zu feiern – was wir jedoch nie tun. Der Absatz meiner Sandaletten schlägt auf den mit rosa-grauen Mosaiken verzierten Steinboden, das Geräusch hallt im weitläufigen Raum wider. Die von beigen Samtvorhängen gerahmten Fenster reichen vom Boden bis knapp unter die Decke. Tagsüber ist der Saal von Sonnenlicht durchflutet. Nachts erhellen ihn zwei goldene Kronleuchter. Die Decke erzählt von griechischen Mythen, die sich auch in den halbnackten Marmorskulpturen wiederfinden – wir kommen an Apoll, Aphrodite, Zeus und Hades vorbei, als wir eine weitere Treppe ins zweite Obergeschoss hinaufgehen, wo sich unsere privaten Räumlichkeiten befinden.

»Jemand zu Hause?«, rufe ich.

»In der Quadreria«, antwortet eine weiche und tiefe Frauenstimme.

Die Quadreria – ein Raum voll mit Porträts der Adeligen, die früher einmal alle in diesen Räumen gelebt haben – ist das Herzstück des Palazzos. Dort finden wir Alexa, an den Rahmen des weitgeöffneten, spitzbogenförmigen Fensters gelehnt. Auf nahezu magische Weise fällt das Mondlicht auf Alexa, so als hätte sich der silberne Schein verflüssigt und ihre Kleidung, ihr Haar und ihre Haut getränkt. Obwohl das Knarzen der Holzdielen unsere Ankunft ankündigt, dreht Alexa sich nicht zu uns um.

Als ich sie vor etwa hundertfünfzig Jahren kennenlernte, beeindruckte mich Alexa mit ihrer positiven Ausstrahlung, der man sich nur schwer entziehen konnte. Sie ging gerne aus. Genoss es, längere Reisen zu unternehmen. Jetzt ist davon nichts mehr zu spüren. Wie kalter Schweiß dringt ihre rasende Sehnsucht nach Liebe aus ihren Poren. Wenn man in ihrer Nähe ist, färbt sich die Welt grau.

Zigarettenrauch steigt vor ihr auf, wird von der nächtlichen Sommerbrise nach draußen gezogen. Ihr nachthimmelblaues Kleid, das in der Taille gerafft ist, passt sich perfekt ihrer großen, schlanken Figur an und betont ihre blasse Haut, die sich kaum von der weißen Wand abhebt. Jeden Tag fasst sie ihre langen Haare zu einem strengen Dutt zusammen und schlüpft in diese halsbrecherischen Pumps.

Ich kann nur ahnen, wie alt sie war, als sie starb. Die meisten Suchenden sprechen nicht gerne über ihren Tod oder ihr früheres Leben. Alles, was ich über Alexa weiß, ist, dass sie heute etwa zweihundertfünfzig Jahre alt ist. Dass sie an einer Krankheit gestorben ist. Und vor ihrem Tod eine Phase durchgemacht hat, die sie *die dunkle Zeit* nennt.

»Hier steckst du«, weise ich Alexa auf unsere Anwesenheit hin.

Sie wendet uns ihr Profil zu, doch ihr Blick gleitet zu Boden. »Die Nacht war so schön. Ich wollte sie mir ein wenig ansehen.«

Die Nacht ist heute wirklich wunderschön. Der Himmel erinnert an schwarzen Samt, der mit silbern funkelnden Steinen besetzt ist. Als Damien das Licht anknipst, ist die Magie des Moments von einer Sekunde auf die andere verflogen.

»Wie war euer Abend?« Schatten legt sich auf Alexas Augenpartie, als sie sich nun ganz zu uns dreht. Ladylike steckt ihre Zigarette in einer eleganten Spitze, wie man sie sonst nur aus Filmen wie *Frühstück bei Tiffany* kennt.

»Nichts Besonderes«, lügt Damien mir zuliebe.

Alexa nimmt einen tiefen Zug. Hält den Rauch lange in der Lunge, um ihn dann so langsam wie möglich auszustoßen. »Mein Abend war grauenhaft. Emmanuel, mein Erwählter, war zunächst wirklich vielversprechend. Er ist attraktiv und gebildet, aber dann hat er den ganzen Abend nur von sich gesprochen. Von seiner Kindheit, von seinen Hobbys, seinen Sportwettkämpfen … Schrecklich! Reine Zeitverschwendung!«

Ich ringe nach den richtigen Worten. Aber Tröstendes und Aufmunterndes wie »Das tut mir leid« oder »Kopf hoch« sind bei uns schon so was von abgenutzt. Und sie bringen nichts. Sie nehmen einem nicht die Last von den Schultern. Lassen einen nur weiter allein zurück.

Gerade, als ich Alexa von meinen Abend erzählen, sie damit trösten will, dass auch ich wieder einmal gescheitert bin, fährt sie fort: »Ich habe es dann recht schnell beendet, indem ich zu ihm ›Ich liebe dich‹ gesagt und ihn dazu gebracht habe, dasselbe zu mir zu sagen. Dann habe ich ihn geküsst.«

»Du hast ihn geküsst, obwohl du dir sicher warst, dass du nicht im Geringsten in ihn verliebt bist?«, sprudelt es fassungslos aus mir heraus.

»Das hat mir den Abend wenigstens etwas entschädigt.«

Damien wirft mir einen alarmierten Blick zu. Draußen streiten zwei Katzen miteinander. Ihr hohes Kreischen verstummt ebenso plötzlich wie es eingesetzt hat.

Alexa drückt den Stummel ihrer Zigarette aus. Fischt aus der Schachtel vor sich eine zweite. Sie lässt ein Streichholz aufflammen und zündet diese damit an.

Durch das offene Fenster kann ich sehen, dass zwei Verliebte auf der anderen Seite des Kanals in eine Sackgasse geraten und am Wasser gelandet sind. Das Mädchen möchte sofort umkehren, aber ihr Freund hält sie am Handgelenk fest. Er küsst sie.

Auch Alexa sieht die beiden. Ich könnte schwören, dass die Temperatur um sie gesunken ist. Eine der Glühbirnen des Kronleuchters zittert. Fängt sich jedoch wieder. Jetzt ist es so leise zwischen uns, dass das Ticken der Wanduhr unangenehm anschwillt. *Ticktack. Ticktack. Ticktack.*

Ich will etwas sagen, einfach nur, um die Stille zu durchbrechen, als Alexa zu sprechen beginnt. »Heute rief mich Rebecca an, eine alte Bekannte. Aus einem Grund, der auch euch interessieren dürfte.«

»Okay, und aus welchem?« Mit vor der Brust verschränkten Armen setzt sich Damien auf die Kante des rustikalen Tischs.

Alexas dramatisch rote Lippen schließen sich um die Zigarettenspitze. Sie nimmt einen weiteren Zug. Schließt die Augen. Während Rauch aus ihrem Mund aufsteigt, legt sie den Kopf in den Nacken. »Sie hat gehört, dass vor drei Jahren hier in Venedig ein Suchender erlöst wurde. Ein junger Mann.«

Ich bin mir sicher, mich verhört zu haben. »Erlöst?«, wiederhole ich halb flüsternd.

»Es muss kurz bevor wir nach Venedig gezogen sind passiert sein.«

Wenn das stimmt, würde das bedeuten, dass ein Suchender die wahre Liebe erfahren hat. Dass er geliebt wird. Dass er liebt.

»Hast du gefragt, ob er noch hier in Venedig lebt?«

Durch das Mondlicht erscheinen Alexas hellblonde Haare fast weiß. Sie ist wie ein Geist, denke ich.

Der Blick ihrer grauen Augen heftet sich an mich. »Natürlich, aber Rebecca wusste es nicht.«

»Hat sie dir gesagt, wie er heißt?«, hake ich weiter nach.

»Nein, aber ich habe auch nicht gefragt.«

»Weshalb nicht?«

»Was hätte es gebracht? Dann wüsste ich jetzt, wie dieser jemand heißt, dem das Glück zuteilwurde, die wahre Liebe zu finden. Ich sitze dann trotzdem noch hier und …« Sie presst die Lippen zu einem dünnen, roten Strich zusammen.

Und bin allein … wollte sie sagen.

Du bist nicht allein!, will ich widersprechen. Tatsache ist jedoch, dass ich mich genauso fühle wie Alexa. Da ist dieses Loch in meiner Brust. Ein Loch, dass so verdammt groß ist und mir das schmerzhafte Gefühl gibt, nicht vollständig zu sein, und das von keiner Freundschaft gestopft werden kann.

Mein Blick fällt auf das Pärchen auf der anderen Seite des Kanals, das inzwischen Hand in Hand die Gasse zurückspaziert. Sich in der Dunkelheit auflöst. Eine Wolke schiebt sich vor den Mond. Der silberne Glanz der Stadt verblasst. Was bleibt, ist Schwärze.

Jeder von uns verliert sich in seinen Gedanken. Alexas Gesichtsausdruck ist nahezu schmerzverzerrt. Ich weiß, was sie denkt. Dass es ein Wunder ist, dass ein Suchender erlöst wurde. Ein Geschenk, das ihr auch nach so vielen Jahren auf dieser Erde nicht zuteilgeworden ist. Sie glaubt nicht mehr daran, dieses Wunder erleben zu dürfen. Ihr Leben ist ein ewiges Rad. Ein Rad der Sehnsucht, das sich dreht und dreht und dreht und kein Ende kennt. Sie würde alles dafür tun, dass ihr Leben irgendwann einmal endet.

Alexa verschlingt nahezu auch die zweite Zigarette. Jeder normale Italiener würde den Stummel einfach in den Kanal werfen, aber nicht sie. Stattdessen verstaut sie ihn sorgsam in der inzwischen leeren Schachtel. Sie raucht erst seit ein paar Monaten, dafür jedoch so viel, als wolle sie all die zigarettenlosen Jahre wettmachen.

»Sind wir doch mal ehrlich: Es macht keinen Sinn, sich Hoffnung zu machen, Pearl«, sagt sie kraftlos und sieht mich dabei nicht an.

In meinen Schläfen hämmert mein Puls.

»Schwachsinn!«, fährt Damien Alexa an. »Natürlich macht es Sinn, zu hoffen! Die Hoffnung, irgendwann mal die wahre Liebe zu erfahren, ist das, was uns durchhalten lässt. Die Hoffnung beschützt uns davor, zu stumpfen Wesen zu werden, die nach Lust und Laune die Menschen ihrer Liebe berauben!«

»Wie wahrscheinlich ist es, erlöst zu werden, Damien? Na? Kennst du sonst irgendeinen Suchenden, der erlöst wurde? Dieser junge Typ ist seit Ewigkeiten der einzige!«

Weil Alexas Mutlosigkeit selbst den normalerweise so optimistischen Damien entwaffnet, breitet sich das schwarze Loch in meiner Brust noch ein Stück weiter aus.

Wir drei könnten nicht unterschiedlicher sein. Damien starb

Anfang des zwanzigsten Jahrhunderts. Seine hundert Jahre als Suchender sind im Vergleich zu meinen zweihundert Jahren wenig. Er hat noch *eine rosarote Brille auf*, wie Alexa immer sagt. Für ihn ist das Glas immer halbvoll, er glaubt an die wahre Liebe und ist der festen Überzeugung, dass er innerhalb der nächsten fünfzig Jahre erlöst werden wird.

Alexa war früher ähnlich. Auch sie war voller Hoffnung. Aber Hoffnung schwindet mit der Zeit. Alexa musste sich irgendwann eingestehen, dass sie vermutlich für immer und ewig von dieser Sehnsucht erfüllt sein würde, ohne sie jemals stillen zu können. Und diese Erkenntnis ist so erdrückend, so gewaltsam, dass es einem die Luft raubt.

Ich weiß, wie sich das anfühlt. Langsam, ganz langsam schleicht sich diese Hoffnungslosigkeit auch bei mir ein. Meistens klettert sie nachts zu mir ins Bett und drückt mir die Kehle zu, bis ich mein Gesicht in der Decke vergrabe und weine und weine und weine.

Alexa schließt das Fenster. »Vielleicht haben wir Glück, und es regnet heute Nacht endlich mal. Es hat schon so lange nicht mehr geregnet oder ein Gewitter gegeben.« Sie kratzt sich am Handgelenk. So, wie sie es immer tut, wenn sie nervös ist. »Ich werde jetzt ein heißes Bad nehmen. Gute Nacht, ihr Lieben.«

Nachdem Alexa aus der Quadreria verschwunden ist, umarmt mich Damien lange und fest. »Hör nicht auf sie. Sie ist alt und verbittert.«

Ich bringe nicht mehr als ein Schmunzeln zustande. »Ich weiß. Aber sie hat auch recht …«

»Darüber denken wir jetzt gar nicht weiter nach. Komm, wir trinken was.«

Er wendet sich der Attraktion des weitläufigen Raumes zu, der Bar. Hinter einem Tresen aus dunkelbraunem Mahagoniholz stehen Flaschen mit Likör, Schnaps und anderen Alkoholsorten, aufgereiht in einem raumhohen Regal. Aus dem Kühlschrank holt Damien eine bereits geöffnete Champagnerflasche hervor. »Für Mademoiselle nur das Beste.«

Ehe ich ablehnen kann, hat er uns beiden eingeschenkt. Während ich noch die perlende Flüssigkeit in meinem Glas betrachte, hat Damien seines bereits in zwei Zügen geleert und auf den Tresen gestellt.

»Wie schön du aussiehst«, sagt er. »Kein Wunder, dass sich John in dich verliebt hat.«

»Danke.« Mein Blick weicht auf den Boden aus.

Manchmal denke ich, wie leicht alles sein würde, könnte ich Damien lieben. *Wahrhaft* lieben. Wir sind perfekt für einander. Haben größtenteils die gleichen Interessen, verstehen uns blind. Damien ist attraktiv, gebildet und charmant. Er passt auf mich auf. Ich brauche ihn und weiß, dass es ihm mit mir genauso geht. Doch es genügt einfach nicht …

Aber nun ja, was soll ich sagen? Es gibt Nächte, die sind nun mal kälter als andere, und in diesen Nächten erscheint mein Bett viel zu groß für mich allein. Ohne ein bisschen Nähe und körperliche Wärme würde es uns noch viel dreckiger gehen. Deshalb wundert es mich auch nicht, als er seine rechte Hand hebt und mir über die Wange streicht. An dieser Hand fehlt sein kleiner Finger. Sein Vater, ein Schläger und Trunkenbold, hat ihm diesen mit einer Axt abgehackt, als Damien es sich erlaubt hatte, ihm Widerworte zu geben.

Ich nippe an meinem Champagner, um dann mein Glas neben

Damiens zu stellen. Unsere Hände finden sich. Ich bette meinen Kopf an seine Schulter. Damien ist mir Freund.

»Es wird schon gut ausgehen. Du wirst wieder jemanden kennenlernen. Der Nächste wird der Richtige sein.«

Ich hole tief Luft. Nehme innerlich Anlauf. »Ich habe Angst, dass ich nicht mehr lange durchhalte, Damien …«

»Was redest du denn da?«

»Ich bin zweihundert Jahre alt! Das sind verdammt viele Jahre! Es ist nur noch eine Frage der Zeit, bis ich wie Alexa die Hoffnung vollends verliere.«

»Schwachsinn, Pearl. Denk so etwas nicht.«

»Aber ich spüre es doch, Damien. Vor zwei Tagen bin ich aufgewacht und dachte mir, vielleicht sollte ich John einfach küssen. Ich dachte, wenn ich ihn seiner Liebe beraube, geht es mir wenigstens für ein paar Stunden gut.«

»Du hast ihn nicht beraubt. Nur das zählt.«

»Aber ich war kurz davor!«

»Pearl, du …«

Ich lasse ihn nicht zu Wort kommen. »Was, wenn der Nächste wieder nicht der Richtige ist? Wenn ich ihn nicht lieben kann oder noch schlimmer, wenn er mich nicht liebt, dann – ich spüre das einfach. Dann kann ich nicht mehr …«

Ich sehe Damien an, dass er verzweifelt nach einer Antwort sucht, die mich beruhigt. Als er sagt: »Das wird nicht passieren«, wünschte ich, es läge mehr Überzeugung in seiner Stimme.

Die Standuhr setzt ein, schlägt zweimal.

»Glaubst du, Alexa wird es vielleicht irgendwann wieder besser gehen?«, frage ich Damien.

»Nein, um ehrlich zu sein, glaube ich das nicht. Es ist ein Prozess, der nicht aufzuhalten ist. Ich hoffe nur, dass es noch eine Weile dauert, bis sie ihre Menschlichkeit verliert.«

»Als sie heute sagte, dass sie diesen Mann beraubt hätte, einfach nur, um ihre Sehnsucht zu stillen … Das war doch nicht die Alexa, die wir kennen! Sie verändert sich immer stärker. Ich habe das Gefühl, dass sie langsam böse wird.«

»Sie ist schon sehr lange auf dieser Welt«, erwidert Damien. »Hat so viele Männer kennengelernt, immer wieder gehofft, es könnte der Eine sein. Es war zu erwarten, dass das passieren wird. Aber mach dir um dich keine Sorgen. Ich passe auf dich auf und sorge dafür, dass du nicht die Hoffnung verlierst.« Er schiebt mir eine Haarsträhne hinters Ohr.

»Versprochen?«

»Hoch und heilig. Du bist alles, was ich habe, Pearl.«

Ich will etwas erwidern, doch Damien versiegelt meine Lippen mit einem Kuss. Ihn darf ich küssen, ohne mich schlecht zu fühlen – denn Suchende können sich gegenseitig nicht ihrer Gefühle berauben.

Damien nimmt ein Bad und ich, noch immer in der Quadreria, spüle mein Glas in Zeitlupentempo. Meine Gedanken kreisen, mein Herz bricht. Bis heute Morgen dachte ich wirklich, dass John der Richtige sei. Dass ich ihn liebe. Dass er mich retten könnte … Woher kamen auf einmal die Zweifel?

Das hauchdünne Glas zerspringt in meiner Hand, so fest habe ich es gehalten. Der Anblick, wie sich das Wasser rot verfärbt, lässt mich kalt. Vollkommen ruhig presse ich ein Trockentuch auf die Wunde in meiner Handfläche, bis die Haut wieder zugewachsen ist, so als wäre nichts gewesen. Damien sagt manchmal, dass es schon erschreckend ist, wie emotionslos ich sein kann. Damit meint er, dass ich nie wütend bin. Nie lauthals lache. Was soll einen auch noch berühren, wenn man so lange auf der Welt ist? Alles nutzt sich mit der Zeit ab. Nur dieser innere Schmerz, der bleibt. Weinen kann ich gut.

Wenn ich jetzt in mein Zimmer gehe, werde ich die ganze Nacht über regungslos auf meinem Bett liegen und mir selbst beim Sterben zusehen. Wie so ziemlich jede Nacht. Heute Nacht will ich den Erinnerungen entkommen. Ich will dem Wissen entkommen, dass ich erneut gescheitert bin.

Ich tausche meine Sandaletten gegen Chucks. Es ist gefährlich, noch einmal den Palazzo zu verlassen. Irgendwo dort draußen lauern zwei Jäger.

Aber ich kann dennoch nicht widerstehen.

5

Keine zehn Minuten später nehme ich auf dem Campo San Barnaba einen tiefen Atemzug der würzigen und nächtlich abgekühlten Luft Venedigs. Nachts kommen in Venedig die Ratten raus. Und ich.

Ich schlendere die mit Graffiti verunstalteten Gassen entlang, an einer Zeile überteuerter Läden vorbei, deren Schaufenster um diese Uhrzeit von schweren Eisenrollos geschützt werden. Vermutlich sollte ich Angst haben. Angst vor den Jägern, die hier irgendwo lauern könnten. Aber stattdessen bewundere ich den Frieden, der über den Türmen, Kuppeln und Dächern der Stadt liegt. Auch wenn die venezianischen Masken und die Gondolieri Markenzeichen Venedigs zu sein scheinen, entspringt dieses einzigartige Flair doch eigentlich dem Gefühl des Geheimnisvollen – denn obwohl ich schon seit drei Jahren in dieser verwinkelten Stadt lebe, weiß ich fast so gut wie nie, was mich hinter der nächsten Ecke erwartet.

Ich weiß, dass Venedig wunderschön ist. Aber diese Schönheit berührt mich nicht. Ich sehe sie, aber ich *fühle* sie nicht. Meine Theorie ist, dass man vieles nur spürt, wenn man die Liebe kennt. Sie ist das Essentiellste aller Gefühle, das Urgefühl sozusagen. Das Gefühl, auf dem alle anderen Gefühle aufbauen. Wer die Liebe nicht kennt, kann nicht wirklich empfinden.

Überraschend nehme ich in der Nähe eine Herzensaura wahr. Frisch und leicht wie warme Sonnenstrahlen, die auf taufeuchtes Gras scheinen. Frech wie der Wind, der über das Meer fegt und das Wasser zum Hüpfen bringt. Und gleichzeitig so eiskalt wie ein zugefrorener See im schneebedeckten, finsteren Wald.

Noch nie war ich von einem Herzen so sehr fasziniert wie von diesem.

Ich beschleunige meinen Schritt, will diesem köstlichen Duft entgegen. Der Mensch, dessen Herz mich so stark anzieht, kann nicht weit von mir entfernt sein, schätzungsweise in einer parallel verlaufenden Gasse. Ich will gerade die Augen schließen, um meinen Geruchssinn zu schärfen, als mich ein schmerzerfüllter Schrei wie eine Kugel direkt in die Brust trifft.

Ich erstarre. Kurz darauf gellt ein zweiter Schrei durch die Nacht. Glas zerspringt, vielleicht ein Fenster. Ich sollte von hier verschwinden. Schreie bedeuten Gefahr – und in die darf ich mich auf keinen Fall begeben. Aber ich bleibe wie festgewachsen stehen. Als mich erneut ein Hauch dieser unvergleichlichen Aura streift, renne ich los, dem Duft entgegen. Ich muss wahnsinnig sein.

Kurz bevor ich das Ende der Gasse erreiche, bremse ich ab. Was, wenn ich den Jägern direkt in die Arme laufe? Mein Herz schlägt mir bis zum Hals. Meine Gedanken rasen, und gleichzeitig ist mein Kopf wie leer. Ich kann doch nicht einfach so tun, als hätte ich nichts gehört und von hier verschwinden.

Mit angehaltenem Atem werfe ich einen Blick um die Ecke. Erkenne in der Dunkelheit eines Hinterhofs zwei Männer. Einer von ihnen liegt am Boden inmitten von Glassplittern. Er versucht hochzukommen. Aufzustehen.

Doch der Zweite holt mit dem Fuß aus und tritt ihn wieder zu

Boden. »Du warst mal einer von uns! Du hast dasselbe durchgemacht wie ich! Und jetzt glaubst du, du bist was Besseres?« Er spuckt auf den Boden. »Verabschiede dich!«

Der Typ vor ihm ist noch erstaunlich jung, vielleicht gerade mal zwanzig Jahre alt. Er ist ganz in schwarz gekleidet. Sein Gegner ist baumlang und hat eine Glatze, die im Mondlicht glänzt, als hätte er sie mit Öl eingerieben. Er hebt ein altes Brett von einem Haufen Bauschutt auf. Holt damit aus und –

»Halt!«, höre ich mich selbst schreien.

Ich springe aus meinem Versteck, wage es jedoch nicht, näher zu treten. Meine Stimme wird von den rauen Wänden zurückgeworfen.

Langsam dreht sich der Glatzkopf zu mir um. »Verzieh dich!«, ruft er mir zu.

Der Typ in Schwarz rafft sich vom Boden hoch. Blut tropft aus seiner Nase. Er will sich auf seinen Gegner stürzen, doch dieser reagiert erstaunlich schnell. Er weicht aus, packt ihn am Nacken und schleudert ihn in Richtung des schmalen Kanals am anderen Ende des Hinterhofs. Verpasst ihm einen Schlag gegen die Schläfe. Der Schwarzgekleidete stürzt ins Wasser.

Ehe ich mich aus meiner Starre lösen kann, flüchtet der Glatzkopf über die nächste Brücke. Wird eins mit der Nacht.

Ohne nachzudenken, springe ich ein zweites Mal in dieser Nacht in den Kanal. Presse den Fremden, der bewusstlos im Wasser treibt, fest an mich. Auf der anderen Kanalseite entdecke ich zwischen zwei Motorbooten eine Ausstiegsstelle. Ich schlucke Wasser, als ich den schweren Körper des Typen auf die ersten beiden Treppenstufen wuchte. Dann ziehe ich mich selbst an der Mauer hinauf.

Als der Fremde regungslos vor mir auf dem Boden liegt, die

Augen geschlossen, habe ich nicht die leiseste Ahnung, was ich tun soll. Er sieht aus, als würde er schlafen. Der Duft der Herzensaura, der mich eben in der Gasse schon so fasziniert hat, erfüllt nun noch intensiver die Luft.

Ich betrachte ihn verstohlen und hoffe insgeheim, dass er nicht so schnell die Augen öffnet, damit ich ihn noch eine Weile ansehen kann. Er ist auffallend attraktiv. Selten habe ich so fein geschnittene Gesichtszüge gesehen. Auf den ersten Blick wirkt er mit seinen hohen Wangenknochen, den weichen Lippen und den langen, dunklen Wimpern makellos. Doch als ich genauer hinsehe, bemerke ich die kleine Narbe an seinem Kinn und das runde Muttermal oberhalb seines rechten Wangenknochens.

Ich erhebe mich vom Boden, nähere mich zögerlich der finsteren Gasse. Überlege, ob ich Hilfe holen oder einfach bei dem Fremden bleiben soll. Was, wenn ich mich falsch entscheide und sein Leben riskiere? Ich musste noch nie einen Menschen wiederbeleben, ich habe keine Ahnung, wie das geht …

Auf einmal packt mich jemand an der Schulter, wirbelt mich herum. Alles geht so schnell, dass ich erst realisiere, was hier gerade geschieht, als mein Rücken schon gegen das kalte Gemäuer prallt. Ein Unterarm legt sich auf meine Kehle, raubt mir die Luft. Ich will mich wehren, dem unbekannten Angreifer den Ellenbogen ins Gesicht schlagen. Doch meine Hand wird gebremst und über meinem Kopf an die Wand gedrückt.

»Wer bist du?«

Ich blicke in zwei tiefblaue Augen. Ein dünnes Rinnsal Blut läuft über die Stirn des Fremden, verfängt sich in seinen dunklen Brauen. Eben hatte er doch noch bewusstlos vor mir auf dem Boden gelegen!

Erneut unternehme ich einen Versuch, mich zu befreien. »Lass mich los!«

Der Fremde ist stark. Sein fester Griff lässt nicht locker. Doch mir fällt auf, dass er ganz leicht schwankt.

»Du gehörst doch zu ihm«, sagt er.

Er muss von dem Glatzkopf sprechen, der ihn angegriffen hat. Ich schüttele den Kopf. »Nein. Ich gehöre zu niemandem.«

Die Falte auf seiner Stirn drückt seine Skepsis aus. »Was wolltest du dann hier? Wer bist du?«, wiederholt er seine Frage. Seine Stimme ist angenehm melodisch, auch wenn er ihr einen harten Klang aufzuzwingen versucht.

»Pearl«, antworte ich. »Mein Name ist Pearl. Ich hab dich aus dem Wasser gezogen! Ich hatte deine Schreie gehört – Mann, ich hab dir das Leben gerettet!«

Er scheint zu überlegen, während er mir tief in die Augen sieht, als könnte er mir auf diese Weise all meine Geheimnisse entlocken. Von einer Sekunde auf die andere steht absolute Ungläubigkeit in seinem Gesicht geschrieben. »Du …«, sagt er in diesem ganz bestimmten Tonfall, den man nur hat, wenn man jemand wiedererkennt.

»Was?« Unsicher schaue ich an mir herab, so gut es eben geht, wenn einem ein Unterarm auf die Kehle drückt. Aber es ist nichts außergewöhnlich an mir, mal abgesehen von meinem nassen Kleid und dem dunkelgrünen Stück Alge auf meinem rechten Knie.

Er schüttelt schwach den Kopf. Gleichzeitig lässt langsam, ganz langsam der Druck auf meinen Hals nach. »Sorry, ich dachte nur gerade … Ich hab dich mit jemandem verwechselt.«

Als er mich freigibt, muss er sich an der Wand abstützen. »Du hast mich also gerettet?«

Ich nicke.

Tropfen lösen sich aus seinem Haar, vermischen sich mit dem Blut und laufen hinab zu seinem Kinn. »Aber …« Er sieht mich nicht einfach nur an – vielmehr ist es, als würde er sich durch meine Augen hindurch bis zu meiner Seele vortasten. Unter seinem forschenden Blick wird mir angenehm unangenehm warm.

Jetzt legt der Fremde die Hände vor sein Gesicht, lehnt sich mit dem Rücken an die grobe Fassade des Gebäudes. Atmet mehrmals tief ein und aus. Es verstreichen zwei, vielleicht auch fünf Minuten, ehe er wieder etwas sagt. »Es tut mir leid. Ich bin etwas durcheinander … Es tut mir leid.«

»Schon in Ordnung.«

»Wo ist der Typ hin?« Seine Augen suchen die Umgebung ab, als rechne er damit, dass der Glatzkopf hier noch irgendwo lauert.

»Der Mann, der dich fast getötet hätte? Ich weiß es nicht. Wer war das? Was wollte er von dir?«

»Es … Wir hatten einfach eine Meinungsverschiedenheit. Unwichtig.«

»Eine Meinungsverschiedenheit? Ist das dein Ernst? Der Kerl hätte dich fast getötet!«

»Ich weiß, vergiss es einfach. Hatte was mit der Mafia zu tun … So läuft das hier in Italien nun mal.«

Er streicht seine etwas längeren, vom Wasser und der Nacht dunklen Haare mit den Fingern aus dem Gesicht. Als er aus Versehen die Wunde an seiner Stirn berührt, stöhnt er vor Schmerz auf.

»Du solltest ins Krankenhaus«, rate ich ihm. »Jemand muss sich die Wunde ansehen.«

Er misst mich mit seinem Blick. »Hör zu, Pearl. Das, was du hier heute Nacht gesehen hast, muss unser Geheimnis bleiben. Verstanden?«

Ich ziehe die Augenbrauen hoch. »Aber …«

»Versprich es mir.«

Ich schlucke. Sein sonnengebräunter Teint, der vom mattgoldenen Licht der Straßenlaterne angeleuchtet wird, steht in einem scharfen Kontrast zu seinen auffallend blauen Augen. Augen, die gefährlich sind. Gefährlich schön. Sie sind so voller Leben, voller Geschichten und Abenteuer. Sie wirken, als verstünden sie die Welt besser als normale menschliche Augen.

Ohne wirklich zu wissen, was mich dazu bewegt, mich darauf einzulassen, nicke ich.

Jetzt lächelt er ein vorsichtiges, schiefes Lächeln, das zwei Grübchen zum Vorschein kommen lässt. »Es war ziemlich mutig von dir, mir zu helfen. Ich schätze, die meisten wären einfach abgehauen. Danke.«

Ich will ihm sagen, dass ich das gerne getan habe, doch die Worte bleiben mir im Hals stecken. Plötzlich schüttelt ihn ein so heftiger Husten, dass er sich von mir abwendet. Als er sich wieder beruhigt hat, legt er den Kopf in den Nacken. Streckt seine Schultern, bis sie knacken.

Das erste Mal in meinem Leben stehe ich einem Typen gegenüber und weiß nicht, wie ich mich verhalten soll. Es ist, als wäre ich auf einmal in einem anderen Universum, in dem ich mich nicht auskenne.

Das Klingeln eines Handys erinnert mich daran, dass dieser Moment echt ist. Auch der Fremde wirkt überrascht, als hätte er ganz vergessen, dass er ein Handy bei sich trägt. Er zieht es aus seiner nassen Jeans. »Was gibt's?« Er wendet sich leicht von mir ab. »Nein, ich konnte nicht ...«

Ich krame auch mein iPhone aus dem Ausschnitt meines nassen Kleides hervor. Doch als ich die Einschalttaste drücke, huscht nur ein kurzes Flimmern über das Display. Also schiebe ich das Handy wieder in meinen BH.

»Zufälligerweise musste ich dir vorher bei etwas helfen, schon vergessen? Ich war zu spät. In einer halben Stunde bin ich bei dir. Dann erkläre ich es dir. Es gibt ohnehin Neuigkeiten, die dir gefallen werden.« Der Typen legt auf.

Ich betrachte den schwach erleuchteten Stein unter meinen Füßen. Spüre den Blick des Typen auf mir ruhen.

»Ich muss los ... Jetzt sofort. Tut mir leid«, entschuldigt er sich, ehe er mit schnellen Schritten in Richtung Brücke verschwindet. Ich kenne nicht mal seinen Namen.

Als hätte er meine Gedanken gehört, bleibt er noch einmal stehen. Dreht sich zu mir um. »Ich bin übrigens Noah.«

Ich blicke ihm nach, bis er sich in den Schatten der Gebäude verliert.

6

Laura Ludovica Bernarda Gorgone war ihr voller Name. Aber sie mochte weder Ludovica noch Bernarda. Einmal musste ich im Krankenhaus ein Formular für sie ausfüllen, da hat sie mir all ihre Vornamen gesagt. Weil sie musste. Nicht, weil sie wollte. Ich habe gelacht, weshalb sie mir den Bogen aus der Hand riss und gegen meinen Hinterkopf donnerte. Was nur deshalb weh tat, weil er auf einem Klemmbrett befestigt war.

»Hubertus«, hat sie mich dann ermahnt, »wenn du noch einmal über meine Namen lachst, sage ich der Krankenschwester, dass sie dich nie mehr zu mir lassen soll!«

Scheiße, ich stand auf ihr Temperament … Obwohl die Medikamente sie müde machten, hatte sie Feuer im Hintern. Man hatte ihr im Krankenhaus die Haare abrasiert, ihre Haut war grau, und sie hatte die krassesten Augenringe, die ich je gesehen habe. Sie sah aus wie jemand, der ziemlich bald sterben würde. Und trotzdem war sie für mich die schönste Frau auf der ganzen Welt.

»Verdammt …«, fluche ich leise. Meine Oberschenkel drücken gegen die offene Schublade der Kommode, deren schwarzer Lack schon abblättert. »Verdammt!«, schreie ich.

Meine plötzliche Wut überrascht mich nicht mehr. Schon lange nicht mehr.

Sie sieht mich aus der Schublade heraus mit nacktem Kopf und großen, braunen Augen an. Eigentlich habe ich die ganzen Fotos von ihr in diese Schublade gesteckt, damit ich sie niemals mehr angucken muss. Ich hätte sie einfach verbrennen sollen.

Nein, das könnte ich nie …

Mein Sofa ist so durchgesessen, dass mein Hintern fast auf den Boden knallt, als ich mich auf das alte Teil fallen lasse. Wie fast alles in dieser Bude, hab ich es von so einer Organisation, die zu Spottpreisen gebrauchte Möbel verkauft. Jeden Morgen stehe ich um vier Uhr auf, um in der Kühlkammer einer Metzgerei geliefertes Schweine- oder Rinderfleisch zu Hack zu verarbeiten oder Würste daraus zu machen. Ich mag diesen Job, er beruhigt mich irgendwie. In der Kühlkammer gibt es nichts als den Geruch von Blut und frischem Fleisch. Nicht diesen widerlich freundlichen und romantischen Kitsch Venedigs.

Ich hasse die Menschen hier. Hasse diese dämlichen Gondeln. Hasse es, dass man von beschissenen Booten abhängig ist, und dass diese Scheißstadt so scheißteuer ist. Ich hasse es, dass es hier so viele beschissene Pärchen gibt, die einem ihr Glück ins Gesicht schmettern und keinen Gedanken daran verschwenden, dass es anderen Menschen nicht so gut gehen könnte wie ihnen. Die denken, sie hätten das Recht, allen zu zeigen, wie toll ihr Leben ist.

In der Glotze kommt nur Müll. Ich schleudere die Fernbedienung gegen die Wand, wo die Batterien herausplatzen und unter den Fernsehtisch rollen. Seit Wochen schlafe ich nicht mehr richtig. Obwohl es Sommer ist, sind meine Nächte kalt, und mein Bett zu groß. Ich merke erst, als meine Augen vor Trockenheit brennen, dass ich ohne zu blinzeln auf den Boden gestarrt habe.

Mit beiden Händen reibe ich über mein Gesicht. Diese Suchende geht mir einfach nicht mehr aus dem Kopf. Auch ich war mal ein Suchender, aber ich wurde erlöst. Von Laura Ludovica Bernarda Valeria. Oder einfach nur Laura.

Manche Menschen bekommen alles in ihrem Leben. Ich habe nichts bekommen. Doch, natürlich – ich habe Laura geschenkt bekommen, durch die ich die wahre Liebe erfahren habe, die mich erlöst hat, und durch die ich somit wieder zum Menschen wurde. Blablabla ... Tolle, romantische Geschichte, die so schön ist, dass man einen verdammten Kitschroman darüber schreiben könnte. Aber das Leben ist nun mal kein Kitschroman. Es ist real. Und in einem realen Leben sterben Menschen. Und Laura war schon krebskrank, als ich sie kennenlernte. Deshalb war mir eigentlich von Anfang an klar, dass ich nicht viel von ihr haben würde. Aber man hofft ja, dass das Leben ein Kitschroman ist. Und ich habe gehofft, dass sie durch ein Wunder geheilt wird und wir am Ende unseres langen Lebens gemeinsam Hand in Hand einen wunderschönen Strand entlangspazieren.

Ich hatte genau ein Jahr mit Laura. Ein Jahr. Ein Jahr! Das ist nichts! Das ist verdammt noch mal nichts! Das ist so wenig, dass ich schreien will, wenn ich daran denke. Ich kralle mir ein Kissen. Drücke es gegen mein Gesicht, damit es meine Schreie dämpft und sich die Nachbarn nicht wieder beschweren.

Ich beschließe, den Prinz anzurufen. Es ist mitten in der Nacht, aber das ist mir egal. Ich bin älter als er und damit der Chef. Ich habe den Decknamen »Prinz« für ihn ausgewählt, weil er im Gegensatz zu mir alles in den Arsch geschoben bekommt. Decknamen haben wir uns zugelegt, weil nicht alles, was wir gegen die Suchenden unternehmen, legal ist. Aber dennoch nennt mich der Prinz konsequent bei meinem richtigen Vornamen: Hubertus.

»Was gibt's?«, meldet er sich.

»Hast du ihn?«

»Nein, ich konnte nicht …«

»Scheiße«, brülle ich ins Handy. »Was war denn da so schwer? Du wusstest doch, dass er um diese Zeit immer diese Gasse entlangläuft.«

»Zufälligerweise musste ich dir vorher bei etwas helfen, schon vergessen? Ich war zu spät.«

Der Prinz hat recht. Trotzdem. »So schwer kann es doch nicht sein, jemanden …«

»In einer halben Stunde bin ich bei dir«, unterbricht mich der Prinz. »Dann erkläre ich es dir. Es gibt ohnehin Neuigkeiten, die dir gefallen werden.«

Der Prinz legt einfach auf. Verdammter Mistkerl. Ich mag ihn nicht besonders. Er hält sich für was Besseres. Tut die ganze Zeit so, als wäre das Leben schön und toll, und man müsse jede Sekunde genießen und so. Keine Ahnung hat er. Aber er ist nun mal der Einzige, der mir helfen kann …

Nachdem ich Laura unter die Erde gebracht hatte, habe ich mich voll und ganz ins Jäger-Sein gestürzt. Es ist eine Ehrensache, Suchende zu jagen. Wir Jäger sind erlöste Suchende. Deshalb kennen wir uns aus und wissen, wie unglaublich klein die Wahrscheinlichkeit ist, die wahre Liebe zu treffen und zum Menschen zu werden. Und folglich wissen wir auch, wie extrem groß die Wahrscheinlichkeit ist, als Suchender böse zu werden und Menschen aus einer reinen Laune heraus auszurauben. Einfach nur, um diese grauenhafte Sehnsucht, wenn auch nur für einen kurzen Moment, zu stillen. Manchmal ist das ein ganz schöner Scheißjob, denn wir wollen den Suchenden ihre Chance lassen, erlöst zu werden. Ehrlich. Aber gleichzeitig können wir nicht tatenlos dabei zusehen, wie sie sich an einen Menschen ranschmeißen und ihm das nehmen, wofür es sich zu leben lohnt. Das geht nicht. Wenn wir auch nur ansatzweise daran zweifeln, dass ein Suchender gut ist, greifen wir ein. Wir bewahren ihn sozusagen davor, Böses zu tun. Aber grundsätzlich gilt: erst beobachten, dann handeln.

Als ich noch ein Suchender war, hatte auch ich fast schon die Hoffnung verloren. Ich bin morgens aufgewacht, und da waren dieser Hass, diese Wut und diese Frustration, und die haben mich echt Böses denken lassen: *Scheiß drauf, such dir einfach eine Frau, irgendeine, streng dich ein bisschen an, dass sie sich in dich verliebt, und dann nimm ihr diese Liebe, raub sie aus, weil sich eh keiner für dich interessiert, warum solltest du dich dann für andere interessieren? Liebe schmeckt so gut … tausendmal besser als Schokolade, Alkohol oder Sex. Ein kleiner Liebesraub würde dich diese Sehnsucht wenigstens kurz vergessen lassen …*

Wenn ich mich an diese Sehnsucht erinnere, wird mir kotzübel. Wie sie mich innerlich aufgefressen hat … Und dann – *Boom!* – stand Laura auf einmal vor mir, und das Leben, dieses ewige, grauenhafte Leben, hatte wieder einen Sinn. Sie war trotz ihrer Krankheit so tapfer und lustig und einfach alles, was ich je gesucht hatte.

Kaum ein Suchender wird erlöst, und deshalb existieren auch kaum Jäger, weshalb es ziemlich krass ist, dass der Prinz und ich uns über den Weg gelaufen sind. Das war vor zwei Jahren. Wir waren beide hinter einem Suchenden her, der hier in Venedig sein Unwesen getrieben hat. Venedig ist ein ziemlich beliebtes Pflaster für die. Klar, so romantisch wie's hier ist. Ich habe den Suchenden verfolgt, und er hat's gecheckt und wäre fast mit Hilfe eines Motorboots entkommen, aber plötzlich tauchte der Prinz aus dem Nichts auf, sprang ins Boot. *Zack*, ordentlicher Kinnhaken. Noch eine Faust in den Bauch, ins Gesicht, und der Suchende war platt. Wir haben ihm die Injektion verpasst, eine Spritze, die seine Muskeln lähmt. Sterben können Suchende ja nicht. Dann haben wir den starren Körper tief unter der Erde vergraben.

Der Prinz erzählte mir von seiner Erlösung und davon, dass er die bösen Suchenden davon abhalten will, Menschen ihrer Liebe zu berauben, blablabla ... Eigentlich wollte ich lieber allein Suchende jagen, aber in einer der folgenden Nächte, in der ich zu viel getrunken hatte, und der Prinz und ich gemeinsam auf einem Steg am Canal Grande saßen, habe ich eingewilligt, dass wir ab jetzt zusammenarbeiten.

Weil es so wenige von uns gibt, ist es ein krasser Zufall, dass sich zwei Jäger begegnen, fast schon wie Schicksal. Selbst wenn mir ein anderer Jäger direkt gegenübersteht, sehe ich es ihm nicht an. Uns unterscheidet ja nichts von normalen Menschen. Die Suchenden erkennt man an diesen alten, erfahrenen Augen. Sie sind ja auch schon meist abartig lang auf der Welt. Aber uns Jäger ... tja, keine Chance.

Eine halbe Stunde später klingelt es an der Tür. Ich blicke durchs Guckloch, mache die Tür auf. »Wie langsam läufst du denn? Eine halbe Stunde vom Campo San Barnaba bis hierher?«

Der Prinz verdreht die Augen, was erneut Wut in mir hochkochen lässt. Aber anstatt eine große Sache draus zu machen, was mich nur weitere Energie in dieser beschissenen Nacht kosten würde, schlurfe ich zum laut surrenden Kühlschrank, der gerade mal bis zu meinen Knien reicht. Öffne die Tür. Die zwei Bierflaschen schlagen klirrend aneinander, als ich sie raushole.

»Warum siehst du eigentlich aus, als wärst du in den Kanal gefallen?«

»Vielleicht, weil ich wirklich in den Kanal gefallen bin?«

»Wie das denn?« Ich öffne beide Flaschen, indem ich den Deckel am Küchentresen abschlage, und reiche ihm eine davon.

»Heute Nacht hast du mich doch angerufen, weil du eine Suchende gesehen hast, die uns dann aber entwischt ist«, beginnt er.

»Erzähl mir was Neues!«, knurre ich.

Der Prinz atmet genervt aus. »Ich habe sie heute Nacht wiedergesehen.«

»Was? Wo? Wann?«

Er zupft am Etikett der Bierflasche. »Als mir Nummer vier entwischt ist.«

Ich habe es eingeführt, den von uns gejagten Suchenden eine Nummer zu verpassen. Wenn sie einen Namen haben, dann baut man eine Bindung zu ihnen auf, und das kann nicht gut sein.

Ich nehme einen großen Schluck Bier. »Und warum sitzt du dann hier in aller Seelenruhe? Wo ist sie?«

»Keine Ahnung …«

»Hat die dich etwa ins Wasser geschubst?«

»Das war Nummer vier.«

»Und warum hast du das Mädchen, also Nummer fünf, nicht überwältigt?«

»Warum? Weil es noch zu früh ist.«

»Heute Nacht hätten wir zwei perfekte Chancen gehabt. Es wäre so einfach gewesen, wenn wir sofort gehandelt hätten. Und selbst wenn sie jetzt noch nicht böse ist, dann wird sie's früher oder später werden. Nun ist sie gewarnt.«

»Damit müssen wir wohl leben. Denn was, wenn sie noch Chancen …«

»Ich weiß schon, was du mir jetzt wieder predigen wirst«, falle ich ihm ins Wort. »Vielleicht hat sie noch Hoffnung. Und vielleicht findet sie in zehn Jahren die wahre Liebe. Blablabla …« Ich gestikuliere so heftig mit den Armen, dass Bier aus der Flasche herausschwappt und auf dem Boden landet.

»Der Deal ist«, sagt der Prinz bestimmt, »dass wir erst beobachten und dann entscheiden.«

»Und was, wenn sie morgen schon wieder jemanden seiner Liebe beraubt? Einen netten und gutmütigen Menschen, der ein schönes Leben gehabt hätte, wenn man ihm nicht die Fähigkeit, zu lieben, genommen hätte? Na?« Ich pieke ihn mit dem Zeigefinger ein paarmal in die Schulter. »Dann ist das deine Schuld! Deine Schuld!«

»So schnell wird sie niemand Neues finden«, erwidert Noah ruhig. Er geht aufs Fenster zu.

»Erinnerst du dich nicht mehr daran, wie schmerzhaft es war, jeden verdammten Tag als Suchender aufzustehen und zu hoffen? Immer diese widerliche Sehnsucht zu ertragen? Du *erlöst* sie von ihrem Leid. Schon mal daran gedacht?«

Der Prinz denkt nach. Schüttelt schließlich den Kopf. »Könnten wir ihnen helfen, die wahre Liebe zu finden oder zu sterben, dann würden wir sie erlösen. Aber nicht so. Nicht indem wir sie lebendig begraben. Gib ihr einen Monat. Ich beobachte sie einen Monat lang, und wenn es dann nicht ganz sicher ist, dass sie noch Hoffnung hat, dann … dann muss sie dran glauben.«

Ich lache. Jetzt versucht er, härter zu klingen, als er tatsächlich ist. In Wahrheit ist er viel zu gutmütig, viel zu nett. Der Prinz ist ein Poet, zumindest gibt er sich immer so. Liest gerne Gedichte und so Zeug.

»Wenn du meinst. Hast ja eigentlich recht.«

Nachdem der Prinz abgehauen ist, wische ich das inzwischen klebrige Bier mit einem feuchten Tuch vom Boden. Dann mache ich das Licht aus. Setze mich auf den einzigen Stuhl am Tisch. Kalt ist es in meiner Wohnung. Scheißkalt.

Es ist grausam, ein Suchender zu sein. Doch es ist noch viel grausamer, die wahre Liebe gefunden, aber wieder verloren zu haben.

7

Fünf Minuten.

Zehn Minuten.

Zwanzig Minuten.

Zwanzig Minuten, in denen mein Leben schon längst ein Ende gefunden haben sollte.

Normalerweise. Normalerweise würde auch Atemnot meinen nahenden Tod begleiten. Mein Herz würde immer langsamer werden, immer langsamer und langsamer. Stattdessen schlägt es unaufhörlich weiter. Die Wasseroberfläche über meinem Gesicht ist vollkommen bewegungslos.

Genau genommen beherrschen zwei Wünsche mein Leben. Der Wunsch, Liebe zu erfahren und der Wunsch zu sterben. Beides male ich mir oft genug in meiner Phantasie aus. Wie sich die wahre Liebe anfühlt, kann ich mir nicht ansatzweise erträumen. Ich vermute mal, sie ist mächtig, stürmisch, wild, unbegreiflich und gleichzeitig warm, süß und zärtlich. Mir den Tod auszumalen fällt mir leichter. Ich stelle ihn mir ganz schwarz vor. Ein dunkles Nichts, durch das man fällt und dann einfach verschwunden ist. Für immer. Einfach traumhaft, diese Vorstellung.

Ich fahre in der Badewanne hoch, streiche mit den Fingern die an meinen Schläfen klebenden Haare aus dem Gesicht.

Sie war ein so ruhiger und ausgeglichener Mensch, dass böse Zungen behaupten würden, sie sei leidenschaftslos gewesen. Aber das war sie nicht. In Wahrheit hatte sie sich einfach nur an allem totgesehen. Alles hatte für sie dieselbe Farbe, hatte denselben Geschmack. Wie sollte sie sich beispielsweise über eine Tasse Kaffee am Morgen freuen, wo sie doch schon seit zweihundert verdammten Jahren verdammten Kaffee am Morgen trank. So ging es ihr mit allem.

In Gedanken streiche ich das Wort *verdammt*. Es soll eine schöne, stilvolle Rede sein. Obwohl ich nicht sterbe, tüftle ich seit Jahren an meiner eigenen Grabrede wie ein Dichter an einem Gedicht. Das beruhigt mich irgendwie. So, als bestünde zumindest eine winzige Chance, doch zu sterben.

Ich steige aus der Wanne und schlüpfe in meinen purpurfarbenen Bademantel. Mir geht die gestrige Nacht einfach nicht mehr aus dem Kopf. Diese einzigartige Herzensaura … Sie war wie ein Versprechen. Ein Versprechen, dass das Leben schön ist.

Ich mache mir nicht die Mühe, mein Haar zu föhnen. So kurz wie es ist, reicht es, ein paarmal mit den Fingern durchzufahren, um es zu trocknen. Die hohen Fensterscheiben meines Badezimmers sind beschlagen von der Hitze, ebenso der silberumrahmte Spiegel. Ich zupfe eines der Papiertücher aus dem goldenen Spender und wische damit eine Bahn auf Augenhöhe frei. Dieses Gesicht hat Noah gesehen. Diese kaum lächelnden Lippen. Diese dunklen Augen.

Diese Sehnsucht.

In meinem Zimmer ziehe ich die schweren Samtvorhänge auf, lasse die Nacht herein. Als könnte ich mich am Anblick des Mondes sättigen, hefte ich meinen Blick an den Himmel. Das Funkeln der ihn umrahmenden Sterne schwillt an, breitet sich zu einer schmerzhaft schönen Weite aus – wird zu einer Leinwand. Eine Leinwand, auf der ich etwas sehe, über das ich kaum spreche. Meine Vergangenheit. Meistens bin ich stark genug, sie tief in den Tresor meiner Seele zu sperren. Aber manchmal gelingt es diesen düsteren Erinnerungen, ihrem Gefängnis zu entkommen. Sich wie Gift in mir auszubreiten.

Wie jetzt.

Ich sehe die Leiterin des Waisenhauses. Wie sie mich am Weihnachtstag hinter der Kellertür erwischt, wo ich mich versteckt habe, um zu beobachten, wie sie das Geschenk ihres Verlobten auspackt. Weil ich unbedingt wissen will, was er ihr schenkt. Weil ich noch nie ein Geschenk bekommen habe … Noch ehe sie die dünne Schnur vom Tuch zieht, in dem der viereckige Gegenstand versteckt ist, verrät mich die hölzerne Treppenstufe unter meinen Füßen. Sie knarzt unter der Last meines achtjährigen Körpers, meldet der Leiterin, dass eines der Kinder nicht wie befohlen den Boden im großen Schlafraum schrubbt.

Ich habe Angst vor ihr. Ihre großen, rauen Hände verpassen keine Chance, zuzuschlagen. Die breite Stirn, die engstehenden Augen lassen keinen Zweifel daran, dass diese Frau nicht darüber nachdenkt, wie schwer sie mit ihren Schlägen einem Kinderkörper zusetzt.

Was jetzt passiert, bleibt verschwommen. Ich sehe noch, wie ihre lispelnde Zunge mir ins Gesicht spuckt: »Hättest du auch gerne ein Geschenk bekommen? Sieh dich doch an, Gör. Nicht mal deine Mutter konnte dich ausstehen! Du bist eine Missgeburt. Dich liebt niemand. Und dich wird auch niemand lieben. Niemals! Und weil dich niemand liebt, wirst du einsam und alleine sterben!«

Damals, als es schon tiefe Nacht war, kam ich im Keller wieder zu mir. Das Blut in meinem Gesicht war bereits getrocknet. Meine Finger spürte ich vor Kälte nicht mehr.

Aber das Schlimmste ist: Sie hat recht behalten. Ich starb, ohne jemals geliebt worden zu sein.

Etwas knallt ziemlich heftig gegen meine Wange. Ich habe mich selbst geohrfeigt, um mich ins Hier und Jetzt zurückzuholen.

Ich blinzle. Langsam gewinnt mein Himmelbett an Kontur, mein Sofa, mein Zimmer … Ich kauere auf dem Boden.

Als hätte Damien einen speziellen Sensor, der ihn spüren lässt, wann ich ihn brauche, schwingt die Tür auf. Ich kann mich nicht daran erinnern, dass er jemals angeklopft hat.

»Pearl, ich dachte mir …« Seine Augen finden mich. Sofort ist er an meiner Seite, zieht mich vom Boden hoch. Streicht mir die Haare aus dem Gesicht. »Was ist denn passiert?«

»Hab mich erinnert …«, sage ich nur, und er versteht.

»Du musst raus hier. Dich ablenken, das hilft.«

»Ich werde einfach ein bisschen lesen.«

»Was denn? Schon wieder dieses dämliche Buch? Das kennst du doch schon auswendig.«

Was bleibt, ist das Gefühl ist mein absolutes Lieblingsbuch. Welch Wunder, es geht darin um die Liebe. Eine bedingungslose Liebe zwischen zweien, die so verschieden sind, dass sie zunächst rein gar nicht zusammenpassen wollen. Im Roman dauert es Monate, bis die beiden begreifen, wie verrückt sie doch nacheinander sind. Immer wieder frage ich mich, ob die wahre Liebe wirklich so viel Zeit braucht. Oder ob man es in der ersten Sekunde spürt, dass der Richtige vor einem steht?

»Eigentlich wollte ich gerade …«

»Willst du dich jetzt wie Alexa hier drinnen verkriechen?«, fällt Damien mir ins Wort. »Du musst raus, um tolle Kerle kennenzulernen! Die klopfen nicht an die Haustür.«

Tatsache ist, dass ich erst mal keine Lust mehr habe, jemanden kennenzulernen. Die Luft ist raus. Ich will einfach nur auf meinem Sofa fläzen, ein paar Folgen Dr. House gucken, dabei Tortilla-Chips in mich hineinstopfen und Nutella aus dem Glas löffeln und dann irgendwann einschlafen … »Lass gut sein, Damien.«

»Pearl, du kommst mit.« Sein Tonfall lässt keinen Zweifel daran, dass Widerspruch zwecklos ist. »Heute Abend schmeißt das Casino eine Party. So eine Spendenaktion. Das wird bestimmt nett. Und wer weiß, vielleicht triffst du dort deinen Traummann.«

Nachts lehne ich an der Bar im oberen Stockwerk des Casinos, beobachte die feine Gesellschaft in teuren Jacketts oder eleganten Abendkleidern, die in diesem prächtigen Saal ihr Geld mit Roulette, Black Jack oder anderen Glücksspielen verprasst. Menschen lachen ausgelassen, stoßen mit Sektgläsern an, genießen die lockere Atmosphäre. Direkt neben mir küsst sich ein junges Paar, schmiegt die Gesichter aneinander. Hält sich fest, als würde es ohne einander nicht sein können.

In Momenten wie diesen höre ich meinen Herzschlag überdeutlich. Ich höre ihn, als wäre die Welt um mich herum erfroren und als gäbe es nur noch mich allein. Dann spüre ich eine unendliche Einsamkeit, die mir die Brust zusammenschnürt.

Am liebsten würde ich sofort von hier verschwinden. Damien kommt viel besser als ich in Menschenmengen klar. Vor meinem

Tod sind mir nur Menschen begegnet, die mich entweder misshandelten oder mir sagten, wie wenig ich wert sei. So etwas vergisst man nicht. Misstrauen wird man nur sehr schwer wieder los.

»Du siehst schön aus heute Abend«, flüstert Damien in mein Ohr. Sein warmer Atem kitzelt mich am Hals.

Mein schwarzes Kleid reicht bis knapp über meine Knie. Die Narbe auf meinem Brustbein wird größtenteils von einer breiten, goldenen Kette verdeckt. Meine kirschroten Lippen zeugen von ebenso viel Aufwand wie meine dunkelrot lackierten Fingernägel.

»Ich weiß nicht ... Ich mag es eigentlich nicht, mich so stark zu schminken.«

»Steht dir aber.«

»Danke.« Um meine unruhigen Finger zu beschäftigen, staple ich Damiens Spielchips auf dem Tresen. »Wollte Alexa nicht mitkommen?«

»Nein. Sie meinte, sie würde lieber im Palazzo bleiben.« Er verdreht die Augen.

Auch ich hätte mich dort verkrochen, hätte Damien mich nicht genötigt, ihn zu begleiten.

»Aber wir lassen uns den Abend davon ganz sicher nicht verderben«, sagt er.

Er gibt dem seriös mit weißem Hemd und schwarzer Fliege gekleideten Barkeeper ein Zeichen und bestellt zwei Gläser Champagner. Vor fünf Minuten habe ich Damien erklärt, dass ich heute Abend besser auf Alkohol verzichte. Also ist das zweite Glas höchstwahrscheinlich für das hübsche Mädchen mit elfenhaftem Körperbau, das immer wieder zu Damien herüberschaut. Als er ihr zuzwinkert, glühen ihre Wangen im selben Ton ihrer langen, roten Haare.

Damien nimmt die zwei Champagnergläser entgegen. Er sieht gut aus in seinem schwarzen Smoking. »Ist es in Ordnung für dich, wenn ich …«

»Geh schon«, sage ich und lächele.

»Danke.« Er beugt sich vor, um mich auf die Wange zu küssen – bremst sich dann jedoch mit Blick auf das rothaarige Mädchen. Stattdessen prostet er mir mit beiden Gläsern zu. »Wir sehen uns später.«

Er geht zwei Schritte, dann dreht er sich noch mal zu mir um. »Denk dran«, sagt er, »der Nächste wird der Richtige sein.«

»Der Nächste *muss* der Richtige sein«, entgegne ich, doch er hört mich schon nicht mehr.

Ich lasse die Augen durch den Saal schweifen, über die goldenen Kronleuchter, die mit grünem Filz belegten Spieltische. Selbst die Decke des Casinos ist mit aufwendigen Fresken verziert. Von der Empore aus kann man ins untere Stockwerk sehen. Dort befinden sich die bunten Spielautomaten, die so schön verrückt leuchten, sowie eine Lounge mit breiten Sesseln und Sofas.

Auf einmal streift mich der Duft einer Herzensaura. Eine Herzensaura, die mich für ein paar Sekunden den Atem anhalten lässt. Es ist dieser einzigartige Duft, der mich alles um mich herum, selbst die Musik, ausblenden lässt. Von einer Sekunde auf die andere sind meine Sinne hellwach.

Ja, er ist es. Definitiv. Der junge Typ, der nachts in zwielichtige Dinge verwickelt ist. Den ich aus dem Kanal gezogen habe.

Noah sitzt mit mehreren Mädchen unten in der Lounge, eine Flasche Whisky auf dem flachen Tisch vor sich. Ich trete näher ans Geländer, halte mich am hölzernen Handlauf fest. Noah legt den Arm um das blonde hübsche Mädchen neben sich.

Ich weiß nicht, was genau das an ihm ist, was es mir unmöglich macht, den Blick abzuwenden. Er sieht anders aus im Smoking. Elegant. Noah ist zweifelsfrei sehr attraktiv, aber er ist keine klassische Schönheit. Vielleicht ist es diese perfekte Mischung aus süß und gefährlich … Er genießt sichtlich die Aufmerksamkeit, die ihm die Frauen um ihn herum schenken. Aufmerksamkeit, die ich ihm ebenfalls zuteilwerden lasse.

»Noah …«, flüstere ich. Meinen Lippen kribbeln. Es scheint ihnen zu gefallen, seinen Namen auszusprechen.

Was unwichtig ist, denn ich habe nicht vor, Noah besser kennenzulernen. Ich bin einfach nicht in der Stimmung.

In diesem Moment sieht Noah zu mir hinauf. Er legt den Kopf schief. Lächelt, als würde er sich ehrlich freuen, mich zu sehen.

Ich vertrödle die folgende Stunde an der Bar. Mich auf meine Atmung zu konzentrieren hilft mir, inmitten all der Menschen ruhig zu bleiben.

Noahs Anblick hat mich irgendwie nervös gemacht. Vielleicht hätte ich ihm Hallo sagen sollen. Aber ich bin nicht cool genug, um mit einem Kerl zu sprechen, wenn er von lauter hübschen Mädchen umgeben ist.

Das Klingeln der Münzen wird mit jeder Stufe, die ich ins untere Stockwerk nehme, lauter. Ein Durcheinander an Gerüchen strömt auf mich ein: süße, herbe, leichte Parfums. Angstschweiß. Alkohol. Der Duft der Lachs- und Kaviarhäppchen. Von draußen hereingetragener Zigarettenrauch. Einen kurzen Moment lang bin ich unaufmerksam, mache einen zu großen Schritt, stolpere.

Doch anstatt auf die Stufen zu fallen, lande ich in zwei starken Armen.

Ich spüre seinen festen Körper, spüre seinen Herzschlag.

»Nicht so hastig.« Noahs warmer Atem kitzelt meinen nackten Hals.

Ich kann ihn nicht sehen, stehe mit dem Rücken zu ihm. Dafür bin ich mir jedoch der Wärme seiner Hände, die auf meinen Oberarmen liegen, überdeutlich bewusst.

»Danke.« Ich räuspere mich.

Ein paar Sekunden lang verweilen Noahs Finger noch auf meinen Armen. »Vielleicht solltest du nicht so verträumt in der Gegend herumschauen.«

Ich kann das Lächeln in seiner Stimme hören. Um mit mir auf einer Augenhöhe zu sein, stellt er sich eine Treppenstufe unter mich. Ich wende mich ihm zu.

Die Wunde an seiner Stirn, die ihm der Glatzkopf zugefügt hat, ist fast verheilt. »Es freut mich, dass ich dich hier treffe.«

Ich bin so überrumpelt, dass sämtliche Worte in meinem Hals steckenbleiben.

Noah sieht mich erwartungsvoll an.

»Entschuldige, ich war nur … egal, was machst du hier? Ich hätte nicht gedacht, dass man dich auf solchen Veranstaltungen trifft.«

»Ach nein? Was denkst du denn, wo ich mich rumtreibe?«

»Ich weiß nicht. Jedenfalls nicht auf so spießigen Veranstaltungen.«

»Ich bin überall, wo was los ist. Vor allem hier in Venedig muss man jede Chance nutzen. Ist nicht gerade so, dass es hier viele Clubs und Diskotheken gibt.«

Obwohl ich Noah kaum kenne, höre ich seiner Stimme an, dass das nur die halbe Wahrheit ist.

Zwei süße Grübchen bilden sich auf seinen Wangen. »Was ich dir noch sagen wollte: Tut mir leid, dass ich einfach so verschwunden bin, nachdem du mich aus dem Wasser gezogen hast.«

Als würde er jemanden in der Menschenmenge suchen, lässt er seinen Blick durch den unteren Saal wandern. »Ich würde mich gerne erkenntlich zeigen.«

»Erkenntlich zeigen wofür?«

»Dafür, dass du mich gerettet hast.«

»Okay …«

»Wohnst du hier in Venedig?«

Ich nicke.

»Und wo?«

Alexa hat mir das Versprechen abgenommen, niemandem zu verraten, wo wir wohnen. Aber ich komme ohnehin um eine Antwort herum, denn Noahs Aufmerksamkeit richtet sich auf etwas hinter mir. »Was will der denn hier …«

Ich werfe einen Blick über die Schulter. Sehe gerade noch einen Mann in der Menge abtauchen.

»Bist du zu Fuß hier oder mit dem Boot?«, fragt mich Noah, und ich wende mich ihm wieder zu. Als er meinen verwirrten Blick sieht, fügt er hinzu: »Ich meine nur, weil alles ums Casino herum zugeparkt war. Das war echt verrückt. Ziemlich nervig.«

»Ich bin mit dem Boot hier. Am Ende vom Rio Trapolin war noch Platz, aber wir mussten auch lange suchen.«

»Wir? Wer ist *wir*?«

Schon wieder gilt seine Aufmerksamkeit dem Geschehen hinter mir. Gerade, als ich den Mund aufmache, um von meinem sogenannten Bruder zu erzählen, lächelt Noah entschuldigend und sagt: »Ich muss nur ganz kurz mit jemandem sprechen. Wartest du hier?«

Ehe ich etwas erwidern kann, ist er an mir vorbei und lässt mich auf der Treppe stehen.

Mag sein, dass Noah gut aussieht. Aber höchstwahrscheinlich ist er nur einer von den vielen Idioten auf dieser Welt. Die meisten Menschen sind skrupellos, egoistisch, oberflächlich, arrogant oder dumm. Noah wird mich vermutlich enttäuschen. Und für eine weitere Enttäuschung fehlt mir die Kraft.

Deshalb warte ich nicht, sondern tauche bewusst in der Menge ab. Denke an meine Couch, Nutella, all diese ekelhaft glücklichen Pärchen auf der Welt und frage mich, warum sie so viel Glück haben, ich aber nicht.

8

Im Toilettenvorraum stütze ich mich auf der Kante des Waschbeckens ab. Atme mehrmals tief ein und aus. Spritze mir eiskaltes Wasser ins Gesicht. Das Mädchen im Spiegel sieht mich mit ihren schwarzen Augen an. Manche Menschen denken wahrscheinlich, dass nur ein finsterer Charakter Augen derart verdunkeln kann. Aber das stimmt nicht. Es ist die Einsamkeit.

Es zieht mich an die frische Luft. Genauer gesagt auf den Steg vor dem Casino, an dem die Wassertaxis die Gäste absetzen und abholen. Ich ziehe eine der dunkelroten Rosen aus dem üppigen Blumenschmuck neben der Eingangstür. Brauche irgendetwas, mit dem ich meine unruhigen Finger beschäftigen kann. Aus dem Inneren des Gebäudes strömt die Hitze zahlreicher Körper, rötlichgelbes Licht, Jazzmusik und das gedämpfte Durcheinander vieler Stimmen.

Ich schlüpfe aus meinen Pumps, setze mich an den Rand des Stegs. Tauche meine Zehenspitzen in den Kanal. Wie alles in Venedig ist auch er verzaubert: Nachts verwandelt er sich in flüssiges Gold. Ihn zu betrachten macht nachdenklich, glücklich, melancholisch … Was auch immer.

Ich spüre Noahs Anwesenheit noch bevor er das Wort an mich richtet. »Wolltest du nicht auf mich warten?«

»Du hast lediglich gesagt, dass ich warten soll. Dass ich das tue, davon war nie die Rede.«

Er lacht. »Wie nett.«

Ich bin nicht in Flirtstimmung, deshalb zucke ich nur mit den Schultern.

»Ist es nicht langweilig, so allein hier draußen?«

Ich drehe mich nicht zu ihm um. Halte den Blick weiterhin fest auf den Kanal gerichtet. »Nein. Ich mag Menschenmengen nicht besonders.«

»Unsere erste Gemeinsamkeit. Ich mag's auch nicht, so viele Menschen um mich herum zu haben.«

Aber du magst es, viele schöne Frauen um dich herum zu haben!, verkneife ich mir zu sagen.

Als wären wir schon jahrelange Freunde, setzt er sich neben mich auf den Steg. So nah, dass er die unsichtbare Grenze, die jeden Menschen wie ein elektrisches Feld umgibt, überschreitet. Und gleichzeitig weit genug, um mich nicht zu berühren.

»Also, auf was hättest du Lust?«, fragt er mich. Der Klang seiner Stimme ist auffallend melodisch. Tief, warm und männlich. »Magst du essen gehen oder ins Kino oder beides?«

»Ähm … jetzt?«

»Von mir aus auch jetzt, wenn du möchtest. Wird nur etwas schwer werden. Ich schätze mal, die meisten Restaurants und Kinos haben schon zu. Wie sieht's morgen bei dir aus?«

»Ich kenne dich doch überhaupt nicht. Bis jetzt weiß ich nur, dass du nachts in Schlägereien verwickelt bist. Nicht gerade vertrauenerweckend.«

»Das wäre für dich das Abenteuer an der Sache.« Sein Profil ist ziemlich sexy, vor allem, wenn er wie jetzt sein schiefes Lächeln aufsetzt und dabei seine geraden Zähne zeigt. »Oder wir lernen uns heute Abend schon ein bisschen besser kennen, dann wirst du merken, dass von mir keine … dass ich eigentlich ganz nett bin.«

Er wollte wohl »dass von mir keine Gefahr ausgeht« sagen, aber vermutlich weiß er nur zu gut, dass alles an ihm gefährlich ist. Der tiefgründige Blick seiner blauen Augen. Sein Lächeln, das Frauenherzen zum Schmelzen bringt und das er so hervorragend einzusetzen weiß. Diese Grübchen … Noah ist ein Typ, zu dem man sich einfach hingezogen fühlen muss. Und mit großer Wahrscheinlichkeit ist er sich dieser Tatsache bewusst.

»Also, erzähl mal ein bisschen von dir, Pearl. So heißt du doch, oder?«

Ich nicke.

»Wie alt bist du?«

»Achtzehn.«

»Wie kommt es, dass du auf diese doch eher große Party gehst, wenn du eigentlich keine Menschenmengen magst?«

Ich zucke mit den Schultern. »Ich kann ja auch nicht jeden Abend zu Hause sitzen und lesen.«

Meine Ehrlichkeit überrascht mich selbst. Aber ich bin halt auch nicht in Flirtstimmung. Mir ist es egal, was Noah von mir denkt. Ich bin sogar irgendwie erleichtert, ihm nichts vorlügen zu müssen, nicht behaupten zu müssen, wie unternehmungslustig ich bin und was ich doch ständig für spannende Dinge mache … So wie Noah die Augenbrauen hochzieht, scheint er mich jetzt für ziemlich langweilig zu halten.

»Du bist dran«, lenke ich von mir ab. »Hast du Geschwister?«

Eigentlich eine normale Frage – aber das Lächeln auf seinen Lippen verblasst, die Grübchen verschwinden. Er versucht seine

Mundwinkel oben zu halten, doch es wirkt verkrampft. »Wir reden hier über dich, nicht über mich.«

Es gäbe aber noch viele Fragen, die ich ihm gerne stellen würde. Er interessiert mich, dieser seltsame und anziehende Mensch neben mir. Doch die Weise, wie sich Noahs Kiefermuskulatur anspannt und er seine Finger um die Kante des Stegs krallt, bremst mich.

»Ich rede aber nicht gerne über mich«, sage ich schnell, als Noah zu einer neuen Frage ansetzt.

Wir schweigen. Es ist kein unangenehmes Schweigen, das mit jeder Sekunde immer bedrückender und schließlich unerträglich wird. Nein, es ist eines, das einen spüren lässt, dass dies ein ganz besonderer Moment ist, einer, der ohne Worte schön ist.

Verstohlen betrachte ich Noah. Seine Haltung ist aufrecht. Eine Haltung, die nicht nur seine offensichtliche Stärke, sondern auch die Last, die auf seinen Schultern liegt, deutlich werden lässt. Wie ein dunkles Geheimnis, gegen das er in einem fort ankämpft. Hell und dunkel zugleich – seine Herzensaura fasziniert mich. Leicht wie eine Brise und schwer wie Blei. Sommer und Winter. Ich frage mich, was sein Herz durchgemacht hat, welche Erfahrungen es geprägt haben.

Unser Spiegelbild im Wasser zeigt mir, dass auch Noah mich ein paar Atemzüge lang aufmerksam betrachtet. Er zieht sein Jackett aus und legt es hinter sich auf den Steg. Dann krempelt er die Ärmel seines weißen Hemdes hoch. Anders als die meisten Männer im Casino trägt er keine dicke Rolex, sondern mehrere schlichte Lederarmbänder.

»Du bist irgendwie … anders«, sagt er. »Es ist schwer, dich einzuschätzen. Aber das macht dich interessant.«

Ich wage es, seinen Blick zu erwidern.

Eins. Zwei. Drei.

Ganze drei Sekunden lang steht die Welt still. Seine Art, mich anzusehen, ist so intensiv, so als könnte er mir mit seinem Blick all meine Geheimnisse entlocken.

Die Stacheln der Rose bohren sich in meine Handfläche, so fest umklammere ich ihren Stengel. Ein rotes Blütenblatt löst sich und fällt auf meinen Oberschenkel.

»Du lachst nicht oft, oder?«

Und schon wieder sprudelt die Wahrheit einfach so aus mir heraus. »Nein, nicht wirklich. Ich fürchte, ich bin nicht besonders gut darin.«

»Du wirst es lernen.« In seiner Stimme liegt so viel Zuversicht, dass sich Wärme in meiner Brust ausbreitet. »Ich habe es auch gelernt.«

Noah pflückt das Rosenblatt von meinem Oberschenkel, legt es vorsichtig auf seine Handfläche.

Auf einmal ist da diese Anziehungskraft.

Wie magnetisch.

Spüre nur ich das oder auch er?

»Noah!«, durchbricht eine Stimme die Spannung, die sich zwischen uns aufgebaut hat.

Ohne den Blick von mir abzuwenden, sagt Noah: »Kiara.«

»Was machst du denn hier draußen?«

Kiara ist die junge Frau, die vorhin in der Lounge an Noahs Seite saß. Wie ein Engel sieht sie mit ihrem langen, blonden Haar aus, das sich sanft über ihre filigranen Schultern wellt. Sie hat die Art zu lächeln, die Männer bezaubert. Ein strahlendes Lächeln, eines, das ich niemals haben werde.

Es ist gut, dass Noah sich sein Jackett schnappt. Sich erhebt. Es ist gut …

»Ich komme gleich«, sagt er zu Kiara. »Geh schon mal vor.«

»Aber …«

»Kiara, nicht jetzt.«

Kiara öffnet ihren Mund, aber sagt nichts. Ihr ist anzusehen, wie sehr Noahs Worte sie kränken. Ich muss sie nur einmal anschauen, um zu wissen, dass sie Noah niemals widersprechen würde. Langsam, als würde sie hoffen, dass Noah seine Worte zurücknimmt, dreht sie sich um. Doch Noah nimmt seine Worte nicht zurück.

Ganz offenbar hat Noah eine Freundin, dennoch ist jedes einzelne Wort, das er an mich richtet, flirtend. Er ist ein Herzensbrecher. Aber mein Herz würde es nicht ertragen, gebrochen zu werden.

»Ich sollte jetzt gehen.« Auch ich erhebe mich. Stütze mich an einen der Holzpfosten, als ich in meine Pumps schlüpfe.

»Jetzt schon? Ich weiß doch noch gar nichts über dich!«

»Das musst du auch nicht.«

»Es ist nicht gut, so viel allein zu sein, Pearl.«

Ich halte inne. »Was …?« Meine Augen weichen auf den Boden aus. »Ich … ich bin nicht allein.«

»Doch, Pearl. Das bist du.«

Eine Gewehrsalve. Direkt in meine Brust. Genauso fühlen sich seine Worte an.

»Sagst du immer, was dir gerade so durch den Kopf geht? Und überhaupt, wie willst du das beurteilen? Du kennst mich doch gar nicht!«, fahre ich ihn heftig an. Meine Gefühle kochen plötzlich über.

»Ich kann vieles sehen. Und ich sage, was ich denke, wenn

ich meine, dass mein Gegenüber es verkraften kann.« Das runde Muttermal schräg unter seinem rechten Auge hebt sich ein wenig, als er lächelt. »Das habe ich im Lauf der Zeit gelernt.«

Ich habe mich noch nie so schutzlos, so nackt gefühlt.

»Du bist mir nichts schuldig, Noah. Wirklich nicht. Geh rein zu deiner Freundin.«

Ich werfe die Rose ins Wasser, sehe ihr dabei zu, wie sie davontreibt. Meine Worte haben Noah ausreichend überrascht, um ihn sprachlos zurückzulassen. Erst, als ich das Ende des Stegs erreicht habe, ruft er meinen Namen. Aber ich drehe mich nicht um.

9

Ich finde Damien auf einem Sofa in der Lounge des Casinos. Vor ihm ein Eiskübel mit einer Flasche Sekt darin, neben ihm das rothaarige Mädchen. Ich wünschte, ich wäre eifersüchtig. Wünschte, ihn mit einer anderen Frau zu sehen, würde mich stören. Aber stattdessen freue ich mich darüber, dass er glücklich wirkt.

»Ich fahre nach Hause«, begrüße ich ihn. Füge jedoch sogleich hinzu: »Aber du kannst ruhig noch ein bisschen bleiben.«

Ganz der Gentleman, stellt Damien mich sofort seiner neuen Bekanntschaft vor – als seine Schwester. »Ist irgendwas?«, fragt er, während er den Schlüssel für das Boot aus der Hosentasche zieht. »Du siehst irgendwie blass aus.«

»Vermutlich die stickige Luft hier drinnen.«

Fünf Minuten später bin ich auf unserem Boot. Doch als ich versuche zu starten, flackern die Anzeigen im Armaturenbrett nur einmal kurz auf, gefolgt von einem einmaligen leidvollen Knattern des Antriebs.

»So ein verdammter Mist!«, fluche ich. Schlage zweimal frustriert mit der flachen Hand auf das Cockpit.

Mit einem Mal werde ich mir der Finsternis um mich herum bewusst. Mir fällt auf, dass die Straßenlaterne, die bei unserer

Ankunft die Gasse erhellt hatte, nicht mehr leuchtet. Registriere, dass die Stahlleiter, die vor ein paar Stunden noch seitlich zum Boot versetzt aus dem Wasser geführt hat, verschwunden ist.

All meine Sinne laufen auf Hochtouren. Ich rechne damit, jeden Augenblick angegriffen zu werden. Meine Muskeln sind zum Zerreißen angespannt. Erst jetzt entdecke ich das durchgetrennte Kabel, das unter dem Lenkrad hervorragt. Alles ist vollkommen ruhig. Verdächtig ruhig. Im grauen Licht des wolkenverhangenen Monds wirkt die enge Gasse leblos. Ihr Ende wird von der Dunkelheit verschlungen, so als würde dort der Tod lauern.

Ich bemerke etwas Weißes auf dem Boden vor meinen Füßen. Ein Stück abgerissenes Papier, so dünn wie aus einer Zeitschrift. Ich bücke mich, hebe es auf. Ein Schuhabdruck hat die ersten Worte darauf verwischt, so dass ich den Satz nur schwer entziffern kann.

Dass sie in Liebe sterben soll.

Es ist die letzte Zeile eines Gedichts, meines Lieblingsgedichts von Theodor Storm, um genau zu sein.

Liebe …

Ich zerknülle den Zettel, will ihn fallen lassen, aber meine Finger umschließen ihn fest. Geben ihn nicht mehr her.

Ohne weiter Zeit zu verlieren, stelle ich einen Fuß auf das steinerne Gemäuer. Ziehe mich am Eisengeländer hoch.

Rascheln. Eine Bewegung rechts von mir. Hektisch. Nervös. Ein erschreckend hohes Kreischen. Zu hoch, um menschlich zu sein. Es ist nur eine Ratte, gefolgt von einer zerzausten Katze, die hinter den Müllcontainern hervorflitzen und um die nächste Hausecke davonjagen.

So schnell wie möglich kehre ich zum Casino zurück. Ich hätte schwören können, dass die Jäger das Kabel durchgeschnitten haben – aber dann hätten sie mich angegriffen. Vielleicht doch nur ein dummer Streich von Jugendlichen, eine Mutprobe oder was weiß ich …

Erst als ich in den Lichtkreis des Casinos eintauche, gelingt es mir, wieder gleichmäßig zu atmen. In der Eingangshalle bestelle ich bei der jungen Frau hinter dem Empfangstresen ein Taxi. Meine Hoffnung, bald in den Kissen meines Bettes einsinken zu können, wird jedoch enttäuscht, als sie entgegnet: »Scusi, aber die Gesellschaft löst sich gerade auf. Die Wassertaxis sind bereits alle reserviert. Die Wartezeit beträgt mindestens zwanzig Minuten. Möchten Sie, dass ich Ihnen das nächste freie Taxi reserviere?«

Nicht mein Abend. Definitiv nicht mein Abend.

Meine Nerven sind bis zum Zerreißen gespannt, dennoch bemühe ich mich, ruhig und höflich zu bleiben. Ich nenne der Frau meinen Namen und lasse sie ein Taxi reservieren. »Danke. Ich warte solange draußen.«

Mir fällt auf, dass ich noch immer den Papierfetzen in der Hand halte. Ohne zu wissen, weshalb, verstaue ich ihn in der Tasche meiner Jeansjacke. Dann trete ich hinaus an die frische Luft, spaziere langsam die Calle Vendramin entlang. Schummriges Licht. Rote Tuffsteinwände auf der einen, der stillstehende Kanal auf der anderen Seite. Ich lege den Kopf in den Nacken. Die Geräusche des Casinos werden leiser und leiser. Während an anderen Plätzen und Straßen Venedigs nachts das Leben pulsiert, gibt es auch Gassen wie diese, die tief zu schlafen scheinen.

»Kommst du nicht nach Hause?«

Die Spannung, die gerade eben noch aus meinen Muskeln gewichen war, ist mit einem Mal wieder da. Wie in Zeitlupe drehe ich mich zu Noah um. »Die Wassertaxis sind alle reserviert.«

»Du hast Glück. Ich bin mit dem Boot hier. Ich bringe dich nach Hause.« Sein Gesicht liegt halb im Dunkeln. Schwarz und weiß. Er zieht sein Jackett aus, hängt es über seinen Unterarm.

»Nein, du musst nicht …«

»Keine Widerrede. Mein Boot liegt gleich dort hinten.«

Er läuft einfach los. Als er merkt, dass ich ihm nicht folge, hält er inne. Sieht mich über die Schulter an. »Na los, Pearl. Auf was wartest du? Soll ich dich tragen?«

Noahs Boot, ein eleganter schwarzer Flitzer, erwartet uns hinter einer filigranen Brücke, die zu einem privaten Hauseingang führt. Als ich einsteige, bietet mir Noah galant seine Hilfe an. Mein Blick ruht ein paar Sekunden zu lang auf seiner Hand.

»Ich beiße nicht.« Noah lächelt. Ein schiefes Lächeln, das ich nicht einschätzen kann. Ein Lächeln, das Herzen bricht.

Als ich sicher auf dem Boot stehe, löse ich mich sogleich aus seinem Griff. Ich setze mich auf den dunklen Ledersitz neben dem Lenkrad. Noah löst das Seil vom Holzpfosten im Wasser, startet den Motor. Langsam setzt sich das Boot in Bewegung.

Nachts ist in Venedig alles auf magische Weise verstärkt: Das Geräusch, wenn zarte Wellen gegen das dunkle Gemäuer schlagen. Der Duft der Stadt – eine einzigartige Mischung aus salziger Luft, moosigem Stein, feuchtem Holz, Motoröl und süßem Gebäck. Mein Herzschlag.

Während Noah das Boot einen schmalen Kanal entlanglenkt, zieht er sein Handy aus der Hosentasche und reicht es mir. »Speicher mal deine Handynummer ein.« Er zweifelt nicht im Geringsten daran, dass ich sie ihm geben will.

Nach einer Weile bemerkt er, dass meine Finger tatenlos über dem Display schweben. »Was ist?«

Das ist: Vermutlich will Noah nur seinen Spaß haben. Und ich kann es mir nicht leisten, den letzten Funken Hoffnung an jemand zu verschwenden, der es nicht ernst mit mir meint.

Als ich Noah sein Handy unverrichteter Dinge wieder zurückgebe, weiten sich seine Augen kurz vor Erstaunen, ehe er sein charmantes Pokerface wieder aufsetzt.

»Ich gebe meine Handynummer nicht so leicht her.«

»Okay … sehr löbliche Einstellung.«

Ich stütze meinen Ellenbogen auf den schwarz lackierten Rand des Sportbootes, lege mein Kinn auf den Handrücken. Konzentriere mich darauf, wie die Spitze des Bootes die golden schimmernde Wasseroberfläche durchschneidet.

Auf einmal fällt mir etwas in der Spiegelung des Wassers auf. Ein schwarzer Fleck, wie ein Schatten. Kurz bevor wir unter einer Brücke hindurchfahren. Jemand muss dort oben gestanden haben, ich bin mir ganz sicher. Doch als wir die Brücke hinter uns gelassen haben, ist dort keine Menschenseele.

Gewiss habe ich mir den Schatten nur eingebildet. Im Stehen manövriert Noah das Boot in Richtung des großen Kanals. Der Fahrtwind wirbelt seine Haare durcheinander.

»Frierst du?«, fragt er. Ohne eine Antwort abzuwarten, reicht er mir sein Jackett, das er hinter sich auf den Fahrersitz gelegt hatte.

Ich nehme es an, hülle mich in Noahs Duft, der in den Fasern des weichen Stoffs steckt. »Danke.«

Ich erkläre ihm, dass er mich an der Anlegestelle der Ponte de l'Academia absetzen kann. In derselben Sekunde, in der das Boot an den Steg andockt, springe ich bereits an Land. »Vielen Dank fürs Mitnehmen«, verabschiede ich mich. Ich hebe die Hand und wende mich zum Gehen.

Hastig kritzelt Noah etwas auf einen Zettel, den er mir entgegenstreckt. Ich gehe wieder auf ihn zu und nehme den Zettel entgegen. Er hat seinen Namen und seine Handynummer aufgeschrieben.

»Du hast eine Schrift wie ein Grundschulkind.« Ich kann mir ein kleines Lachen nicht verkneifen.

»Bitte? Das ist eine Künstlerschrift.« Sein Gesichtsausdruck lässt darauf schließen, dass er sich innerlich für seine Schlagfertigkeit selbst lobt. »Sehen wir uns denn wieder?«

»Vielleicht ...«, weiche ich aus.

»Ein Vielleicht genügt mir. Dann kann ich mir Hoffnung machen, und Hoffnung zu haben ist immer gut.« Der Mond verblasst, als seine Grübchen die volle Wirkung entfalten. »Träum was Schönes, Pearl.«

So schnell wie möglich drehe ich mich um und tauche in die Dunkelheit der nächsten Gasse ein.

Erst, als ich mich auf mein Bett fallen lasse, bemerke ich, dass mich noch immer Noahs Duft umgibt. Dass ich noch immer sein Jackett trage.

10

Samstagabend. Ich stehe auf einer Brücke. Warte.

Ich habe Laura versprochen, das Beste aus mir zu machen. Und das mache ich: Ich jage Suchende.

Aber mal ehrlich: Laura hat mir beigebracht zu leben, und dann ist sie selbst gestorben und ich mit ihr.

Scheiße, Mann. Ich habe sie so sehr geliebt. So sehr, dass sie mich zum Menschen gemacht hat. Ich hatte ja schon selbst fast nicht mehr dran geglaubt.

Da kommen sie. Schnell werde ich eins mit dem Schatten der Unterführung. Sie sieht aus wie jemand, der einfach schon viel zu lange auf dieser Welt ist. Ich kenne diesen müden Blick. Jetzt tut sie mir leid. So wie vor zwei Nächten, als sie vor mir auf dem Boden lag und mich mit großen Augen ansah. Aber ich darf kein Mitleid mit ihr haben. Mit ihr, mit Nummer fünf. So nenne ich sie, weil sie die fünfte Suchende ist, die ich vermutlich bald unter die Erde bringen werde.

Ich werde sie beobachten, so viel steht fest. Um zwei Suchende hat sich der Prinz bis jetzt gekümmert. Beide hat er gut und sicher außer Gefecht gesetzt. Nummer vier ist ihm entwischt, dem Idioten.

Aber das mit dem unter die Erde bringen ist jetzt eh vorbei.

Als ich wieder in meiner Wohnung bin, checke ich noch mal mein Handy. Neben dem Prinzen kenne ich nur noch einen einzigen Jäger, den ich vor fünf Jahren in Florida kennengelernt habe, als ich Nummer eins gejagt habe. Darren ist sein Name. Vor einer Woche hat er mir eine Nachricht geschickt. Und in dieser Nachricht steht es schwarz auf weiß: Er hat es geschafft. Er hat ein Mittel gefunden, das die Suchenden nicht nur lähmt, sondern tötet. Was mehr als genial ist, denn mal ehrlich: Wie viele Suchende wollen sterben? Eigentlich doch alle. Ich wollte jedenfalls damals sterben.

Ich bin mir sicher: Wenn die Suchenden von diesem Mittel erfahren, dann werden sich viele freiwillig den Jägern ausliefern. Und dann ist die Welt schon bald von ihnen befreit …

Ich schreibe dem Prinzen eine SMS, dass ich ihn übermorgen in der Früh sehen will. Morgen treffe ich mich mit Darrens Boten, der mir das Mittel bringen wird.

Die ganze Nacht über liege ich wach und ärgere mich darüber, dass der Prinz so ein verdammtes Glück hat und ich nicht. Er hat den Alten, der in Geld schwimmt und ihm alles in den Arsch schiebt, wenn er, sein Adoptivsohn, nur mit dem Finger schnippt. Er lebt in diesem fetten Palazzo und hat ein Kindermädchen, das täglich frisch kocht und ihm jeden Wunsch von den Lippen abliest. Das ist nicht gerecht. Und diese Ungerechtigkeit schürt in mir Wut. Eine Wut, die mir die Luft abschnürt. Die mich drängt, alles kurz und klein zu schlagen.

»Luca Rossi?«, begrüße ich den großen Mann in Lederjacke, der am folgenden Nachmittag am Bahnhof auf mich zusteuert.

Seine langen, grauschwarzen Haare trägt er zu einem Pferdeschwanz gebunden. Mit seinen Tattoos und der Goldkette um den Hals sieht er aus wie der furchteinflößende Anführer einer Motorrad-Gang. Sein Lächeln ist jedoch erstaunlich freundlich.

»Si, der bin ich. Dann bist du Hubertus.« Sein Händedruck ist fest.

Ich werfe einen Blick über die Schulter. Prüfe, ob uns jemand beobachtet. Aber es kommt mir nichts verdächtig vor.

»Hast du Angst, dass jemand sehen könnte, was ich Schönes für dich dabeihabe?« Luca klopft zweimal auf die rechte Brusttasche seiner Lederjacke. Die Erhebung lässt darauf schließen, dass er dort das Mittel aufbewahrt.

»Könnte schon sein, dass uns jemand beobachtet. Ich habe vor kurzem eine Suchende verfolgt, aber ich war mir nicht sicher, ob sie böse ist oder nicht, deshalb habe ich sie laufen lassen. Jetzt weiß sie, dass Jäger in der Stadt sind. Im schlimmsten Fall spioniert sie mir nach. Ich will kein Risiko eingehen.«

Wir setzen uns auf eine Bank zwischen einer Säule und einem Automaten mit Süßkram. Als Luca seine Jacke auszieht und über die Stuhllehne hängt, sticht mir eines seiner Tattoos ins Auge: Ein Herz, in dem ein Pfeil steckt. Darunter steht: *Florence.*

»Hat Florence dich erlöst?«, frage ich Luca.

»Esatto. Vor acht Jahren.« Luca strahlt voller Stolz über beide Ohren. »Bald werde ich Papa. Ich bin zwar eigentlich schon zu alt dafür, aber na ja ... Streng genommen bin ich ja nicht mal zweiundvierzig, sondern hundertelf Jahre alt. Der älteste Papa der Welt.« Er lacht. »Mann, ich kann's kaum erwarten, den kleinen Hosenscheißer endlich in den Armen zu halten. Hast du Kinder?«

»Nee«, knurre ich.

»Und woher kennst du Darren?«, fragt er. Er scheint zu spüren, dass er besser das Thema wechseln sollte.

»Ich habe ihn vor fünf Jahren kennengelernt, als wir beide hinter dem gleichen Suchenden her waren.«

Darren ist wie Luca und ich Jäger. Er lebt in Florida, wo er gemeinsam mit einem Hirnforscher an einem Mittel gearbeitet hat, Suchende zu töten.

»Und du bist Darrens Bote?«, frage ich Luca.

»Wenn du es so nennen willst. Er besucht mich hin und wieder in Mailand. Letztes Mal hat er mir einen guten Vorrat von dem Mittel mitgebracht. Florence und ich wollten eh schon längst mal wieder nach Venedig fahren. Wir lieben diese Stadt. Hat also alles ziemlich gut gepasst. Ich habe Darren angeboten, das Mittel zu überbringen.« Luca lässt seinen Blick über eine Familie schweifen, die am Gleis auf einen Zug wartet. Sowohl die Eltern als auch die beiden Kinder haben große Koffer dabei. »Muss ziemlich toll sein, in so einer schönen Stadt zu wohnen«, sagt er.

»Mhh«, entgegne ich schulterzuckend. »Habt ihr das Mittel eigentlich schon erprobt?«

»Klar.« Er holt aus der Tasche seiner Lederjacke ein Fläschchen hervor, in dem eine goldene Flüssigkeit schimmert – der Grund, weshalb wir uns hier treffen. »Ich selbst hab's schon ausprobiert. Der Suchende, dem ich's verpasst habe, war mausetot.«

»Und wie funktioniert es? Was daran tötet die Suchenden?«

»Also, grob erklärt: Zuerst bewirkt das Mittel, dass der Suchende glaubt, die wahre Liebe erfahren zu haben. Dadurch wird er zum Menschen. Und darauf wirkt es wie ein Gift. Das Herz hört auf zu schlagen, und dann ist Schluss mit dem Leben und dem ewigen Dasein.«

»Das klingt gut. Sehr gut.«

Ein Zug fährt auf Gleis zwölf ein. Luca wartet, bis die Reisenden an uns vorbeigeströmt sind, ehe er mir das Fläschchen überreicht.

»Grazie«, bedanke ich mich.

»Klar doch. Wir arbeiten für dieselbe Sache. Ist dieses Mädchen, das dir entwischt ist, eigentlich die einzige Suchende in der Stadt oder gibt's noch mehr?«

»Es gibt noch mehr. Neben dem Mädchen sind wir noch an einem Mann dran.«

»Wir? Es lebt außer dir also noch ein anderer Jäger in der Stadt?«

»Ja, so ein junger Kerl. Wurde vor drei Jahren erlöst.«

»Dann viel Erfolg euch beiden.« Luca erhebt sich von der Bank. Hängt sich die Lederjacke lässig über die Schulter. »Ich muss los. Meine Frau wartet im Hotel auf mich. Wir wollen heute noch eine Gondelfahrt machen.«

Ich sehe Luca noch lange nach. Selbst, als er schon längst hinter einer Traube Reisender verschwunden ist.

Im Krankenhaus haben Laura und ich einmal zusammen überlegt, wie wir unsere Kinder nennen würden. Natürlich hat Laura ihren Willen durchgesetzt und gesagt, dass unsere Tochter Liliana und unser Sohn Leon heißen würde. Auf einmal wurde sie ganz ernst. »Du weißt, dass wir niemals Kinder haben werden, oder?«, hat sie gesagt.

»Ich weiß«, habe ich geantwortet und versucht, ihr nicht zu zeigen, wie traurig mich das macht.

Am nächsten Morgen kommt der Prinz zehn Minuten zu spät. Ohne auch nur ansatzweise gestresst zu wirken und ohne die kleinste Entschuldigung stellt er sich neben mich an den Stehtisch. Der Türke ruft aus seinem Imbiss-Kabuff heraus, ob er etwas haben möchte. *Döner? Pizza? Kuchen? Kaffee? Nicht mal ein Wasser?* Der Prinz schüttelt lachend den Kopf und erwidert: »Ich bleibe nicht lang.«

Er legt sein Notizbuch auf den Tisch, in dem er das Wichtigste festhält. Darin steht alles über die zwei Suchenden, die wir bereits unter die Erde gebracht haben. Und jetzt vermutlich auch etwas über Nummer fünf.

»Und?«, frage ich den Prinzen.

Lange Käsefäden ziehen sich von der Pizza zu dem Stück, das ich in der Hand halte. Ich trenne sie mit dem Zeigefinger ab.

»Ich bin mir noch nicht sicher. Ich habe doch bisher nur einmal richtig mit ihr gesprochen.« Er lässt den Blick über die Gasse schweifen und bleibt bei einer Gruppe von Frauen hängen. Ich frage mich, was er an diesen italienischen Weibern mit Stoffsäcken voller Brot und frischem Gemüse so interessant findet.

»Du bist dir noch nicht sicher?«, hake ich nach.

»In einem Moment ist sie gut drauf, und im nächsten Moment wirkt sie ziemlich traurig. Ihre Gefühlslage ist sehr wechselhaft.«

»Trifft sie sich mit jemandem?«

»Ich denke nicht.«

»Du denkst nicht? Mann, was machst du denn bitte, wenn du mit ihr abhängst? Du sollst etwas über sie herausfinden!«

»Das war erst das zweite Mal, dass ich sie gesehen habe! Und das erste Mal war ich total hinüber, weil mich Nummer vier fast getötet hätte. Außerdem: Warum meinst du, bin ich zu diesem dämlichen Casino-Abend gegangen? Wohl kaum, weil mich diese ganzen Spießer interessiert haben.«

»Ach, tu doch nicht so. Dein Alter war eingeladen, also wärst du eh hingegangen. Und es hat sich ja gelohnt – es war ja irgendwie klar, dass sie dort auftauchen würde.« Ich beiße ins Pizzastück. Sie ist erstaunlich gut für eine Imbissbude. »Ist sie denn alleine hier in Venedig oder lebt sie mit anderen Suchenden hier?«

Man spricht nicht mit vollem Mund, würde Laura sagen. Also schlucke ich schnell, als könnte ich so mein kleines Vergehen wieder gutmachen.

Laura würde aber auch sagen, dass ich mich besser ernähren muss. Sie hat auf mich geachtet. Kurz bevor sie gestorben ist, musste ich ihr versprechen, ein glückliches, gesundes und langes Leben zu führen. Ich habe dieses Versprechen so was von gebrochen.

»Sie scheint mit einem anderen Suchenden zusammenzuleben«, sagt der Prinz. »Zumindest war sie scheinbar nicht allein auf der Casino-Party.«

»Dann haben wir ja ordentlich zu tun hier.«

Kurzes Schweigen, in dem der Prinz mich mit verkniffenem Mund ansieht.

»Ist es nicht etwas früh für Pizza?«, fragt er mich schließlich. »Es ist noch nicht mal zehn Uhr.«

»Bin ja auch schon seit vier auf den Beinen. Aber das geht dich einen feuchten Dreck an.«

»Magst du vielleicht mal bei uns zum Essen vorbeikommen?«

Reine Mitleidsfrage. Dennoch rechne ich sie dem Prinzen hoch an. Wir mögen uns nicht besonders, wir arbeiten halt miteinander. Jagen die Suchenden, die in dieser Stadt ihr Unwesen treiben.

»Ne, lass mal. Hab keinen Bock, mit deinem Adoptivvater Smalltalk zu machen.« Ich esse das Pizzastück bis auf den Rand und lasse ihn auf den Pappkarton fallen, während ich überlege, wie ich es dem Prinzen schonend beibringen kann. Er ist so emotional, so nett, so nächstenliebend. Am besten platze ich einfach direkt mit der Neuigkeit heraus. »Wir werden die Suchenden ab jetzt töten.«

»Wir werden *was*?«

»Schau nicht so schockiert. Töten. Den Garaus machen. Zur Strecke bringen. Nenn es, wie du willst.«

»Aber wie …?«

Zum ersten Mal sehe ich ihn wirklich überrascht. »Ein Kumpel von mir hat so ein Mittel entdeckt, das ihr Gehirn schmoren lässt.«

»Aber das macht doch keinen Sinn! Suchende können nicht sterben …«

»Nicht, solange das Hirn und das Herz glauben, dass sie niemals Liebe empfunden haben. Dieses Mittel wirkt scheinbar wie eine Art Halluzinogen. Die Suchenden, die dieses Mittel verabreicht bekommen, denken, dass sie die wahre Liebe erfahren. Eigentlich ziemlich genial.«

»Aber das ist keine echte Liebe.«

»Professor Doktor Oberschlau, andere Jäger haben das Ganze schon ausprobiert. Es funktioniert. Ich habe das Zeug schon zu Hause. Bald werden wir es austesten.«

»Was meinst du damit?«

»Na, wir werden das Mittel einem von denen verpassen. Und zwar, um ein Zeichen zu setzen. Ich habe mir das genau überlegt. Wenn wir einen von denen abmurksen und es so drehen, dass die anderen das mitbekommen, dann wissen die, dass wir die Möglichkeit haben, sie zu töten. Und dann werden hoffentlich viele von selbst ankommen, ganz einfach, weil sie ja so vom ewigen Leben und der widerlichen Sehnsucht befreit werden. Durch uns. Wir sind ihre Retter, verstehst du? Die Erlöser!«

Die Kiefermuskulatur des Prinzen tritt deutlich hervor. Es passt ihm nicht, dass einer von denen dran glauben muss. Früher hätte es mir vielleicht auch nicht gefallen, aber das Leben ist nun mal kein Wunschkonzert. Außerdem erinnere ich mich nur zu gut daran, wie sehr ich damals als Suchender gehofft hatte, endlich sterben zu dürfen. Tja, und niemand sagt, dass es den Erlösten besser geht. Ich hatte mir das Erlöstsein auch anders vorgestellt.

»Mal ehrlich: Wir wissen doch beide, wie verdammt gering die Chance ist, erlöst zu werden«, sage ich. »So beschützen wir die Menschen und tun den Suchenden etwas Gutes.«

»Aber …«

»Es ist mir egal, was du denkst«, schneide ich ihm das Wort ab. Der Prinz hat sich schon bei den letzten zwei Suchenden aufgeregt, die wir geschnappt und begraben haben. »Ich mache es auch ohne dich.«

»Wen willst du töten?«, fragt der Prinz.

»Sie.«

»Was?«, platzt es aus ihm heraus. »Warum? Wir kennen sie doch noch gar nicht lange genug! Was, wenn …?«

»Komm mal wieder runter! Es ist ja nicht so, dass wir es schon heute Nacht tun. So was will geplant sein. Und bis es so weit ist, behältst du sie im Auge.«

»Und wie, bitte schön? Ich laufe ihr ja nicht jeden Tag über den Weg.«

»Dann sorge eben dafür, dass das der Fall ist. Lass dir was einfallen. Venedig ist echt nicht so groß.«

»Wir haben einen Monat ausgemacht.«

»Das weiß ich. Und daran halte ich mich auch.«

11

In meinem Bad habe ich den Zettel mit Noahs Telefonnummer die Toilette heruntergespült. Die ganze Nacht über habe ich mir eingeredet, dass es richtig ist, ihn zu vergessen. Am Morgen kann ich mir selbst glauben.

Den nächsten Tag vertrödle ich gemeinsam mit Damien auf unserem Boot. Sanftes Schaukeln. Sonne, die auf meinen Bauch scheint. Beruhigendes Gluckern der Wellen. Der Duft von Salz, Sonnencreme und eisgekühlter Cola. Den Anker haben wir auf Höhe des Lidos ins Wasser geworfen. Wie Sardellen in der Dose liegen Touristen nebeneinander am Strand, während wir es uns auf dem Bug gemütlich machen.

Ich strecke die Beine aus, lehne mich zurück gegen die breite Frontscheibe. Damien lässt an der Spitze des Boots die Füße ins Wasser baumeln und stopft ununterbrochen Kirschen in sich hinein, deren Kerne er dann so weit wie möglich ins Meer spuckt. Er ist noch immer etwas eingeschnappt. Als er heute Morgen zum Festland fahren wollte, um dort, warum auch immer, einen Werkzeugkoffer zu kaufen, war nur Alexas knallrotes Sportboot in der Garage geparkt. Unseres ist in der Werkstatt, doch davon hatte ich Damien erst nichts erzählt. Auch nicht davon, dass sich jemand an unserem Boot zu schaffen gemacht hatte.

»Warum erfahre ich all das erst jetzt?«, fuhr er mich an, nachdem ich ihm meinen Abgang vom Casino zusammengefasst hatte.

Wir befanden uns zu diesem Zeitpunkt in der Küche, wo Damien auf einem der hohen Stühle vor der Kücheninsel saß, mit einem Apfelpfannkuchen und einem Espresso vor sich. Beides hatte ich ihm zur Versöhnung gezaubert, und beides war kalt geworden, weil Damien nicht aufhörte, ein Messer in Alexas geliebtes Schneidebrett aus toskanischem Olivenholz zu bohren.

»Es gab irgendwie keine Gelegenheit … Und der Mechaniker sagt, dass wir das Boot schon morgen wiederhaben können.« Ich schnappte seine Gabel, um damit ein Stück Pfannkuchen aufzupieken und es Damien, wie einem kleinen Jungen, vor den Mund zu halten. »Komm schon, dir läuft doch das Wasser im Mund zusammen! Hab ich doch extra für dich gemacht.«

Noch immer wütend schob Damien meine Hand beiseite. »Es geht mir doch nicht ums Boot! Es geht mir darum, dass dieser Jäger scheinbar nicht lockerlässt! Das muss ich doch wissen! Ich muss doch auf dich aufpassen!«

Das war so lieb von ihm, dass ich mich sofort mies fühlte. »Ich hab's einfach vergessen. Sorry.«

»Wie bist du dann eigentlich nach Hause gekommen?« Jetzt nahm er mir die Gabel aus der Hand. Schob sich das Stück Pfannkuchen in den Mund. Sein verstimmter Gesichtsausdruck mit den zusammengezogenen Augenbrauen und der leicht vorgeschobenen Unterlippe blieb.

»So ein Typ hat mich an der Ponte de l'Academia rausgelassen.« Noch ein Thema, das ich am liebsten vermeiden würde.

»So ein Typ«, wiederholte Damien. »Was denn bitte für ein Typ?!«

»Jemand, den ich an diesem Abend kennengelernt habe.«

Ich weiß, dass das gelogen ist. Aber Damien wäre ausgerastet, hätte ich ihm erzählt, dass ich in der Nacht, in der ich von einem Jäger verfolgt worden war, mich noch einmal nach draußen gestohlen hatte, um dort einem Menschen das Leben zu retten, der wiederum in eine dubiose Schlägerei verwickelt gewesen war. »Niemand von Bedeutung.«

Was Damien mir nicht wirklich abgekaufte und weshalb er nun schmollt, anstatt mit mir zu reden.

»Glaubst du, du kannst mir jemals verzeihen?«, frage ich ihn melodramatisch.

»Wegen dir habe ich jetzt keinen Werkzeugkoffer.« Als er meinen Blick sieht, muss er selbst lachen.

»Was wolltest du denn eigentlich damit?«

»Dir ein Regal bauen.«

»Ernsthaft? Ein Regal? Wie kommst du denn darauf?«

»Du stapelst deine Bücher alle auf dem Kleiderschrank. Deshalb wollte ich dir eigentlich ein Regal kaufen. Aber in deinem Zimmer ist nur noch Platz in der einen Ecke neben dem Fenster, und ein passendes Eckregal habe ich nicht gefunden – also dachte ich, dass ich dir selbst eins baue.«

»Wie süß ist das denn!« Ich krabble auf allen vieren zu ihm rüber und drücke ihm einen Kuss auf die Wange. »Du bist einfach mit Abstand der liebste und beste und großartigste Kerl auf dieser Welt.«

Die warme Brise zupft an meinem Sonnenhut, weshalb ich ihn mit einer Hand festhalte und mit der anderen nach meiner Cola taste. »Wie war's denn gestern im Casino eigentlich noch mit der kleinen Rothaarigen?«

»Ich mag sie. Sie ist nett.«

Ich nehme einen Schluck, lehne mich wieder zurück. Wackle mit den Zehen. Denke nicht an Noah.

Damien spuckt fünf Kerne auf einmal. »Weißt du, was ich mich manchmal frage?«

»Mhh?«

»Ich frage mich manchmal, wo die Jäger die Suchenden, die sie geschnappt haben, begraben. Ob sie die einfach irgendwo verscharren, wo's halt gerade passt, oder ob es eine Art Friedhof gibt, nur für Suchende.«

»Mit Grabsteinen, auf denen unsere Namen stehen? Niemals. Die wählen einen extra hässlichen Platz für uns, an dem keine Menschenseele vorbeikommt.«

»Vermutlich. Aber wenn man wüsste, wo die Suchenden begraben sind, dann müsste man sie nur ausbuddeln, und dann könnten sie wieder ein normales Leben führen. Dieser Gedanke, für alle Ewigkeit in einem Sarg unter der Erde zu liegen, niemand hört oder spricht mit einem …« Er schüttelt sich.

»Natürlich könnte man sie rein theoretisch nach all der Zeit wieder ausgraben. Aber was, wenn man böse Suchende freilässt, die dann noch viel wütender auf die Menschen sind und einen nach dem anderen seiner Liebe berauben?«

»Stimmt auch wieder.«

Ein paar Meter entfernt geht eine sandfarbene Jacht vor Anker. Ein Blick genügt, und meine schlimmsten Befürchtungen werden wahr: Das Boot gehört einem nervigen Pärchen. Hier in Venedig sind sie einfach überall … Ich setze meine Sonnenbrille auf, während Damien weiter Kirschen stopft, um dann die Kerne in hohem Bogen in die Richtung des Pärchens zu spucken.

»Weißt du, was ich mich manchmal frage?«

»Ich bin gespannt.« Damien legt eine Spuckpause ein.

»Ich frage mich, wie wir Suchende entstanden sind.«

»Indem wir gestorben sind, ohne jemals …«

»Nein, ich meinte, ob es schon immer Suchende gab, quasi seit der Entstehung der Menschheit, oder ob sich Gott oder der Teufel oder wer auch immer irgendwann gedacht hat: Hey, ich suche mir mal ein paar Opfer aus, halte ihnen die Liebe tagtäglich vor die Nase, aber erfahren dürfen diese Trottel sie nicht.«

»Du weißt, dass ich es nicht mag, wenn du so etwas sagst.«

»Was denn? Das ist doch echt mies! Schau dich doch mal um! Jeder, der eine Beziehung will, scheint auch in einer Beziehung zu sein. Warum finden wir niemanden? Bei dir verstehe ich's ja schon gar nicht! Du siehst gut aus, bist ein echter Gentleman, schlau, witzig und großzügig. Die Mädchen müssten dir zu Füßen liegen!«

»Darum geht es doch gar nicht. Bei uns Suchenden geht's darum, die wahre Liebe zu finden. Unseren Seelenpartner. Jemand, der *uns* aufrichtig und ehrlich liebt, und den *wir* aufrichtig und ehrlich lieben.«

»Aber … aber auch so jemand müsste doch zu finden sein.«

»Ich weiß nicht, was wir falsch machen, Pearl. Aber irgendwann sind auch wir an der Reihe. Ganz sicher.«

»Wenn du das sagst …« Ich lege meinen Hinterkopf auf seinen Schoß. »Spielen wir ein Spiel. Das *Was-wäre-wenn*-Spiel.«

Ich muss ihn nicht ansehen, um zu wissen, dass er mit den Augen rollt. Ich liebe *Was-wäre-wenn*-Fragen. Er nicht.

»Was wäre, wenn du ein Mensch wärst? Wie stellst du dir dein Leben vor?«

»Die Frage hast du mir schon hundertmal gestellt.«

»Aber ich höre dir immer wieder gerne zu, wenn du mir von deiner Zukunft erzählst.«

Er seufzt. »Na gut. Also: Ich hätte eine schöne und liebe Freundin, die ich mindestens einmal im Monat mit irgendwas überraschen würde. Vielleicht indem ich sie in ihr Lieblingsrestaurant einlade oder indem wir ganz spontan für ein Wochenende verreisen. Ich würde auf sie aufpassen und sie beschützen und ihr die Welt zu Füßen legen. Und wer weiß, vielleicht hätten wir irgendwann Kinder. Am besten einen Jungen und ein Mädchen. Ich würde jeden Abend mit ihnen spielen, und am Wochenende würde ich Ausflüge mit meiner Frau und den Kleinen machen. Ich wäre für sie da … anders als mein Vater.«

Obwohl Alexa und ich Damien schon seit etwa neunzig Jahren kennen, hat er uns erst vor zehn Jahren von seinem Tod erzählt. Und das auch eher unfreiwillig. Zu diesem Zeitpunkt verbrachten wir drei den Sommer auf Mallorca. Es war nur eine Zwischenstation, nachdem Alexa sich sicher war, in Paris von einem Jäger verfolgt worden zu sein, und wir sofort umziehen mussten.

Eines Abends saßen wir auf der Terrasse eines winzigen Restaurants mit Blick aufs Meer, als sich ungebeten ein Mallorquiner mit mehreren Zahnlücken, sonnengegerbter Haut und freundlichem Lächeln zu uns setzte und uns erzählte, wie vor ein paar Jahren ein Waldbrand die Westküste verwüstet hat. Er erzählte es in allen Einzelheiten. Wie die Fensterscheiben der Häuser barsten, wie die Luft schwarzgrau vom Rauch war, wie man später in den Ruinen verkohlte Überreste von Tierkörpern fand. Auf einmal war Damien aufgesprungen und hatte sich vor sämtlichen Restaurantbesuchern in die Bougainvillea übergeben.

Weder Alexa noch ich hatten ihn an diesem Abend gefragt, was los gewesen war. Wir hatten es geahnt. Nach einer Flasche Wein, die Damien alleine geleert hatte, erzählte er es uns schließlich am nächsten Abend. Er starb Anfang des zwanzigsten Jahrhunderts. Aufgewachsen war er auf einem Bauernhof in der Nähe von Groombridge, einer Ortschaft in England. Seine Mutter war bei der Geburt verblutet. Geschwister hatte er nicht. Und sein Vater war ein versoffener Mistkerl, der sich einen Dreck um seinen Sohn scherte und oft so betrunken war, dass er vollkommen die Kontrolle verlor.

Eines Tages hatten die beiden einen fürchterlichen Streit. Sein Vater rastete vollkommen aus. Er schlug seinen Sohn mit einer Schaufel in der Scheune bewusstlos. Kurz darauf, Damien weiß bis heute nicht wie, brannte die Scheune nieder. Als er wieder zu sich kam, war es bereits zu spät.

Die Feuerwehr rechnete damit, Überreste eines menschlichen Körpers zu finden. Damiens Überreste. Aber sie fanden nichts. Damien war wieder zum Leben erwacht. Unversehrt. Ohne die Spur einer Brandwunde.

»Aber keine Angst«, holt mich Damien ins Hier und Jetzt zurück. »Egal ob Mensch oder Suchende: Du wärst noch immer ein fester Bestandteil meines Lebens. Mich wirst du so schnell nicht mehr los.«

Am nächsten Tag lasse ich mich, nach einem Besuch in der kleinen Libreria L'Aqua Alta, durch die Gassen treiben, bis ich irgendwann nur noch zwei Straßen von unserem Palazzo entfernt bin.

Unter meinem Arm trage ich mein Lieblingsbuch bei mir: *Was bleibt, ist das Gefühl.* Es ist mir egal, dass ich es schon hundertmal gelesen habe. Ich werde es immer wieder ausleihen und lesen. Wie heute. Meistens verbringe ich Stunden in dieser außergewöhnlichen Bibliothek zwischen den ohne erkennbares System aufeinandergestapelten Büchern. Katzen springen von Bücherstapel zu Bücherstapel oder schlafen auf den weichen Ohrensesseln mit Blick auf den Kanal. Ein Ort, wie aus einem Märchenbuch.

Das laute Scheppern der Bierdose, die ich seit etwa fünf Minuten vor mir her schieße, hallt von den steinernen Wänden wider. Bis es plötzlich jäh erstirbt.

Noah steht vor mir.

Die Spitze seines rechten Sportschuhs steht auf der Bierdose. Jetzt ist es auf einmal still. So still, dass Geräuschloses hörbar wird. Ich meine zu hören, wie Noahs schöne Lippen spannen, als sich ein triumphierendes Lächeln auf ihnen ausbreitet. Meine das Knistern seiner Haare zu hören, die er mit einem schwarzen Band aus seinem Gesicht zu halten versucht. Die Luft scheint mit einem Mal dicker zu sein. Zähflüssig – ich kann kaum atmen.

»So ein Zufall.« Er stoppt die Musik auf seinem Handy, zieht die Stöpsel aus den Ohren.

»Ich glaube nicht an Zufälle.« Misstrauen schwingt in meiner Stimme mit.

»Dann wohl eher Schicksal. Ganz alleine unterwegs?«

»Ja, ich war nur schnell in der Libreria. Und du? Sehr sportlich.« Ich unterstreiche meine Worte, indem ich meinen Blick über seine Joggingschuhe, die weiten Shorts und sein weißes Achselshirt schweifen lasse.

»Man muss schauen, dass man fit bleibt«, witzelt er schwach.

Jede Bewegung seiner Muskeln zeichnet sich unter dem dünnen Stoff ab. Hastig reiße ich meinen Blick von seinem Körper los, zwinge mich, ihm in die Augen zu sehen.

Er streicht sich eine Locke zurück, die sich in den Wimpern seines rechten Auges verfangen hat. »Du freust dich ja richtig, mich zu sehen.« Selbstzufrieden schnalzt er mit der Zunge.

Jede meiner Bewegungen fühlt sich ungeschickt an. »Und woher willst du das …«

Ich verstumme, weil Noah seine Hand nach mir ausstreckt. Ich denke mir noch: Er wird mich ja wohl nicht berühren! Das kann er doch nicht machen! Niemand darf mir einfach so zu nahe kommen. Erst, wenn sich mein anfängliches Misstrauen gelegt hat und nur, wenn ich das auch möchte. Das ist bei Noah noch nicht der Fall. Aber er tut es einfach. So, wie er offensichtlich immer einfach genau das macht, wonach ihm ist. Ich verharre wie ein Reh, auf das ein Auto zurast. Sein Daumen fährt meine Wange entlang. Nur der Hauch einer Berührung.

Ich versuche, das Kratzen in meinem staubtrockenen Hals herunterzuschlucken. Betaste vorsichtig, als könnte ich mich an meiner eigenen Haut verbrennen, mein erhitztes Gesicht.

»Ungeschminkt, wie jetzt, gefällst du mir noch besser. Im Casino warst du zwar auch wunderhübsch. Aber das viele Make-up hast du gar nicht nötig bei deinen großen, dunklen Augen und deinem schönen Gesicht.«

Wieder so ein Satz. Einfach so dahingesagt, als wäre er bedeutungslos und nicht eines der besten Dinge, die ein Kerl einem Mädchen sagen kann.

»Danke. Ich muss los …« Ich spreche so schnell, als hätte irgendwer bei mir auf Vorspulen gedrückt. Meine Reaktion verwirrt mich. Aber ich will nicht meine Energie und Hoffnung auf jemanden verschwenden, der es wahrscheinlich nicht wert ist. Dafür bleibt mir nicht mehr genügend Zeit.

Und dann lächelt Noah, und alles, was ich denke, ist: Verdammt, ist er wundervoll.

»Was liest du da?«, fragt mich Noah, als hätte er nicht gehört, was ich gerade gesagt habe. Ehe ich mich versehe, hat er sich schon mein Buch geschnappt. »Du bist also eine Romantikerin?«

Ich zucke mit den Schultern. »Hoffnungslose Romantikerin, könnte man sagen.«

Natürlich versteht er meinen Insiderwitz nicht, vermutlich schaut er deshalb auf einmal so todernst.

»Das ist mein Lieblingsbuch«, sage ich deshalb schnell. »Kennst du es?

»Hab davon gehört, aber nie gelesen. Ist ja auch eher ein Frauenbuch. Aber wenn es dein Lieblingsbuch ist, hast du es ja bestimmt schon ein paarmal gelesen.«

»Ich mag die Geschichte einfach.«

»Leihst du es mir?«, fragt mich Noah.

»Ähm … du willst es lesen?«

»Nein, ich will es als Untersetzer für meine morgendliche Tasse Kaffee verwenden«, pariert er meine echt dämliche Frage. »Spaß beiseite: Ja, ich würde es gerne lesen. In einer Woche hast du's wieder. Ist das okay für dich?«

Ich nicke. »Ja … klar.«

»Damit ich's dir zurückbringen kann, musst du mir aber deine Adresse geben.« Er grinst verschmitzt.

Auch ich grinse. »Oder du gibst mir deine, und ich hole mir das Buch ab.«

Sein Seufzen wird von einem halben Augenrollen begleitet, doch ich kann ihm ansehen, dass er nicht wirklich genervt ist. »Wie du meinst. Ich wohne am Ende der Calle di Botteri, direkt am Canal Grande. Kannst du dir das merken?«

Ich nicke.

»Aber du könntest mir zumindest deine Handynummer geben. Dann müsste ich nicht darauf hoffen, dir wie heute zufällig über den Weg zu laufen.«

»Du hoffst darauf, dass wir uns über den Weg laufen?«

»Klar, du etwa nicht?«

Dieses Lächeln macht mich verrückt. Ich weiß nicht, ob er sich über mich lustig macht oder ob er seine Worte ernst meint. Die Sonne verfängt sich in den kupferfarbenen Pigmenten seines Haares.

Er hat eine Freundin!, mahne ich mich. Dennoch flirtet er hier mit mir. Und das macht ihn zu einem Herzensbrecher der ganz üblen Sorte. »Ich sollte jetzt wirklich gehen.«

Er lacht. »Verstehe. Du willst mir deine Nummer also immer noch nicht geben.«

Mein Handy hilft mir aus der Patsche, indem es einmal kurz piepst. Da mein letztes iPhone bei meiner nächtlichen Rettungsaktion im Kanal baden gegangen ist, musste ich mir ein neues kaufen. Ich überfliege die Nachricht von Damien. *Gehen wir heute Abend essen oder soll ich was zum Kochen mitbringen?*

Als ich wieder zu Noah aufblicke, ist sein Lächeln verschwunden. Jetzt ist sein Blick der einer Raubkatze, die kurz vor dem Angriff ist. »Ein Nein akzeptiere ich nicht.«

Unerwartet schnappt er sich mein Handy. Hält es so hoch, dass ich keine Chance habe, es zu erreichen. Auch, wenn ich mich auf die Zehenspitzen stelle. Schließlich gebe ich auf. Überrasche mich selbst, als ich vor Wut fauche. Meine innere Anspannung ist so groß, dass meine Emotionen um das Hundertfache potenziert werden.

»Willst du mir jetzt mein Handy klauen? Toller Plan.«

»Nicht so ungeduldig, die Dame.« Er tippt etwas auf das Display, dann klingelt sein Handy in der Tasche seiner Sporthose. »Jetzt hab ich deine Nummer, ob du willst oder nicht.«

»Großartig.« Meine Mundwinkel prickeln, weil ich versuche, ein Lächeln zu unterdrücken.

»Ja, das ist es. Denn ab jetzt wird es total spannend für dich. Werde ich mich melden oder nicht? Und wenn ja, wann melde ich mich? Heute, morgen oder übermorgen?« Sein Grinsen ist das eines gerissenen Gauners, der weiß, dass er problemlos aus dem eigentlich so fest verschlossenen Tresor das teure Kunststück erbeuten kann: mein Herz.

12

Noah meldet sich natürlich nicht.

Die Woche vergeht schleppend langsam, viel langsamer als alle Wochen zuvor. Ich erwische mich dabei, wie ich in der Badewanne, anstatt zu entspannen, ständig meine Nachrichten checke. Wie ich in meinem Bett lese und dabei ständig einen Blick auf mein Handy werfe.

Gut, ich wusste, dass es für Noah nur ein Spiel ist. Eben deshalb wollte ich seine Handynummer gar nicht haben und wollte ihm meine auch nicht geben. Wollte ihn nicht wiedersehen. Weil es grausam ist, dass mir endlich ein Kerl über den Weg läuft, der irgendwie … besonders ist. Der mich aber derart auflaufen lässt. Tolles Schicksal, das mir damit wieder so richtig eins auswischt. Verdammt, diese Sehnsucht in meiner Brust weitet sich aus, reißt mir alles auf, ist völlig skrupellos. Ich kann nicht mehr …

Es ist Donnerstagabend. Damien und ich kochen Spaghetti Bolognese. »Wo steckt Alexa eigentlich?«, frage ich Damien, der Schneidebrett, Messer und Zwiebeln vor sich legt. Das Zwiebelschälen und Schneiden muss jedes Mal er übernehmen.

»Keine Ahnung. Vermutlich in ihrem Zimmer. Ich hab sie vor etwa einer Stunde kurz gesehen, als sie sich draußen die Nägel lackiert hat.«

»Wir sollten sie fragen, ob sie auch Hunger hat.«

»Ich hab sie gefragt, ob sie heute Abend mit uns kochen will, aber sie meinte, dass sie lieber ihre Ruhe hat.« Er zuckt ratlos mit den Schultern. »Ich klopfe nach dem Essen einfach noch mal an ihrer Tür.«

Während Damien sich um die Zwiebeln kümmert, überprüfe ich bei WhatsApp, wann Noah das letzte Mal online war. Vor fünf Minuten. Autsch. Auf einmal riecht es verbrannt. Qualm steigt aus der Pfanne mit dem Hackfleisch auf.

»Pearl! Pass doch auf!« Damien packt den Pfannengriff, um das Hackfleisch vom Herd zu ziehen. Denkt nicht daran, dass das die Pfanne ist, deren Griff immer knallheiß wird. Er reißt die Hand weg. »Cazzo!«

»Tut mir leid!« Geistesgegenwärtig drehe ich das kalte Wasser im Spülbecken an. »Halt schnell die Hand darunter.«

Während Damien seine Finger kühlt, massakriert er mich mit seinem Blick. Obwohl nicht ich schuld daran bin, dass Alexa es nicht übers Herz bringt, sich von dieser mistigen Pfanne zu trennen. »Okay, du sagst mir jetzt, was los ist.«

»Was sollte denn los sein?« Ich versuche mein Handy in meiner Hosentasche verschwinden zu lassen, doch Damien ist schneller und nimmt es mir aus der Hand.

»Du starrst nur noch auf dein Handy.« Er knallt es neben den Herd. Stellt das Wasser ab.

»Tu ich nicht«, verteidige ich mich, obwohl ich weiß, dass er recht hat.

Damiens Kehlkopf hüpft mehrmals auf und ab, ehe er die richtigen Worte findet. »Ich dachte, wir erzählen uns alles.«

Mein schlechtes Gewissen meldet sich zu Wort. »Tun wir ja

auch. Aber es gibt nicht viel zu erzählen. Du weißt doch schon, dass ich diesen Typen am Casinoabend kennengelernt habe. Der, der mich ein Stück mit seinem Boot mitgenommen hat. Aber so richtig toll fand ich ihn gar nicht. Ich glaube nicht, dass ich mich noch mal mit ihm treffe.«

»So gleichgültig, wie du tust, kann er dir gar nicht sein, ansonsten würdest du nicht alle fünf Minuten dein Handy checken.«

»Ich checke nicht alle fünf Minuten mein Handy.« Eher alle zwei Minuten. »Außerdem verschwende ich wirklich keinen Gedanken an diesen Typen. Ich bin derzeit nicht sonderlich in Stimmung für Dates und dieses ganze nervige Rumgetue: Wer meldet sich zuerst? Soll ich nett zurückschreiben oder eher so tun, als interessiere ich mich nicht für ihn?« Um meine Worte zu unterstreichen, schüttele ich den Kopf. »Auf all das hab ich gerade einfach gar keine Lust.«

Damiens Blick spricht Bände. Wie ein Inquisitor mustert er mich aufs Genaueste. »Na dann …«

»Schau mich nicht so an! Tut mir wirklich leid. Ich hab nicht aufgepasst.«

Der Inquisitor starrt mich noch immer an.

»Was?!«

»Nichts.« Jetzt fischt er sich etwas Hackfleisch mit dem Kochlöffel heraus, probiert, ob es noch genießbar ist. Keine Sekunde später spuckt er es in die Spüle. »Das ist ja total versalzen! Für heute hast du absolutes Kochverbot.«

Seufzend ziehe ich mich auf die Küchenablage, trommle mit den Fersen gegen das Backofenfenster. Obwohl Damien nicht weiter nachhakt, habe ich trotzdem das Bedürfnis zu reden. »Er ist eh total seltsam. Fast schon ein Freak.«

»Klingt ja toll.«

»Außerdem meldet er sich sowieso nicht.«

In genau dieser Sekunde piepst mein Handy. Es fällt mir schwer, so zu tun, als würde mich die Nachricht nicht im Geringsten interessieren.

»Es ist ein gewisser Noah«, sagt Damien, der direkte Sicht auf mein iPhone hat.

Das war mir schon klar. Um gleich zu wissen, ob Noah mir geschrieben hat, habe ich einen speziellen Ton für ihn ausgewählt: zarte Harfenklänge. Kurz darauf ertönt die Harfe erneut. Und dann wieder. Und dann noch einmal.

Dieses sprudelnde Glücksgefühl … das kannte ich bisher nicht.

»Ist er es wert?«, fragt mich Damien. Und eigentlich fragt er, ob Noah es wert ist, dass ich riskiere, womöglich meine letzte Hoffnung zu verlieren.

»Ich weiß es nicht«, antworte ich ganz ehrlich.

Erst nach dem Abendessen lese ich seine Nachrichten. Zurückgezogen in meinem Zimmer, ohne das Licht anzuschalten, auf meinem Bett, über dem in der Nacht, wie jetzt, neongelbe Sterne leuchten.

Vermutlich fragst du dich, weshalb ich mich erst jetzt melde. Aber ich war mit Lesen beschäftigt …

Du stehst echt auf so richtig kitschige Liebesgeschichten, oder? Wir können trotzdem Freunde bleiben.

Das Wort *Freunde* sticht heraus, leuchtet wie die Neonsterne über meinem Bett, obwohl es wie alle anderen Wörter in Schwarz geschrieben ist. Freunde …

Diesen Samstag habe ich Sturmfrei. Ein paar Leute kommen vorbei, und du bist auch herzlichst eingeladen.

Gerne mit Anhang.

Ich bin mir nicht sicher, ob ich Lust habe, mit Noahs Freundinnen abzuhängen. Je mehr ich darüber nachdenke, desto mulmiger wird mir bei dem Gedanken.

Ich tippe: *Muss mal schauen, ob ich Zeit habe.* Was so viel bedeutet wie: Sorry, werde wohl nicht kommen.

Keine Minute später klingelt mein Handy. Diesmal ist es keine Nachricht, diesmal ruft er an. Von einer Sekunde auf die andere schlägt mein Herz bis zum Hals. »Hey.«

»Ich akzeptiere keine Absage.«

»Akzeptierst du überhaupt irgendwas?«

»Nur das, was meinem Plan entspricht.«

»Hast du denn einen Plan?«

»Natürlich habe ich den. Und zwar, dich kennenzulernen.«

Ich beiße auf meine Unterlippe, damit meine Mundwinkel sich nicht gegen meinen Willen nach oben kämpfen. »Hauspartys sind nicht so meins …«

»Meine wird dir gefallen. Es gibt eine Maskenpflicht. Das heißt, wenn du es ganz schrecklich findest, kannst du dich einfach wieder rausschleichen, und keiner wird wissen, dass du da warst.«

»Okay …«

»Sehr gut. Dann lege ich jetzt auf – nicht, weil ich auflegen will, sondern nur, damit du deine Antwort nicht noch mal ändern kannst. Träum was Schönes, Pearl.«

Dann macht es leise Klick und die Verbindung ist beendet. Doch der Klang seiner Stimme hallt nach und zaubert mir eine Gänsehaut auf die Arme.

13

Der Himmel ist sternenklar. Die Glocke der Kirche San Barnaba schlägt elf Uhr. Ich folge dem Weg, der zu beiden Seiten von Fackeln gesäumt ist und durch den verwunschenen Garten hindurchführt, bis zur Eingangstür aus dunklem Holz. Dieser Garten gehört zu einem der prächtigsten, privaten Palazzi Venedigs. Die Maske, die zur Hälfte mein Gesicht bedeckt, ist passend zu meinem Armschmuck golden und am Rand mit schwarzen Federn verziert.

Damien zieht seine schlichte, dunkelbraune Maske über, die wir letztes Jahr gemeinsam in einem venezianischen Handwerksladen ausgesucht haben. Stundenlang habe ich ihm dabei zugesehen, wie er Maske nach Maske anprobiert hat.

»Nicht schlecht«, kommentiert er den Palazzo. »Und hier wohnt also dieser … Wie heißt er noch mal?«

»Noah. Ich bin selbst total überrascht, dass er hier wohnt. Ich meine, in so einem Nobelpalazzo. Vielleicht sollten wir …«

»Vergiss es! Jetzt sind wir hier. Also bleiben wir auch.« Mit einem Klaps auf den Hintern fordert Damien mich dazu auf, weiterzugehen. Typisch.

Gerade, als ich meine Hand an den goldenen Türgriff in Form eines Löwenkopfes legen möchte, schwingt die Tür auf. Ein

Typ in Jeans und weißem Hemd kommt zusammen mit einem Mädchen im rosa Cocktailkleid nach draußen, offenbar um den Sternenhimmel über Venedig anzusehen. Wie romantisch. Ehe ich in den Palazzo eintrete, werfe ich noch einen kurzen Blick auf das Namensschild neben der Eingangstür. *Di Angelis.* Ein schöner Name.

Ich zupfe am hohen Ausschnitt meines Kleides, der die Narbe auf meinem Brustbein versteckt. Im ersten Stockwerk angekommen, strömen innerhalb von nur wenigen Augenblicken die unterschiedlichsten Bilder auf mich ein: Ein knallender Korken und sprudelnder Sekt, der in eine Reihe Gläser auf einer Mahagoni-Kommode gegossen wird. Pumps, Ballerinas und Sneakers auf Perserteppichen. Kichernde Mädchen auf einem eleganten, weißen Ledersofa im Salon. Davon zwei in Jeans, die anderen in kurzen Kleidern, die ihre langen, schlanken Beine freigeben. Ausnahmslos jeder trägt eine Maske. Es gibt die unterschiedlichsten Masken – mit langen Nasen, mit wildem Federschmuck, schlichte und solche, die das ganze Gesicht verdecken.

»Erst mal in die Küche, was zu trinken holen«, raunt Damien mir ins Ohr.

Ich lasse mich von ihm wie ein kleines Mädchen an die Hand nehmen und durch die nach Parfüm, Alkohol und Chips riechende Menge führen. Die Kücheninsel aus weißem Marmor ist bedeckt von allerlei Flaschen Schnaps und Likör sowie Bowle, Säften, Cola und kalten Häppchen.

Als ob er hier wohnen würde, öffnet Damien den Kühlschrank und holt sich ein Bier raus. »Auch eins?«, fragt er.

Ich schüttele den Kopf.

»Die Sorte von Party mag ich am liebsten. Locker, aber trotzdem mit Stil.« Als er den Verschluss der Dose herunterdrückt, spritzt ein großer Schwall heraus. Doch Damien hält das Bier rechtzeitig weit genug von sich weg, so dass es nicht bis auf sein Hemd spritzt. Lebenserfahrung.

Im Gegensatz zu mir hat Damien nie ein Problem damit, von so vielen Menschen umgeben zu sein. Ich fühle mich immer fehl am Platz. Die Mädchen und Typen lachen über andere Witze, reden über andere Themen, interessieren sich für andere Dinge als ich. Aber was will ich auch erwarten? Ich bin zweihundert Jahre alt. Sie sind gerade mal siebzehn oder achtzehn.

»Ich bin gleich wieder da«, sage ich zu Damien.

Ich kämpfe mich auf die andere Seite des Palazzos vor, wo ich das Bad vermute. Von einer Sekunde auf die andere sind all meine Sinne hellwach.

Da ist er, dieser köstliche Duft, der alles andere, selbst die laute Musik, aus meinem Kopf verdrängt. Ich glaube, seine Anwesenheit zu spüren, was natürlich absoluter Irrsinn ist. Aber es ist, als würde mein Körper auf diese einzigartige Herzensaura reagieren wie auf keine andere.

Ich bahne mir meinen Weg durch die tanzenden Menschen. Werde immer schneller. Alles in mir ist darauf ausgerichtet, ihn zu finden. Noah.

Er lehnt mit dem Rücken am Geländer der Treppe, die in einem Bogen in den zweiten Stock führt, umringt von vier hübschen Mädchen. Seine dunkelblaue Maske ist schlicht, umrahmt gerade mal seine Augen. Er lacht, berührt eines der Mädchen an der Schulter. Flüstert ihr etwas ins Ohr. Es ist nicht zu übersehen, wie diese Berührung das Mädchen verunsichert. Ich erkenne sie sofort wieder: Kiara, das Mädchen, das bereits im Casino an seiner

Seite war. Sie trägt ein hautenges Kleider, das man sich nur erlauben kann, wenn man die nötigen weiblichen Kurven hat. Und den flachen Bauch nicht zu vergessen. Ich dachte immer, ich sei selbstbewusst – aber mit einem Mal fühle ich mich im Vergleich zu dieser Elfe wie ein Bulldozer in Menschengestalt.

»Du Schmeichler«, höre ich sie sagen. Ihre Wangen erröten, während ihre Augen vor Begeisterung strahlen.

Es ist, als würde meine Welt stehenbleiben, während sich Noahs weiterdreht. Er scheint sich durchaus darüber bewusst zu sein, welche Wirkung er auf Kiara hat, denn sein Lächeln ist das eines Gewinners. Er stößt mit ihr an, nimmt einen Schluck Bier. Ich kann meine Augen nicht von ihm lösen, sehe dabei zu, wie sich zwei Grübchen auf seinen Wangen zeigen. Wie seine Zunge die Kante seines rechten Schneidezahns entlangfährt.

Er lässt den Blick schweifen. Sieht mich.

Sieht durch mich hindurch.

Mein Hals ist mit einem Mal ganz trocken. Was erwarte ich? Dass jemand wie er, der es offenbar gewohnt ist, im Zentrum der Aufmerksamkeit zu stehen, sich tatsächlich für mich interessiert? Außerdem trage ich eine Maske …

Ich grabe meine Fingernägel in meine Handballen. Er löst sich aus der Gruppe Mädchen. Geht langsam die Treppe hinauf. Verschwindet im zweiten Stockwerk. Unschlüssig bleibe ich stehen. Den Blick fest auf die Stufen gerichtet. Vielleicht ist das meine einzige Chance, allein mit ihm zu sprechen.

Will ich das denn überhaupt? Ja, schon.

Eigentlich wollte ich mich doch von ihm fernhalten …

Aber Noah ist es gelungen, mich heute Abend aus meinem Zimmer zu locken, obwohl ich mich in letzter Zeit dort viel lieber verkriechen würde. Und er hat mich schon ein paarmal zum Lächeln gebracht …

Meine Handflächen werden feucht. Ich habe Angst … Angst davor, es zu wagen und am Ende doch wieder enttäuscht zu werden. Ich weiß so gut wie nichts über Noah.

Es ist doch nur ein kurzes Gespräch … Was habe ich schon zu verlieren?

So viel. Du hast so viel zu verlieren, Pearl …

Dennoch eile ich an dem Pärchen vorbei, das es sich auf der obersten Stufe bequem gemacht hat. Der zweite Stock wirkt im Vergleich zum Rest des Palazzos wie ausgestorben. Der Flur erstreckt sich leer vor mir, die Zimmer sind allesamt geschlossen – bis auf eines. Es liegt am Ende des Gangs, mir direkt gegenüber. Als würde es mich magisch anziehen, laufe ich auf das Zimmer zu. Der weiße Teppich auf dem Boden dämpft meine Schritte, macht mich nahezu lautlos. Ohne zu wissen weshalb, halte ich den Atem an.

Dann erreiche ich es. Ich schlucke. Trete ein.

Auf einmal werde ich zur Seite geschoben. Die Tür knallt hinter mir zu. Jemand drückt mich gegen ihr Holz.

Blaue Augen. Augen, die wie das Meer sind. Unendlich tief und dunkel. Voller Geschichten und Geheimnisse, die für immer im Verborgenen bleiben. Die dunkelblaue Maske verstärkt ihre Intensität, raubt mir den Atem.

»Du hast dir ja richtig Zeit gelassen. Ich dachte schon, du kommst gar nicht mehr.«

»Ähm … Muss ich dich verstehen?«

»Warum meinst du, bin ich hochgegangen? Ich wusste, dass du mir folgen würdest.«

»Das ist verrückt.«

Noah stützt sich mit beiden Händen neben meinem Kopf ab. »Verrückt, aber auch genial. Vor allem, weil es funktioniert hat.«

»Warum hast du nicht einfach unten mit mir gesprochen?«

»Vielleicht, weil ich mit dir allein sein wollte?«

Sinn einer Maske ist es eigentlich, ein Gesicht zu verstecken. Bei Noah ist es jedoch anders: Seine Maske beginnt auf Höhe seiner Brauen und endet an seiner Nasenspitze. Betont seine Lippen und Augen. Mir wird bewusst, wie nah er mir ist. Ich nehme die Wärme seines Körpers wahr. Eine meiner Haarsträhnen wirbelt im Takt seines Atems. Ich kann sein männliches Aftershave riechen.

Langsam, ganz langsam, als würde er im Stillen um Erlaubnis bitten, nähern sich seine Hände meinem Gesicht. Vorsichtig zieht er mir die Maske ab. Wirft sie hinter sich aufs Bett. Er sieht mich an, sieht mich einfach nur an, und ich vergesse zu atmen.

»Mein Schutzengel.«

Ich kann seinen Tonfall nicht deuten. Es sollte mir gleichgültig sein, dass ich meine Maske nicht mehr trage. Aber seltsamerweise fühle ich mich mit einem Mal nackt.

»Gefällt dir die Party bisher?«, fragt er mich.

»Schon.«

Er lacht. »Klingst nicht gerade begeistert. Hast du jemand mitgebracht, oder bist du alleine hier?«

»Damien, mein Bruder, ist unten. Vermutlich sucht er mich schon.«

»Ich würde ihn gerne mal kennenlernen.«

Noah zieht sich ebenfalls die Maske vom Gesicht. Sein weißes Hemd spannt sich während der Bewegung über der Brust. Ich wende den Blick ab.

Wir befinden uns in einem Schlafzimmer. Ein großer Raum, der schön sein könnte, wenn er nicht so nüchtern wirken würde. Keine Poster. Keine Fotos. Nichts, was eine Geschichte erzählt. Nur ein gut gefülltes Bücherregal. Thomas Mann, Theodor Storm, Umberto Eco … Die zarte Rose auf dem Fensterbrett müsste dringend gegossen werden, ein paar Blütenblätter liegen neben dem Blumentopf. Eine graue Tagesdecke bedeckt das breite Bett. Erst auf den zweiten Blick fällt mir die dazu passende graue Katze auf Kopfkissenhöhe auf, die mich mit ihren gelben Augen misstrauisch fixiert.

»Ist das hier dein Zimmer?«, frage ich, obwohl ich es mir eigentlich nicht vorstellen kann.

»Exakt.«

Ich sehe mich ein zweites Mal um, kann nicht glauben, dass ein so kühl wirkendes Zimmer Noah gehören soll. Noah scheint meine Zweifel zu bemerken, denn er fügt hinzu: »Schau, da steht der Beweis.«

Er deutet auf ein gerahmtes Foto auf dem Nachttisch. Es ist mir noch gar nicht aufgefallen. Ich gehe darauf zu. Das Foto zeigt Noah an der Seite eines etwa sechzigjährigen Manns, der einen Arm um ihn gelegt hat. Noah trägt ein rotes Formel-1-Käppi, seine braunen Locken quellen darunter hervor. Der Mann ist mir auf Anhieb sympathisch. Er hat ein rundes Gesicht und tiefe Lachfalten um die freundlichen Augen. Die wenigen Haare auf seinem Kopf wehen im Wind.

Schmerz breitet sich in meiner Brust aus, als ich dieses Foto betrachte. Von mir gibt es kein einziges Foto wie dieses. Ein Foto mit einem Menschen, der mir nahe ist. Mit jemandem, der mich liebt.

Noah schlägt auf einmal einen Plauderton an. »Wenn wir schon mal so nett beisammen sind, sollten wir die Gelegenheit nutzen und uns mal in Ruhe unterhalten.« Er geht auf das Bett zu und lässt sich mit dem Rücken darauf fallen. Sofort erhebt sich die graue Katze, um sich direkt neben Noah wieder plumpsen zu lassen und ihren Kopf an seinem Oberarm zu reiben. »Wie du weißt, habe ich dein Lieblingsbuch gelesen.«

Es folgt ein Schweigen, allein mit der Absicht, die Spannung bis ins Unerträgliche zu steigern. Noah grinst, als würde er sich innerlich selbst auf die Schulter klopfen.

»Und, wie findest du's?«, frage ich schließlich, als ich es nicht mehr aushalte.

»Mal abgesehen davon, dass es manchmal etwas kitschig ist, hat mich die Geschichte echt berührt. Ich gebe es nicht gerne zu, aber am Ende habe ich sogar ein paar Tränen vergossen.«

Ich kann nicht anders, als sein Lächeln zu erwidern. Es fühlt sich an, als würden wir gemeinsam einen Schatz hüten. Als wäre das ein weiteres Geheimnis, das wir miteinander teilen. Es bringt uns näher zueinander.

»Was gefällt dir so gut an diesem Buch?« Er klopft neben sich aufs Bett. Ich tue so, als hätte ich es nicht bemerkt.

»Also …«

»Komm, setz dich.«

Ich gehorche.

»Habe ich dich schon mit Agamemnon bekannt gemacht?«

»Agamemnon?« Ich sehe ihn irritiert an.

Noah stupst die Katze auf die Nase. »Darf ich vorstellen: Agamemnon. Meine Katze. Aber zurück zum Thema: Erklär mir, warum genau dieses Buch dein Lieblingsbuch ist.«

Während ich nach den richtigen Worten suche, fahre ich mit dem Zeigefinger die Muster der grauen Tagesdecke nach. »Ich weiß nicht … Vielleicht, weil mir die Liebesgeschichte so gut gefällt. Die Tatsache, dass Elisa und Louis ganz sicher zueinandergehören. Verstehst du, was ich meine? Klar, am Anfang können sie sich nicht ausstehen, aber dann merken sie, wie gut es ihnen geht, wenn der andere in der Nähe ist. Dass sie, selbst wenn noch hundert andere Menschen in einem Raum sind, zueinanderfinden, sie sich anziehen wie zwei Magnete. Sie können gar nicht anders, als sich zu lieben. Und das ist eine so wundervolle Liebe, dass …«

Mein Satz bleibt unvollendet.

Noahs Blick ist konzentriert. Es ist offensichtlich, dass er über mich nachdenkt. »Eine richtige Romantikerin also. Dann glaubst du auch an die wahre Liebe?«

Im Raum scheint sich die Hitze zu stauen. »Schon … Ich glaube, dass es verdammt schwer ist, sie zu finden. Und dass die meisten Menschen sich mit weniger zufriedengeben. Vielleicht ist das aber auch besser, als ewig zu suchen und am Ende niemals die wahre Liebe zu finden. Wer sagt denn auch, dass es für jeden Menschen die wahre Liebe gibt? Vielleicht …« Ich bremse mich selbst, habe schon so viel über mich verraten.

»Das stimmt wahrscheinlich. Viele Menschen sind einfach zu bequem, um lange zu suchen, oder stürzen sich in Beziehungen, weil sie Angst davor haben, allein zu sein.«

Irgendwie ist meine Hand in der Zwischenzeit bei Agamemnon gelandet, der schnurrend meine Streicheleinheiten genießt.

»Kennst du Karoline von Günderrode?«, fragt mich Noah.

Ich nicke. »Eine Autorin der Romantik.«

»Exakt. Sie hat ein Gedicht geschrieben mit dem Titel *Überall*

Liebe. In dem Gedicht geht es darum, dass alle Menschen verliebt zu sein scheinen, nur sie nicht. Was ziemlich grausam ist. Ein Vers darin lautet: ›Verloren ist, wen die Liebe nicht beglücket‹.«

Mein Herz wird schwer. Ich kenne dieses Gedicht, weil es mein Leben auf den Punkt bringt.

Ich habe nicht die geringste Ahnung, was ich darauf antworten soll. Also schweige ich, während ich mich daran zu erinnern versuche, wie man atmet.

»Ich glaube jedenfalls fest daran, dass es die wahre Liebe für jeden von uns gibt«, sagt er. »Man darf nur nicht die Hoffnung aufgeben.«

Unsere Blicke treffen sich. Schwarz trifft auf Blau.

»Agamemnon mag dich. Du kannst stolz darauf sein, denn er mag nicht jeden.« Noah fährt mit dem Zeigefinger und dem Daumen über Agamemnons Kopf, seinen Nacken hinab, die Wirbelsäule entlang.

Dann passiert es. Irgendwie treffen sich unsere Hände. Die Spitzen seiner Finger liegen auf meinem Handrücken. Ein paar Sekunden lang bewegt sich keiner. Es ist, als wäre ich plötzlich in einem anderen Universum, zu einer anderen Zeit, als ein anderes Ich, dessen Haut sensibel und hellwach ist. Schließlich ist es Noah, der seine Hand wegzieht.

Irgendetwas scheint in meinem Blick zu liegen. Etwas, das Noah dazu veranlasst, zu sagen: »Pearl … du weißt, dass wir nur Freunde sind, oder? Ich mag dich echt gerne, aber …« Wieder macht er eine Pause. Es ist die schlimmste Pause, die ich je erlebt habe. »… aber du bist einfach nicht mein Typ.« Er hebt abwehrend die Hände, als könnte er nichts dafür, dass er mir diese Worte an den Kopf knallt.

Das kam aus dem Nichts. Ich hätte mit allem gerechnet, nur nicht damit. Nicht mit dieser heftigen Ehrlichkeit.

Mit einem Mal wirkt die Welt ganz rot. Sie blutet. Meine Seele blutet.

»Ich weiß.« Es fühlt sich wirklich so an, als hätte ich es gewusst. Und dennoch schmecken meine Worte nach einer Lüge. »Du hast eine wundervolle Freundin. Und du bist auch überhaupt nicht mein Typ, und ich …« Je mehr ich mich herauszureden versuche, desto unglaubwürdiger werde ich.

»Tut mir leid. Ich weiß, man sagt so was eigentlich nicht. Aber es war mir wichtig, von Anfang an für klare Verhältnisse zu sorgen. Denn ich mag dich, ich mag dich wirklich, und Agamemnon mag dich scheinbar auch, und deshalb will ich nicht riskieren, dass es irgendwelche dummen Missverständnisse gibt.«

»Es ist alles gut, Noah. Wirklich.«

Innerlich ziehe ich eine Mauer hoch. Eine Mauer, die mich vor dem Schmerz schützen soll. »Ich bin erleichtert, dass du das angesprochen hast. Ehrlich. Ich meine, du bist nachts in zwielichtige Dinge verwickelt. Wie sollte ich mich auf dich einlassen wollen?«

»Stimmt. Das solltest du auf keinen Fall.« Er streicht sich übers Kinn. Lacht leise in sich hinein. Da sind sie wieder, diese zwei Grübchen, die ihm erlauben, alles sagen zu können. Selbst gemeine Dinge. Weil man ihm alles verzeiht.

Ein paar Minuten noch. Ein paar Minuten lang muss ich es noch aushalten, damit es nicht zu offensichtlich ist, dass ich flüchte. Also erhebe ich mich vom Bett, wende mich Noahs Schreibtisch zu. Darauf liegt ein Gedichtband, aus dem mehrere Blätter herausragen.

»Du scheinst dich ja ziemlich für Gedichte zu interessieren.« Meine Stimme ist ebenso zittrig wie meine Knie.

»Ja, sehr.« Ohne ein einziges Geräusch zu verursachen, hat Noah sich mir genähert. Ich müsste nur einen Schritt zurück machen und würde gegen ihn stoßen. »Du dich auch?«

»Etwas«, stoße ich hervor. Mache einen Schritt von ihm weg.

Doch Noah rückt nach. »Wirklich alles gut zwischen uns?«

»Natürlich«, entgegne ich. Recke mein Kinn hoch. Halte seinen Blick. Gehe rückwärts in Richtung Tür. Als ich sie erreiche, drehe ich mich um. Will so schnell wie möglich zur Treppe, fort von Noah.

»Pearl!«, ruft er mir nach.

Ohne es zu wollen, bleibe ich stehen.

»Du hast deine Maske vergessen.«

Er kommt mir nicht entgegen. Stillschweigend fechten wir mit Blicken einen Kampf aus, den ich schließlich verliere. Als ich vor ihm stehe und die Maske entgegennehme, verändert sich auf einmal der Ausdruck in seinem Gesicht. Sein Blick ist voller Mitleid. Ein Blick, der mich noch mehr verletzt als seine Worte.

»Sehen wir uns denn wieder?«

Ich amte schwer aus. Erst jetzt merke ich, dass ich die ganze Zeit über die Luft angehalten habe. »Vielleicht.«

Ich drehe mich um, setze im Gehen die Maske auf. Ich bin froh, dass ich mich hinter ihr verstecken kann.

14

Als ich aufwache, bin ich schlecht gelaunt. Verdammt schlechtgelaunt.

Ich denke an Noah. Spüre den Schmerz in meiner Brust wie nie zuvor. Ich wünschte, ich hätte jetzt eine Katze, die mich mit ihrer Nase anstupsen und beruhigend schnurren würde. Früher hatte ich immer eine Katze. Aber nachdem ich die fünfte begraben hatte, schwor ich mir, nie wieder ein Tier zu halten. Das ist das Hauptproblem eines ewigen Lebens: Alles andere vergeht, nur man selbst bleibt.

Ich überlege, was ich am Nachmittag machen könnte, aber mir fällt nichts Sinnvolles ein. Am liebsten würde ich mich in einen Sessel setzen, warten und hoffen, dass es irgendwann eine Art zweiten Urknall gibt, der die Welt in die Luft jagt und mich mit ihr. Ein neuer Tiefpunkt.

Die Sonne lacht mir zwischen den Vorhängen hindurch viel zu fröhlich entgegen. Ihrem Stand nach zu urteilen, ist es schon Mittag. Touristen flüchten um diese Zeit in klimatisierte Cafés und Souvenirshops. Einheimische genießen ihren »ombra«, ihren »Schatten«, wie man hier in Venedig ein kleines Glas Weißwein nennt. Es ist ein schöner Tag, doch seine Schönheit erreicht mich nicht.

Erst, als ich meinen empört knurrenden Magen nicht mehr länger ignorieren kann, strampele ich die Decke von meinen Beinen.

Du weißt, dass wir nur Freunde sind?

Worte, die eine schmerzhafte Leere in mir hinterlassen haben.

Ich bin mir sicher, dass alles, dieses ewiges Leben, das Warten auf die wahre Liebe, einfach keinen Sinn machen …

Kopf hoch, Pearl! Reiß dich zusammen! Du hast schon wesentlich Schlimmeres durchlebt! Noah ist halt einfach irgendein Typ, der dir jetzt mal `ne Abfuhr erteilt hat. So was passiert!

Der Spiegel des Schminktischs präsentiert mir meine dunklen Augenringe. Keine charmanten Lachfalten, nein, ich habe eine tiefe Sorgenfalte auf der Stirn, für die eine Achtzehnjährige eigentlich zu jung ist. Das Hässlichste an mir ist jedoch die Narbe auf meinem Brustbein, die ich immer überschminke, mit hohen Kragen oder Ketten zu überdecken versuche. Ich wünschte, ich hätte die Zartheit der Frauen aus den Hochglanzmagazinen. Aber die Schufterei im Waisenhaus hat meinen Körper gezeichnet. Ich habe breite Schultern, bin muskulös, und meine Haut ist rau. Oberweite habe ich kaum. Alles Makel, die ich heute überdeutlich sehe.

Im Schlafanzug mache ich mich auf in die Küche, sehe der Kaffeemaschine dabei zu, wie sie schwarzbraune Flüssigkeit in meine Tasse plätschern lässt. Im Kühlschrank finde ich eine Papiertüte, auf der mein Name geschrieben steht. Offenbar war Damien heute Morgen in meiner Lieblings-Panetteria, um für mich ein Schokoladencroissant zu kaufen. Jetzt tut es mir leid, dass ich ihn gestern Nacht so barsch angefahren habe, als er wissen wollte, weshalb wir so überstürzt von der Party aufbrechen mussten.

Überhaupt habe ich mich ihm gegenüber ziemlich seltsam verhalten. Oder besser gesagt: auffällig.

Nachdem ich ihn gestern endlich mit einer angebrochenen Weinflasche und einem seligen Grinsen im Spirituosenkeller di Angelis gefunden hatte, schnappte ich mir seine Hand und zerrte ihn wie eine Furie die Treppen hinauf.

»Aber das da unten ist eine Schatzkammer, Pearl! Ein Himmelreich des Weins! Lass mich wenigstes noch den Château Figeac probieren! Da kostet eine Flasche über zweihundert Euro!«

»Kommt nicht in Frage. Wir gehen. Jetzt sofort.«

»Was? Warum denn? Wir sind doch gerade erst …«

»Ist halt so!« Inzwischen war es mir gelungen, ihn durch die feierwütige Meute zum Ausgang zu ziehen. Die Haustür warf ich mit so viel Wucht ins Schloss, dass Noah – der vielleicht noch immer zufrieden auf seinem Bett lag und Agamemnons Kopf kraulte – sicherlich die Erschütterung spürte.

»Was ist denn passiert?«

»Nichts!«

»Hat es mit diesem Typen zu tun? Mit diesem Noah?«

»Muss es denn immer für alles einen Grund geben?«

Man sollte nie, absolut niemals, schnell und aufgebracht mit Stilettos über Pflastersteine laufen. Prompt habe ich eine Unebenheit übersehen, bin umgeknickt und auf dem Boden gelandet, mein Kopf nur wenige Zentimeter neben einer Mülltonne.

Damien hob mich hoch und trug mich den ganzen Weg nach Hause. Obwohl mein Knöchel schon bald nicht mehr schmerzte. Aber gehalten zu werden war genau das, was ich in diesem Moment brauchte. Zu wissen, dass ich jemandem wichtig bin.

Und das war es vermutlich auch, was mich dazu trieb, Damien, gerade als er mich vor meinem Zimmer auf die Stirn geküsst und »Träum was Schönes, Pearl« gehaucht hatte, festzuhalten, an mich zu ziehen und ihn mit einer verzweifelten Leidenschaft zu küssen, die er vermutlich bei mir zuvor noch nie erlebt hatte.

In der Hoffnung, frische Luft könne meine Stimmung etwas heben, setze ich mich in unserem gepflegten Garten an einen kleinen, runden Tisch unter Rosenarkaden in den Schatten. Touristen können das geometrisch angelegte Paradies, das hinter hohen, von Efeu umrankten Backsteinmauern versteckt ist, nicht mal erahnen. Nur vom Canal Grande aus können sie einen Blick darauf erhaschen, wenn sie mit dem Vaporetto oder dem Wassertaxi vorbeituckern.

Alexa ist gerade dabei, die Rosen am Eisengeländer festzubinden. Manchmal denke ich, dass neben Damien und mir die Rosen das Einzige sind, was sie in ihrem Leben hat. Vor allem diese eine Sorte – eine weiße, rosaschimmernde mit dem Namen New-Dawn – hegt und pflegt sie, als wären es ihre Kinder.

»Buongiorno.« Alexa fährt sich mit dem Handrücken über die glänzende Stirn.

»Morgen«, murmle ich, setze die Tasse an und nehme einen großen Schluck. Milchschaum bleibt über meiner Oberlippe hängen. Der Anblick ringt Alexa ein schwaches Schmunzeln ab.

Sie sieht hübsch aus in ihrem leichten, weißen Sommerkleid und dem roten Band in den Haaren. Manchmal denke ich, wie traurig es doch ist, dass sie niemals Kinder haben wird. Sie wäre sicherlich eine gute Mutter. Vor zwei Jahren saß Alexa in einem Vaporetto neben einer Frau mit Säugling im Arm. Der kleine Junge war so begeistert von Alexa gewesen und sie so vernarrt in ihn, dass die Frau gefragt hatte, ob Alexa ihn halten wolle. Zögerlich hatte Alexa zugestimmt. Als sie den Säugling in ihren Armen hielt, sah sie unbeschreiblich glücklich aus, so glücklich hatte ich sie noch nie gesehen. Als wir wieder zu Hause waren, sperrte sie sich einen ganzen Tag lang ein und weinte.

»Du wirkst müde«, stellt Alexa fest. »Dabei wart ihr gestern doch früh wieder hier. Als ich die Haustür zufallen gehört habe, war es erst zwei Uhr.«

Ich nicke, während ich den Milchschaum mit dem Daumen von der Oberlippe wische. »War nicht so toll, die Party.«

»Wie schade«, entgegnet sie schlicht. Sie scheint zu spüren, dass ich nicht weiter darüber sprechen möchte.

Unter einer hohen und mächtigen Glyzinie, die das Sonnenlicht in den unterschiedlichsten Grün- und Fliedertönen filtert, plätschert ein alter Renaissancebrunnen. Ich strecke die Beine unter dem Tisch aus. Versuche ruhig zu atmen, meine aufgewühlte Seele zu beruhigen. Eine lauwarme Brise streift mich und trägt einen salzigen Hauch des Meeres sowie zarten Rosenduft zu mir.

Die flirrende Hitze macht träge. Ich stütze meinen Kopf auf und tunke das Croissant in den Kaffee. Früher habe ich Schokoladencroissants geliebt, aber auch sie haben mittlerweile an Reiz verloren. Ich beiße ab. Kaue. Lege das Croissant lustlos auf den Tisch zurück. Dann greife ich nach Alexas Zigarettenschachtel, die am Tischrand liegt. Sie ist leer. Also werde ich jetzt nicht mit dem Rauchen anfangen.

Alexa zieht die Handschuhe aus. Lässt sie auf den Boden fallen. »Was ist los?«

»Darf ich dich was fragen?«, antworte ich mit einer Gegenfrage.

»Natürlich, Pearl. Alles.«

»Hast du mal einen Mann kennengelernt, der dir wirklich gut gefallen hat? Ich meine so gut, dass er irgendwie besonders war – aber er hatte kein Interesse an dir?«

»Sollte einem nicht jeder Mann, mit dem man sich trifft, wirklich gut gefallen und besonders sein?«

»Ja, schon ... aber ...« Oft genug bin ich Kompromisse eingegangen. Habe ein Auge zugedrückt. Zum Beispiel bei John: Er war eigentlich perfekt – aber es hat mich gestört, dass er immer so praktisch wirtschaftlich gedacht hat. Kein bisschen spontan oder verrückt war.

»Wie kommst du darauf? Ist dir das gerade passiert?«

»Nein, noch nicht. Aber ich habe Angst, dass es passiert. Hast du das denn mal durchgemacht?«

»Nicht nur einmal, Pearl.«

»Dann weißt du, wie sich die Liebe anfühlt? Beschreib sie mir. Bitte ...«

Sie seufzt. »Die Liebe kann dir alles geben. Aber sie kann dir auch alles nehmen. Sie ist Glück und Verderben zugleich.«

Der matte, hoffnungslose Blick ihrer grauen Augen ist mir eine Warnung.

»Ich wusste nicht, dass dir das Herz gebrochen wurde«, sage ich. »Wann?«

»Am schlimmsten traf es mich vor zwölf Jahren. Du, Damien und ich waren gerade nach Paris gezogen. Ich traf Pierre auf einer Kunstausstellung. Er war Franzose und so gebildet und charmant und wusste das Leben zu genießen. Ich war hin und weg.« Alexas Lächeln wirkt unsicher, als hätte sie es verlernt.

»Was ist passiert?«

»Er war verlobt. War nur auf ein kleines Abenteuer aus.«

»Ein richtiger Mistkerl also.«

»Ja, das habe ich nur leider zu spät gemerkt. Es ist wahr, dass Liebe blind macht.« Alexa setzt sich neben mich auf die Bank.

Scheint nicht mal zu merken, dass sie sich mal wieder am Handgelenk kratzt.

Mein schlechtes Gewissen meldet sich zu Wort. Alexa hat damals gelitten, aber ich habe nichts davon mitbekommen. Ich weiß so wenig über sie. Eigentlich so gut wie nichts. Obwohl wir uns schon fast hundertsechzig Jahre kennen.

»Ich weiß, du magst es nicht, wenn ich dich darauf anspreche«, sage ich, »aber wie war dein Leben vor dem Tod? Du hast mal erzählt, dass du an einer Krankheit gestorben bist, aber …« Ich verstumme.

»Ich war allein«, ist alles, was sie darauf erwidert.

»Du hast mal von einer ›dunklen Zeit‹ gesprochen. Was ist damals passiert?«

»Ich hatte niemanden, der mir geholfen hat. Und das hat mich selbst zu einem bösen Menschen gemacht. Zu einem herzlosen Monster. Das ist alles, was du wissen musst.« Ihr Kratzen wird heftiger. So, dass ich richtig hören kann, wie ihre Fingernägel über ihre Haut schaben. Ich sehen kann, wie sie tiefrote Striemen hinterlassen.

Als ich meine Hand auf ihre lege, um sie zu beruhigen, springt sie unerwartet von der Bank auf, wendet sich den Rosen zu.

»Wie dem auch sei«, plappert sie aufgesetzt fröhlich drauflos. »Zurück zu Pierre. Ich denke, eigentlich hatte ich es auch nicht verdient, mit ihm glücklich zu werden. Karma sozusagen. Ich wusste, dass er verlobt ist, und habe mich trotzdem mit ihm getroffen.«

»Du hast gehofft, dass er sich vielleicht doch für dich entscheidet.«

»Ja, das habe ich. Und diese Hoffnung war die reinste Qual.

Ich habe mich damals oft gefragt, was der Sinn von unerwiderter Liebe ist. Wer auch immer dafür verantwortlich ist, dass wir Suchenden existieren – Gott oder Teufel oder vielleicht auch jemand ganz anderes –, derjenige müsste doch eigentlich die Liebe für uns wollen. Was wäre sonst der Sinn unseres ewigen Lebens? Oder er hat einfach nur Spaß daran, uns zu quälen.«

»Mist«, flucht sie auf einmal. Ein roter Punkt bildet sich auf ihrem Zeigefinger. »Ich habe mich gestochen.«

Ich reiche Alexa die Serviette, in die mein Croissant eingewickelt war. »Unerwiderte Liebe hat gar keinen Sinn«, bringe ich es auf den Punkt. »Sie ist einfach nur scheiße.«

Am nächsten Tag kaufe ich mir auf dem Rialtomarkt eine Schale Himbeeren. Um dem Gewirr der Menschen zu entkommen, setze ich mich auf eine Bank am Wasser. Neben mir sitzt ein Typ mit süßen Sommersprossen. Ich stelle mir vor, er wäre mein Freund, und wir würden hier zusammen sitzen. Doch schon nach einer Minute springt er von seinem Platz auf, geht auf ein Mädchen zu und küsst sie voller Zuneigung, so dass ich die Himbeere, die ich gerade in meinen Mund stecken wollte, wieder in die Schale werfe.

Venedig gibt heute mal wieder sein Bestes: An den bunten Ständen, wo fangfrischer Fisch und Obst verkauft werden, herrscht großer Andrang. Die Verkäufer bieten lautstark ihre Waren an, die Einheimischen feilschen um die Preise. Touristen schießen Fotos von riesigen Schwertfischen, und Möwen segeln zwischen den hohen Arkaden hindurch, in der Hoffnung, Fischreste stibitzen zu können. Die prächtigen Palazzi spiegeln sich im von den Booten aufgewühlten Wasser. Es duftet nach Kaffee, Motoröl und frischem Gebäck. Jedes Mal, wenn sich die Tür der Metzgerei öffnet, weht der salzig-würzige Duft der Schinken und scharfen Salamis zu mir herüber. In der Panatteria daneben stapeln sich mit buntem Zuckerguss überzogene Cremebomben.

Ich atme tief, ganz tief ein. Versuche das alles um mich herum zu verstehen. Aber ich begreife die Schönheit Venedigs einfach nicht. Ich nehme sie wahr, aber das, was andere als Zauber beschreiben, zerfällt vor meinen Augen in seine Einzelteile, bis nichts mehr bleibt als das, was es eben ist – eine alte Stadt. Nietzsche hat mal gesagt: »Venedig ist sichtbar gemachte Musik.« Vielleicht für Verliebte. Aber nicht für mich.

Die rote Süße der Früchte klebt an meinen Fingern. Ich lecke sie ab, ziehe mein Handy aus der Jeanstasche. Keine Nachricht von Noah.

Noah hat seinen Standpunkt deutlich gemacht, und jetzt ist es an mir zu entscheiden, ob ich damit umgehen kann oder seine Nummer lösche. Je mehr ich über ihn nachdenke, desto sicherer werde ich mir, Noah besser zu finden, als er eigentlich ist.

Es macht doch alles keinen Sinn, flüstert eine gehässige Stimme in mir. Erbärmlich, wie du dich an diesen winzigen Rest Hoffnung klammerst, Pearl. Erbärmlich …

Die warme Sommerbrise weht ein Lied aus einem Café zu mir herüber. Ich kann ein Wort heraushören – *love.*

Sie wollte doch eigentlich nur eins. Sie wollte nur für jemanden wertvoll sein. Jemanden lieben und von ihm zurückgeliebt werden.

In Gedanken schreibe ich an meiner Grabrede weiter. Gerade, als ich den zerknitterten Zettel mit meiner aktuellen Rede aus meiner Jeanstasche ziehe, um ein wenig daran zu feilen, läuft mir auf einmal ein kalter Schauer den Rücken hinab.

Ich werde beobachtet. Das spüre ich. Ganz deutlich.

Ich scanne die Umgebung. Augen reagieren instinktiv auf Bewegung, und da war definitiv eine Bewegung oben rechts von mir. Ein Vorhang flattert im Wind. Vielleicht war es nur das. Aber nein, grauer Zigarettenrauch erhebt sich hinter dem Vorhang, verschwindet im lichtlosen Gebäude. Die Fassade wird größtenteils von einem Gerüst verdeckt. Offenbar wird das gesamte Haus saniert.

Dieser Jemand dort oben, nicht mehr als ein schwarzer Schatten, legt es darauf an, von mir gesehen zu werden, denn er schmeißt seinen Zigarettenstummel aus dem Fenster. Jetzt starrt er mich direkt an.

Ohne zu wissen, was ich tue, lasse ich die Schachtel mit den Himbeeren auf den Boden fallen. Setze mich in Bewegung. Werde schneller. Renne. Direkt auf das Gebäude zu.

Vielleicht bin ich verrückt geworden. Vielleicht ist es auch der Kick, die plötzliche Spannung in meinem tristen Leben. Was auch immer – ich will wissen, wer mir auflauert. Ich falle fast über die Sackkarre eines Obsthändlers, der Kisten mit Bananen vor sich herschiebt, weil ich meinen Blick starr auf das Fenster gerichtet habe.

»Attenzione!«, beschwert sich der Verkäufer und sagt noch irgendwas, aber ich höre es nicht.

Auch der Typ im Gebäude setzt sich in Bewegung. Ich werde schneller. Erreiche endlich den Eingang der Baustelle. Springe über Schutthaufen. Stürze die Treppen hinauf. Meine Schritte hallen gespenstisch wider. Die Rufe der Händler, das Gemurmel der Passanten, die Boote, die Musik – all die Geräusche sind auf einmal verschwunden. Da ist nur noch die Kälte des alten, kahlen Gebäudes. Und das Geräusch von Schritten auf steinstaubbedecktem Boden.

»Wer ist da?«, rufe ich. Höre mein heftiges Atmen.

Keine Antwort.

»Warum beobachten Sie mich?«

Mein Instinkt schlägt Alarm. Was, wenn ich direkt in eine Falle laufe? Ich erreiche das oberste Stockwerk. Links von mir ist das Fenster, aus dem mich der Typ angestarrt hat.

Ein Geräusch. Eine Bewegung. Hinter mir. Ich fahre herum. Die Flügeltür zum Balkon steht offen. Die dreckigen Vorhänge bäumen sich durch den Luftzug auf. Langsam nähere ich mich dem Balkon. Mein Herz pocht im Takt meiner Schritte. Von dort aus habe ich Blick auf den Hinterhof. Der Schatten sieht zu mir hinauf. Scheinbar hat der Typ auf mich gewartet, nachdem er die Feuerleiter runtergeklettert ist.

Er lacht. *Was zur Hölle …*

Erst jetzt bemerke ich den Geruch in dem Gemisch aus Zigarettenrauch und Steinschutt: Chili.

Der Jäger.

Warum lockt er mich hier hinauf und lacht nur wie ein Irrer? Er hätte sich hier problemlos verstecken können, um dann hervorzuspringen und mir die Spritze in den Hals zu rammen. Er hat schon einmal versucht, mich zu schnappen. Warum hat er seine Meinung geändert? Und wo ist der andere Jäger? Zu zweit hätten sie mich leicht in einen Hinterhalt locken können.

Er hat irgendetwas vor. Und ich will herausfinden, was es ist.

Ich schwinge meine Beine über das Geländer. Steige so schnell wie möglich die Feuerleiter hinab. Gerade, als der Jäger um die

Ecke verschwindet, nehme ich die letzten fünf Stufen in einem Satz. Lande auf allen vieren. Sofort springe ich auf. Renne weiter.

Ich glaube schon, ihn verloren zu haben, als ich seine schwarze Jacke inmitten einer Touristengruppe auf der Straße entdecke. Ich umrunde die Gruppe. Der Jäger wirft einen Blick über die Schulter. Sieht, wie dicht ich ihm auf den Fersen bin. Jetzt rennt er.

»Haltet ihn!«, rufe ich. Zeige auf den rennenden Mann. »Er ist ein Dieb!«

Mein Plan geht nicht auf. Die meisten Menschen springen nur ängstlich zur Seite. Niemand reagiert. So sind die Menschen eben. Jeder denkt nur an sich selbst.

Ich weiß, dass die Gasse, in die er sich jetzt flüchtet, eine Sackgasse ist. Sehe mich schon triumphieren – doch als ich ankomme, ist dort niemand.

»Was?«, keuche ich außer Atem. Stelle fest, dass das Wasser im Kanal in Aufruhr ist.

Der Jäger hangelt sich über eine vertaute Gondel an der Hausfassade entlang. Er ist erstaunlich schnell.

Als ich ebenfalls auf die Gondel springe, wackelt sie so stark, dass wir beide beinahe ins Wasser stürzen. Der Jäger bekommt gerade noch das Gitter eines Fensters zu fassen. Er nutzt den Schwung, zieht sich auf die Treppe, die zu einer Brücke hinaufführt. Im nächsten Moment flüchtet er in die angrenzende Gasse.

Ich stelle mich ungeschickt an. Als ich endlich die Brücke erreiche, mache ich mir kaum noch Hoffnung, ihn zu finden. Meine Augen suchen den Platz ab. *Schwarze Jacke, schwarze Jacke, schwarze Jacke …*

Tatsächlich. Dort hinten! Ich bin fest entschlossen, ihn nicht entkommen zu lassen. Er versucht sich zu tarnen, indem er betont lässig neben zwei Frauen läuft, so tut, als wäre er mit ihnen unterwegs. Er zieht seine Jacke aus, vermutlich weil er weiß, dass sie auffällig ist.

Schon bin ich bei ihm. Packe ihn an der Schulter und reiße ihn zu mir herum. »Ha!«, sage ich.

Ich blicke in ein vollkommen verwirrtes Gesicht.

Das ist nicht der Jäger. Das ist einfach nur ein ganz normaler Mann, der die Welt nicht mehr versteht.

»Sorry, tut mir so leid. Ich habe Sie verwechselt«, entschuldige ich mich.

»Schon okay.« Er sieht mich an, als wäre ich vollkommen geisteskrank.

Nur langsam beruhigt sich mein beschleunigter Puls. Ein letztes Mal lasse ich den Blick über den Platz schweifen. Vom Jäger keine Spur.

15

Ich konnte die Nacht kaum erwarten. Die schwarze Knarre liegt schwer in meiner Hand. Ein Gewicht, das sich gut anfühlt. Es schmeckt nach Kontrolle, Macht und Abenteuer.

Mein letztes Geld habe ich für die Pistole ausgegeben. Ein Schuss ins Bein oder in den Oberkörper, dann das Mittel. Und schon gibt's einen Suchenden weniger.

Immer wieder sehe ich hinüber auf den Eingang der Kirche, wo ich die Kamera befestigt habe. Gut, das rote Licht blinkt. Das bedeutet, sie läuft. Hier, in diesem mit alten Benzinkanistern und Holzpaletten vermüllten Hinterhof sind wir außerhalb ihrer Reichweite. Die Kamera ist nur auf den kleinen Platz gerichtet – auf den Ort, wo unser Mord begangen werden wird. Auf den Aufzeichnungen wird aber nur der Prinz zu sehen sein. Weil ich nicht aus unserem Versteck kriechen werde.

Das alles ist von mir gut durchdacht. Sollte der Prinz mir irgendwann blöd kommen, man weiß ja nie, dann habe ich etwas gegen ihn in der Hand, womit ich ihn erpressen kann. Denn das Videomaterial wird ihn zum Mörder machen. Keiner wird wissen, dass eigentlich ich es war, der aus dem Verborgenen geschossen hat.

Ich denke an das Mädchen, Nummer fünf, wie einsam sie heute aussah, mit der Schale Himbeeren in der Hand. Fast hat sie mir leidgetan. Aber es hatte auch niemand mit mir Mitleid. Sie soll ruhig wissen, dass ich sie beobachte. Dann reißt sie sich vielleicht eher zusammen und beraubt keinen unschuldigen Menschen seiner Liebe.

Ich stecke mir eine Zigarette an. Ziehe so stark daran, dass die Spitze rötlich aufglimmt. Laura würde eine Woche lang kein Wort mehr mit mir wechseln, wäre sie noch hier und würde die Kippe in meiner Hand sehen. Aber sie ist nicht hier, und ich brauche das jetzt einfach.

Ich schaue auf meine Uhr. 01.24.

Diese Gegend ist ideal, um jemanden zur Strecke zu bringen. Im Nordwesten Cannareggios, wo die Häuser auch wirklich wie Mietshäuser aussehen und nicht so romantisch morbid wie im Großteil Venedigs. Grau und unfreundlich. Die Straßenlaternen sind erloschen. 01.26 Uhr. 01.27 Uhr. Mein Herz schlägt heftig, aber das lasse ich mir nicht anmerken. Der Prinz spielt neben mir mit einem Papier herum. Er hat tatsächlich ein Gedicht dabei, das er immer wieder liest. Vom Rand des Papiers hat er immer wieder kleine Fetzen abgerissen, die vor uns auf dem Boden liegen. Ich habe ihn eben angefahren, dass er endlich damit aufhören soll.

»Was soll eigentlich dieser Gedichtmist?«

»Das beruhigt mich.«

»Wie das denn?«

»Wenn ich Gedichte auswendig lerne oder sie mir im Kopf aufsage, beruhigt mich das ganz einfach. Vor meinem Tod war das das Einzige, was geholfen hat, mich von der harten Arbeit abzulenken und mir meine Angst zu nehmen.«

»Wie bist du eigentlich gestorben?«, frage ich.

»Ich habe untertage im Kohleabbau gearbeitet, da ist es passiert. Ich bin erstickt. Kein schöner Tod. Zu hohe Methan-Konzentration. Ich habe es gehasst, den ganzen Tag im Dunkeln zu sein, in dieser stickigen Luft, mit der ständigen Angst, dass alles hochgehen könnte. Deshalb hatte ich meistens ein Gedicht dabei, das ich während der Arbeit auswendig gelernt habe. Dann war mein Kopf beschäftigt und ich nicht mehr so angespannt. Tja, und dann bin ich gestorben. Das mit dem Auswendiglernen von Gedichten ist mir geblieben.«

Peinliches Schweigen.

»Und wie bist du gestorben?«, wagt es der Prinz zu fragen.

»Geht dich nichts an.« Ich lasse den Zigarettenstummel auf den Boden fallen. Trete ihn aus.

»Ich finde nicht, dass wir heute Nacht …«, setzt der Prinz an. Denkt wohl, dass dieses persönliche Gespräch ihm irgendwie das Recht gibt, meine Pläne zu kritisieren.

»Zu spät«, schneide ich ihm das Wort ab, weil ich Schritte näher kommen höre.

Eine Gestalt biegt um die Ecke. Überquert den dunklen Platz. Schlendert mitten durch das Viereck aus Bänken und Blumentöpfen. Ich hebe die Waffe. Mein Finger legt sich auf den Abzug. Ich visiere die Gestalt an. Höre den Prinzen neben mir scharf die Luft einziehen. Er will etwas sagen, aber es ist zu spät. Die Kugel zischt lautlos aus dem Lauf. Die Gestalt schreit einmal kurz auf, nicht sonderlich schlimm. Mehr so, als wäre sie über was gestolpert und hätte sich erschrocken.

Dann sinkt sie auf den Boden.

»Lauf hin und spritz ihm das.« Ich drücke dem Prinzen die Kanüle in die Hand.

»Aber …«

»Jetzt lauf!«

Der Prinz gehorcht. Als er neben Nummer vier kniet, durchsticht die Nadel die Haut des Typen. Er drückt die goldene Flüssigkeit in seinen Körper. Nummer vier lächelt selig, weil das Mittel ihn glauben lässt, dass er geliebt wird. Dann schließt er die Augen. Sein Körper zuckt mehrmals heftig, ehe er erschlafft und daliegt, als würde er schlafen.

»Nummer vier ist dann jetzt wohl passé«, stelle ich fest, nachdem der Prinz den leblosen Körper des Mannes an den Armen zu mir herübergezogen hat. Er trägt Handschuhe, damit er keine Fingerabdrücke hinterlässt. Das Mittel funktioniert also tatsächlich. Das ist gut, richtig gut.

»Was machen wir mit ihm?«, fragt der Prinz.

»Ins Wasser werfen«, erwidere ich trocken. »Die Bullen sollen ihn ruhig finden. Hoffentlich gibt das dann einen Artikel in der Zeitung, damit es sich unter den Suchenden in dieser elendigen Stadt rumspricht.«

Jetzt streicht der Prinz dem Mann über den Glatzkopf. Eine zärtliche Geste, die mich berührt, aber trotzdem sage ich: »Lass das.«

Der Prinz ignoriert mich.

Er ist noch immer wütend, weil ich ihn letztens so verarscht habe. Er dachte wirklich, dass ich das Mädchen, Nummer fünf, abmurksen will. Eingesetzt hat er sich für sie! Lächerlich war das …

»Vergiss es!«, hat er mich angeschnauzt. »Ich werde dir dabei nicht helfen! Es ist noch zu früh. Wir haben ausgemacht, dass ich einen Monat lang Zeit habe, sie zu beobachten. Es sind gerade mal ein paar Tage vergangen.«

Ich bin schon verdammt lange auf dieser Welt und deshalb durchschaue ich Menschen ziemlich schnell. Und ich glaube, dass ich nicht nur das Mädchen, sondern auch den Prinzen im Auge behalten muss.

16

Am nächsten Morgen noch immer keine Nachricht von Noah.

Es ist eigentlich noch zu früh – gerade mal ein paar Leute, die schon auf dem Weg zur Arbeit sind, oder Hundebesitzer, die mit ihren kleinen behaarten Freunden Gassi gehen, sind in der Stadt anzutreffen –, aber meine ruhelose Seele hat mich bereits nach draußen getrieben. Müllboote greifen vom Wasser aus mit ihren elektrischen Armen nach den mit Plastik und Essensresten vollgestopften Säcken vor den Haustüren. Ich schiebe meine Hände in die Taschen meiner Jeansjacke, trete von einem Fuß auf den anderen, einfach nur, um etwas zu tun und nicht tatenlos in diesem Sotoportego, einer kleinen Unterführung, herumzustehen.

Die Zeit vergeht, aber das stört mich nicht. Davon habe ich mehr als genug.

Frisch gewaschene Bettwäsche und Hemden hängen an einer Leine über meinem Kopf, von Balkon zu Balkon gespannt. Seit sechs Uhr morgens lungere ich in diesem Sotoportego herum, der unter dem Vorbau eines Hauses direkt am Kanal entlang führt. In der anschließenden Gasse, direkt um die Ecke, befindet sich Noahs Zuhause.

Ich hatte nicht geplant, hierherzukommen. Kein bisschen. Ich wollte nur durch die Gassen schlendern, um den Kopf frei zu bekommen – und auf einmal stand ich vor dem prächtigen Palazzo. Erstarrt wie ein Hase vor dem Fuchsbau. Als ich mich aus der Starre gelöst hatte, wollte ich sofort wieder verschwinden, aber dann dachte ich: Hey, jetzt, wo du schon mal hier bist … tja, und jetzt behalte ich eben die Haustür im Blick.

Putz rieselt zu Boden, als meine Finger Halt an der alten Wand suchen. Immer wieder luge ich um die Ecke. Eine Italienerin schiebt ihr Fahrrad an mir vorbei. Mustert mich misstrauisch. Kurz darauf kettet die Frau ihr Rad an den Zaun der Familie di Angelis. Dann nimmt sie ihren Einkaufskorb, den sie auf dem Sattel transportiert hatte, durchquert den Garten, schließt die Haustür auf und verschwindet im Inneren des Palazzos. Noahs Mutter kann sie nicht sein, dafür ist sie noch zu jung. Vielleicht die Haushälterin?

Was, wenn Noah gar nicht zu Hause geschlafen hat? Eigentlich nicht unwahrscheinlich, immerhin hat er eine Freundin. Ich hämmere meine Stirn gegen die Wand. Ich bin dumm, dumm … und absolut verrückt.

Ich checke die Uhrzeit auf meinem Handy: zwanzig vor neun.

Beinahe fällt mir mein Telefon aus der Hand, als die Haustür des Palazzos aufschwingt. Noah versucht im Gehen seine Schuhe anzuziehen. Er lacht über sich selbst, hält sich schließlich an der Italienerin, die gerade eben noch ihr Fahrrad an mir vorbeigeschoben hat und jetzt hinter ihm zur Tür herausgekommen ist, fest.

»Ma non hai mangiato niente! Aber du hast noch gar nichts gefrühstückt! Wie soll aus dir etwas Anständiges werden?« Wie es sich für eine richtige Italienerin gehört, redet nicht nur ihr Mund, sondern ihr ganzer Körper. Ihre Art, Noah wimpernklimpernd anzusehen, verrät, dass sie ihn schon längst für anständig hält. *Sehr* anständig. Sie stemmt die Hände gegen ihre weiblichen Hüften, die von ihrem bunten Sommerkleid umschmeichelt werden.

»Ich werde schon nicht verhungern, Elisabetta.« Er nimmt ihr die schwarze Lederjacke ab, die sie ihm hinterhergetragen hat. Küsst sie auf die Wange, schlüpft in die Jacke und läuft zum Gartentor.

»Questo ragazzo è assolutamente pazzesco! Dieser Junge ist verrückt!« Elisabetta schüttelt lächelnd den Kopf.

Das schmiedeeiserne Tor fällt laut scheppernd hinter Noah zu, während er sein Handy aus seiner Jeans zieht. So schnell wie möglich husche ich in das dunkelste Eck des Sotoportegos. Versuche irgendwie eins mit der Wand zu werden. Halte die Luft an.

»Sorry, ich hab's total vergessen. Bin in zehn Minuten bei dir«, höre ich ihn ins Telefon sagen. Er sieht erschöpft aus. Als hätte er die Nacht kein Auge zugetan.

Er geht an mir vorbei, ohne mich zu bemerken. Was hatte ich auch erwartet? Dass er meine Anwesenheit spürt? Dass sein Körper Alarm schlägt, wie es meiner tut, wenn er in meiner Nähe ist?

Ich folge ihm die Calle Traghetto entlang, an all den Souvenir- und Delikatessenläden des Campos San Barnaba vorbei. Biege ein paar Atemzüge nach ihm in eine Seitengasse ein. Sein Gang ist der eines Sorglosen: aufrecht, lässig und gleichzeitig unabsichtlich elegant.

Fünfzehn Minuten später erreicht Noah den Campo Santa Maria Zobenigo. Wäre er etwas schneller gegangen, hätte er mit seiner Schätzung von zehn Minuten recht behalten. Aber irgendetwas sagt mir, dass Noah sich nur beeilt, wenn es unbedingt sein muss.

Kiara springt noch in derselben Sekunde, in der sie Noah erblickt, von ihrem Stuhl auf. Vor ihr stehen eine Cappuccinotasse und ein leerer Teller. Scheinbar wartet sie schon eine ganze Weile. Sie sieht atemberaubend aus in ihrem hellblauen Sommerkleid, dessen tiefer Rückenausschnitt ihren filigranen Körper perfekt in Szene setzt. Sexy, aber nicht zu gewagt. Die beiden umarmen sich. Noah bestellt einen Espresso und ein Croissant, Kiara eine heiße Schokolade.

Ich tarne mich als interessierte Zeitungsleserin an einem Kiosk. Die Augen des Verkäufers kleben an mir. Gewiss glaubt er, ich sei eine Taschendiebin. Nach etwa zehn Minuten kaufe ich mir eine Cola und eine Ausgabe der Lokalzeitung Venedigs, *Il Gazzetino di Venezia*, damit er mich nicht davonjagt. Lustlos nippe ich an der Cola. Sehe mit an, wie Noah offenbar etwas Witziges erzählt und Kiara lacht. Ein mädchenhaftes, helles Lachen. Sie flechtet ihr langes Haar zu einem lockeren Zopf, spielt mit dem goldenen Sternanhänger ihrer Kette. Die beiden sehen richtig schön zusammen aus. Ein perfektes Paar.

Nach etwa einer halben Stunde zahlt Noah. Sie verlassen das Café, spazieren über den Campo. Kiaras Finger suchen die seinen. Sie nimmt einfach seine Hand, und Noah lässt es zu. Meine Seele friert.

Mein Griff um die Coladose wird fester, immer fester. Braunschwarze Flüssigkeit läuft über meine Finger, hinterlässt eine klebrige Spur. Ich wende mich ab, donnere die Dose in die Mülltonne neben dem Kiosk. Als ich dann mit meinen Augen den Platz absuche, sind die beiden bereits verschwunden.

»Ich hab wirklich keine Lust!«, fahre ich Damien an, der seit zehn Minuten versucht, mich aus dem Palazzo zu locken. Etwas sanfter füge ich hinzu: »Sorry. Heute wirklich nicht.«

Indem ich mich unter meiner Bettdecke vergrabe, beende ich unser Gespräch. Höre noch, wie Damien murmelt: »Ist ja schon gut.«

Dann fällt die Zimmertür ins Schloss, einen Tick zu schwungvoll.

Jetzt fühle ich mich noch schlechter. So wütend kenne ich mich gar nicht. Vor allem Damien hat diese Wut nicht verdient.

Harfenklänge. Sofort wühle ich mich unter der Decke hervor. Mein Handy steckt noch in meiner Jeans, die ich achtlos neben meinem Bett auf den Boden geworfen habe. Es erschreckt mich, wie sehr mich die Tatsache, dass Noah mir geschrieben hat, aufwühlt.

Hey, Pearl. Was machst du gerade?

Ich denke mir, dass es das Beste sein wird, nicht zu antworten. Es würde ohnehin zu nichts führen …

Wieder erklingt die Harfe.

Kannst du in fünfzehn Minuten hier sein?

Ich werfe einen Blick in den Spiegel. Verdammt, ich lächle. Was nicht meine Absicht war. Mein Herz schlägt laut und heftig. Und mit jedem Schlag reißt das Loch in meiner Brust ein Stück weiter auf. Meine Sehnsucht wächst, seit ich Noah kenne. Breitet sich aus wie Unkraut.

Ich muss mich entscheiden. Entweder ich komme damit klar, dass Noah und ich nur Freunde sind. Oder ich streiche ihn aus meinem Leben.

»Machen wir zwanzig Minuten draus«, antworte ich.

Noah erwartet mich bereits, lässig in den Rahmen der Haustür gelehnt. »Hey.« Sein schiefes Lächeln verspricht Abenteuer.

»Hey.« Ich vergrabe die Hände in die Taschen meiner kurzen Jeansshorts.

Erst jetzt fällt mir die von einer Kruste überzogene Schramme über seiner rechten Augenbraue auf. Gerade, als ich ihn darauf ansprechen möchte, taucht ein Mann hinter ihm auf. Ich erkenne ihn wieder. Er ist der Mann auf dem Foto in Noahs Schlafzimmer.

Noah seufzt und grinst mit zusammengebissenen Zähnen. »Hätte ich fast vergessen: Mein Dad will dich kennenlernen.« Mit gesenkter Stimme fügt er hinzu: »Er hat Angst, dass ich mich mit Freaks und Schlägertypen herumtreibe, die einen schlechten Einfluss auf mich haben.«

Noahs Dad hört ihn trotz seines Flüsterns: »Eine berechtigte Angst, immerhin ist es schon das zweite Mal innerhalb von zwei Wochen, dass du nachts mit einer Blessur nach Hause kommst.«

Jetzt wendet er sich mir zu. Wie ein Fächer breiten sich zarte Falten um seine Augenwinkel aus. Sein Händedruck ist fest und angenehm. »Ich bin Umberto, Noahs viel zu nachsichtiger Vater.«

»Pearl«, stelle ich mich vor.

Kurz bleibt Umbertos Blick an meiner Narbe hängen. Der Ausschnitt ist etwas tiefer als sonst, verdeckt mein Brustbein nicht ganz. Doch Umberto ist schlau genug, mich nicht darauf anzusprechen.

Ich mag ihn auf Anhieb. Trotz seines spießigen, moosgrünen Pullunders und der dunkelbraunen Anzughose wirkt er jünger, als er vermutlich ist.

»Warum bleibt ihr nicht hier? Ihr könnt euch in den Garten setzen«, schlägt er vor.

»Dad, ist das dein Ernst?«

»Es ist mein voller Ernst. Ich bekomme dich kaum noch zu Gesicht.«

Etwas Weiches streicht über meinen linken Unterschenkel. Agamemnon blinzelt mir zweimal zu, um dann mit hocherhobenem Schwanz ins Innere des Palazzos zu stolzieren.

»Ich war fast die ganze letzte Woche zu Hause, um dieses Buch hier zu lesen.« Noah deutet auf *Was bleibt, ist das Gefühl*, das auf dem hellblau gepolsterten Bänkchen im Flur liegt.

»È vero.«

Kurz frage ich mich, wo die weibliche Stimme auf einmal herkommt – da biegt schon Elisabetta um die Ecke.

Meine Alarmglocken schrillen. Ich bete, dass sie mich nicht wiedererkennt. Ihre Augen gleiten an mir hinab und wieder hinauf. Scheinen mich zu durchleuchten wie die Körperscanner am Flughafen. Sie weiß es. Sie weiß, dass ich Noah beobachtet habe und ihm nachgegangen bin. Gleich wird sie es sagen. Mit dem Finger auf mich zeigen und sagen: »Dieses Mädchen spioniert dir nach, Noah!«

»Das stimmt«, pflichtet sie Noah bei, ohne den Blick von mir zu lösen. »Er hat den ganzen Tag im Garten gesessen und gelesen.«

Eine einzelne Schweißperle rinnt meinen Rücken hinab.

»Natürlich haltet ihr zwei wieder zusammen.« Umberto versucht einen bösen Blick aufzusetzen, aber ich glaube nicht, dass er jemals wahrhaft böse sein könnte.

»Das ist Elisabetta, die gute Seele des Hauses«, macht mich Noah bekannt.

»Noahs Kindermädchen«, stellt Umberto richtig. Es ist offensichtlich, dass er Freude daran hat, seinen Sohn ein wenig zu necken. »Sie passt auf, dass dieser junge Mann hier keinen Unfug treibt, wenn ich mal ein paar Tage weg bin.«

»Danke, Dad. Wir haben jetzt genug von dir erfahren und würden jetzt gerne gehen.«

»Du«, sagt Elisabetta und bohrt ihre Augen in meine.

Jetzt ist es so weit. Mein Untergang.

»Du hast wirklich schöne Ohrringe. Sind das Katzen?« Endlich lächelt auch sie.

Mein Lachen klingt übertrieben. »Ja, danke. Die hab ich in so einem Chinesenshop gekauft. Ich weiß, man sollte die eigentlich nicht unterstützen, weil sie die kleinen Handwerksläden aus Venedig vertreiben, ich meine diese Chinesenshops sind hier ja wirklich überall. Mein Bruder findet sie grässlich. Also die Ohrringe, nicht die Chinesenshops. Oder beides.«

Woraufhin auch Noah meine Katzenohrringe aufmerksam betrachtet. Ich hätte einfach schweigen sollen … Aber die Erleichterung hat mein Gehirn definitiv vorübergehend aussetzen lassen.

Elisabetta quittiert meinen kleinen Monolog mit einem skeptischen Schmunzeln, um dann Noah einen mit einem Tuch abgedeckten Korb zu reichen. »Hier ist euer Picknick. Ich habe euch auch eine Flasche Wein in den Korb geschmuggelt, aber lass es deinen Vater nicht wissen. Va bene?«

»Perfetto«, antwortet Noah, küsst Elisabetta zum Dank auf die Wange. Dann packt er noch mein Buch ein und bittet mich, ihn daran zu erinnern, es mir am Ende unseres Treffens wiederzugeben.

Zehn Minuten später wehen meine Haare im Fahrtwind, als wir mit Noahs schwarzem Sportboot in Richtung Sant Erasmo brausen, einer Nachbarinsel Venedigs. Die Sonne brennt von oben auf meine Schultern, die Luft riecht nach Meer, Magie und Freiheit. Ich bin einfach nur glücklich.

Sant Erasmo ist vor allem für Landwirtschaft bekannt und deshalb wesentlich ruhiger als Venedig. Dort angekommen, graben sich meine Chucks in den Sand. Hin und wieder berühren die Wellen ihre Spitzen. Nur Noah, die Möwen, der salzige Wind und ich.

»Das Essen ist angerichtet«, verkündet Noah, während er den leeren Korb hinter sich abstellt. Dann lässt er sich im Schneidersitz vor Mozzarella-Sandwichs, Parmaschinken, Antipasti, Oliven und Erdbeeren sowie Wasser und einer Flasche Wein nieder. Elisabetta hat sogar an eine Vase mit einer roten Rose darin gedacht. Scheinbar hat Noah ihr nicht erklärt, dass wir nur Freunde sind.

»Damit könnten wir die nächsten Wochen überleben.« Ich setze mich ihm gegenüber, versuche mich an einem Lächeln.

Ein fieser Druck breitet sich in meinem Bauch aus. Fort sind die Freude und die Leichtigkeit, die ich gerade eben noch auf der Fahrt hierher verspürt habe.

Noah spürt die Veränderung. »Was ist los?«

Und ehe ich mir auf die Zunge beißen kann, höre ich mich sagen: »Das hier verwirrt mich.«

»Was genau verwirrt dich?«

»Das hier. Dieses Picknick … für mich ist das ziemlich datemäßig, dabei hast du mir doch erklärt, dass wir nur Freunde sind.«

»Ein Picknick am Strand ist das Klischee eines Dates, aber das heißt nicht, dass das hier auch ein Date sein muss. Im Prinzip sitzen wir nur zusammen, reden und essen. Ich finde, das kann man auch mit Freunden machen.«

»Und was würde deine Freundin dazu sagen? Weiß sie von unserem Ausflug?«

»Warum behauptest du immer, ich hätte eine Freundin? Das muss ich mal richtigstellen. Das stimmt nämlich nicht.«

»Ach, nicht?«

»Nein. Ich räume ein, dass ich versuche, mir ein normales Leben aufzubauen. Ohne nächtliche Schlägereien und eventuell mit einer festen Freundin. Und Kiara ist superhübsch und intelligent und ich mag sie echt gerne. Aber wir sind nicht zusammen.«

Der Druck in meinem Bauch nimmt zu. Ich will nicht wütend sein. Denn wenn ich wütend bin, zeige ich Noah, dass es mich stört, wie er für dieses Mädchen schwärmt.

Der Wind fährt durch die Rose zwischen uns, lässt ihre zarten Blätter wippen. Zwei davon lösen sich und segeln auf die rot-weiß karierte Picknickdecke.

»Trotzdem weiß ich nicht, wie ich das hier einordnen soll … Du verwirrst mich einfach, wenn du dir so viel Mühe gibst.«

»Würde es dir helfen, wenn ich das Essen wieder wegpacke?«

Mein Schmunzeln ist versöhnlich. »Nein, das Essen darf bleiben.«

Ein Motorboot fährt in der Nähe des Strandes vorbei. Als Noah das nächste Mal das Wort an mich richtet, ist das Boot schon kaum mehr zu sehen.

Wir leeren die Flasche Wein, unterhalten uns über Rap-Texte, über aktuelle Kinofilme und die Kunst, das Leben zu genießen. Ich erfahre, dass Noah gerade sein Abi nachholt und nebenbei im *Nachtkunst* jobbt, einer Bar im Sestiere San Polo. Wenn Noah spricht, fällt es mir schwer, mich auf seine Worte zu konzentrieren, weil er wirklich verdammt schöne Lippen hat und jede ihrer Bewegungen Lust auf mehr macht. Die Sonne wandert den Himmel entlang, ist irgendwann auf unserer Höhe.

»Ich werde mich mal kurz im Meer abkühlen«, sagt er. Knüllt seine Serviette zusammen und wirft sie zielsicher in den Korb.

Ehe ich mich versehen kann, ist er vom Boden aufgesprungen, hat sein T-Shirt über den Kopf gezogen. Steht nur noch in Badeshorts vor mir.

»… mit?«, dringt seine Stimme wie von weit weg zu mir.

»Mhh?« Hitze schießt mir ins Gesicht, als ich merke, dass ich ihn anstarre. »Sorry, was hast du gesagt?«

Anstatt mich damit aufzuziehen, lächelt er nur. Die Sonne verfängt sich in seinem braunen Haar, zaubert die kupferfarbenen Pigmente darin hervor. »Ich hab gefragt, ob du mit ins Wasser kommst?«

»Das ist eher schlecht, so ohne Bikini.«

»Das ist vielleicht ungünstig, aber es ist kein Hindernis.« Er schnalzt mit der Zunge.

»Vielleicht später«, weiche ich aus, wohlwissend, dass es dieses Später nicht geben wird.

Noah krault weit hinaus. Es ist beeindruckend, mit welcher Leichtigkeit er trotz der Wellen durchs Wasser pflügt. Fünfzehn Minuten später schlendert er mit lässigem Gang wieder auf mich zu. Wie könnte mir das schöne Verhältnis seiner breiten Schultern zu seiner schmalen Taille entgehen? Seine braune Haut, unter der sich deutlich Muskeln abzeichnen. Die in einem wundervollen Kontrast zu seinen blauen Augen steht.

Er lässt sich neben mich auf dem Boden nieder. So nah. Viel zu nah. Er berührt mich nicht wirklich, aber es ist, als würden seine Augen mich streicheln.

Ich schlucke. »Schwimmst du oft? Du wirkst, als ob du im Wasser groß geworden wärst.«

»So zwei- oder dreimal die Woche. Ich hab ein halbes Jahr auf Hawaii und ein ganzes Jahr in Kalifornien gelebt. Dort war ich so ziemlich jeden Tag am Meer. Mit dem Surfbrett oder um zu schwimmen.«

Ich ziehe die Augenbrauen hoch. »Wow. Wie kam das denn?«

»Du meinst, dass ich dort gelebt habe?« Er zuckt mit den Schultern. »Ich wollte mir einfach ein bisschen die Welt ansehen.« Er lächelt. Es ist ein aufgezwungenes Lächeln, das meine Erwartung erfüllen soll. Das jedoch nicht das widerspiegelt, was er eigentlich fühlt, wenn er an diese Zeit zurückdenkt.

»Und das hat dein Dad einfach so zugelassen?«

»Wir kannten uns damals noch nicht.«

Mein verwirrter Gesichtsausdruck scheint ihn zu amüsieren. »Okay, ich erzähle dir jetzt etwas, das sonst niemand über mich weiß.« Es folgt eine kleine Spannungspause, in der er mir tief in die Augen sieht. »Ich wurde adoptiert.«

Zum Glück redet Noah gleich weiter. »Umberto ist pensionierter Richter. Vor vier Jahren, als er noch gearbeitet hat, wurde ich angeklagt, weil ich Mist gebaut hatte. Ich habe zu viel getrunken, habe ein paar illegale Substanzen ausprobiert und mein Leben einfach nicht in den Griff bekommen. Anstatt mich für einen nutzlosen Idioten zu halten, wie es vermutlich die meisten anderen taten, hat er sich bemüht, dass es mit mir wieder bergauf ging. Er hat sich um mich gekümmert und … tja, hat mich irgendwie ins Herz geschlossen.«

»Das ist … das ist wundervoll.«

»Kann man so sagen. Als er mich dann vor drei Jahren fragte, was ich davon halten würde, von ihm adoptiert zu werden, konnte ich es gar nicht fassen. Ich hatte zuvor nicht gerade viel Glück im Leben gehabt, und dann begegne ich einem so unvorstellbar gütigen Menschen wie ihm, der mir offen und ehrlich sagte, dass er mich wie einen Sohn liebt.«

Ich ziehe meine Beine an, schlinge die Arme darum.

»Das ist meine Geschichte. Und was ist deine, Pearl?«

»Meine Geschichte?«

»Ja, was macht dich aus? Bis jetzt weiß ich nur, dass du gerne allein bist und nicht viel ausgehst, wie du behauptest. Und ich kenne dein Lieblingsbuch.«

»Ich glaube, es gibt nicht viel über mich zu erzählen.«

»Ich glaube, dass es sogar sehr viel über dich zu erzählen gibt.« Er betrachtet mich bewusst so lange, bis meine Wangen glühen. »Wie lange lebt ihr denn schon in Venedig, oder bist du hier geboren?«

»Nein, wir sind vor drei Jahren nach Venedig gezogen.«

»Wie ich.« Aus Noahs Haarspitzen lösen sich Wassertropfen, fallen auf seine Schultern, rinnen seinen nackten Oberkörper hinab. »Zufall oder Schicksal?«

Schweigen senkt sich zwischen uns. Schenkt uns ein paar stille Atemzüge, die es uns erlauben, nachzudenken. Ich hebe einen kleinen Stein vom Sand auf, lege ihn auf die Spitze meiner Chucks.

Seine Gegenwart ist so verdammt intensiv.

Mein Herzschlag so verdammt heftig.

Es erschlägt mich fast.

Ich ziehe meine Jacke aus. Ein mit Tinte beschriebener Zettel fällt heraus. Mein Herz setzt einen Schlag aus. Meine Grabrede.

»Du schreibst?«, fragt Noah. Schon hat er das Papier in der Hand, überfliegt die Worte.

»Noah! Gib das her!«

Ich versuche ein paarmal, ihm das Blatt zu entreißen. Keine Chance.

»Was ist das? Klingt ja … klingt wie eine Grabrede.« Er sieht mich an. »Das ist eine, richtig?«

»Na ja …«

»Jetzt sag bloß nicht, dass du dir deine eigene Grabrede schreibst!«

Ich beiße mir auf die Unterlippe. Zucke entschuldigend mit den Schultern. Gott, wenn ich daran denke, was ich da geschrieben habe … Ich wünschte, ein riesiges Erdloch würde sich auftun und mich für immer verschlingen.

»Das ist doch nicht dein Ernst! O Pearl, du seltsames Mädchen!« Ein zweites Mal fliegen seine Augen über das Papier. »Du hast vergessen zu schreiben, dass du total verrückt bist und deshalb gar nicht wahrnimmst, wie bezaubernd du bist.«

Er hat das einfach so dahingesagt – *wie bezaubernd du bist* –, als wäre es keine große Sache. Aber für mich ist es das. Mein Blick scheint genau das auszudrücken, denn er fügt hastig hinzu: »Freundschaftlich betrachtet, versteht sich.«

Ich nicke. Gebe vor zu verstehen. Dabei verstehe ich seinen nahezu erschrockenen Gesichtsausdruck kein bisschen. Er rückt sogar ein Stück von mir weg, als hätte er Angst, ich würde mich im nächsten Moment auf ihn stürzen und ihm die Zunge in den Hals stecken.

»Willst du denn sterben?« Er stellt diese Frage ohne das geringste Zögern.

»Was?! Nein! Ich meine …«

»Ich werde einfach nicht aus dir schlau, Pearl. Was willst du denn eigentlich?«

»Wie meinst du das?«

»Ich meine, bist du glücklich? Traurig? Was erwartest du von deinem Leben? Was willst du?« Er sieht mich mit einem Blick an, der ausdrückt, wie ernst es ihm in diesem Augenblick ist.

»Ich weiß nicht …«

Ich erwarte einen Monolog über den Wert und die Schönheit des Lebens. Carpe diem und so ein Zeug. Aber Noah überrascht mich, als er sagt: »Wenn du weißt, was du willst, dann sagst du's mir, versprochen?«

»Versprochen.«

Der Wind hat nachgelassen, ein dünner Schweißfilm bildet sich auf meiner Stirn. »Heiß«, keuche ich und verberge mein Gesicht in meinen verschränkten Armen.

»Du solltest auch mal ins Wasser springen. Die Temperatur ist perfekt.«

Schon ist er vom Boden aufgesprungen und reicht mir die Hand. Ich ergreife sie, und er zieht mich auf die Beine. Wir stehen uns gegenüber, die Finger immer noch ineinander verschränkt. Ich kann das getrocknete Salz auf seiner Haut riechen. Es ist, als würde sich die Luft um mich herum verändern. Als wäre sie auf einmal verdünnt, kaum noch existent. Die Schreie der Möwen verstummen. Selbst das Meer hält den Atem an.

»Nur bis zu den Knien«, stoße ich hervor, löse mich von ihm und gehe schnellen Schrittes in Richtung Wasser.

»Das denkst du. Du weißt nur noch nicht, dass du eigentlich untertauchen möchtest.«

Der Boden löst sich von meinen Füßen, ich werde hochgehoben und von zwei starken Armen gehalten. »Jetzt liegt es an mir«, lacht er.

»Noah!«

Eine ältere Dame spaziert mit ihrem Hund am Strand entlang. Auf unserer Höhe bleibt sie kurz stehen. Kichert leise. »Was für ein schönes Paar.«

Wir haben es beide gehört. Während Noah jedoch locker damit umzugehen weiß, verkrampft mein ganzer Körper.

»Ich weiß, klarer Fall von Grenzüberschreitung«, sagt er. »Aber du weißt ja, ich mache grundsätzlich das, was ich will, und gerade hätte ich große Lust, dich ins Wasser zu werfen und zu sehen, was passiert.«

»Das würdest du nicht tun.«

»Du hältst ja viel von mir.«

»Das hat damit nichts zu tun. Man macht so was einfach nicht. Das wäre mies. Und es würde mich sehr, sehr wütend machen.«

Ich mag das Abenteuer dieses Augenblicks. Bin geradezu süchtig danach. Ich fasse für mich zusammen: Mein Herz schlägt heftig und schnell. Als wäre ich einen Marathon gelaufen. Dabei bin ich wie erstarrt, weiß nicht wohin mit meinen Händen. Jede Bewegung fühlt sich unbequem oder einfach nur lächerlich an. Wenn ich etwas sage, klingt meine Stimme gepresst, weil ich kaum Luft bekomme. Ich bin glücklich, so verdammt glücklich, hier bei ihm zu sein, und ich bin vollkommen überdreht. Bis in die Haarspitzen erfüllt mit Energie, so dass ich platzen könnte. Ich denke: *Das Leben ist schön, so schön! Ich könnte die Welt umarmen und all das nur, weil du existierst. Du, Noah, der du so unerwartet in meinem Leben aufgetaucht bist und alles auf den Kopf stellst.*

In *Was bleibt, ist das Gefühl* geht es der Protagonistin so ähnlich, als sie sich verliebt. Fühlt es sich so an, verliebt zu sein? Wenn ja, dann mag ich es.

»Dich hat auch schon lange niemand mehr herausgefordert, oder?«, fragt mich Noah.

Und dann lässt er mich einfach los. Das Nächste, was ich wahrnehme, ist Wasser um mich herum. Meine Füße finden festen Halt. Ich tauche wieder auf. Huste zweimal. Streiche mit den Fingern meine schwarzen Haare aus dem Gesicht.

»Du blöder Idiot!«, ist das Erste, was mir in den Sinn kommt.

Würde Damien mich gerade sehen, er würde mich nicht wiedererkennen. Seit Jahren war ich nicht mehr so geladen. Wenn Streit drohte, habe ich meistens nur mit den Schultern gezuckt und bin weggegangen.

»Und? Bist du jetzt wütend auf mich?«

»Ich bin nicht wütend! Ich bin unglaublich schrecklich wütend!«

Meine geballten Fäuste bringen ihn zum Lachen. »Steht dir, dieses Temperament.«

»Das ist alles, was du dazu sagst? Du bist doch total verrückt!«

»Sorry, aber ich werde dich nicht mit Samthandschuhen anfassen. Dich nicht.«

Noahs Lachen ist so unglaublich ansteckend, dass ich gar nicht anders kann, als einzustimmen. Erst leise, dann immer lauter, bis mein Bauch schmerzt. Da spüre ich es, das Leben. Klar und deutlich. Spüre es, wie ich es noch nie zuvor gespürt habe. Es ist, als würde es mich umarmen. Mich küssen. In diesem Augenblick verstehe ich, warum es so schön ist, zu leben.

Noah sieht mich an, als würde er mich zum ersten Mal sehen. *Wirklich* sehen.

»Was meintest du damit, dass du mich nicht mit Samthandschuhen anfassen willst«, frage ich ihn, nachdem ich mich wieder beruhigt habe. »Warum ausgerechnet mich nicht?«

»Ehrliche Antwort?«

Ich nicke. »Ehrliche Antwort.«

»Ich mag's einfach, dich zu reizen.«

Es ist, als würde sein Blick meine Brust öffnen.

»Du bist doch verrückt«, sage ich noch mal. Aber diesmal lache ich nicht.

17

Am Vormittag des folgenden Tages fläze ich auf dem Sofa des großen Salons, die Beine auf der Rückenlehne. Die Wanduhr an der Stirnseite des weitläufigen Raums tickt und tickt und tickt. Ich werfe wieder und wieder einen kleinen, regenbogenfarbenen Gummiball gegen die Wand. Natürlich nervt das Alexa, die am runden Teetisch in der Ecke sitzt. Aber es ist auch meine Absicht, ihr auf die Nerven zu gehen.

»Pearl, bitte. Ich will das hier noch zu Ende machen.« Der Kugelschreiber in ihrer Hand schwebt über den Zahlenkästchen ihres Sudoku-Hefts. Ein Heft, an dem sie wohlgemerkt seit neun Uhr heute Morgen sitzt und das sie schon bis zur Hälfte ausgefüllt hat. »Kannst du das nicht in deinem Zimmer machen?«

»Nein, kann ich nicht. Wir machen kaum noch etwas gemeinsam, weil du dich nur noch hier verkriechst. Also habe ich keine andere Wahl und verkrieche mich eben mit dir. Dann machen wir wenigstens das zusammen.«

Der Gummiball zischt nur wenige Meter neben ihr durch die Luft, prallt an der Wand ab und springt zu mir zurück.

Ihr Blick drückt Mordlust aus. »Ich verkrieche mich nicht.«

»Doch tust du.«

»Schön«, knurrt sie. »Was schlägst du denn vor?«

»Wir könnten doch einkaufen gehen? Der Sommerschlussverkauf hat schon begonnen.«

Ich weiß nicht, was genau sie überzeugt – das Wort Sommerschlussverkauf oder vielleicht doch eher mein Versprechen, eine Woche lang freiwillig den Abwasch zu machen, wenn sie mitkäme –, auf jeden Fall schaut sie eine halbe Stunde später in einer kleinen Boutique die neue Herbstmode durch. Ich mache mich währenddessen am Ständer mit den reduzierten Teilen zu schaffen. Mein Gesicht im Spiegel zwischen Kleidung und Umkleidekabinen erinnert mich an die Grinsekatze in *Alice im Wunderland*. Es ist mir tatsächlich gelungen, Alexa mal wieder nach draußen zu locken! Mission Impossible erfolgreich bestanden.

Diese Boutique ist keine, in der ich normalerweise einkaufen würde: weiße Sofas, pinkfarbene Teppiche und Lampen. Schwarzweißfotos von Madonna und James Dean. Wie ein Wachhund verfolgt die Verkäuferin jede meiner Bewegungen, als würde sie nur darauf warten, dass ich jeden Moment etwas in meinem Rucksack verschwinden lasse. Gut, mit meiner zerrissenen Jeans und den graubraunen Chucks, die mal weiß waren, sehe ich vermutlich nicht aus wie die Frauen, die hier normalerweise einkaufen.

So beiläufig wie möglich sage ich zu Alexa: »Wir könnten mal wieder in Urlaub fahren.«

Anstatt zu antworten, checkt Alexa das Preisschild eines knielangen Chiffonrocks, den man problemlos auf einer Beerdigung tragen könnte.

»Vielleicht treffen wir auf andere Suchende. Das wäre doch nett …« Als würde mir das gefallen! Mir, der am wenigsten Kontaktfreudigen von uns.

Bevor ich Alexa im Jahr 1860 auf einem Ball eines gewissen Lord Comptons kennenlernte, streifte ich alleine durch die Welt. Und war glücklich – so glücklich wie Suchende eben sein können.

Auf besagtem Ball fiel mir Alexa sofort auf. Sie schien genau zu wissen, welchen Charme sie mit ihrem lauten Lachen versprühte, schien genau zu wissen, wie sie Menschen zu berühren hatte, um ihre Zuneigung zu gewinnen.

Es war mir gelungen, mich als die Nichte des russischen und angsteinflößend reichen Lord Lasky zu etablieren, der natürlich nichts von seinem Glück wusste, neuerdings Verwandtschaft in London zu haben. Meine Hoffnung, auf dem Ball einen jungen Adeligen kennenzulernen, verlor sich schon bald – der Einzige, der an meiner Seite klebte, war ein dicklicher Baron gewesen, dessen Knöpfe schon fast von seiner Weste abplatzten und der mich ununterbrochen mit Petit Fours füttern wollte. Als ich schon kurz davor war, unauffällig zu verschwinden, stand Alexa auf einmal vor mir. Lautlos wie eine Katze hatte sie sich angeschlichen.

»Auf den Bällen von Lady de la Tour gibt es wesentlich interessantere Männer. Warst du schon mal auf einem ihrer Bälle?« Sie drückte mir ein volles Champagnerglas in die Hand.

»Nein, ich lebe noch nicht lange in London. Ich bin erst vor kurzem hierhergezogen. Mein Onkel, Lord Lasky …«

»Jaja, das kannst du den anderen erzählen. Ich sehe doch in deinen Augen, was du bist. Du bist eine Suchende. Wie ich. Mein Name ist übrigens Alexa. Und wie heißt du?«

Ich hatte keinen Namen. Im Waisenhaus hatte man mich ganz simpel Maria genannt, aber seit ich eine Suchende war, hatte ich mir in jedem Land, in jeder Stadt einen anderen Namen ausgesucht und immer wieder eine neue Identität angenommen.

Nachdem ich Alexa das erzählt hatte, sagte sie: »Wir werden schon einen passenden Namen für dich finden.«

Seit diesem Abend sind wir ein Team.

Zwei Jahre später fand sie tatsächlich einen Namen für mich. Es passierte vollkommen unerwartet. Wir spazierten gerade durch den Regent's Park in London, als sie sagte: »Ich nenne dich Pearl.«

»Pearl?«, wiederholte ich. »Wie kommst du gerade auf diesen Namen?«

Obwohl es ein schöner Moment war, war ihr Lächeln traurig. »Er bedeutet mir etwas.« Mehr sagte sie nicht. Und damit war die Sache beschlossen.

Damien stieß erst sechzig Jahre später zu uns. Zu dieser Zeit genossen wir die goldenen Zwanziger in New York, wo wir ihn auf einer Jazzparty kennenlernten. Obwohl er hinter der Bar arbeitete und deshalb ständig in Bewegung war, Gläser spülte oder Kisten schleppte, erkannte Alexa schon nach wenigen Minuten, dass er ein Suchender war.

»Da sieh mal einer an.« Sie beugte sich über den Tresen und ließ den Whisky in ihrem Glas mit lässiger Handbewegung kreisen. »Was für ein erfreulicher Zufall.« Dann drehte sie sich zu mir und fragte: »Wie lange ist es her, dass wir einem anderen Suchenden begegnet sind?«

»Neun Jahre«, antwortete ich und musterte Damien aufmerksam. Er war damals schon ziemlich süß, mit seinem blütenweißen, ordentlichen Hemd und dem spitzbübischen Grinsen.

Damien war zu diesem Zeitpunkt noch nicht lange ein Suchender und schloss sich uns gerne an. Seitdem reisten wir zu dritt durch die Welt.

Zum Glück hängt Alexa den grässlichen Chiffonrock wieder zurück.

»Brüssel wäre doch vielleicht mal interessant. Oder Wien. Oder ... hast du nicht früher immer gesagt, dass du gerne mal nach Schottland reisen würdest?«

Ich rechne damit, dass sie mir wieder einen Vortrag hält, darüber, dass sie eigentlich am liebsten im Palazzo ist und ihre Ruhe hat. Stattdessen sagt sie: »Stimmt. Schottland wäre sicherlich interessant.«

Kurz bin ich sicher, mich verhört zu haben. »Echt jetzt? Also hättest du Lust?«

»Warum eigentlich nicht?«

»Was? Wirklich? Du würdest mitkommen?«

Alexa zieht ein moosgrünes Seidenkleid hervor und befühlt den Stoff. »Ja, ich war schon lange nicht mehr im Urlaub.«

Als ich nichts erwidere, sieht sie zu mir herüber. Lächelt. »Es kann ja nicht schaden, mal was anderes zu sehen. Hier, probier das mal an. Grün steht dir sicher ganz ausgezeichnet.« Sie reicht mir das Kleid und schlendert dann summend zur Schmuckvitrine.

In diesem Moment hätte ich sogar den grässlichen Chiffonrock anprobiert, so glücklich bin ich.

In der Kabine mustere ich lange die Narbe auf meinem Brustbein, die mich auf ewig zeichnen wird. Betrachte mein Gesicht, den ernsten Ausdruck. Meinen Mund, auf den Noah ein Lächeln gezaubert hat.

»Der Ausschnitt ist zu tief«, rufe ich Alexa zu, die sofort den Kopf in die Kabine steckt. »Er verdeckt meine Narbe nicht.«

»Warum willst du sie immer verstecken? Sie gehört nun mal zu dir. Und dieses Kleid steht dir ausgesprochen gut.«

»Aber …«

»Nichts aber. Ich schenke es dir.« Ehe ich etwas erwidern kann, fügt sie hinzu: »Ich zahle schon mal und hole mir dann draußen ein Eis, okay?«

Ich erkenne sie kaum wieder.

Als ich das Kleid in eine Tüte packen lasse, schaue ich durch das Schaufenster nach draußen, um nach Alexa zu sehen. Ich kann sie nicht entdecken. Auch nicht, als ich auf die Straße trete. Ich laufe einfach los – sie wird schon nicht weit sein. Tatsächlich entdecke ich sie vor einer Eisdiele mit einem Eisbecher in der Hand. Bei ihr ein Mann. Ich erkenne ihn erst auf den zweiten Blick.

Es ist der Mann, der mich von der Baustelle aus beobachtet hat. Dem es fast gelungen wäre, mich zu fangen. Der Jäger.

Er sieht anders aus, was vermutlich daran liegt, dass er Jeans, Sandalen und ein absolut grässliches Hemd mit vielen kleinen Palmen darauf trägt. Seine Tarnung als gewöhnlicher Tourist ist perfekt, das muss man ihm lassen. In der einen Hand hält er eine Zigarette, deren Rauch direkt in Alexas Nase steigt, was sie jedoch nicht zu stören scheint. Seine andere Hand verbirgt sich in der Gesäßtasche seiner Jeans, wo sie vielleicht eine Spritze umschließt. Alexa fährt mit der Spitze eines Plastiklöffels über ihr Eis, während sie spricht. Der Jäger hört aufmerksam zu.

Ich bin hellwach. Alle meine Sinne konzentrieren sich auf Alexa und den Jäger. Ich höre nur noch ihre Stimme, sein tiefes Lachen. Rieche nur noch den Rauch seiner Zigarette. Sein schweres Aftershave. Alexas Parfum.

»Alexa«, rufe ich.

Nun sieht der Jäger mich direkt an. Ich stehe ein paar Meter von ihnen entfernt. Immer wieder drängen sich Passanten zwischen uns, aber trotzdem reißt unser Blickkontakt nicht ab. Ein stiller Machtkampf.

»Komm, wir gehen«, rufe ich Alexa zu. Ich klinge wie eine Mutter, die Angst um ihr Kind hat. Strecke sogar die Hand nach ihr aus.

»Gleich, ich erzähle gerade von dem Gondelbauer am Squero di San Trovaso. Ich finde, dort sollte man unbedingt vorbeischauen, wenn man Urlaub in Venedig macht. Wie lange bleiben Sie denn hier?«

Ich beiße die Zähne zusammen. Langsam bin ich auf die beiden zugegangen, stehe jetzt bei ihnen. Ich will Alexa um jeden Preis beschützen.

Die Haut des Jägers ist ungesund grau. Die Haut seiner Lippen rissig. Seine Augen sind leicht gerötet, als hätte er zu wenig geschlafen, aber dabei ungemein faszinierend. Noch nie zuvor ist mir jemand begegnet mit zwei verschiedenfarbigen Augen.

»Vielen Dank für den Rat.« Er schnippt die Asche seiner Zigarette zu Boden. Nur ein paar Zentimeter neben meine Chucks. »Ich bleibe leider nur ein paar Tage.« Während er an der Zigarette zieht, nickt er in meine Richtung. »Ist das Ihre Tochter?«, stößt er die Worte gemeinsam mit dem Rauch aus.

»Ja«, antwortet Alexa kurz angebunden. Wir verraten nie viel über unsere Familienverhältnisse.

Langsam heben sich seine Mundwinkel. »Ich könnte schwören, Ihre Tochter schon mal irgendwo gesehen zu haben.«

»Ach ja?« Alexa muss etwas lauter sprechen, da hinter ihr ein Motorboot in seine Wassergarage tuckert. Wie Reißzähne senkt sich das Gitter hinter ihm ins Wasser, nachdem der Motor verstummt ist. »Venedig ist sehr klein, da läuft man sich leicht zweimal über den Weg.«

»Das glaube ich gerne. Aber ich komme einfach nicht drauf, wo ich Sie schon mal gesehen habe.«

Er genießt sein Spiel, das ist nicht zu übersehen. Seine Zunge leckt über sein schiefes Grinsen.

»Vielleicht in einem Café oder so.« Ich greife nach Alexas Arm. »Also dann, wir müssen weiter. Hat mich sehr gefreut und einen schönen Urlaub noch.«

»Ja, das wünsche ich Ihnen auch«, sagt Alexa.

»Hat mich ebenfalls gefreut.« Der Jäger wirft die Zigarette auf den Boden. »Vermutlich sieht man sich noch mal.«

Eine Drohung.

Als wir das Ende der Gasse erreicht haben, werfe ich einen Blick über die Schulter. Der Jäger steht noch immer dort. Er sieht uns nach.

»Was wollte er von dir?«, frage ich Alexa.

»Ach, nur ein paar Tipps. Er war wirklich sehr nett.«

»Ja, wirklich sehr nett«, entgegne ich trocken.

Der Jäger hat nun also auch Alexa im Visier. Ich muss es ihr sagen. Ich muss … Aber das bedeutet, dass wir von hier wegziehen. Vermutlich noch heute.

Ich denke an Noah.

Ich kann hier nicht weg. Nicht jetzt.

Ein paar Tage noch. Ich brauche nur noch ein paar Tage … vielleicht … Keine Ahnung, was dann passiert. Oder nicht passiert. Aber ich werde es nie erfahren, wenn wir aus Venedig flüchten.

18

Mitten in der Nacht wache ich auf. Schweißgebadet.

Die Sehnsucht, diese verdammte Sehnsucht überkommt mich mit einer ungewohnten Heftigkeit. *Ich will doch nur Liebe. Alles, was ich will, ist ein bisschen Liebe. Es kann doch nicht so schwer sein, jemanden zu finden, der mich liebt und den ich lieben kann* ... Mein Körper krümmt sich. Tränen laufen unaufhaltsam meine Wangen hinab. Immer wieder brechen laute Schluchzer aus mir heraus.

Ich weine, als ginge es um mein Leben.

Weine, weil ich plötzlich erkenne, wie viel ich bis jetzt verpasst habe. Mal ehrlich, ein Leben ohne Liebe ist einfach kein Leben.

Weine, weil ich Angst habe. Angst habe, es nicht zu schaffen. Angst habe, böse zu werden. Angst habe, Menschen ihrer Liebe zu berauben, weil ich es nicht ertrage, dass sie lieben können und ich nicht. Weine, weil der Tag am Strand mit Noah so verdammt schön war. Herzzerreißend schön. Weine, weil dieser Tag für mich keine besondere Bedeutung haben darf, weil Noah doch nur ein Freund ist. Nur ein Freund.

Ich versuche gleichmäßig zu atmen, aber meine Luftröhre scheint viel zu klein zu sein. Ich bekomme keine Luft. Wie eine Blinde taste ich mich im Nachthemd durch den stockdunklen Flur, die Treppe hinauf, bis meine Finger die Tür finden, die aufs Dach führt. Dort breche ich zusammen. Die Sterne über mir leuchten. Leuchten so wunderschön. So unerreichbar. Wie die Liebe …

Damien … ich brauche seinen Optimismus jetzt. Er soll herkommen, zu mir aufs Dach. Ich wähle seine Nummer, aber er geht nicht an sein Handy. So eng wie möglich ziehe ich die Beine an meinen Körper. Und dann tue ich es einfach, ohne einen Gedanken daran zu verschwenden, dass es tiefe Nacht ist und er wahrscheinlich schläft: Ich rufe Noah an. Nach dem dritten Klingeln meldet er sich. »Pearl?«

»Noah …« Meine Stimme bricht. Ich versuche etwas zu sagen, kämpfe um die Worte, aber es gelingt mir nicht. Meine Zähne schlagen klappernd aufeinander, während die Nacht um mich herum hinter einem Tränenvorhang verschwimmt.

Ich kann Noah atmen hören. »Weinst du?« Und als ich nicht antworte, weil sich alles in mir vor Schmerz zusammenzieht, sagt er: »Erzähl mir, was los ist.« Er klingt nicht verschlafen, nicht mal müde.

Meine Finger fahren über das Moos, das zwischen den Dachziegeln gewachsen ist.

»Nichts«, flüstere ich mit gebrochener Stimme. Und meine damit alles.

»Wo bist du gerade?«, fragt er.

»Ich bin auf unserem Dach.«

»Pearl, sagst du mir gerade ernsthaft, dass du weinend auf eurem Dach bist? Und das, wo ich weiß, dass du dir deine eigene Grabrede geschrieben hast?«

»Ja, aber ich will mich nicht runterstürzen oder so.«

»Und dabei war ich gerade schon im Heldenmodus. Ich wäre zu dir gerannt und hätte dir in einem unglaublich dramatischen

Monolog erklärt, wie wundervoll das Leben ist. Tja, das ist dann wohl nicht nötig.« Leises Lachen, das so unvorstellbar wärmend ist, als würde es ein Feuer mitten in meiner Brust entfachen.

Die Wärme, die ich gebraucht habe. »Was hättest du denn genau gesagt?«

»Ich hätte dir erklärt, dass Tiefpunkte im Leben ganz normal sind. Dass jeder mal die Hoffnung verliert. Dass aber dann wie aus dem Nichts ein Licht auftaucht und alles gut wird.«

»Du hättest versucht, mich mit solchen Phrasen vom Selbstmord abzuhalten?« Die Empörung in meiner Stimme ist echt. »Ich bin enttäuscht, Noah.«

»Ach ja, du bist nicht so leicht zu beeindrucken. Wie konnte ich das vergessen? Gut, wie wäre es damit? Man darf nicht aufgeben, denn aufzugeben ist feige. Das kann jeder. Wenn du was willst, dann kämpfe darum. Ich weiß, das sagt sich so leicht. Bevor mich mein Dad adoptiert hat, hatte ich auch fast den Glauben verloren. Ich will gar nicht daran denken, was passiert wäre, wenn er sich nicht um mich gekümmert hätte.«

»Aber wie kämpfe ich denn um etwas, das ich nicht verstehe? Das ich nicht kenne.«

»Du verstehst es, Pearl«, entgegnet er entschlossen, als wisse er, von was ich spreche. »Du machst dir nur zu viele Gedanken. Die besten Dinge passieren doch meistens total ungeplant und spontan. Schau uns zwei an: In der Nacht, in der du mich aus dem Kanal gerettet hast, hast du wahrscheinlich nicht damit gerechnet, einen so überaus tollen Kerl wie mich kennenzulernen. Und ich hätte nicht damit gerechnet, auf so ein wundervolles Mädchen wie dich zu treffen.«

Wieder mal weiß ich nicht, wie ich seine Worte deuten soll. Ich frage mich, ob er sie einfach nur so dahinsagt, witzig sein will, oder ob er sie tatsächlich ernst meint.

Ich will ihn nicht fragen, warum er wach war. Das wäre zu indiskret. Deshalb frage ich: »Hab ich dich eigentlich geweckt?«

»Nein«, antwortet er.

Dann wird es vollkommen ruhig zwischen uns. Kein Wort wird mehr gesprochen. Der Himmel über mir – ein schwarzer Teppich voller funkelnder Diamanten.

Noah fragt kein einziges Mal, was passiert ist oder warum ich weine. Es ist, als verstünde er mich auch so. Meine Tränen trocknen. Als sich hellrosa Streifen am Horizont abzeichnen und die ersten Fischerboote über den Kanal knattern, werde ich müde.

»Glaubst du, du kannst jetzt schlafen?«, fragt er mich.

»Ja …«, murmele ich.

»Dann träum schön.« Und dann sagt er noch: »Halt durch, Pearl. Noch ein bisschen.«

Aber da hat mich seine Stimme bereits in den Schlaf geführt.

19

Natürlich ist es alles andere als bequem, auf Dachziegeln zu schlafen. Deshalb wache ich auch mit Rückenschmerzen auf, die mich den ganzen Vormittag plagen. Aber mir geht's gut. Die Welt ist leicht wie Watte. Genau genommen bin ich erfüllt von zwei Wünschen. Erstens: die wahre Liebe zu erfahren. Und zweitens: diese Liebe mit Noah zu erfahren.

Ich schlage Damien vor, in einem Café auf dem Markusplatz zu frühstücken. Er ist total niedergeschlagen, weil er gestern Abend das Mädchen, das er im Casino kennengelernt hatte, geküsst hat. Eigentlich etwas sehr Schönes, hätte er ihr nicht durch diesen Kuss die Fähigkeit zu lieben genommen.

»Scheiße«, flucht er. »Ich fühle mich so mies … Sie war wundervoll. Ich dachte mir, einen so wundervollen Menschen kann man ja nur aufrichtig lieben. Und das hab ich ihr gesagt und dann meinte sie: ›Ich liebe dich auch, Damien!‹ Aber als wir uns geküsst haben, war mir sofort klar, ich hab mich getäuscht. Und jetzt … scheiße …«

»Du hast es ja nicht mit Absicht getan.«

»Ja, aber ich weiß doch, wie groß das Risiko ist. Und ich hab es trotzdem germacht. Das ist nicht zu entschuldigen!«

»Ach, Damien.« Ich umarme ihn lange.

»Lass uns das Thema wechseln«, sagt er niedergeschlagen.

Einheimische verscheuchen Tauben, während Touristen sie extra anlocken, um lustige Fotos zu schießen. Gondolieri am Wasserrand mit blau-weiß gestreiften Pullovern und Strohhüten auf dem Kopf werben für eine Gondelfahrt. Alles ist wie immer. Nur für mich scheint seit ein paar Tagen alles anders zu sein. Seit ich Noah kenne.

»Über was willst du denn reden?«

Damien zieht seine Ray Ban ab, um mit dem feinen Tuch in dem dazugehörigen Etui die Gläser zu säubern. »Über dich und diesen Noah. Hast du ihn seit der Party noch mal getroffen?«

»Ja, hab ich.«

»Und?«

»Wir verstehen uns gut. Hängen zusammen ab. Mehr nicht.«

»Mehr nicht. So, so …« Sein Tonfall ist geduldig, sein Blick wissend. »Und du bist dir da sicher?«

»Wir sind Freunde. Das ist alles.« Ich werfe kleine Stücke meines Croissants auf den Boden. Tauben flattern wild um unseren Tisch herum und versuchen, sie zu ergattern.

Nach einer Weile ertrage ich Damiens prüfenden Blick nicht mehr. »Was?!«

»Ich sage doch gar nichts.« Aber sein Blick sagt alles.

»Damien, rück einfach raus mit der Sprache.«

»Ich mache mir nur Sorgen.« Er schnippt sich eine kleine, flauschige Taubenfeder von der Schulter.

Ein chinesisches Pärchen bittet mich breit grinsend, ein Foto von ihnen mit den Tauben zu schießen. Als sie das Ergebnis sehen, lachen sie begeistert, so als wären sie die Ersten, die auf die Idee gekommen sind, ein solches Foto zu machen.

»Warum machst du dir Sorgen?«, frage ich ihn, als die beiden wieder verschwunden sind.

»Weil …« Er lehnt sich zurück, lässt seinen Blick über den Markusplatz schweifen. »Mal ehrlich, du stehst doch auf ihn.«

»Nein, tu ich nicht.« Ich konzentriere mich darauf, zwei Löffel Zucker in meinen Cappuccino zu schaufeln. Auf dem Schaum ist mit Kakaopulver ein Herz gezeichnet. Ich habe Angst, es mit dem Löffel zu durchstechen. Ein schlechtes Omen.

»Doch, tust du.«

Ich verdrehe die Augen.

»Glaubst du, dass er deine wahre Liebe ist? Dass er dieser eine Mensch ist, auf den du die ganze Zeit gewartet hast?«

Gedanklich fasse ich zusammen: Es ist Noah gelungen, mir mein Misstrauen ihm gegenüber zu nehmen. Mehr noch … ich glaube, ich vertraue ihm inzwischen sogar. Ich bin gerne in seiner Nähe, und wenn ich es bin, bin ich ungewohnt nervös. Wenn er nicht bei mir ist, denke ich unaufhörlich an ihn und zähle die Stunden, bis ich ihn wiedersehe.

Diese Nervosität, diese Ungeduld, Noah wiederzusehen … Wahrscheinlich fühlt es sich so an, verliebt zu sein. Aber zwischen *verliebt sein* und *lieben* liegt nun mal ein großer und bedeutender Unterschied. »Ich mag echt nicht darüber reden, Damien.«

»Aber wir müssen darüber reden. Was, wenn er nicht der Richtige ist? Was, wenn du nur auf ihn stehst, weil du ihn nicht haben kannst?«

»Damien!«

»So läuft das doch oft bei euch Frauen. Oder was, wenn du dir wieder nur einbildest, wahre Gefühle zu haben, dich aber täuschst? Wenn es so ist wie bei mir gestern Abend?«

Ich will etwas einwenden, aber Damien erhebt die Stimme. »Ich bin noch nicht fertig. Was nämlich noch viel wichtiger ist, ist doch, dass er dir klar zu verstehen gegeben hat, dass ihr nur Freunde seid, richtig?«

Er wartet, bis ich antworte. Aber mehr als ein resigniertes Nicken bringe ich nicht zustande.

»Ich will dich nicht quälen, Pearl. Aber ich will auch nicht, dass dir das Herz gebrochen wird. Denn … du hast selbst gesagt … egal.«

»Bist nicht du normalerweise derjenige, der mich aufmuntert? Der mir Mut macht? Was ist denn auf einmal los?« Plötzlich bin ich wütend. »Was soll ich deiner Meinung nach tun? Mich von Noah fernhalten?«

Damien sieht mich überrascht an. So aufbrausend kennt er mich gar nicht. Schließlich sagt er: »Du hast recht … entschuldige. Ich glaube …«

»Was, Damien?«

Dann bricht es auf einmal aus ihm heraus, während er ausatmet, als würden ihm so die Worte leichter über die Lippen kommen: »Ich glaube, ich hab einfach nur Angst, dich zu verlieren, wenn ich ehrlich bin.«

»Angst, mich zu verlieren?«

Er nickt.

»Das wirst du nicht!«

Er weicht meinem Blick aus, kramt sein Portemonnaie hervor und fragt: »Wollen wir zahlen?«

»Du wirst mich nicht verlieren«, sage ich noch einmal mit Nachdruck.

»Du bist alles, was ich habe.«

Wunderschöne Worte. Worte, die bisher so leicht für uns waren. Und mit einem Mal so erdrückend schwer sind.

Harfentöne.

»Na los«, sagt Damien, weil ich zögere. »Sieh nach, was er dir geschrieben hat.«

Mein Handy scheint in meiner Hosentasche festgewachsen zu sein, ich kriege es einfach nicht heraus. Dann endlich halte ich es in der Hand. Ich lese Damien Noahs Nachricht vor: »Hast du Lust, morgen Abend essen zu gehen? Acht Uhr an der Chiesa San Barnaba?«

»Klingt doch super.« Damiens Lächeln sieht angestrengt aus.

»Ich werde ihm absagen.«

»Was? Warum?«

Irgendwie ist es auf einmal, als hätten wir die Rollen wieder getauscht. Denn nun bin ich diejenige, die zweifelt, und Damien derjenige, der mir Mut macht.

»Weil das, was du gesagt hast, richtig ist«, räume ich widerwillig ein, weil mir auf einmal klar ist, weshalb ich so wütend geworden bin. Weil ich mir nämlich nicht eingestehen wollte, dass Damien recht hat. Aber das hat er nun mal. Noah weckt in mir den Wunsch, durchzuhalten. Auch wenn er mir gesagt hat, dass wir nur Freunde sind. Aber aus Freundschaft kann ja mehr werden – zumindest rede ich mir das ein. Hoffe ich das. Und Hoffnung ist eben genau das, was mir die Kraft gibt, nicht aufzugeben. Aber gleichzeitig ist Noah eben auch gefährlich für mich. Die Gefühle, die er in mir auslöst, geben ihm die Macht, mich zu zerstören. Er müsste mir nur sagen, dass er mich nicht mehr sehen will, und ich wäre verloren. Dann gäbe es nichts mehr, was mich davon abhalten könnte, böse zu werden.

»Ich sollte mich von Noah fernhalten. Freundschaft bekomme ich mit ihm nicht hin.«

»So denkst du jetzt nur, weil ich gerade diesen Schwachsinn von mir gegeben habe. Vergiss es. Ich war schlecht drauf, war deprimiert. Nimm es nicht ernst, Pearl. Triff dich mit Noah und gib dein Bestes. Er scheint dir gutzutun.«

»Aber ich merke, dass es mich auch irgendwie verletzt, ihn zu sehen. Und das ist ein zu großes Risiko für mich.«

Damiens Hand auf meiner fühlt sich warm und tröstend an. Ich rechne damit, dass er mich küssen wird. Aber das tut er nicht. Als würde er spüren, dass sich etwas zwischen uns verändert hat. Dass ich mich verändert habe. Zum ersten Mal, seit wir uns kennen, bin ich froh, dass er es nicht tut.

»Liebe ist immer ein Risiko.« Jetzt küsst er mich doch, aber nur auf die Stirn, wie ein Freund eine Freundin küsst. Diesmal ist sein Lächeln echt. Traurig, aber echt. »Du solltest kämpfen, Pearl, denn vielleicht ist er der Richtige, und wenn du nicht kämpfst, wirst du es niemals herausfinden.«

Da weder Damien noch ich am Abend Lust haben zu kochen, essen wir in einem kleinen Ristorante. Ich schlage mir den Bauch mit Bruschetta, Gnocchi und Panna Cotta voll.

Nachdem wir gezahlt haben, machen wir uns auf den Weg nach Hause. Elfmal schlagen die Glocken der Chiesa San Samuele. Kabel spannen sich von Hauswand zu Hauswand, vereinen sich zu einem Knäuel, um dann in einem dicken Strang in einem Verteilerkasten zu verschwinden. Hinter geschlossenen Läden scheinbar vergessener Fenster dringen fades Licht und dumpfe Geräusche hervor. Die Häuser stehen so dicht einander gegenüber, dass weder Sonne noch Mond den Grund zwischen ihnen erhellen können.

Solche Gassen mag ich am liebsten. Die Touristen meiden sie, lichten auf ihren Fotos lieber die glänzenden Palazzi und romantischen Brücken ab. Dabei sind diese Gassen von einer ganz eigenen Schönheit, hinter der sich eine geheime Geschichte verbirgt.

Auf einmal nehme ich eine Bewegung hinter uns wahr. Ich wirble herum – aber da ist niemand. Und trotzdem meine ich zu spüren, wie jede meiner Bewegungen beobachtet wird. Doch von wo aus? Mir fällt auf, dass an der Ecke der Gasse ein dünner Faden grauen Zigarettenrauchs vom Boden aufsteigt, sich mit der schwarzen Nachtluft verwebt. Als hätte gerade eben jemand einen Stummel dorthin geworfen. Jetzt nehme ich ihn wahr, den Duft nach Chili.

Zum Glück wirft Venedig uns ein paar Schritte weiter durch eine dunkle Unterführung hinein in eine Gasse voller Leben. In dieser Stadt wird man immer überrascht. Weiß nie, was einen hinter der nächsten Ecke erwartet. Junge Menschen tummeln sich mit Weingläsern und Bierflaschen in den Händen auf der Straße, drängen sich in die kleine Bar, aus der gedämpfte Bässe dringen.

Damien packt mich am Oberarm. Hält mich fest. »Scheiße.«

Mein Herz schlägt schnell und heftig. Ich folge seinem Blick, der starr geradeaus gerichtet ist. Während mir der Gedanke durch den Kopf schießt, dass die Jäger uns ja wohl nicht in der Öffentlichkeit angreifen würden, weil das zu viel Aufmerksamkeit auf sich zöge, passieren zwei Dinge gleichzeitig. Jemand lacht übertrieben laut, und ich werde zur Seite gerissen, in den schwarzen Schatten eines Hinterhofs hinein.

20

Ich erkenne sie nicht sofort, weil ihr Lachen nicht echt ist. Aber die Art, wie sie dabei den Kopf zurückwirft, verrät sie: Alexa.

Damien flucht. Aber ich verstehe nicht, was er da in die Hauswand hineinzischt. Bin viel zu sehr darauf konzentriert, Alexa dabei zu beobachten, wie sie mit ihren langen, blutrot lackierten Fingernägeln die Hand des Mannes ihr gegenüber streichelt.

Sie sitzen an einem der Tische draußen vor einer Bar. In Alexas freier Hand glimmt zwischen Zeige- und Mittelfinger eine Zigarette. In ihrem ozeanblauen Kleid und der schwarzen Netzstrumpfhose verkörpert sie die perfekte Mischung aus braver Hausfrau und Femme fatale. Sie sieht gut aus. Aber nicht wie Alexa.

Jetzt beugt sie sich vor. Küsst den Mann. Ich kenne Alexa zu gut, um nicht zu wissen, dass er eigentlich nicht ihr Typ ist. Ihr Typ ist vielmehr der großzügige Geschäftsmann, am besten dunkelblond mit markanten Gesichtszügen und englischem Charme. Dieser Kerl hier ist auf eine unscheinbare Weise hübsch. Modische, schwarz gerahmte Brille. Haare, die aussehen, als würde er sie sich andauernd raufen. Graues, perfekt gebügeltes Hemd. Und er ist verheiratet. Der goldene Ring an seinem Finger ist wohl eindeutig. Ein dumpfes Gefühl breitet sich in meinem Magen aus. Es ist, als müsste ich mich übergeben.

Damiens Griff um meinen Oberarm wird fester. Ich habe gar nicht gemerkt, dass ich mich aus unserem Versteck gewagt habe. »Es ist ohnehin schon zu spät«, flüstert er.

Alexa löst sich von dem Typen. Lächelt zufrieden. Er lächelt nicht. Sein Blick ist leer.

Ich habe ihr geglaubt, als sie mir in der Boutique vorgespielt hat, dass es ihr besser geht. Ich war so erleichtert und jetzt ...

»So viel zu: Ich bleibe lieber im Palazzo und habe meine Ruhe«, wiederholt Damien die Worte, mit denen uns Alexa stets vertröstet hat. »Komm, wir verschwinden von hier.«

Ich lasse mich von Damien fortziehen, Alexa bemerkt uns nicht.

In diesem Moment hasse ich sie. Ich hasse sie, weil sie einer Ehefrau den Mann wegnimmt. Ich hasse sie, weil sie sich mir selbst wegnimmt. Und wie soll ich ihr noch in die Augen schauen, wenn ich doch weiß, was für abscheuliche Dinge sie tut?

In dieser Nacht mache ich kein Auge zu. Wälze mich in meinem Bett hin und her. Mein Blick fällt auf Noahs Jackett, das über der Stuhllehne hängt.

Ich denke an Alexa. An ihr falsches Lachen. Stelle mir vor, wie befreit, wie leicht sie sich jetzt, wenn auch nur für kurze Zeit, fühlen muss, nachdem die Liebe des Mannes auf sie übergegangen ist. Die Sehnsucht schmerzt in meiner Brust.

Zwanzig Minuten später: Ein schwarzer Schatten huscht durch den Garten vor dem wunderschönen Palazzo, der Noahs Zuhause ist. Dieser Schatten bin ich. Zu Noah zu gelangen ist so leicht, als hätte das Schicksal sämtliche Hindernisse für mich beseitigt. Seine

Balkontür steht einen Spaltbreit offen. Unter dem wild wachsenden Wein entdecke ich ein dünnes Holzgerüst, an dem die Pflanze sich festhält. Ich stelle einen Fuß auf eine Sprosse, stemme mich nach oben. Erklimme das Holzgerüst Stück für Stück, bis ich eine der weißen Marmorsäulen des Balkons umfassen kann. Ich ziehe meinen Körper über das Geländer. Elegant wie eine Raubkatze komme ich auf.

Der Himmel glitzert märchenhaft. Im warmen Nachtwind flattern die weißen Vorhänge vor Noahs Balkontür. Gleiten wie von einer unsichtbaren Hand bewegt zur Seite.

Dort liegt er.

Ihn anzusehen tut weh. Schmerzt, weil das Verlangen, ihn zu berühren, übermächtig ist, und ich dennoch hier wie zu Stein erstarrt stehe und spüre, wie vergänglich dieser wunderbare Augenblick ist. Das silberne Mondlicht fällt in sein Zimmer, streichelt seine Wangen. Was würde ich dafür geben, mich neben ihn legen zu können und mit ihm in den Morgen zu gleiten. Ich wünschte, die Hindernisse, die uns trennen, könnten sich einfach auflösen. Alles, was ich will, ist ihm nahe zu sein. Niemals könnte ich ihn verletzen.

Agamemnon, Noahs Kater, hat sich in der Mitte seines Kopfkissens zu einer Kugel zusammengerollt. Kurz hebt er den Kopf. Mustert mich misstrauisch mit seinen gelben Augen, um diese dann unter einer grauen Pfote zu verstecken.

Noah schiebt im Schlaf mit den Füßen die Bettdecke von sich. Langsam rutscht sie von seinen Beinen, gleitet geräuschlos zu Boden. Sein nackter Oberkörper hebt und senkt sich regelmäßig. Vorsichtig schlüpfe ich in sein Zimmer, kann nicht aufhören, ihn anzusehen. Ohne etwas dagegen tun zu können, knie ich mich neben ihn. Sein Herz schlägt ruhig. Eine Locke fällt in sein Gesicht. Vorsichtig streiche ich sie zurück. Spüre das Prickeln in meinen Fingerspitzen überdeutlich, als ich seine Haut streife.

Es kostet mich einiges an Kraft, mich von ihm zu lösen. Ich bin ein Eindringling in einer schönen, friedlichen Welt, in der ich nichts verloren habe. Auf Zehenspitzen schleiche ich durch sein Zimmer, vorbei an seinem Schreibtisch, auf dem ein einziges Blatt liegt. Ich habe schon fast die Balkontür erreicht, als sich die im Mondschein gelesenen Worte vor meinem inneren Auge formen: *Du willst es nicht in Worten sagen.* Ein Gedicht von Theodor Storm. Mein Lieblingsgedicht.

Ich bin mir sicher, dass der letzte Satz des Gedichts fehlte. Er heißt: *Dass sie in Liebe sterben soll.*

Unwillkürlich fasse ich an die linke Brusttasche meiner Jacke – dorthin, wo der Papierfetzen steckt. Der Papierfetzen, den ich in der Nacht nach dem Casinobesuch auf unserem Boot gefunden habe, an dem sich jemand zu schaffen gemacht hatte.

21

Wie viele Tage sind inzwischen vergangen?«, fahre ich den Prinzen an. Ich bin wütend. Scheißwütend.

»Zweiundzwanzig Tage.« Er bleibt provozierend ruhig. Ich werde das Gefühl nicht los, dass er mir gegenüber niemals ausrasten würde. Er fühlt sich überlegen, wenn er beweisen kann, wie kontrolliert er ist.

Eben an der Haustür ist ihm sein Blick aber kurz entgleist. Mit mir hat er zu so früher Stunde nicht gerechnet. »Was machst du hier?«, hat er gefragt, und ich hab gesagt: »Ein paar Dinge klären.«

Dann hat er mich um den Palazzo herumgeführt, ins ruhigste Eck dieses Gartens, auf eine Bank mit Blick auf den Canal Grande. Ich habe durch die Zähne gepfiffen, weil alles an diesem Schuppen edel und teuer aussieht. Der dicke Profigrill auf der Terrasse. Der breite Korbstuhl mit weißen Kissen darauf. Selbst dieses kniehohe Windspiel aus Muranoglas und Messing vor dem Tulpenbeet hat vermutlich mehr gekostet, als ich in einem Monat verdiene.

»Wie kannst du nach zweiundzwanzig Tagen noch immer nicht sicher sein, verdammt?! Du laberst was von *Ich glaub schon, dass sie noch Hoffnung hat, blablabla* … Aber Glauben ist nun mal nicht Wissen! Und hast du inzwischen irgendwas über die anderen

Suchenden herausgefunden, mit denen sie hier lebt? Nein! Ich schon. War nicht sonderlich schwer.«

»Ach ja?«

»Ja! Ich habe sie sogar schon gesehen. Neben ihrem vermeintlichen Bruder gibt es noch eine Frau. Das ist ein richtiges Nest hier!«

Der Prinz reibt mit dem Daumen über die hervorstehenden Knöchel seiner geballten Faust. Das Windspiel dreht sich in der starken Brise und gibt dabei ein so leises Quietschen von sich, dass man meint, hier sei irgendwo eine Maus. Die Tür des kleinen Geräteschuppens fliegt auf, knallt gegen die Buchsbaumhecke. Es braut sich etwas über Venedig zusammen.

Ich springe von der Holzbank auf. »Du magst sie doch. Du magst Nummer fünf.«

Er zuckt mit den Schultern. Eine Lässigkeit, die nur Fassade ist. »Natürlich mag ich sie. Sie ist nett.«

»Willst du mich verarschen? Du stehst doch auf sie. Hast du etwa vergessen, wie das bei den Suchenden läuft? Du verliebst dich in sie und dann küsst du sie und ehe du dich versiehst, bist du ein depressives Wrack!«

Jetzt erhebt sich auch der Prinz. Immer muss er mit seinem Gegenüber auf Augenhöhe sein. Noch so eine nervende Eigenschaft an ihm. »Wir haben einen Monat ausgemacht. Und wenn dieser Monat vorbei ist, dann werde ich eine Entscheidung getroffen haben«, sagt er und sieht mir dabei fest in die Augen.

»Scheiße, merkst du denn nicht, in was du da reinrutscht? Du musst sie töten! Selbst wenn sie jetzt noch Hoffnung zu haben scheint, wie lange denkst du, bleibt das noch so? Ein paar Monate? Vielleicht ein Jahr? Du hast selbst gesagt, dass sie manchmal ziemlich verzweifelt wirkt. Hat sie dich inzwischen wirklich so sehr um den Finger gewickelt, dass du vergessen hast, wie gerissen manche von denen sind?«

»Schwachsinn.«

»Ach ja? Ich hoffe, du hast ihr klar zu verstehen gegeben, dass sie bei dir nicht landen kann. Nicht, dass du mal für eine Sekunde nicht aufpasst und sie dir die Zunge in den Hals steckt. Dann war's das für dich mit der Liebe, das ist dir doch hoffentlich klar!«

»Natürlich ist mir das klar! Aber ich will nicht vorschnell handeln. Wenn sie noch eine Chance hat ...«

»Ja, wenn! *Wenn* sie jemanden seiner Liebe beraubt, dann geht das auf dein Konto, verstanden?!«

Er nickt. Ich kann seine Angst sehen. Die Angst, dass genau das passieren wird. Die Angst, dass er sich täuscht.

Auf einmal tut er mir fast ein bisschen leid. »Hör mal, das Leben ist nun mal ungerecht. Nummer fünf ist ...«

»Sie hat einen Namen. Sie heißt Pearl.«

Da ist dieses Funkeln in seinen Augen. Von einer Sekunde auf die andere zieht sich in mir alles zusammen.

Laura. Wie sie mich angesehen hat. Dasselbe Funkeln in den Augen. Wie sie ihre Hand auf meine gelegt hat, als ich im Auto den Radiosender wechseln wollte. Wie sie mich im Kino angeschaut hat, die ganze Zeit über nur mich, und am Ende des Films keine Ahnung hatte, um was es ging. Wie wütend sie so oft auf mich war, auch, wenn ich nichts gemacht hatte. Meistens hatte sie selbst keine Ahnung, warum sie sich so aufregte, und dann war es ihr peinlich, und dann haben wir beide gelacht, bis wir auf einmal geweint haben, weil uns klar wurde, wie scheißungerecht das Leben eben ist.

»Mal ehrlich, du riskierst viel. Nehmen wir mal an, du hättest dich doch in sie …«

»Hab ich nicht.«

Ich ziehe scharf Luft zwischen den Zähnen durch. »Natürlich nicht. Glaubst du denn, dass sie in dich … du weißt schon, dass sie auf dich steht?«

»Ich weiß es nicht. Eher nicht.«

»Mhh. Okay.«

»Aber vielleicht finde ich jemanden, der ihr gefällt.«

»Tzzz! Selbst wenn! Nehmen wir an, sie würde einen Kerl treffen, der sie toll findet, und den sie auch toll findet und so weiter … Weiß man, ob das wahre Liebe wäre? Und dann …«

»Ich weiß. Deshalb behalte ich sie ja auch im Auge.«

»Gut.«

Er nickt einmal. »Gut.«

»Und wenn sie doch jemandem zu nahe kommt, den sie nicht liebt, dann töten wir sie, verstanden?«

»Verstanden.«

»Gut.«

Natürlich könnte ich ihm sagen, dass auch ich sie im Auge behalte. Aber mein Gefühl sagt mir, dass ich ihm das besser verschweige.

Auf einmal steht sein Vater auf der Terrasse. Beeindruckende Gestalt, so mit Pullunder und Lesebrille auf der Nase. Definitiv Typ reicher Intellektueller. »Ist hier draußen alles in Ordnung?« Es wirkt, als glaube er, dass eben nicht alles in Ordnung sei.

Ich hätte große Lust zu antworten: »Ich und Ihr süßer, kleiner Prinz diskutieren nur gerade darüber, ob wir ein junges Mädchen töten sollen.« Einfach nur, um den Prinzen in Schwierigkeiten zu bringen. Aber ich sage: »Danke. Alles bestens. Wir überlegen, in den Ruderclub einzutreten. Das ist alles.«

Zu allem Überfluss taucht auch noch die Haushaltshilfe oder das Kindermädchen oder was auch immer auf. Mit einem Tablett, auf dem ein Teller mit Keksen und zwei Gläser stehen. Selbstgemachte Limonade. Gepresste Limonen, mit Honig gesüßt, wie sie erklärt. »Tesoro, mein Lieber«, sagt sie dann zu Noah, »è troppo! Das wird dir zu viel! Lass das mit dem Ruderclub.«

Das könnte auch Laura gesagt haben. Sie erinnert mich eh irgendwie an Laura. Vielleicht ist es dieses Temperamentvolle, vielleicht auch diese Weichheit oder ihre Hände, die aussehen, als könnten sie anpacken.

»Wirklich, Noah, pass besser auf dich auf. Am Ende wird dir alles zu viel.« Meine Stimme ist übertrieben süßlich, und Noahs Blick vernichtend.

Nachdem sich sowohl Spießer-Daddy als auch das Kindermädchen wieder nach drinnen verzogen haben, leere ich die Limo in wenigen Zügen. Selbst das Gras unter meinen Füßen scheint in diesem Garten weicher zu sein als sonst irgendwo. Wegen all dem hier, wegen der Limo und dem Windspiel und dem Blick auf den Canal Grande und dem weichen Gras und der Liebe, die er bekommt, habe ich eine unbändige Wut auf den Prinzen. Manchmal hasse ich ihn sogar dafür, dass es ihm so gut geht. Dass er das Glück hatte, erlöst zu werden und dann noch diesen Hauptgewinn gezogen hat.

Und ich … ich habe nichts.

22

Ich stelle Alexa am nächsten Morgen zur Rede. Sie sitzt draußen auf der Bank in unserem Garten, die Zeitung ausgebreitet auf ihrem Schoß, zwischen ihren Rosen und der Mauer.

Ich setze mich neben sie, strecke die Beine aus und beschließe, gleich zum Punkt zu kommen. »Wir haben dich gestern Abend gesehen.«

Sie faltet die Zeitung zusammen. Normalerweise ist es ihr wichtig, dass die Titelseite oben aufliegt, so wie es sich gehört, aber jetzt ist es der Sportteil. »Ich weiß.«

»Du weißt das?«

»Pearl …«, sagt sie wie eine sanft tadelnde Mutter. »Ich bin schon zu lange auf dieser Welt, um nicht zu merken, dass ich beobachtet werde.«

»Sag mir, dass du gehofft hast, ihn zu lieben! Sag mir, dass du ihn nur aus Versehen seiner Liebe beraubt hast!«

»Nein, das werde ich nicht. Ich würde dich nur wieder anlügen.«

»Aber warum …?«

»Weil es sich gut anfühlt. Weil es das Einzige ist, was diese inneren Schmerzen für ein paar Stunden erleichtert. Seit so vielen Jahren sehe ich tagtäglich Verliebte und glückliche Paare, während ich jede Nacht allein in einem Doppelbett schlafe. Ich sehe glückliche Mütter mit Kindern. Am liebsten würde ich diese Mütter schütteln und ihnen ins Gesicht schreien, was ihnen einfällt, mir ihr Glück so unter die Nase zu reiben!«

Und dann legt sie ihren Finger in meine Wunde, indem sie sagt: »Du verstehst mich doch, Pearl. Wir zwei sind uns so ähnlich. Sei ehrlich: Es geht dir doch oft genauso wie mir.«

Wahrscheinlich sollte ich mich selbst verteidigen. Aber ich kann nicht. Weil ich weiß, dass sie recht hat.

Verschwitzte Touristen mit Sonnenhüten und cremeweißen Gesichtern gleiten in einer Gondel direkt an unserem Haus vorbei. Sie winken, und Alexa winkt höflich zurück. Ich winke nicht. Flirrende Hitze staut sich im Garten. Mein Shirt klebt an meinem feuchten Rücken. Ich schirme die Augen mit der Hand vor der Sonne ab. Selbst der Wind ist schwülwarm. Vielleicht gewittert es heute Nacht. Die Stadt sehnt sich, ich sehne mich, nach Gewitter und Regen. Ein Sprichwort sagt: Gewitter bringt Wechsel. Es ist mir egal, was sich ändert. Ich will nur, dass sich etwas ändert.

»Weißt du«, fährt Alexa fort, »ich hätte gerne wie Damien die Kraft, immer und immer weiterzumachen. Ich will nicht böse sein, Pearl. Aber ich kann einfach nicht mehr. Es geht nicht mehr. Ich habe diesen Mann, den ich gestern Abend seiner Liebe beraubt habe, zufällig in einem Café kennengelernt. Es war so leicht, ihn um den Finger zu wickeln. Die Verlockung war zu groß …«

»Immer wenn wir dich gefragt haben, ob du mit uns kommen möchtest, hast du gesagt, dass du lieber im Palazzo bleibst. Das stimmte gar nicht, oder?«

Sie senkt den Blick und schaut auf ihre Hände, damit ich den Glanz in ihren Augen nicht bemerke. Schüttelt den Kopf. »Nein, das war gelogen. Ich war unterwegs und habe mir Männer gesucht, mit denen ich ein leichtes Spiel haben würde. Das ist die bittere Wahrheit. Ich bin manchmal so unglaublich wütend und traurig und dann denke ich wieder, dass es auch mein gutes Recht ist, mir wenigstens ein bisschen Liebe zu nehmen. Auch ich habe doch ein angenehmes Leben verdient, wenigstens für ein paar Stunden! Aber natürlich weiß ich, dass es nicht richtig ist, was ich tue.«

Von Alexas sonst so perfekter Körperhaltung ist nichts mehr zu sehen. Sie fällt in sich zusammen. Wirkt mit einem Mal ganz klein. »Glaub mir, hätte ich die Wahl zwischen diesem Leben und dem Tod, so würde ich liebend gerne sterben … liebend gerne.«

»Sag das nicht!«

Doch Alexa schüttelt nur leise den Kopf. Jetzt laufen Tränen über ihre Wange. Tropfen auf ihre schwarze Leinenhose. Auf meine Finger, die inzwischen ihre fest umschlossen halten. »Ich will dieses Leben so nicht mehr führen, Pearl.«

Sie krümmt sich wie eine Biene, der man den Stachel herausgerissen hat. Ich fange sie auf, als ihr Oberkörper zur Seite kippt. Als wäre ich die Mutter und sie mein kleines Kind, legt sie sich auf meinen Schoß. Zärtlich streiche ich ihr die Haarsträhnen aus dem Gesicht, die sich aus ihrem Dutt gelöst haben, während der Stoff meiner Shorts sich mit ihren Tränen vollsaugt.

Kaum hat sie sich wieder beruhigt, richtet sie sich hastig auf, als wäre ihr ihre Schwäche unangenehm. »Tut mir leid.« Sie richtet ihren Dutt, glättet ihre Hose. Steht auf und sagt dann mit erschreckend harter Stimme: »Früher dachte ich immer, die Liebe sei etwas Schönes. Aber das stimmt nicht. Die Liebe ist einfach nur grausam. Unglaublich grausam.«

Abends erwarte ich Noah unter den Ästen eines Fliederbaums, die über die Mauer eines privaten Gartens in der Nähe der Chiesa San Barnaba ragen. Die Sterne funkeln über mir. Eine Nacht, die mein Herz erfüllt, als Noah auf mich zukommt.

Ich sehe nur ihn. Sehe nur ihn …

Er pflückt eine Fliederblüte aus meinen Haaren. »Hey.«

»Hey.« Der Anblick seiner Grübchen verstärkt das leichte Zittern meiner Knie.

»Ich habe mich heute schon den ganzen Tag darauf gefreut, dich zu sehen.«

Ich will ihm erklären, dass er so etwas nicht sagen darf, wenn wir nur Freunde sind. Will ihm erklären, dass er mich noch völlig durcheinanderbringt. Aber ich habe Angst, dass meine Stimme zittert, wenn ich etwas sage.

Erst jetzt werde ich mir der Tatsache bewusst, dass wir nicht allein sind. Hinter Noah stehen Kiara und ein junger Kerl, der mich misstrauisch werden lässt. Knappe Vorstellungsrunde. Küsschen links, Küsschen rechts. *Das ist Pearl. Pearl, das sind Kiara und* … Ich verstehe seinen Namen nicht.

Kiaras Anblick versetzt mir einen Stich. Sie scheint ohne jeglichen Makel zu sein. Und das Schlimmste ist, dass ich sie mag. Ihr Lächeln ist ehrlich, und ich glaube ihr, als sie mir sagt, dass sie sich freut, mich kennenzulernen, Noah hätte ja schon so viel von mir erzählt.

Wir gehen in Noahs Lieblingsrestaurant – einer dieser Geheimtipps, der in keinem Reiseführer zu finden ist. Von außen wirkt das Ristorante unscheinbar, Touristen verirren sich nicht hierher. Wieder einmal bin ich überrascht, dass ich, obwohl ich schon so lange in Venedig lebe, noch immer nicht jede Straße, jeden Winkel, jede Brücke kenne. Es ist, als würden sich die Gassen nachts auf geheimnisvolle Weise neu anordnen, neue Plätze entstehen, die dann am nächsten Tag verschwunden sind und niemals wieder gesehen werden.

Wir setzen uns nach draußen auf die kleine Terrasse, die zu drei Seiten von Häusern und zu einer Seite von einem Kanal begrenzt ist. Rote Kerzen und Rosenblätter verzieren den Tisch für unser Doppeldate, von dem ich nichts wusste. Ich Idiot habe ernsthaft geglaubt, dass Noah und ich einen schönen, romantischen Abend verbringen würden. Zu zweit. Nur wir beide. Wie lächerlich! Meine Augen brennen verräterisch vor Enttäuschung und Wut. Ich bin wütend auf Noah und auf mich selbst. Wenigstens lässt mich diese Wut stark genug sein, die Tränen zurückzuhalten.

Während der Vorspeise (Vitello Tonnato mit in Balsamico eingelegten Feigen) erzählt mir Noahs Kumpel – Chris ist sein Name, wie ich dann herausgefunden habe – von seinem Lieblingsbuch. *Anna Karenina*, was ziemlich ungewöhnlich ist für einen Kerl. Es macht ihn besonders und sympathisch. Aber ich werde das Gefühl nicht los, dass Noah ihm den Tipp gegeben hat, mit mir über Bücher zu sprechen.

Ich bin mir sicher, dass es viele Mädchen gibt, die Chris total süß finden. Seine kurzen Haare sind so hellblond, dass ich mich kein bisschen wundere, als er erzählt, dass sein Vater aus Schweden stammt. Er rudert viel, wodurch er ein fast schon einschüchternd breites Kreuz hat und auf dem Nasenrücken niedliche Sommersprossen von der Sonne. Seine Art zu sprechen ist ruhig und angenehm.

Als ich ihm sage, dass ich den Duft seines Aftershaves mag, lächelt er schüchtern. Er kann mir nicht mehr in die Augen sehen.

»Danke. Noah hat so viel Gutes von dir erzählt. Da musste ich mich ja ins Zeug legen.«

Noah schaut zu mir herüber. Sieht Chris an. Sieht wieder mich an. Öffnet den Mund, als wolle er etwas sagen. Senkt dann jedoch den Blick.

Obwohl Chris attraktiv ist, fühle ich mich nicht zu ihm hingezogen. Ihm fehlt die sprudelnde Lebensfreude, die Energie, der Humor, die Spontaneität, die Selbstsicherheit – ihm fehlt all das, was ich an Noah so sehr bewundere. Dennoch gebe ich mir in der jämmerlichen Hoffnung, so etwas wie Eifersucht in Noah zu erwecken, Mühe, interessiert zu wirken. Aber Noah bekommt das überhaupt nicht mit, denn Kiara flüstert ihm ständig irgendetwas ins Ohr, und er lacht.

Die Welt ist so verdammt ungerecht. So ungerecht, dass ich schreien könnte.

Wieso hat Kiara das Glück, dass Noah sich für sie interessiert? Was macht sie so viel besser als mich? Was habe ich nur verbrochen, ihn kennenlernen zu dürfen, aber dann mit ansehen zu müssen, wie er eine andere umwirbt? Ich habe nie absichtlich etwas Schlechtes getan, war nie ein böser Mensch, aber Gott – oder wer auch immer da oben sitzt und die Fäden in der Hand hat – hat es auf mich abgesehen. Er muss mich hassen, um mir das anzutun.

Ich kann nur hoffen, dass sie ihn gut behandelt. Dass sie ihm die Liebe gibt, die er verdient, und jede verdammte Sekunde mit ihm zu schätzen weiß. Mir wird schlecht, als mir klar wird, was ich da gerade denke. Aber so ist es nun mal: Das Wichtigste ist doch, dass es ihm gutgeht. Wie ich mich dabei fühle, ist Nebensache.

»Du siehst wirklich sehr hübsch aus, Pearl«, sagt Noah unerwartet zu mir.

»Danke«, hauche ich verlegen. Kann mich nicht wirklich über sein Kompliment freuen.

»Darf ich dich fragen, wo du die Narbe herhast?«, fragt mich Chris. Er reißt ein Stück Brot ab und wischt damit Soße von seinem Teller.

Eine Frage, die für mich aus dem Nichts kommt. Die mich unvorbereitet trifft wie eine meterhohe Welle im Meer. Mich mit sich reißt und untergehen lässt.

Messer. Blut. Einige Kinder schreien. Einige lachen.

»Nein«, entgegne ich trocken. Erhebe mich von meinem Stuhl. »Entschuldigt mich bitte kurz.«

Im Vorraum der Toiletten ärgere ich mich über meinen Auftritt. Ärgere mich, weil seit diesem schrecklichen Tag so viele Jahre vergangen sind, und ich noch immer so verwundbar bin, wenn man mich auf meine Narbe anspricht. Ich hätte sie verstecken sollen. So, wie ich sie immer verstecke.

Kaltes Wasser und etwas Rouge auf die Wangen. Als ich den Vorraum wieder verlasse und in den Flur trete, laufe ich Noah direkt in die Arme.

»Entschuldige bitte«, sagt er. »Entschuldige. Das ist mein Fehler. Das alles.«

»Was meinst du?«

»Dieses Treffen. Ich dachte, ihr würdet euch vielleicht gut verstehen und er könnte dir gefallen …«

»Aber wir verstehen uns doch auch gut.«

»Ich hätte ihn dir trotzdem nicht vorstellen dürfen. Ich bin so ein Idiot … Keine Ahnung, wie ich so naiv sein konnte. Vergiss Chris einfach. Vergiss ihn …«

»Was ist denn auf einmal los, Noah?«

»Weißt du, Chris ist ein guter Kumpel von mir. Und du scheinst ihm zu gefallen, das merkt man. Aber gefällt er dir auch?«

So habe ich Noah noch nie gesehen. So aufgewühlt. So unsicher.

»Was? Ich kenne ihn doch nicht mal eine Stunde.«

»Ich will nur nicht, dass er … dass er verletzt wird.« Es ist das erste Mal, dass ich ihn stammeln höre.

»Das hab ich auch nicht vor. Du verhältst dich total seltsam.« Ich will an ihm vorbei, zurück zu den anderen, doch er hält mich auf.

»Es tut mir leid, Pearl. Ich glaube, ich habe Angst, dass … Ich weiß auch nicht … Dass ich zu viel will. Dass ich nicht mehr weiß, was richtig und was falsch ist. Und jetzt läuft dieser Abend so mies.«

»Das stimmt doch gar nicht. Es ist alles gut, Noah. Wirklich.«

»Chris hätte dich nicht auf die Narbe ansprechen sollen. Auch das tut mir leid.«

»Sie gehört nun mal zu mir. Ich habe zu sensibel reagiert.«

»Es war trotzdem dämlich. Ich würde es verstehen, wenn du nach Hause gehen möchtest.«

Ich zwinge mir ein Lächeln auf. »Wir haben doch gerade erst die Vorspeise gegessen. Und ich freue mich schon auf den Nachtisch.«

Stille. Schwarz trifft auf Blau.

»Ich will, dass es dir gutgeht, Pearl«, sagt er.

Erneute Stille.

Er sieht mich an. Ich sehe ihn an. Wir sehen uns an.

Ich bin selbst überrascht, als ich ihm plötzlich davon erzähle, woher die Narbe stammt. »Die Leiterin des Waisenhauses, in dem ich aufgewachsen bin, ist eines Tages mit dem Messer auf mich losgegangen. Ich sollte einen Teller mit Fleisch zum Tisch tragen, bin gestolpert, und das ganze Essen ist auf den Boden gefallen. Da ist sie ausgerastet.«

Wenn er mir jetzt sagt, dass ihm das leidtut, macht er alles kaputt. Aber Noah wäre nicht Noah, wenn es ihm nicht gelingen würde, mich selbst jetzt zum Lächeln zu bringen. Und in Verlegenheit. »Weißt du, um ehrlich zu sein, finde ich Narben ziemlich sexy.«

Zurück am Tisch, essen Noah und ich schweigend den Rest unserer Vorspeise. Mir fällt auf, dass er und Kiara keinerlei Zärtlichkeiten austauschen. Gut, Noah hat mir bereits gesagt, dass sie nicht zusammen sind. Aber ich hätte erwartet, dass sie sich dennoch berühren. Menschen berühren sich nun mal, wenn sie sich zueinander hingezogen fühlen.

Der Ober kommt und räumt unsere leeren Teller ab. Blickkontakt zwischen Noah und mir. Ich sehe weg. Sehe wieder hin und stelle fest, dass er mich noch immer betrachtet. Auf einmal beugt er sich ein Stück vor. Und aus irgendeinem Grund tue ich es ihm gleich. Jetzt trennt uns nur ein winziges Stück. Eine Armlänge, nicht mehr. Unerwartet streckt er seine Hand aus, streicht mir mit dem Daumen über den Mundwinkel. Mir stockt der Atem. Seine Berührung brennt wie Feuer. Mein ganzer Körper scheint in Flammen zu stehen. Aber ich kann mich einfach nicht entziehen, bin von Noahs Berührung und seinem Blick gebannt.

»Du hattest da etwas Petersilie.« Er räuspert sich. Eine Haarsträhne fällt ihm in die Stirn und reflektiert das Licht der Laterne.

Ich wische mir mit dem Zeigefinger über meinen Mundwinkel. Verberge so, dass irgendetwas mit meinen Lippen geschieht. Sie brennen, kribbeln, spannen, als wären erst jetzt die Muskeln zum Leben erwacht, die sie beweglich machen.

»Versteckst du gerade ein Lächeln vor mir?«, errät Noah.

»Träum weiter!«

Wir sehen uns ein paar Sekunden länger an, als es reine Freundschaft erlaubt. Wenn Noah einen Makel hat, dann ist es die Tatsache, dass er weiß, welche Wirkung er auf mich hat. Seine Art, wie er sich verschmitzt grinsend mit der Zunge über den Schneidezahn fährt, spricht Bände.

»Du kannst es nicht leugnen, ich hab's gesehen.«

Ich kämpfe innerlich dagegen an. Aber das Prickeln in meiner Brust breitet sich aus, steigt den Hals hinauf bis in meine Wangen. Ich atme erleichtert auf, als die Hauptspeise serviert wird. Konzentriere mich aufs Essen, höre den anderen dabei zu, wie sie über Sportwetten diskutieren und unwichtige Dinge wie Kalorien und Geld.

»Will jemand probieren?«, fragt Noah in die Runde hinein.

Kiara mag es nicht, von anderen Tellern zu essen, und Chris isst keinen Fisch. Da Noah Spaghetti alle vongole bestellt hat und ich Pizza Frutti di Mare, teilen also nur wir miteinander.

Chris wagt sich, mir eine weitere Frage zu stellen. Auch wenn diese weitaus unverfänglicher ist, ist auch sie für mich nicht leicht zu beantworten. »Und was machst du so in deiner Freizeit?«

»Nicht viel«, antworte ich wahrheitsgemäß. »Ich bin nicht sehr interessant, fürchte ich.«

»Du machst doch sicher Sport oder spielst ein Instrument?«

»Ich habe mal Klavier gespielt, sogar mal Harfe und Geige …« Und Gitarre und Cello. An jedem Instrument habe ich nach ein paar Jahren die Lust verloren. »Aber das habe ich aufgegeben.«

»Warum?«, fragt Kiara.

Ich zucke nur mit den Schultern. Es macht mich traurig, darüber zu sprechen. Außerdem erfährt man meiner Meinung nach nicht viel über einen Menschen, wenn man weiß, welchen Sport er treibt oder welches Instrument er spielt. Es kommt auf das an, was er erlebt hat und wie er damit umgegangen ist. Was ihn inspiriert, wovor er Angst hat und wovon er träumt.

»Pearl kann alle Roxette-Songs auswendig«, wirft Noah ein.

Es wundert mich, dass er sich daran erinnert. Ich hatte es ihm nebenbei am Strand erzählt. Damien und ich waren vor zehn Jahren gemeinsam in einem damals hochmodernen BMW-Cabrio nach Spanien gefahren. Die einzige Kassette, die wir dabei hatten, war eine mit Songs von Roxette, die wir die ganze Fahrt über hörten.

»Das hast du dir gemerkt?« Ich bemühe mich, meine Freude nicht so stark zu zeigen, wie ich sie tatsächlich empfinde.

»Klar.« Noah spielt mit dem Feuer der Kerze zwischen uns. Mehrmals fährt er mit dem Zeigefinger knapp über dem Docht durch die hellgelbe Flammenzunge hindurch, bis sie erlischt. »Und du magst keine Kartoffeln, liebst Sonnenauf- und -untergänge, schreibst gerne Grabreden und genießt den Duft von frisch gewaschener Wäsche.«

Ich versinke im tiefen Blau von Noahs Augen.

Noah lehnt sich zurück. »Sag nicht, dass du nicht interessant bist. Du bist interessant, Pearl. Du bist sogar sehr interessant.« Er sagt es eher beiläufig. Aber für mich sind diese Worte wie ein Feuerwerk in meinem Bauch.

Dann wechselt er das Thema, philosophiert über gutes Essen und Wein und das Talent, den Moment zu genießen, worüber die anderen nur lachen. Ich bin ihm dankbar dafür, dass er das Gespräch führt, denn in mir tobt ein Sturm. So viele Gefühle, die es mir kaum möglich machen zu atmen, geschweige denn zu sprechen.

Der Ober räumt die Teller ab. Noah bestellt eine zweite Flasche Weißwein. Ich frage mich, wann wir die erste Flasche geleert haben. Ein warmer Wind kommt auf. Von dem blumengeschmückten Balkon über unseren Köpfen lösen sich zarte Wildrosenblätter und rieseln auf das Wasser des Kanals. Dieser Abend ist unerwartet schön.

Nach der Hauptspeise klingelt Noahs Handy. Er entschuldigt sich und steuert der Brücke entgegen, auf deren Mitte er stehenbleibt. Das Mondlicht ergießt sich silbern über seine Schultern. Ich höre nicht, was er sagt, aber ich sehe, wie angespannt er ist. Wie er sich am Eisengeländer der Brücke festkrallt. Als er sich wieder auf seinen Stuhl setzt, beginnt er, winzige Stücke seiner Serviette abzureißen, die sich neben seinem Weinglas sammeln. Er ist nervös.

»Alles gut?«, fragt Kiara ihn. Legt ihre Hand beruhigend auf seine.

»Alles gut«, entgegnet Noah. Entzieht ihr seine Hand. Verschränkt die Arme vor der Brust.

Nachdem jeder von uns seinen Espresso ausgetrunken hat, greift Noah nach einer Muschel, die als Dekoration auf unserem Tisch liegt. Hält sie sich ans Ohr. Lauscht. Ich wünschte, ich könnte malen und diesen Moment für immer festhalten. Jetzt führt er die Muschel an mein Ohr. Dabei streicht sein kleiner Finger ganz leicht über meine Wange. Eine Berührung, so zart wie eine Feder. Eine Berührung, die meinen ganzen Körper unter Strom setzt.

»Hörst du das Meer rauschen?«

Ich schlucke. Meine Lippen öffnen sich, als wollte ich etwas entgegnen, dabei brauche ich einfach nur mehr Luft.

»Das ist nicht das Meer«, mischt sich Chris ein. »Das ist ja wohl allgemein bekannt.«

»Wer sagt, dass es nicht das Meer ist?«, erwidert Noah, ohne mich dabei aus den Augen zu lassen.

»Die Wissenschaft. Jeder mittelmäßige Biolehrer. Das Rauschen, das du als Meeresrauschen bezeichnest, ist eigentlich das Rauschen deines Blutes.«

»Was, wenn es eben doch das Meer ist?«

»Quatsch. Das Meer steckt nun mal nicht in der Muschel, und deswegen kann man es auch nicht durch diese Muschel hören.«

Noah lässt sich nicht aus der Ruhe bringen. »Schon mal was von Phantasie gehört? Die Phantasie lebt von den Träumen. Genauso wie die Hoffnung.« Noahs Blick hält mich fest.

Kiara lacht. »Das passt zu dir. Phantasie, Träume ... Noah di Angelis, wie man ihn kennt und liebt.«

Jetzt legt Noah die Muschel direkt vor mich. »Man darf ruhig träumen, wenn man dadurch die Hoffnung nicht verliert. Wer träumt, hat Hoffnung.«

In diesem Moment nehme ich die Wärme seines Körpers überdeutlich wahr. Es ist, als befänden wir uns in einer durchsichtigen Kugel, die uns vor der Außenwelt schützt.

Fühlt sich so die Liebe an?

Als der Ober beginnt, die Stühle an den leeren Tischen zu stapeln und nach drinnen zu räumen, stecke ich die Muschel heimlich in meine Jackentasche. Chris bietet an, mich noch ein Stück zu begleiten, aber Noah sagt: »Ich mache das schon.«

Zum ersten Mal an diesem Abend lächelt Kiara nicht. Jetzt sagt Chris mit Nachdruck: »Pearl und ich kamen heute Abend nicht wirklich dazu, uns zu unterhalten.«

»Aber … ich …« Noah atmet schwer aus. »Okay.«

Die Stimmung ist irgendwie angespannt, deshalb umarme ich nur Kiara. Zu Noah sage ich: »Gute Nacht.«

Die Art, wie er »Gute Nacht, Pearl« erwidert, ist sanft und warm. Sie lässt alles andere verblassen. Gibt mir das Gefühl, das einzige Mädchen in Noahs Welt zu sein.

23

Chris und ich verabschieden uns voneinander, kurz bevor wir mein Zuhause erreichen.

Es zieht mich direkt aufs Dach, wo ich mich mit einem zarten Lächeln auf den Dachziegeln ausstrecke. Eigentlich ist alles wie immer. Eine ganz normale Nacht. Sterne. Mond. Dunkelheit. Aber seltsamerweise ist überhaupt nichts wie immer. Etwas hat sich verändert.

Ich lege den Kopf in den Nacken, betrachte das sanfte Gold des Himmels. Ein Gemälde, das ich erst jetzt in seiner Schönheit begreife. Heute, in dieser seltsamen Nacht. Mein Herz scheint warm zu werden, als ich von meinem Platz hier oben auch all die Lichter der Stadt wahrnehme, das Leben spüre, das unter den Dächern, in all den verwinkelten Gassen, hinter den Mauern, in den Palazzi, Kirchen und Kanälen steckt. Es ist, als wäre die Luft um mich herum verzaubert. Alles ist still, vollkommen still, als hielte die Welt den Atem an. Venedig ist wirklich wunderschön, denke ich.

In diesem Moment hat alles eine Bedeutung. Es hat eine Bedeutung, dass ich so lange auf dieser Welt bin. Dass ich nie die Liebe erleben durfte. Dass ich Noah begegnet bin.

Mein Herz ruft nach ihm, ruft nach Noah, ruft nach ihm voller

Sehnsucht. Ich frage mich, was er wohl gerade macht. Wo er ist. Ob er vielleicht auch an mich denkt.

Die Sterne über mir lösen sich auf, bis nichts bleibt als schwarzer Himmel. Schwarzer Himmel, der zu einer riesigen Leinwand wird. Ich sehe mich selbst. Sehe Noah. Wir sind in einem der verwunschenen Gärten Venedigs. Wo genau, weiß ich nicht, aber das spielt auch keine Rolle. Bedeutung haben nur Noahs Lippen, die so gefährlich nah sind.

Ich kann nichts sagen. Auch zu atmen fällt mir schwer. Ich zeichne mit den Daumen seine Wangenknochen nach, die mich zu seinen Mundwinkeln führen. Die Hitze seines Körpers ist unerträglich – unerträglich anziehend. Ich greife den Kragen seines Hemdes, ziehe ihn näher zu mir heran, was das Grinsen auf seinen Lippen nur noch elektrisierender macht. Meine Hände wandern höher, bis meine Finger sich in seinen Haaren vergraben. Ganz bewusst zögert er es hinaus. Er will, dass ich wie Wachs in seinen Armen schmelze. Ganz sanft streicheln seine Lippen meine Wange. Mein Körper ist ein einziges Beben, meine Haut steht in Flammen.

Sein Mund wandert weiter, bis seine Zunge meine Unterlippe streift. Ich habe das Gefühl, nicht mehr stehen zu können, befürchte zusammenzubrechen. Hier und jetzt, sofort. Ich keuche. Unglaublich, wie alles um mich herum verschwimmt, kaum noch existiert. Die Welt könnte untergehen, und ich würde es nicht merken. Wäre mit all meinen Sinnen nur bei Noah.

Ich halte es nicht mehr aus. Küsse ihn einfach, doch er weicht zurück. Seine Haut riecht nach Feuer. »Langsam«, lacht er. »Langsam …«

Ein zweites Mal berühren mich seine Lippen, diesmal saugt er sanft an meiner Oberlippe. Sein warmer Atem bringt mich um den Verstand. Seine Hände schieben mein dünnes, moosgrünes Seidenkleid nach oben, gleiten über meine Taille, über meinen Bauch. Unsere Körper reagieren ganz automatisch. Er hebt mich hoch, ich schlinge meine Beine um seine Taille.

Noah beißt mich zärtlich in die Unterlippe, dann verschmelzen unsere Münder. Ich gehöre voll und ganz ihm, gebe mich ihm willenlos hin. Es ist mir gleichgültig, welche Macht er über mich besitzt. Dafür würde ich alles aufgeben … Dafür werde ich durchhalten. Bis mein Traum wahr wird.

Als sich am nächsten Tag die Wolken am Himmel abendlich rot färben und der Horizont sich langsam verdunkelt, versuche ich mir an der Fondamenta delle Zattere über ein paar Dinge klar zu werden. Fasse für mich innerlich zusammen: Noah hat mir klar und deutlich gesagt, dass er nichts von mir will. Das Gute ist aber, dass er – wie er behauptet – nicht mit Kiara zusammen ist. Die beiden wirkten im Restaurant zwar vertraut, aber nicht wie zwei Liebende. Für mich bedeutet das, dass ich … Verdammt. Ich schüttele den Kopf. Verstecke mein Gesicht in meinen Händen. *Verdammt. Verdammt. Verdammt.*

Ich setze mich auf die Rückenlehne einer Bank, stelle meine Füße auf die Sitzfläche. Die gegenüberliegende Insel Giudecca kleidet sich in Blaugrau. Goldgelbe Lichter bringen den Schleier der Dämmerung zum Funkeln. Möwen kreisen in der Luft, setzen sich auf die Holzpfosten im Wasser oder an den Rand des Quais. Wellen schlagen gegen die Steinmauer.

Die Schönheit Venedigs – endlich offenbart sie sich mir.

Wenn zwei Menschen sich lieben, ist es Magie, sagt man. Ein Wunder. Aber wenn nur einer liebt – was ist es dann?

Aber liebe ich Noah denn? Oder wünsche ich mir nur so sehr zu lieben, dass ich mir die Gefühle für ihn einbilde?

Noah besitzt eine Macht über mich, die mich erschreckt. Wenn ich in seiner Nähe bin, läuft mein Herz auf Hochtouren, fühle ich mich lebendig. Aber wenn ich alleine bin, holt mich die Einsamkeit, diese grausame Sehnsucht sofort wieder ein. Jedes Mal heftiger als zuvor. So wie jetzt.

Leere. Das ist alles, was mich in diesem Moment ausmacht.

Ein Mann setzt sich auf die freie Bank zu meiner Rechten. Schwarze Sonnenbrille. Schwarzer Pullover. Schwarze Sneakers. Ich schlage die Spitzen meiner Converse aneinander. Weite mit Daumen und Zeigefinger das Loch in meiner Jeans über meinem Knie.

Eine Zigarette glimmt rötlich in der Dämmerung auf. Aus dem Augenwinkel sehe ich, wie der Mann einen tiefen Zug nimmt. Grauer Rauch steigt aus seinem Mund. Als nur noch ein Stummel von der Zigarette übrig ist, schnippt er den ins Wasser. Lehnt den Kopf zurück. Fixiert mich.

Mein Instinkt schlägt Alarm. Ich konzentriere mich auf die Herzensaura des Mannes. Chili.

Ich zwinge mich, ganz ruhig zu bleiben. So zu tun, als wäre ich ganz entspannt. Mein Herz schlägt mir bis zum Hals. Dort hinten, ganz in der Ferne, nicht mehr als ein schwarzer Fleck, scheint jemand zu sein. Wenn ich schreie, hört mich dieser jemand vielleicht. Draußen auf dem Wasser fahren ein paar Boote. Ich könnte –

Eine Bewegung. Auf einmal steht der Jäger direkt vor mir. »Weißt du, wie spät es ist?«

Meine Füße rutschen von der Bank. Ich stelle sie wieder fest auf das Holz. »Nein. Tut mir leid.« Ich müsste nur auf meinem Handy nachsehen. Aber ich brauche die volle Konzentration.

»Macht nichts.« Seine dünnen Lippen kräuseln sich. Vielleicht soll es ein Lächeln sein. »Kennen wir uns nicht? Dein Gesicht kommt mir irgendwie bekannt vor.«

»Was soll dieses Spiel?«, fahre ich ihn an. »Was willst du von mir?!«

»Ganz ruhig. Ich mach doch gar nichts.«

»Warum verfolgst du mich?«

Jetzt lacht er mir direkt ins Gesicht. »Hast du Angst vor mir? Das solltest du auch. So langsam verliere ich nämlich die Geduld.«

Er ist verrückt!, denke ich. Ich atme ein, atme aus. Zähle die Sekunden. Eins. Zwei. Drei. Dann springe ich von der Bank. Murmle: »Lass mich gefälligst in Frieden.« Meine Schritte sind groß und schnell.

Ich weiß nicht, ob er mich verfolgt. Wenn ich mich umdrehe, riskiere ich zu stolpern, und dann hat er mich. Ich biege um die nächste Ecke. Jetzt renne ich. Renne so schnell ich kann. Schlängle mich an Touristen vorbei, die langsam durch die Gasse schlendern, presche durch eine Reisegruppe hindurch. Weiter, immer weiter. Ohne Rücksicht. Ich habe zu viel zu verlieren.

Erst, als ich den Platz vor der Kirche Maria della Salute erreiche, werde ich langsamer. Bleibe stehen. Ringe nach Luft, die Arme in meine Seiten gestemmt und nach vorne gebeugt, als müsste ich mich übergeben.

Auf einmal fasst mich jemand an der Hand. Ich schreie auf. Alles, was ich denke, ist: *Wie feige von mir, Noah nie gesagt zu haben, wie sehr ich ihn mag. Jetzt ist es zu spät.*

Es ist ein Gondoliere. »Keine Angst«, beruhigt er mich. »Alles gut bei dir?«

Ich nicke, noch immer misstrauisch.

»Hier. Das hast du verloren.« Er drückt mir die Muschel aus dem Restaurant, die ich in meine Jackentasche gesteckt hatte, in die Hand. »Die ist schön.«

Schweiß steht mir auf der Stirn. »Danke«, entgegne ich. »Ich weiß.«

Eine halbe Stunde später halte ich die Muschel noch immer in meiner Hand. Ich bin vor Noahs Palazzo. Ohne es zu merken, habe ich mir wieder das Nagelbett meines Daumens blutig gezupft. Ich wickle ein Taschentuch, das ich in der Tasche meiner Jeansshorts gefunden habe, darum. Warte, bis das Blut trocknet.

Ich schließe die Augen. Versuche ruhig zu werden. Atme tief ein und wieder aus. Dann öffne ich das Eisentor. Fühle mich wie ein Eindringling, als ich durch den üppigen Garten schleiche. Die Tüte mit Noahs Jackett schlägt im Takt meiner Schritte gegen meinen Unterschenkel. Sein Jackett ist mein Vorwand, ihn sehen zu können. Aber mein eigentlicher Grund, ihn sehen zu wollen, ist ein anderer. Mir ist nämlich klargeworden, dass Damien recht hat. Liebe bedeutet Risiko. Und heute riskiere ich es, Noah zu sagen, wie viel er mir bedeutet.

24

Mein Herz schlägt wie verrückt, als ich die Hand hebe und die Klingel betätige. Ich spüre das Pulsieren in meinen Ohren.

Die Tür geht auf. Noah steht vor mir, steht einfach nur da, und mir verschlägt es den Atem. Meine Knie werden ganz weich. Ich weiß, dass meine Stimme zittern wird, wenn ich auch nur ein Wort sage. All die lässigen Sätze, die ich mir zurechtgelegt hatte, haben sich in Luft aufgelöst.

»Pearl! Mit dir habe ich jetzt gar nicht gerechnet …« Noah trägt ein Shirt im Blauton seiner Augen. Dazu Jeans. Ich schlucke. Dachte, dass der Anzug am Abend im Casino ihm perfekt stand. Aber dieser legere Noah hier raubt mir den Atem …

»Ich … ich war gerade in der Nähe und …« Ich halte ihm die Tüte hin.

Noah nimmt sie, wirft einen Blick hinein. »Mein Jackett! Das hatte ich total vergessen. Danke!«

Zähes Schweigen. Das wäre eigentlich der Moment, in dem Noah mich hereinbitten, mir etwas zu trinken anbieten könnte. Aber das tut er nicht. Als eine hohe Mädchenstimme aus dem Wohnzimmer seinen Namen ruft, weiß ich auch, weshalb.

»Kiara und ein paar Freunde sind gerade hier«, bemerkt er überflüssigerweise.

Ich schlucke. Nicke. »Alles klar.«

Im Hintergrund taucht Chris auf, um nach Noah zu sehen. »Beeil dich! Glaub nicht, dass wir dir was übrig lassen! Oh, hey Pearl! Alles klar?«

Ich nicke. »Schon. Bei dir?«

»Alles bestens. Melde dich, wenn du mal Zeit hast. Würde mich freuen.«

»Mach ich.«

Als Chris keine Anstalten macht, zu gehen, sagt Noah: »Fangt doch schon mal ohne mich an.«

Ich bin kein bisschen enttäuscht, als Chris tatsächlich geht.

»Wir haben zusammen gekocht«, erklärt Noah. »Beziehungsweise die anderen haben gekocht, während ich geschlafen habe.«

Noah stellt die Tüte im Eingangsbereich ab, streckt die Arme über den Kopf. Seine Haare stehen wild in alle Richtungen. Dazu dieser noch leicht müde Blick … Ist das ein Kissenabdruck auf seiner Wange?

»Dann viel Spaß noch«, sage ich hastig. Drehe mich um und springe die zwei Treppenstufen hinunter.

»Pearl?!«, höre ich Noah rufen.

Ich will weiterlaufen, will fort von hier. Fort von Noah. All der Mut, den ich eben noch hatte, ist dahin. Dennoch bleibe ich stehen. Werfe einen Blick über die Schulter, als würde ich meinem Untergang entgegenblicken. Ich bin schon so lange auf dieser Erde, dass ich dachte, gegen alles gewappnet zu sein. Und jetzt passiert so was Banales und wirft mich total aus der Bahn.

Er kommt langsam auf mich zu. Als hätte er alle Zeit der Welt. Barfuß. Seine Augen blitzen gefährlich. Ich hätte gehen sollen, als ich noch konnte.

»Das war's schon? Du machst dir extra die Mühe, hierherzukommen und mir mein Zeug zu bringen, um dann so schnell wieder zu verschwinden?«

Ich zucke nur mit den Schultern. Hilflos. Vollkommen hilflos.

Ich müsste nur meine Hand ausstrecken, um ihn zu berühren ...

Auf einmal ist jegliches Lächeln aus seinem Gesicht verschwunden. In seiner Stimme liegt Verwegenheit, als er sagt: »Auf was hast du Lust?«

»Aber du hast doch Besuch?!« So wie ich nuschle, hat Noah keine Chance, mich zu verstehen.

Ich will mich abwenden, will es wirklich, aber es gelingt mir nicht. Ich kann seinen Augen nicht entkommen. Sein Blick dringt einfach in mich ein, enthüllt die vielen Geheimnisse in meiner Brust.

»Na und? Jetzt will ich aber etwas mit dir unternehmen.«

»Aber deine Freunde ... Das kannst du doch nicht machen!«

»Du solltest doch inzwischen wissen, dass mich kaum etwas daran hindern kann, zu tun, was ich will.« Noah tritt näher. »War das gerade ein schwaches Lächeln?«

»Niemals.« Ich stelle mich auf die Zehenspitzen, um mit ihm wenigstens ein kleines bisschen mehr auf Augenhöhe zu sein, auch, wenn er mich immer noch überragt.

»Ich hätte schwören können, dass deine Lippen ganz leicht gezuckt haben.«

»Das ist so ein nervöser Tick von mir.«

»Ach, du bist nervös in meiner Gesellschaft?«

Sein Grinsen erfüllt mich mit purer Freude. Ich will zurückweichen. Doch sein Geruch hält mich gegen meinen Willen hier gefangen.

»Ich hole nur schnell meine Jacke und ziehe mir Schuhe an, okay?«

Noah berührt mich an der Schulter. Die Stelle brennt auf eine angenehme Art und Weise. Ein Brennen, das sich in meinem ganzen Körper ausbreitet, immer weiter und weiter, bis ich voll und ganz in Flammen stehe.

Punkt acht Uhr, als es dunkel wird, flammen die Straßenlaternen auf. Ziellos schlendern wir durch vergoldete Gassen. Es fühlt sich so richtig an, neben Noah zu laufen. Als würde ich an seine Seite gehören.

In seiner Nähe ist Zeit nicht einfach nur Zeit. Manchmal dehnt sie sich aus, Sekunden sind Minuten und Minuten sind Stunden, und wenn ich Noah ganz nah bin, bleibt die Zeit sogar stehen. Jetzt verfliegt sie, und ehe ich mich versehen kann, sind wir bereits eine Stunde unterwegs. Aber ich bin kein bisschen müde.

Es beginnt leicht zu regnen. Doch anstatt einen Unterschlupf zu suchen oder umzukehren, nähert sich Noah zielstrebig einer kleinen Brücke. Ich folge ihm mit wildschlagendem Herzen, denn diese Nacht verspricht Abenteuer. Noah *ist* Abenteuer.

»Wirst du dich noch mal mit Chris treffen?«, fragt er mich unerwartet.

»Ich denke nicht. Er war zwar nett …«

»Okay, das sagt schon alles. Ich hatte wirklich die Hoffnung, dass er dir gefallen könnte.« Es klingt nicht so, als würde er es aufrichtig schade finden. Es klingt vielmehr erleichtert.

Schweigen.

»Darf ich dir eine Frage stellen?« Noah lächelt mich von der Seite aus an.

»Du hast mir doch schon gerade eine gestellt.«

»Stimmt. Aber jetzt kommt eine besondere Frage.«

Ich möchte all seine Fragen beantworten, weil mir der Gedanke gefällt, dass Noah etwas über mich weiß. Trotzdem sage ich: »Kommt ganz auf die Frage an.«

»Glaubst du an Schicksal?«

»Ich ... ähm, ich weiß nicht. Kann schon sein. Aber wenn es so etwas wie Schicksal gibt, dann ist es manchmal ziemlich mies.«

»Und wie sieht's mit der Liebe aus? Glaubst du an schicksalhafte, unsterbliche Liebe?«

Mir stockt der Atem. Verzweifelt versuche ich, einen klaren Gedanken zu fassen. Etwas zu finden, was ich darauf erwidern könnte. Aber alles entwischt mir einfach, bis nichts als Leere in meinem Kopf zurückbleibt.

»Ich schon«, sagt er.

Heftige, schnelle Schläge in meiner Brust. Als wolle mein Herz herausspringen und sich Noah zu Füßen werfen.

Und dann sagt er noch: »Ich bin sehr froh, dass du es warst, die mich aus dem Wasser gezogen hat.«

»Das verstehe ich«, scherze ich. »Stell dir vor, es wäre ein dicker Amerikaner gewesen, der dir womöglich auch noch eine Mund-zu-Mund-Beatmung verpasst hätte.«

Sein Lachen brennt in meinem Rücken, als ich ein paar Schritte vor ihm herlaufe. »Geschmacksache. Aber mal im Ernst: Ich mag dich, Pearl.«

Wie sehr magst du mich, Noah? Genug? Bist du in mich verliebt? Ein kleines bisschen?

Und war es nicht mein Plan gewesen, dir zu sagen, wie gerne ich dich mag?

Aber wie könnte ich, wenn auf einmal alles um mich herum an Kontur verliert? Wenn die beiden Gondeln, die hintereinander ruhig auf dem Wasser liegen, plötzlich verschwimmen. Wenn ich nur noch Noah sehe. Nur ihn. Und einfach, verdammt nochmal, keinen klaren Gedanken mehr fassen kann …

Der Wind streichelt mich sanft. Er fährt meinen Hals entlang, meine Oberarme hinab. Schlüpft unter mein weites Trägershirt, fährt mir durchs Haar. Ich stelle mir vor, es wären Noahs Hände, die mich so zärtlich berühren. Sofort meine ich, seine Wärme zu spüren. Menschliche Wärme ist so intensiv … Wie konnte ich das zuvor nicht wahrnehmen?

Irgendwie finden meine Finger seine. Mein Zeigefinger verhakt sich mit seinem Daumen, ganz kurz nur, aber trotzdem ist diese Berührung die intimste, die ich je in meinem Leben hatte. Die Nacht glüht vor Energie.

Fünf Minuten später erreichen wir die Piazza di San Marco. Ich bin wie betrunken vor Glück. Plötzlich werde ich von hinten angerempelt, stolpere nach vorne, gegen Noah. Aus den Augenwinkeln sehe ich einen Teenager auf sein Skatebord springen und um die nächste Ecke verschwinden.

»Ups«, sage ich.

»Ups«, wiederholt Noah mit schalkhaftem Unterton.

Meine Brust liegt auf seiner Brust. *Fünf. Sechs. Sieben* … Ich zähle seine Herzschläge, bis er mich wieder loslässt. *Zwanzig. Einundzwanzig. Zweiundzwanzig.* Dabei müsste er mich schon längst nicht mehr stützen. Ich sehe zu ihm auf, obwohl die Distanz zwischen unseren Lippen dann viel zu gering ist. Aber wie könnte ich widerstehen? Diese Nacht überwältigt mich. Lässt mich vergessen, wer ich bin.

Eine Hand liegt auf meiner Taille, die andere auf meinem Oberarm. Eigentlich eine normale Berührung. Aber immer, wenn mir Männer bisher derart nahe kamen, war es, als würden sie eine Grenze überschreiten. Bei Noah ist es anders. Wenn er mich an diesen Stellen berührt, fühlt es sich an, als gehörten seine Hände genau dorthin. Ich frage mich, wann wir angefangen haben, uns so zu berühren. So berühren sich keine Freunde ... Und genau das lässt meinen Atem schneller gehen.

Ich schließe die Augen, spüre die Regentropfen auf meinem Haar, auf meinen Handrücken. Kann nicht genug davon bekommen. Denke: So fühlt es sich also an, lebendig zu sein. Wahrhaft lebendig.

Ich ziehe meine Jacke aus, lasse sie achtlos auf den Boden fallen. Strecke mein Gesicht in Richtung Himmel, damit der Regen es benetzen kann. Breite meine Arme aus und drehe mich langsam um mich selbst. Der Regen wird stärker. Ich spüre die Tropfen meinen Hals hinablaufen, spüre, wie sie in meinem Ausschnitt verschwinden. Wie der Stoff meines Shirts auf meiner Haut klebt.

Und auf einmal spüre ich noch mehr, als Noah ganz nah, viel zu nah, vor mir steht. Ich will meine Augen geschlossen halten, will nur die Wärme seines Körpers spüren. Aber dann öffne ich sie doch, weil ich ihn einfach so verdammt gerne ansehe. Zögerlich, als bitte er im Stillen um Erlaubnis, streckt er seine Hand aus. Umfasst mein Gesicht mit seinen schlanken Fingern. Blickt mir fest in die Augen. So fest, dass Hitze in meinem Körper aufsteigt. Dass meine Hände, meine Beine, mein Bauch nervös kribbeln. Alles Lachen ist aus seinen Augen verschwunden.

Noah öffnet seinen Mund, streicht mit dem Daumen meine Wangenknochen entlang. Sein Atem ist mein Atem. Ich nehme seine Anspannung wahr. Will von ihm fort, aber die Welt verkehrt sich, und ich mache stattdessen einen Schritt nach vorne, so dass unsere nassen Klamotten sich berühren. Noahs Blick gleitet über meine Lippen. Er wirkt, als wisse er zum ersten Mal in seinem Leben nicht, was er tun soll. Jegliche Selbstsicherheit ist dahin.

»Pearl …«, haucht er. Schluckt. Lehnt seine Stirn gegen meine. Senkt die Augenlider. Nasenspitze an Nasenspitze.

Ich schwebe über dem Boden.

Das erste Mal seit einer Ewigkeit kann ich mir vorstellen, wie man sich als Mensch fühlt. Als ein normales, sterbliches Mädchen, das einen wunderschönen Abend mit einem Jungen verbringt.

Noahs Finger gleiten meine Oberarme hinab, legen sich auf meine Taille, ziehen mich noch ein Stück näher an ihn heran. Ich glaube nicht, dass ich noch lange stehen kann. Gleich werden meine Beine einfach nachgeben.

»Was machst du nur mit mir?«, flüstert er. Spricht die Frage aus, die mir auf der Zunge brennt.

Ich will ihn unbedingt küssen. Will seine Lippen schmecken. Will seinen Körper so nah spüren, dass nichts mehr zwischen uns passt. Aber das geht nicht. Es geht einfach nicht, weil es viel zu gefährlich ist. In diesem Moment wird mir bewusst, dass ich mir die ganze Zeit über etwas vorgemacht habe. Ich kann niemals mit Noah zusammen sein. Ich kann Noah niemals küssen, denn dann müsste ich fürchten, ihn seiner Liebe zu berauben. Denn kann ich absolut sicher sein, dass das, was ich empfinde, Liebe ist?

Ich bin verloren. Vollkommen verloren.

Und liebt er mich denn überhaupt?

Noah löst sich von mir, fährt sich durchs Haar. Er wirkt unsicher. Verletzlich. Fast schon ängstlich. »Erinnerst du dich daran, wie ich dich am Strand gefragt habe, was du willst? Und du hast geantwortet, dass du es nicht weißt.«

Ich nicke.

»Weißt du es denn jetzt?«

Ich nicke wieder.

Er lächelt. »Und? Was willst du, Pearl?«

»Ich will alles.«

»Nicht mehr?«, fragt er scherzhaft.

»Nicht mehr«, entgegne ich vollkommen ernst.

Denn ich will Noah. Und Noah bedeutet alles für mich.

25

Mein Plan war es gewesen, Noah zu sagen, wie viel er mir bedeutet. Aber diese Nacht gestern war so schön, so unglaublich schön, dass ich Angst hatte, sie kaputt zu machen.

Ich weiß, dass er mich mag. Aber … verdammt, er ist meine ganze Hoffnung. Nur seinetwegen halte ich durch. Er ist es, der verhindert, dass ich wie Alexa werde. Was, wenn er mir also sagen würde, dass … Da ist sie wieder, diese grausame Angst. Angst, verletzt zu werden. Ich hasse sie.

In dieser Nacht träume ich. Ich stehe auf dem Balkon des baufälligen Gebäudes am Rialtomarkt, aus dem heraus mich der Jäger beobachtet hatte. Der nächtliche Wind trägt eine Woge von Noahs einzigartiger Herzensaura zu mir. Ich muss mich nicht umdrehen, um zu wissen, dass es seine Schritte sind, die im leeren Raum hinter mir hallen. Selbst, als er direkt hinter mir stehen bleibt, drehe ich mich nicht zu ihm um.

»Ein besonderer Ort für ein besonderes Mädchen«, begrüßt er mich.

»Ich wollte gerade gehen.« Warum sage ich das?

»Nein, wolltest du nicht.«

»Noah, du weißt nichts über mich. Du weißt nicht …«

»Sieh mich an, Pearl.«

Ich kann sein Herz spüren. Spüre, wie das Schlagen in meiner Brust sich seinem Takt anpasst. Ohne es zu wollen, drehe ich mich nun doch zu ihm um.

»Ich habe Angst, Noah!«, schmettere ich ihm entgegen.

»Aber wovor denn?«

Dass du mir irgendwann sagen wirst, dass ich dir nichts bedeute. Dass du mich nicht liebst. Dass du mir den winzigen Rest meiner Hoffnung nimmst. Ohne dich schaffe ich es nicht. Denn wenn ich nicht deine Liebe haben kann, dann will ich gar keine Liebe.

Schweigen senkt sich zwischen uns herab, verstärkt die Distanz zwischen uns. Ich löse die Hände von meinem Gesicht. Weiß, dass, wenn ich ihn jetzt ansehe, meine Augen mich verraten. Dass er in ihnen sehen wird, wie sehr er mich verändert hat.

Unsere Blicke treffen sich.

Noah streckt mir seine Hand entgegen. Ich atme mehrmals tief ein und aus, ehe ich sie nehme. Seine Finger hinterlassen auf meiner Handfläche eine Bahn sanfter Stromschläge. Als würde ich nichts wiegen, hat Noah mich im nächsten Moment schon an sich gezogen. Ich taumle gegen ihn, will zurückweichen, doch Noah hält mich fest. Mein Versuch, mich aus seinem Griff zu winden, ist nur halbherzig. Ich genieße es viel zu sehr, seiner starken Brust so nah zu sein. Kämpfe gegen den Drang an, mit meinen Lippen seine Wangenknochen nachzuzeichnen. Ihn an mich zu ziehen, so fest, dass nicht einmal Luft zwischen uns passt.

»Gib zu, dass du mich liebst.« Seine Finger umschließen mein Kinn, zwingen mich dazu, ihm in die Augen zu sehen. »Oder überzeug mich davon, dass du nichts für mich empfindest.«

»Ich empfinde nichts für dich.« Worte, die wie Gift auf der Zunge schmecken.

Für ein paar Sekunden sieht Noah aus, als hätte ich ihn geohrfeigt. Gut so, soll er nur das Schlechteste von mir denken. Mich hassen. Das macht es einfacher.

Auf einmal hebt er mich hoch, trägt mich zur Wand, drückt mich gegen den abbröckelnden Putz. Sein heißer Atem kitzelt mich am Hals. Meine Fingerspitzen kribbeln, mein Körper erzittert. Diesmal wehre ich mich stärker, will ihn von mir schubsen, doch Noah hält meine Arme fest, legt sie über meinen Kopf und verschränkt dort unsere Hände.

»Wie kannst du mir nur ins Gesicht lügen und behaupten, dass du nichts für mich empfindest? Wenn du dich sehen könntest … wenn du sehen könntest, wie sich dein Körper mir entgegendrängt. Wie deine Augen aufleuchten …«

Ich unternehme einen letzten Versuch, mich Noahs Nähe zu entziehen. Mit dem Effekt, dass er die Distanz zwischen uns verringert. Ich spüre das Spiel seiner Muskeln unter seinem weißen Hemd. Ein nahezu überwältigender Drang, jeden Millimeter seiner Haut zu erkunden, überkommt mich.

»Noah, es ist kompliziert. Es ist viel komplizierter, als du denkst …«

»Ist es nicht. Es ist eigentlich ganz einfach. Du liebst mich. Und das ist alles, was zählt.« Er gibt eine Hand frei, weil er weiß, dass ich mich ohnehin nicht mehr wehren werde. Seine Finger legen sich auf meine Augen, so dass ich meine Lider schließe. Mit tiefer Stimme flüstert er: »Gesteh es dir ein.«

Ich will nicht, aber ich kann nicht anders. Ich spüre, wie sich selbst die zartesten Muskeln meines Körpers anspannen. Wie sich mein Atem beschleunigt. Ein Wirbelsturm der Gefühle, der mich mit sich reißt.

Noahs Lippen streifen meinen Mundwinkel. Ich schmecke sein Lächeln, als er mich sanft in die Unterlippe beißt. Unser Atem geht ineinander über. »Ich löse Gefühle in dir aus, die du zuvor noch nie gespürt hast. Du vergisst, wer du bist. *Was* du bist.«

Ich schlucke. Dränge mich ihm entgegen, als seine Hände unter mein Top gleiten. Höher, immer höher. Dann endlich küsst er mich. Zunächst langsam und zärtlich, dann stürmischer. Ohne zu zögern vergrabe ich meine freie Hand in seinem Haar, will ihn noch näher an mich heranziehen, auch wenn das nicht möglich ist. Ich vergesse zu atmen, als seine Zunge in meinen Mund stößt. Mein ganzer Körper scheint zu zerfließen.

»Sag es«, flüstert er.

Und ich sage es: »Ich liebe dich.«

Und er sagt: »Ich liebe dich auch.«

Ich höre Noahs beschleunigten Atem. Er legt seine zweite Hand auf meine Taille, fährt mit ihr meinen Oberschenkel entlang, so dass ich mein Bein hebe und ihn halb umschlinge. Alles ganz wie von selbst, als hätte mein Körper jahrhundertelang nur darauf gewartet. Ich höre eine Stimme, die sagt, dass ich ihn nicht küssen darf, denn wenn ich ihn nach unserem Geständnis küsse, dann –

Aber schon liegen seine Lippen wieder auf meinen. Gott, sein Kuss schmeckt so köstlich. Mir wird ganz warm.

Ich sterbe vor Sehnsucht nach seiner Liebe.

Dann stürzt die Welt in sich zusammen. Ein berauschendes Prickeln erfüllt meine Brust. Wärmt mich. Ich öffne die Augen und blicke in seine. Sie sind leer. Gefühllos.

Weil ich Noah seiner Liebe beraubt habe.

Ich schrecke hoch. Zittere am ganzen Körper. Betaste meine schweißnasse Stirn.

Ich habe Noah seiner Liebe beraubt … Mein Magen rebelliert. Aber es gibt keinen Balkon, keine Küsse, keine Leidenschaft. Ich bin hier, in meinem Bett. Allein, und Noah ist nicht hier. Es war alles nur ein Traum. Die Neonsterne über meinem Bett leuchten mit aller Kraft.

Allein. Ich bin allein …

Da ist er wieder, der Gedanke, dass alles auf dieser Welt aussichtslos ist. Bedeutungslos. Dass nichts wichtig ist.

Aber dieser Kuss, Noahs Liebe. Sie schmeckte so gut …

Die nächsten Minuten bin ich wie benommen. Die Zeit ist zähflüssig und schwer. Ich fühle mich, als müsste ich mich übergeben. Würge mehrmals, aber Leere kann man nicht erbrechen.

Ich schleppe mich in Damiens Zimmer. Kuschle mich an ihn in seinem Bett. Maximaler Körperkontakt. »Damien?«, flüstere ich.

»Mhhh?«

»Ich hab schlecht geträumt.«

Er dreht den Kopf, so dass sein Kinn mein Haar berührt. »Alles gut«, murmelt er. »Schlaf weiter.«

Zehn Minuten später bin ich noch immer hellwach. Ich fange an zu schwitzen. Ekle mich vor mir selbst. Wie erblindet taste ich mich durch den Flur zurück in mein Zimmer, zur Badewanne. Mein Seidenbademantel ergießt sich zu einer purpurfarbenen Pfütze auf den Boden. Ich schrubbe meine Haut mit Seife und heißem Wasser, bis sie ganz rot ist. Versuche, diesen Traum, diese mächtige, gewaltsame Sehnsucht nach Noahs Liebe abzuwaschen. Aber es geht nicht. Mein Traum hat mir vor Augen geführt, wie groß diese Sehnsucht nach Liebe in mir ist.

Ich denke an Alexa. *Es ist so verlockend. Du suchst dir jemanden, der sich leicht in dich verlieben wird. Dann beraubst du ihn dieser Liebe, und es geht dir gut.*

Aber nein! Vielleicht in ein paar Wochen, in ein paar Monaten wird Noah mich …

Was?!, unterbreche ich mich bei diesem Gedanken. Mich lieben? … Das wird er nicht. Und selbst wenn, dann habe ich doch im Traum gesehen, was passieren kann. Ich muss an Damiens Worte denken: *Was, wenn es nicht die wahre Liebe ist? Wenn du dich wieder täuschst?*

Ich brauche einfach noch ein bisschen Zeit …

Kopf gegen Herz. Mein Kopf schreit: Nein! Mein sehnsuchtschweres Herz schreit laut: Ja!

Herz schlägt Kopf. In meiner Verzweiflung rufe ich um acht Uhr morgens Chris an.

Als es endlich so weit ist und ich in meiner engsten Jeans und einem trägerlosen weißen Top vor dem Campanile stehe, gelingt es mir einfach nicht, Freude vorzutäuschen. Ich sehe aus wie jemand, der darauf wartet, zum Henker geführt zu werden. Nur ein paar Meter von mir entfernt malt ein Straßenkünstler mit Farbe auf die Pflastersteine. Touristen bleiben stehen, beobachten ihn eine Weile und werfen ein paar Münzen in seinen Hut. Ich muss mehrmals hinsehen, bis ich erkenne, dass sein Bild eine Kopie von Gustav Klimts *Der Kuss* ist.

Es spielt keine Rolle, dass Chris sich schick gemacht hat. Es ist nebensächlich, dass er so süß war, mir *Anna Karenina* mitzubringen, eingepackt in sonnengelbem Papier und einem farblich passenden Geschenkband, unter dem eine echte Tulpe steckt. Wichtig ist nur, dass er mich gerne mag. *Gut gemacht, Pearl. Vielleicht noch ein weiteres Date, höchstens zwei …*

Ich weiß, dass ich Unrecht tue. Ich weiß es, aber ich drohe, an meiner Sehnsucht zu ersticken.

Die Wolken türmen sich über unseren Köpfen zu einem grauschwarzen Monstrum zusammen. Bald wird der unheilvolle Himmel über uns bersten.

»Hoffentlich gewittert es heute mal«, sagt Chris.

»Mhh …«, entgegne ich.

Wir sitzen im Café, am Nebentisch ein Mann. Er kann noch nicht lange dort sitzen, vor fünf Minuten war der Platz noch leer. Gemächlich rührt er in seinem Espresso. Ein starker Wind kommt auf. Die Schirme flattern, Servietten werden von den Tischen gefegt, eine Frau hält ihren Hut fest, der Kellner flucht, als ein Fünf-Euro-Schein vom Trinkgeldteller abhebt und davontanzt. Alles bewegt sich auf einmal, ist in Aufruhr. Nur der Mann sitzt gelassen auf seinem Stuhl und starrt mich an. Ein Grinsen breitet sich auf seinen Lippen aus.

Eins. Zwei. Drei Sekunden lang.

Dann legt er ein paar Münzen auf den Tisch. Steht auf.

»Ich habe dich gewarnt.« Mit diesen Worten taucht der Jäger in der Menge ab.

26

Wer von uns beiden hatte recht?«, will ich von ihm wissen. »Wer?«

Der Prinz meidet meinen Blick, schaut demonstrativ in die andere Richtung.

»Wer?« Ich gebe nicht nach.

Er reißt sein dunkelblaues Käppi vom Kopf, fährt sich mit der Hand über die Augen. »Sie haben nur einen Kaffee zusammen getrunken! Was, wenn er ihr wirklich gefällt …«

»Sah mir nicht danach aus. Sah mir eher verzweifelt aus. Wie kannst du überhaupt so dumm sein und ihr diesen Typen auf dem Silbertablett servieren?«

Der Prinz schüttelt den Kopf. »Ich wollte ihr doch nur helfen … Ich bin so ein Idiot.«

»Wie viele Tage sind inzwischen vergangen?«

»Vierundzwanzig.«

»Vierundzwanzig?!« *Vierundzwanzig, vierundzwanzig, vierundzwanzig* … hallt meine Stimme in der Kirche Santa Maria della Salute wider.

Ich habe darauf bestanden, dass wir uns hier treffen. Ich mag diese Kirche. Komme oft hierher. Hier habe ich Laura gesagt, dass ich sie liebe. Ich konnte gar nicht anders, die Worte sprudelten einfach aus mir heraus. »Ich liebe dich auch«, hat sie daraufhin geflüstert. Sie hat geflüstert, weil sie Angst hatte, mir ihre Gefühle zu gestehen. Sie wusste, dass sie sterben würde, deshalb wollte sie eigentlich nicht, dass zwischen uns was entsteht. Tja, hat nicht funktioniert. Wir haben uns geküsst und – puff! Magie! Ich verlor meine Unsterblichkeit. Wurde zum Menschen.

»Vierundzwanzig Tage! Das ist scheißviel, Noah.«

Die Alte zwei Reihen vor uns dreht sich empört um. Sieht uns mit diesem vernichtenden Blick an, den alte Menschen gerne haben. Ein Blick, der sagt: »Kein Benehmen, die jungen Leute.« Ich denke mir: *Du elendige Zuchtel, wenn du zwei Weltkriege miterlebt hättest, wäre es dir auch egal, wie du dich in der Öffentlichkeit aufführst.*

»Sie zählt zu den Bösen. Oder ist zumindest kurz davor, eine von ihnen zu werden. Sieh doch endlich ein, dass du ihr nicht helfen kannst.«

»Ich glaube nicht, dass sie vorhat, ihn seiner Liebe zu berauben. Das glaube ich nicht … Ich verstehe ehrlich nicht, warum sie sich mit ihm getroffen hat. Ich dachte …«

»Was dachtest du? Dass sie sich in dich verliebt hat?« Ich lache ihm ins Gesicht. Es tut gut, auf seinen Gefühlen herumzutrampeln.

Seine Kiefermuskulatur spannt sich an.

»Du stehst ja total auf sie. Fehlt nicht mehr viel und du sagst ihr, dass du sie liebst, und dann hat sie leichtes Spiel.«

Der Prinz greift sich das Gebetbuch auf der Rückenlehne der Bank vor uns. Blättert so heftig darin, dass eine Seite einreißt. Auf einmal schmettert er das Buch von sich, so dass es gegen den Beichtstuhl kracht. »Verdammt!«

»Sag ihr das bloß nicht! Du darfst ihr nicht sagen, dass du sie liebst, weil sie es dann auch sagt, und ehe du dich versiehst, küsst sie dich, und du bist ein gefühlloses Nichts!«

»Ich weiß! Solltest du es vergessen haben: Ich war selbst mal ein Suchender.«

»Halt dich besser von ihr fern. Es macht jetzt eh keinen Sinn mehr, dass du sie triffst. Jetzt, wo sie die Seiten endgültig gewechselt hat. Du darfst ihr auf keinen Fall trauen, klar? Selbst wenn sie dir sagt, dass sie dich liebt und so ein Mist, dann fall nicht darauf rein!«

»Aber was, wenn …«

»Wenn das zwischen euch die wahre Liebe ist? Willst du mich das fragen? Wie groß ist die Wahrscheinlichkeit? Ein Prozent? Null Komma irgendwas? Riskier das bloß nicht!«

»Liebe bedeutet nun mal Risiko.«

»Wie kannst du nur so dumm sein? Dieses Miststück trifft sich hinter deinem Rücken mit einem anderen Kerl, und du redest von Liebe? Selbst wenn sie wieder angekrochen kommt, dann nur, weil sie auf eine Gelegenheit wartet, dir deine Gefühle zu rauben.«

Der Prinz dreht das Käppi in seiner Hand, als müsse er es auswringen.

In diesem Moment freue ich mich. Freue mich, dass diesem arroganten Wichtigtuer das Herz gebrochen wurde. In seinem Leben als Erlöster hatte er bisher so ein riesiges Glück. Ich hingegen hab als Erlöster sogar noch mehr gelitten als vorher in meinem Leben als Suchender. Tja, aber jetzt ist seine Glückssträhne endlich vorbei.

»Beenden wir doch einfach ihre Zeit als Suchende!«, schlage ich begeistert vor. »Töten wir sie!«

Die Alte hat in der Zwischenzeit Panik bekommen. Sie schiebt ihren Rollator hastig in Richtung Ausgang. Jemand sollte ihr die schwere Kirchentür aufhalten, aber mir hilft auch nie jemand, also bleibe ich, wo ich bin.

»Nein.«

»Nein?!«

»Wir hatten einen Monat gesagt und dabei bleibt es auch.«

»Was? Sie wird deinen Kumpel berauben. Außerdem tust du ihr doch einen Gefallen! Erinnerst du dich nicht mehr daran, wie gerne du gestorben wärst, als du noch ein Suchender warst? Ich hätte alles dafür getan!«

»Ein ganzer Monat. Sieben Tage noch.« Seine Stimme duldet keinen Widerspruch.

Ich widerspreche dennoch: »Drei Tage. Und keinen Tag mehr.«

Der Prinz hält wutentbrannt meinen Blick. Dann steht auf, um der Alten die Tür aufzuhalten. Sie schreckt vor ihm zurück, aber das merkt er nicht mal, weil er so sehr in seine Gedanken vertieft ist.

Über mir tötet Kain seinen Bruder Abel hinterhältig. Das Deckengemälde gefällt mir auf eine schaurige Weise. Es ist so ehrlich. So ist die Welt nun mal: hinterhältig und ungerecht.

Und auf einmal weiß ich, was ich zu tun habe.

27

Am nächsten Morgen weckt mich ein fremdes Lachen. Leise dringen Stimmen die Treppe hinauf, durch meine Zimmertür hindurch. Ich erkenne Damien, Alexa ... Aber da ist noch jemand. Was seltsam ist, denn wir haben so gut wie nie Besuch. Ich schäle mich aus dem Bett. Im Spiegel sehe ich, dass meine Haare wie jeden Morgen wild in sämtliche Richtungen abstehen. Egal. Schlaftrunken tapse ich im Pyjama die Treppe hinab.

»Zwei Teelöffel Zucker, Schätzchen«, lockt mich die fremde Frauenstimme in den Garten. Sie ist hoch, laut und fordert Aufmerksamkeit.

»Guten Morgen«, begrüßt mich Damien, der gerade dabei ist, Zucker in die Tasse einer etwa dreißig Jahre alten Frau zu häufen. Auch er ist scheinbar gerade erst aufgestanden, denn er trägt nur Boxershorts und ein altes T-Shirt, was ihn viel jünger aussehen lässt als seine Poloshirts und seine stets tipptopp sauberen Lederschuhe. Als er wegen der Sonne blinzeln muss, ist er einfach nur unglaublich süß, so dass ich lächeln muss.

»Ahhh!« Die Frau springt auf. Kommt mit ausgebreiteten Armen auf mich zu. Drückt mich so fest an sich, dass ich Schwierigkeiten habe, Luft zu bekommen. Ihr penetrantes Parfüm tut sein Übriges. »Du bist Pearl, nicht wahr?«

Schlichte Jeans. Schlichte weiße Bluse. Schlichte beige Slipper. Goldene Modeschmuck-Armreifen klimpern an ihren beiden Handgelenken. Würde ich an ihrem alten Blick nicht erkennen, dass sie eine Suchende ist, würde ich sie für eine von diesen typisch spießigen Müttern halten, die morgens immer vor dem Kindergarten eine Straße weiter stehen und ganz wichtig über langweiliges Zeug diskutieren. Zum Beispiel darüber, wie viele Kuchen man für das nächste Kindergartenfest backt und ob es ungesund ist, den Kindern Kakao zu trinken zu geben. Das einzig Individuelle an dieser Frau, die jetzt hier in unserem Garten steht, sind ihr auffälliger Lidstrich und ein kleines Schmetterling-Tattoo unterhalb ihres rechten Ohrs.

»Ach, das hab ich mir vor zwanzig Jahren stechen lassen«, erklärt sie, als sie meinen Blick auf das Tattoo bemerkt. »Ich dachte damals, dass vielleicht ein kleiner Szenewechsel helfen würde, die wahre Liebe zu finden. Weil ich doch meistens immer auf dieselben Typen reinfalle. Damals habe ich mich zwei Wochen lang mit dem Besitzer einer Motorradwerkstatt getroffen, der meinte, ein Tattoo würde mir gut stehen … Tja, jetzt habe ich ein Tattoo, bin aber noch immer eine Suchende.« Sie lacht, als hätte sie einen Witz gemacht. Aber ihr Blick ist traurig.

»Ich bin übrigens Rebecca«, plappert sie weiter. »Vielleicht hat Alexa ja mal meinen Namen erwähnt …«

»Ähm …«

»Rebecca hat Alexa davon erzählt, dass hier in Venedig vor drei Jahren ein Suchender erlöst wurde«, hilft mir Damien auf die Sprünge. »Erinnerst du dich?«

Ich wische mir den Schlaf aus den Augen. »Ach ja, stimmt.«

In diesem Moment kommt Alexa mit einem Teller Cantuccini

nach draußen. »Du hättest vorher anrufen sollen, Rebecca. Dann hätte ich ein Frühstück vorbereitet.«

Rebecca zieht mich mit sich zurück auf die Bank, wo sie eine Hand auf meine Schulter und die andere hinter Damien auf die Rückenlehne legt. »Scherzkeks, ich *habe* dich mehrmals angerufen. Aber du gehst ja nie an dein Handy! Ich muss ohnehin bald wieder fahren. Heute Nachmittag muss ich arbeiten. Und die Fahrt von Mailand nach Venedig hat mit dem Zug doch fast drei Stunden gedauert …«

Alexa setzt sich uns gegenüber auf den Stuhl, stellt den Teller mit Keksen in die Mitte des Tischs. »Arbeitest du noch in dieser Boutique?«

»Nein, das wurde mir zu teuer. Ich war mir selbst die beste Kundin … Inzwischen bin ich Sommelière in einer Weinhandlung. Der Inhaber meinte, er hätte noch nie eine Frau getroffen, die so viel Ahnung von Wein hat!« Erneut dieses hohe, künstliche Lachen.

Ich frage mich, wie es wohl klingt, wenn sie aufrichtig lacht.

»Kein Wunder, ich hatte ja auch hundertfünfzig Jahre Zeit, jeden Wein zu probieren.«

Sie nimmt einen Keks, um diesen in ihren schwarzen Kaffee zu tunken. »Nicht der spannendste Job, aber von irgendetwas muss ich ja leben. Nicht jeder hat so viel Glück wie ihr.« Als sie den Palazzo betrachtet, finde ich allein Bewunderung in ihrem Blick, nicht eine Spur von Neid.

»Wie dem auch sei. Ich bin eigentlich hier, weil es schon wieder eine höchst spannende Neuigkeit gibt.« Als sie von dem Keks abbeißt, schließt sie genussvoll die Augen. »Ich muss euch bald wieder besuchen. Das ist ja wie Urlaub hier!« Sie schiebt sich den Rest in den Mund, zieht mich und Damien so eng wie möglich an sich. »Ich bin so froh, euch zwei Süßen endlich mal kennenzulernen. Ihr müsst mich unbedingt in Mailand besuchen kommen, dann machen wir uns einen richtig schönen Tag zu dritt …«

»Die Neuigkeit?«, unterbricht Alexa ihre Freundin, die mich immer weniger an eine spießige Mutter, dafür immer mehr an eine verrückte Single-Tante erinnert, die nicht anders kann, als ihre Neffen zu knuddeln, wann immer sie sie zu fassen kriegt.

»Ach ja. Das wird euch umhauen: Die Jäger haben eine Möglichkeit gefunden, uns Suchende zu töten.«

»Was?«, sagen Damien und ich aus einem Munde.

»Ich konnte es auch erst kaum glauben. Aber es ist wahr.«

»Ist das sicher? Also gibt es Beweise dafür?«, fragt Damien.

»Die gibt es.« Rebecca wischt mit dem kleinen Finger die Krümel von ihrer Unterlippe. »Vor zwei Tagen wurde ein Freund von mir von der *Polizia di Milano* tot unter einer Brücke aufgefunden.«

»Wirklich tot?«, hakt Damien noch einmal nach.

»So tot wie man nur sein kann.«

Automatisch tasten Alexas Finger nach der Zigarettenschachtel – doch es liegt keine auf dem Tisch, weshalb sie ihre mit einem Mal so nervösen Finger mit einem Cantuccino ablenkt. »Wie ist das möglich? Und normalerweise geben sich die Jäger doch größte Mühe, keine Spuren zu hinterlassen. Warum sollten sie also eine Leiche einfach so unter die Brücke legen, anstatt sie zu vergraben?«

»Das ist ja das Seltsame. Ich würde sagen, sie haben es sogar darauf angelegt, dass der tote Suchende gefunden wird.«

Dafür, dass einer ihrer Freunde gestorben ist, ist Rebecca erstaunlich gut drauf. Sie tätschelt Damien sogar das Knie, was dieser nur deshalb über sich ergehen lässt, weil er völlig gebannt ist von dem, was Rebecca gerade erzählt.

Ich muss nur Alexa ansehen, um zu begreifen, weshalb Rebecca so glücklich über diese Neuigkeit ist, anstatt zu trauern oder von mir aus auch die Jäger zu verfluchen. Es ist die Hoffnung. Die Hoffnung auf ein Ende. Auf den Tod. Wenn ich ehrlich zu mir selbst bin, dann weiß ich, dass dieses Kribbeln in meinem Bauch kein ängstliches Kribbeln ist. Dafür fühlt es sich zu gut an. Auch ich bin in diesem Moment freudig aufgeregt. Endlich sterben können …

»Warum sollten die Jäger es darauf anlegen?«, fragt Damien.

»Sie wollen, dass wir Suchenden die Neuigkeit erfahren. Dass wir wissen, dass es möglich ist zu sterben.«

Alexa nickt. »Sie setzen darauf, dass sich ihnen die Suchenden nun freiwillig ausliefern, weil sie sterben wollen. Keiner will lebendig begraben sein, aber die Möglichkeit, zu sterben … Das ändert alles.«

»Gibt es in Venedig denn Jäger?«, fragt Rebecca.

Damien und ich tauschen einen flüchtigen Blick aus. Wir haben Alexa noch immer nichts von meiner nächtlichen Verfolgung erzählt.

»Nein«, antworte ich.

»Seltsam. Ich hätte wetten können, dass sich in Venedig mindestens einer aufhält.«

»Es gibt aber keine«, sage ich.

Alexa misst mich mit einem eindringlichen Blick.

»Na ja«, sagt Rebecca, »auf jeden Fall dachte ich, dass diese Neuigkeit einen Besuch wert ist.«

»Das war sie«, antwortet Alexa, wobei sie mich nicht aus dem Blick lässt.

28

Am selben Abend hält mich nichts im Palazzo. Ich muss raus. An die frische Luft. Ins Leben.

Ich kann von meinem eigenen Herzen nicht genug bekommen. Es schlägt heftig und wild. Treibt mich an. Trägt mich die Stufen hinab. Drängt mich Noah entgegen.

Am Strand hat mir Noah erzählt, dass er jeden Dienstag und Donnerstag in einer Bar namens *Nachtkunst* arbeitet. Perfekt für mich, denn ich hatte heute Abend ohnehin noch nichts vor.

Noah ist gerade dabei, den Tresen zu wischen, als ich mich auf den Barhocker setze. Bei seinem Anblick ist sofort wieder dieses Lächeln auf meinen Lippen. Alles in mir glüht, strahlt, leuchtet.

Noah hält inne. Er lächelt nicht. »Was willst du hier?«, fährt er mich an.

Ich verstehe die Welt nicht mehr. Lache, als hätte er einen Witz gemacht. Aber mein Lachen ist nicht fröhlich, denn Noah lacht nicht mit mir.

»Was ich hier will?«, wiederhole ich seine Frage. Unsicher. Fassungslos. »Ich verstehe nicht …«

»Was gibt's denn da nicht zu verstehen?«

Mein Lächeln verschwindet. Lässt mich mit Noahs stechendem Blick zurück. »Was ist los, Noah?«

»Nichts, Pearl. Es ist …« Er schüttelt den Kopf, stützt sich mit beiden Händen auf den Tresen. »Nichts.« Aber die Weise, wie er mich ansieht, verrät, dass das nicht stimmt.

Ich lege meine Hände auf den Tresen. Eine Geste, die ruhiger wirkt, als ich es bin. »Das kommt mir aber nicht so vor.«

»Bilde dir nicht ein, mich zu kennen.« Seine Stimme ist zu einem Flüstern gesenkt. Ein gefährliches Flüstern. Sein Blick rückt mich auf Distanz. Eine Distanz, die die Welt umzukehren scheint. Sein sonst so hübsches Gesicht mit den weichen Lippen und dem Feuer in den Augen wirkt mit einem Mal hart, kalt und abweisend.

Die Luft zwischen uns knistert. Sie knistert vor unausgesprochenen Worten. Vor Wut. Vor gebrochenem Stolz.

»Wenn ich etwas Falsches gemacht oder gesagt habe, dann erklär es mir. Dann werde ich mich entschuldigen. Aber behandle mich nicht einfach so von oben herab!«

»Ist nicht so, dass ich dir zuhören würde.«

Autsch.

»Musst du aber. Weil ich bestellen möchte. Einen Mojito.«

»Haben wir nicht.«

»Dann einen Caipirinha.«

»Haben wir auch nicht.«

Das Problem ist, dass sogar dieser abweisende Noah mir auf eine seltsame Weise gefällt. Er ist wütend und dabei absolut hinreißend.

»Dann mach mir doch einfach irgendwas.«

Noah schleudert den Wischlappen ins Waschbecken. Ich sehe seinen Kehlkopf arbeiten. Sehe, wie die Adern seiner Unterarme deutlich hervortreten. Schließlich nimmt er ein Cocktailglas, füllt etwas Cola hinein. Ein wenig Tomatensaft. Eine Ladung Ketchup, schließlich noch reichlich Salz und Pfeffer.

»Hier bitte.« Er stellt das Glas so heftig vor mich, dass ein Teil über den Rand schwappt. Zu allem Überfluss garniert er die Brühe noch mit einem Papierschirmchen. »Lass es dir schmecken.«

»Wow, wie wahnsinnig reif und männlich du dich verhältst.« Ich rühre mit dem Schirmchen in dem widerlichen Gebräu. Setze das Glas an die Lippen und nehme einen großen Schluck. Noahs sehr spezieller Cocktail ist absolut grässlich, aber ich schlucke ihn tapfer herunter.

Wir testen, wer von uns beiden länger den Blickkontakt halten kann.

Ich gewinne, denn auf einmal bricht Noah in sich zusammen. Wie ein Luftballon, aus dem die Luft entweicht.

»Warum hast du dich mit Chris getroffen?«

»Was? Das ist es? Deshalb bist du so wütend?«

»Beantworte einfach meine Frage.«

»Weil … Er ist nett, also warum sollte ich mich nicht mit ihm treffen? Du hast uns doch einander vorgestellt!«

»Ja, und das war ein Fehler. Du hast mir gesagt, dass du nichts von ihm willst.«

»Will ich ja auch nicht!«

»Warum triffst du dich dann mit ihm?« Er tritt mit dem Fuß gegen eine Kiste. Die Flaschen klirren. Gäste schauen zu uns herüber.

Ich ringe nach Worten. *Weil es mir so verdammt dreckig geht. Weil ich verrückt nach dir bin, aber Angst habe. Angst davor, zurückgewiesen zu werden. Angst davor, dich zu küssen und dir deine Liebe zu rauben. Liebst du mich denn überhaupt? Wirklich und wahrhaftig und aufrichtig und unsterblich? Ich bin einsam, Noah. Und der Schmerz in meiner Brust wird immer größer und größer …*

All das geht durch meinen Kopf. Aber ich sage nur: »Du sagst mir, wir sind nur Freunde. Berührst mich aber so, wie es Freunde nicht tun. Gleichzeitig triffst du dich mit Kiara. Du spielst mit mir. Das tut weh. Chris ist nett zu mir, und das tut gut.«

Noah schiebt die Ärmel seines schwarzen Hemdes bis über die Ellbogen hoch. An beiden Handgelenken trägt er mehrere Lederbänder, manche schmal, andere breiter. Seine Haare wirken, als hätte er sie heute noch nicht gekämmt.

Meine nervösen Hände lenken sich mit der Getränkekarte ab. Mein Mund ist fest verschlossen.

»Was willst du von mir, Pearl?«, fragt Noah mich und sieht mir in die Augen.

Alles.

Ich will alles von dir.

»Ich bin hier, weil ich dich sehen wollte«, erwidere ich. Recke selbstbewusst mein Kinn vor. Nur keine Schwäche zeigen.

Er wird ruhiger. »Okay, also fürs Protokoll: Ich hab dir schon mal gesagt, dass ich nicht mit Kiara zusammen bin. Und nun zu dir.« Er beugt sich über den Tresen, damit keines seiner Worte im hämmernden Bass der Musik verloren geht. »Ich will dich glücklich sehen, Pearl. Ganz ehrlich.«

Ich kann nicht mehr atmen. Ein paar Sekunden lang gibt es keine Musik mehr. Gibt es das Lachen der anderen Gäste nicht mehr.

»Aber ich denke auch, dass wir uns erst mal nicht mehr treffen sollten. Es geht einfach nicht mehr.«

In diesem Moment wünsche ich, ich könnte ihn hassen. Denn

das würde es für mich leichter machen. Aber ich kann nicht. Ich kann einfach nicht …

»Weil ich mich mit Chris getroffen habe?«, frage ich fassungslos.

»Nein … das … Akzeptier das einfach, Pearl.«

»Ich soll es akzeptieren?! Du fertigst mich einfach so ab?! Aber was, wenn ich dich nicht einfach aufgeben will? Ich hab da auch ein Wörtchen mitzureden.«

»Lass gut sein.«

Ich mache das einzig Richtige. Nehme mein Glas und schütte ihm den Cocktail über sein Hemd. Die Leute starren uns an. Tuscheln. Kichern hinter vorgehaltenen Händen. Aber das ist mir egal. Weil jetzt alles egal ist.

»Du bist ein Arschloch, Noah!«

Der Barhocker kippt um, als ich runterspringe. Ohne mich noch mal zu Noah umzudrehen, renne ich raus. Raus an die frische Luft. Ich will weinen, schreien, um mich schlagen. Wie ferngesteuert laufe ich weiter. Die einzige Laterne am Ende der Gasse flackert. Erlischt schließlich, wie meine Hoffnung gerade eben erloschen ist. Ich bin dankbar für die Dunkelheit um mich herum.

Leere. Nichts als eiskalte Leere verspüre ich. Nichts macht mich mehr aus. Alles, was mir in den letzten Tagen das Gefühl gegeben hat, lebendig zu sein, ist verschwunden. Eine Ratte flitzt hinter einem Müllsack hervor, um sich unter einer Bank zu verstecken.

Nachts kommen in Venedig die Ratten raus. Und ich …

Ich bleibe vor dem Schaufenster eines Juweliers stehen. Betrachte die grau-schwarze Spiegelung meines Gesichts. *Willkommen zurück im Leben, Pearl. In deinem* wahren *Leben. Einem lieblosen Leben, aus dem du niemals befreit werden wirst.*

29

Da ist endlich das Gewitter.

Nachts hat es sich herangeschlichen. Regentropfen schlagen an mein Fenster. Blitze zucken durch den Himmel. Donner folgen ihnen. So laut, dass die Kristalle der Lampe zittern.

In meiner Verzweiflung rufe ich Chris an. Mehrmals. Doch er geht nicht ans Telefon.

Es ist so verdammt einsam. So verdammt kalt um mich herum.

Ich bin müde.

Aber das ist nicht die Art von Müdigkeit, bei der es hilft, sich ins Bett zu legen und zu schlafen. Ich bin müde, weil ich keine Kraft mehr habe.

Irgendwann, als das Gewitter weitergezogen ist, falle ich doch in einen traumlosen Schlaf.

Am nächsten Morgen trinke ich auf der noch nassen Hollywoodschaukel in unserem Garten meinen Kaffee. Die Scharniere quietschen leidvoll, als ich mich mit den Füßen anstoße. Offenbar hat Alexa gestern die Zeitung auf der Schaukel vergessen. Jetzt ist das Papier vollkommen durchweicht. Ein Bild auf der Titelseite sticht mir ins Auge. Es ist das Bild eines Personalausweises, darauf das Foto eines Mannes. Glatze. Finsterer, sehnsuchtsvoller Blick.

Ich kenne ihn. Definitiv. Ich weiß nur nicht woher.

Hastig überfliege ich den Text. *Venedig … Mann im Kanal tot aufgefunden … Todesursache: Herzstillstand … Schusswunde … Täter unbekannt … keine Zeugen …*

Auf einmal schwappt Kaffee über den Tassenrand, auf das Gesicht des Mannes. Ich denke: Nein. *Nein. Das ist nicht möglich.*

Das ist der Mann, der Noah in den Kanal stoßen wollte.

Jetzt ist er tot.

Mir wird bewusst, wie wenig ich über Noah weiß. Noch immer hat er mir nichts über die Nacht erzählt, in der ich ihn aus dem Kanal gezogen habe. Es ist nicht, dass ich ihm misstraue. Nein. Ich traue Noah, aber … irgendwie habe ich auf einmal so ein seltsames Gefühl. Ich kann es nicht abstellen. So viele Jahre wurde ich von den Menschen wie Dreck behandelt. In der einen Sekunde lächeln sie einen an, in der anderen rammen sie einem ein Messer in den Rücken.

Ich vergrabe mich in meinem Bett, ziehe die Decke über den Kopf wie einen Kokon, der mich schützen soll, aber es nicht kann. Weil diese Gedanken in meinem Kopf sind und ich sie einfach nicht abstellen kann. Ich frage mich, was Noah mir verschweigt. Welche Geheimnisse er hat … Denke an den Zettel, den ich in der Casinonacht auf unserem Boot gefunden habe.

Das alles könnte auch Zufall sein, Pearl. Du hast keine Beweise …

Rebeccas Worte kommen mir in den Sinn: *Die Jäger haben eine Möglichkeit gefunden, Suchende zu töten.*

Ich brauche irgendeinen Anhaltspunkt. Irgendetwas, das mir Gewissheit gibt, dass Noah nichts mit dem Mord an diesem Mann zu tun hat.

Noah ist nicht zu Hause. Das weiß ich, weil ich eine halbe Stunde später auf seinem Balkon stehe. Seine Balkontür ist gekippt, was mich nicht daran hindert, in sein Zimmer einzudringen. Gekippte Türen sind halboffene Türen. Einmal ein Ruck mit ordentlicher Gewalt, und sie ist ganz offen. Zugegeben, das Krachen des Rahmens war in der absoluten Geräuschlosigkeit der Nacht ohrenbetäubend laut. Egal. Ich werde mich nicht abbringen lassen.

Nur fünf Minuten. In fünf Minuten will ich hier wieder raus sein.

Agamemnon liegt wie scheinbar jede Nacht auf Noahs Bett. Von dem plötzlichen Lärm aufgeschreckt, steht er mit gesträubtem Fell auf Noahs Kopfkissen. Er faucht. Als er mich erkennt, beruhigt er sich etwas. Aber seine gelben Augen verfolgen argwöhnisch jede meiner Bewegungen.

Ich steuere zielstrebig Noahs Schreibtisch an. Ziehe Schubladen auf. Nichts. Suche in seinem Kleiderschrank zwischen seinen Shirts. Fehlanzeige.

Blick auf die Uhr auf seinem Nachttisch: Die fünf Minuten sind schon vorbei. Ich beruhige mich. Noah ist eben doch nur ein ganz gewöhnlicher Typ ohne dunkle Geheimnisse. Ein letztes Mal sehe ich mich in seinem Zimmer um.

Das Bücherregal. Neben einem Gedichtband von Novalis steht ein in braunes Leder gebundenes Buch, das ich herausziehe. Ohne dass ich etwas dagegen tun könnte, verzieht sich mein Mund zu einem liebevollen Schmunzeln, als ich Noahs kritzelige Schrift sehe. Höre ihn sagen: *Meine Schrift ist eine Künstlerschrift!*

Aber das Schmunzeln verschwindet abrupt wieder.

Seine Notizen sind Zusammenfassungen. Über andere Suchende. Sie erzählen stichpunktartig, wie er sie gemeinsam mit einem anderen Mann namens Hubertus in Rom, Mailand und Venedig aufgespürt hat. Wie er sie kennengelernt hat. Sie beobachtet hat. Sie eingefangen hat.

Das bedeutet, Noah ist ein Jäger.

Noah ist mein Feind.

Ich lasse all unsere Treffen vor meinem inneren Auge Revue passieren. All das soll gespielt gewesen sein?

Die Suchenden sind alle namenlos. Haben nur eine Nummer bekommen, als wären sie seelenlose Objekte. Ich denke: *Wie kann er nur? Wie kann er mich nur so getäuscht haben?*

Ich blättere weiter. Auf der nächsten Seite steht keine Nummer. Dort steht ein Name: Pearl. Zunächst überfliege ich die knappen Fakten über mich: Wie er mich kennengelernt hat, wo ich wohne, welche Angewohnheiten ich habe. Das bedeutet also, er hat mich beobachtet. Von Seite zu Seite schreibt er mehr. Ich lese, wie leblos ich im Casino auf ihn gewirkt habe. Wie einsam auf seiner Party. Wie schön es war, mich am Strand so sehr zu reizen und mich lachen zu sehen.

Ich zucke zusammen. Ein Geräusch. Ein Klacken, als wäre eine Tür ins Schloss gefallen. Jetzt ist es wieder vollkommen still. Einbildung? Noahs Notizen zerren an meiner Aufmerksamkeit. Ich kann nicht anders, als weiterzulesen.

Er beschreibt, wie ich irritiert die Augenbrauen zusammenziehe, wenn ich lache, als könnte ich gar nicht glauben, dass ich tatsächlich lachen kann. *Als ich mit ihr telefoniert habe, ist mir aufgefallen, dass sie keine typisch hohe Mädchenstimme hat. Ihre Stimme ist eher tief und warm. Eine Stimme, die sofort ein gutes Gefühl in mir weckt. Ich höre ihr gerne zu.*

Ein Beben durchfährt meinen Körper. Das geht so nicht, denke ich. Das geht so einfach nicht …

Es gelingt mir erst, wieder ruhiger zu werden, als ich auf der nächsten Seite einen Plan finde: Dieser Plan umfasst einen Monat, und am Ende dieses Monats – so sieht es aus – will Noah entscheiden, ob ich leben darf oder sterben muss.

Das bedeutet, die Jäger haben tatsächlich eine Möglichkeit gefunden, Suchende zu töten. Der Glatzkopf war höchstwahrscheinlich ein Suchender. Und Noah hat ihn umgebracht. Er hat sein ewiges Leben beendet. Hat ihn von seiner Sehnsucht befreit.

Laut Plan sind bereits über drei Wochen vergangen. Jetzt entdecke ich, dass die Frist vorgezogen wurde. Ich habe ich nur noch einen Tag, um Noah davon zu überzeugen, dass ich am Leben bleiben darf.

Will ich das denn überhaupt?

Ich müsste ihm nur sagen, dass ich sterben will. Dass ich mir wünsche, diese Sehnsucht fände ein Ende …

Schritte. Die Tür geht auf.

Als Noah sein Zimmer betritt, bin ich schon unsanft im Garten aufgekommen und ein paar Atemzüge später außer Sichtweite. Ich hoffe, er übersieht, dass seine Tür nicht mehr gekippt ist, sondern offen steht. Eher unwahrscheinlich.

In dieser Sekunde klingelt mein Handy. Es ist Noah.

30

Ich drücke ihn weg. Bevor ich mit ihm sprechen kann, muss ich erst meine Entdeckung verarbeiten. Ein Tag. Ich habe noch einen verdammten Tag …

Eine halbe Stunde später sitze ich in unserem Garten, auf den Steinstufen, die zum Wasser des Canal Grande hinabführen. Der Himmel bricht über mir zusammen. Dicke Tropfen stürzen auf mich nieder, die wie Tränen meine Wangen entlanglaufen.

Mein Herz zieht sich zusammen wie ein krankes Tier, das auf den Tod wartet. Ich bekomme keine Luft, es gibt viel zu wenig Sauerstoff um mich herum. Die Welt ist träge, traurig und trist und einfach nur abscheulich. Ich habe das Gefühl, etwas Lebenswichtiges verloren zu haben. Etwas in mir ist aus dem Lot geraten. Ich komme nicht mehr klar. Will den ganzen Tag einfach nur dasitzen, vor mich hinstarren und fassungslos den Kopf schütteln, weil ich nicht glauben kann, dass man sich noch leerer als leer fühlen kann.

So fühlt es sich also an, wenn einem das Herz gebrochen wird.

Aber das Herz kann einem nur gebrochen werden, wenn man liebt.

Zumindest diese eine Gewissheit habe ich jetzt: Ich liebe Noah tatsächlich.

Ich kann nicht mehr … kann einfach nicht mehr …

Vielleicht sollte ich es noch mal bei Chris zu probieren. Warum nicht? Ein oder zwei Treffen noch – vielleicht liebt er mich dann. Und ihn seiner Liebe zu berauben, könnte den Schmerz für kurze Zeit betäuben. Was das mit ihm machen würde, wäre für mich bedeutungslos. So wie alles bedeutungslos geworden ist …

Mein Handy klingelt. Damien. Sein Sensor dafür, zu wissen, wann es mir schlecht geht, funktioniert noch immer einwandfrei. Er erinnert mich daran, dass heute Nacht auf einer der unbewohnten Nachbarinseln Venedigs eine Party stattfindet.

»Wie konntest du das denn bitte vergessen?«

»Sorry«, sage ich. »Dachte, das ist erst nächsten Monat. Bin etwas durcheinander.«

»Kommst du?«

»Eher nicht … Ich …«

»Pearl!«, fällt er mir ins Wort. »Das darfst du nicht verpassen! Endlich ist in Venedig mal was los! Entweder du kommst freiwillig, oder ich komm dich holen und schleife dich, wenn nötig, auch mit Gewalt hierher.«

Also sage ich zu.

Die Party wird für und von Suchenden veranstaltet, um sich von der Sehnsucht und dem unerfüllten, ewigen Dasein abzulenken. Perfekt für mich.

In einem Wassertaxi flitze ich zwanzig Minuten später über die Bucht. Der Fahrtwind peitscht mir die Haare ins Gesicht. Der Fahrer lenkt das Boot im Stehen der Isola Sant' Angelo della Polvere entgegen. Die winzige Insel ist eine der wenigen, die unbewohnt ist. Vor vielen, vielen Jahren nutzte die Kirche diesen Fleck Erde und baute ein Kloster darauf. Später, während des Zweiten

Weltkriegs, wurden die Gebäude für militärische Zwecke genutzt. Heute wagt sich kaum jemand hierher. Das Gemäuer ist teilweise eingestürzt, verschwindet unter wuchernden Büschen und Sträuchern. Damit ist Sant' Angelo della Polvere wie geschaffen für die Partys der Suchenden. Auf dieser Insel ist absolut nichts los – abgesehen von ein paar Jugendlichen, die hin und wieder hierherkommen, um heimlich zu kiffen. Ich schlüpfe durch das Loch im Stacheldraht, sorgsam darauf bedacht, mir keinen Kratzer zuzuziehen.

Zweimal im Jahr findet diese Party hier statt. Ein glücklicher Zufall also, dass es gerade heute ist, wo ich so dringend Ablenkung brauche. Suchende aus der ganzen Welt reisen an, um dabei zu sein.

Das laute Quietschen der schweren Eisentür wird geschluckt vom harten Beat, der mir augenblicklich entgegenschlägt. Ich tauche ein in den künstlichen Nebel, den grelles Licht durchzuckt, rieche Zigarettenrauch, Parfüm und Schweiß. Ich mache mir nicht die Mühe, Einzelheiten zu erkennen, sondern lasse alles zu einem monströsen Wesen heranwachsen, einem wilden Tier, das aus unzählig vielen in die Luft gerissenen Armen besteht. Ich remple eine junge Suchende an. Hellblaues Haar. Das Gesicht voller Piercings. Rotes, knallenges Lederkleid. Ihr Fauchen wird von den tiefen Bässen verschlungen. Das alte Gebäude vibriert, Körper schlingen sich um die Eisenstangen auf den Podesten, greifen nach einander, scheinen zu schweben. Grelle Lichtblitze. Rot, grün, blau. Alles durcheinander, als hätte das alte Gemäuer einen epileptischen Anfall. Flüssigkeit rinnt meinen Oberarm hinab. Wir feiern, als ob es kein Morgen gäbe. Doch schon am nächsten Tag, wenn die Party gelaufen ist, wird jeder von uns wieder seinen eigenen, unendlichen Weg gehen und hoffen, dass es doch irgendwann einmal wirklich vorbei ist.

Eigentlich sollte mich diese Party ablenken. Aber das tut sie nicht, meine Gedanken kreisen nur um Noah. Er ist ein Jäger. Er hat mir nur etwas vorgespielt. Aber diese Worte in seinem Tagebuch … So etwas schreibt man nicht, wenn man für jemanden nichts empfindet. Mein Kopf ist so voll, so verdammt voll. *Was willst du, Pearl?*

Ich will alles.

Ich muss an die frische Luft. Ich steige die Treppenstufen hinauf ins obere Stockwerk und von dort aus über die Leiter aufs Dach.

Schwarz und Gold.

Schwarz glänzt das Meer. Golden schillert die Stadt. Der Wind ist ungewöhnlich kalt für diese Jahreszeit. Vielleicht bilde ich mir das auch nur ein. Ich trete einen Schritt vor, stehe direkt an der Kante des Dachs. Senkrecht unter meinen Füßen schlägt Wasser gegen das Gemäuer. Der Bass der Musik lässt den Stein erzittern.

Ich ertrage den Anblick des Himmels nicht mehr. Wünschte, die Sterne würden zu Staub zerfallen, wünschte, der Mond würde erlöschen. Wünschte, alles, was mich an Noah erinnert, würde sich in Nichts auflösen. Gefühle verletzen. Zerstören. Ich wusste es und habe mich dennoch ohne zu zögern verwundbar gemacht. Und obwohl mein Herz so schwer ist und ich mich fühle, als würde ich nie wieder etwas Schönes erleben können, weiß ich, dass ich alles richtig gemacht habe. Weiß ich, dass ich mich wieder in Noah verlieben würde, könnte ich die Zeit zurückdrehen. Wieder, wieder und wieder, weil ich gar nicht anders kann.

»Pearl?« Damien ist hinter mir aufgetaucht. Geräuschlos. »Was machst du denn hier oben?« Sein Hemd ist bis zur Mitte seines Oberkörpers aufgeknöpft. Ich sehe roten Lippenstift an seinem Kragen. Auch er sucht Ablenkung. Ablenkung, die ich ihm nicht mehr bieten kann.

»Ich hab nur etwas frische Luft gebraucht.«

»Die hast du ja jetzt. Ohne dich ist es langweilig.«

Obwohl ich lieber noch ein wenig hier oben bleiben würde, trete ich von der Kante zurück, werfe mich gegen Damien und umarme ihn.

»Okay …« Er lacht leise, doch dann wird er plötzlich ernst. »Alles klar bei dir?«

Wie könnte ich Damien gestehen, wie schlecht ich mich fühle, was mir durch den Kopf geht? Ich sollte ihm sagen, dass Noah ein Jäger ist. Aber dann würde er keine Ruhe geben, ehe wir Venedig verlassen haben und ich in Sicherheit bin. »Alles gut«, sage ich.

Ich nehme seine Hand und ziehe ihn durch die Tür, zurück zu den anderen Suchenden. Innerhalb weniger Minuten habe ich ihn schon wieder verloren. Ich schiebe mich an Körpern vorbei, tauche durch die pulsierende Menge hindurch. Alles ist Rhythmus. Harmonisch fließen Bewegungen ineinander, folgen dem monotonen Beat. Man ist benommen und dennoch hellwach. Licht spritzt wie bunte Farbsprengsel aus den Scheinwerfern in die Menge.

An der Bar bestelle ich Gin Tonic. Bekomme meinen Kopf einfach nicht frei. Leere das Glas in einem Zug. Ein zweites ebenfalls. Ich lasse mich in Richtung der Tanzenden treiben. Ellenbogen landen in meiner Seite, Finger verhaken sich in meinem Kleid, ziehen an den Ärmeln meiner Lederjacke. Ich beginne, mich im Takt der Musik zu bewegen. Meine Hüften gleiten von einer Seite zur anderen. Die Begeisterung der Menge reißt mich mit. Ich lasse mich von der Musik treiben. Körper reiben an meinem Körper. Ich lache laut, als ein Kerl neben mir eine Sektflasche schüttelt und schließlich mit einem Degen köpft. Sekt spritzt in alle Richtungen. Im nächsten Moment ist die Flasche in meiner Hand, ich trinke, wie viele Schlucke – ich weiß es nicht. Es fühlt sich gut an, die Kontrolle zu verlieren.

Auf einmal schwankt der Boden. Die Mauern verknoten sich, alles dreht sich immer schneller und schneller, bis es verschwimmt und nichts mehr zu existieren scheint. Suchende lachen, grölen und schreien, küssen sich. Kämpfen gegen die Einsamkeit, die sie morgen schon wieder schmerzlich spüren werden. Lippen auf Lippen, Zungen an Zungen, Körper an Körper. Hände gleiten meine Taille entlang. Jeder hier hofft auf Liebe. *Aber hier werdet ihr sie nicht finden*, denke ich. *Ihr werdet sie gar nicht finden, ihr findet sie nur, wenn ihr sie euch nehmt …*

Ich kämpfe mich aus dem Gebäude. Raus, ich muss hier raus. Auf einmal sind meine Beine ganz weich, und ich kann nicht mehr klar denken. Die frische Luft trifft mich wie eine Ohrfeige. Mein Herz rast. Ich will mich an eine Mauer lehnen – aber dieses Miststück springt in letzter Sekunde zur Seite. Ich schlage mit den Knien auf. Rascheln. Links von mir. Schritte? Ich spüre Blicke auf mir, aber ich kann mir jetzt selbst nicht trauen. Es kostet mich einiges an Kraft, wieder aufzustehen. Fuß vor Fuß. Schritt vor Schritt.

Eine Suchende nimmt mich in ihrem Boot mit zurück nach Venedig. Sie sagt mir ihren Namen, aber ich merke ihn mir nicht. Es ist die Suchende mit den blauen Haaren. Sie redet ohne Unterlass. Es hat sich herumgesprochen, dass die Jäger uns töten können. Sie lässt mich an der Kirche Maria della Salute raus.

Die Straßen und Gassen sind ein einziges Labyrinth. Ich muss kichern, weil ich betrunken bin und mich verlaufen habe. Meine Finger verselbstständigen sich, ziehen mein Handy aus meiner Jackentasche. Dabei fällt der Papierfetzen heraus, den kein anderer als Noah auf unserem Boot verloren hat.

Dass sie in Liebe sterben soll.

Ich hasse die Liebe. Ich hasse die Menschen. Ich hasse alles. Alles, alles, alles. Weil nichts eine Bedeutung hat.

Es klingelt zweimal, dann hebt Chris ab. Er ist mit Freunden unterwegs. *Können wir uns treffen? Klar! Wo? An der Rialtobrücke. In einer halben Stunde.*

Tief in meinem Inneren weiß ich, dass ich die Grenze überschreite, wenn ich mich jetzt mit Chris treffe. Ich überschreite die Grenze zum Bösen. Es ist nicht mehr nur Verzweiflung, die mich antreibt. Der Schmerz, den ich empfinde, ist wie ein großes, schwarzes Loch, das mich verschlingt und nie wieder freigibt. Ich habe nichts mehr zu verlieren, weil ich schon alles verloren habe. Es gibt keine Hoffnung mehr.

Aber ich will nichts von meinem tiefsten Inneren wissen. Schnurre ich wie ein zufriedenes Kätzchen. Stolpere. Stürze. Schmutzige Sneakers schieben sich in mein Sichtfeld. Ich sehe hoch. Sehe eine schwarze Jacke, die die Schultern des Typen vor mir breiter wirken lässt, als sie vermutlich sind.

»Verschwinde«, fauche ich.

Er hört nicht. Erst jetzt nehme ich den Duft seiner Herzensaura wahr. Dank Noahs Aufzeichnungen hat der Jäger inzwischen einen Namen. Hubertus.

31

Wen haben wir denn da?« Er lacht. »Du machst es mir ja wirklich leicht.«

Ich bin stark. Kann mich wehren. Doch als ich ihm zwischen die Beine treten will, treffe ich ins Leere, obwohl ich genau gezielt habe …

Ich pralle mit dem Rücken gegen etwas Hartes, schlage mit dem Hinterkopf auf Stein. Werde gegen die Hauswand gedrückt. Ich versuche, ihn von mir zu schieben, aber er ist viel stärker als ich.

»Ganz ruhig«, sagt er, als würde er mit einem wilden Tier sprechen.

Auf einmal wird Hubertus von mir gerissen. Ich sehe noch, wie sich jemand auf ihn stürzt. Ihn mit der Faust ins Gesicht trifft. Blut. Innerhalb weniger Sekunden sind Hubertus' Mund und Kinn rot.

»Noah!«, keuche ich.

Hubertus packt Noah an der Jacke, holt mit der Faust aus. Doch Noah bekommt seinen Oberarm zu fassen, wirft ihn über seine Schulter, als gäbe es nichts Leichteres.

»Verzieh dich!«, brüllt Noah wutentbrannt, macht einen Schritt auf ihn zu.

Tatsächlich rafft Hubertus sich vom Boden auf. »Du wirst noch an mich denken. Wenn du alles verloren hast, wirst du an mich denken!«

Was er damit sagt, ist: Sie wird dir deine Liebe rauben.

Ich werde Noah seine Liebe rauben.

Er liebt mich …

Als Noah sich zu mir umdreht, ist nichts mehr gefährlich an ihm. Sein Blick ist weich. Voller Sorge. »Alles okay?« Mit wenigen Schritten ist er vor mir, hebt meinen Kopf an.

Ich nicke. Sehe zu ihm auf. Unsere Blicke treffen sich. »Danke …«

»Ich sollte ihm nachlaufen und dafür sorgen, dass er nie wieder …«

»Es ist doch nichts passiert«, unterbreche ich ihn.

»Was, wenn ich dich nicht schreien gehört hätte?«

»Das hast du aber.« Ich taumele, falle gegen seine Brust.

Mein Feind.

Noah ist mein Feind. Ich muss verrückt sein …

Er lächelt. »Sind wir jetzt quitt? Du rettest mich, ich rette dich.«

»Nein. Mir gefällt der Gedanke, dass du in meiner Schuld stehst«, murmle ich.

Und dann platzt es auf einmal aus mir heraus: »Warum bist du hier?«

»Ich …« Er atmet schwer aus.

»Es ist schon ein riesiger Zufall, dass du genau im richtigen Moment hier aufkreuzt. Findest du nicht?«

Er überlegt lange, sagt schließlich: »Ich stelle dir keine Fragen. Und du stellst mir keine Fragen. Einverstanden?«

Der Alkohol in meinen Adern lockert meine Zunge. »Nein. Nicht einverstanden. Der Typ, der dich nachts angegriffen hat, wurde tot im Kanal gefunden. Hast du was damit zu tun?«

»Ja, hab ich.«

»Er ist tot«, wiederhole ich. Nicht voller Entsetzen, vielmehr so, als würde ich von etwas Schönem sprechen. »Bist du …« *Bist du ein Jäger? Bist du mein Feind?*

Ich kann es nicht aussprechen. Denn Noah fleht mich mit seinem Blick an, es nicht zu tun. Denn die Frage ist doch, ob ich ihm noch vertraue oder nicht.

Ja, das tue ich. Ich lege nicht nur mein Herz in Noahs Hände, sondern auch mein Leben. Wenn er es für richtig hält, mich zu töten, dann wird es auch das Richtige sein.

»Ich habe es dir schon mal gesagt, Pearl. Ich will, dass es dir gut geht.«

»Danke …«, hauche ich.

Noch immer dreht sich alles, weshalb ich es nicht schaffe, mich von Noah zu lösen.

Er beugt sich zu mir herunter, und ich könnte schwören, dass er mich küssen wird. Hoffnung. Ein winziger Funke ist also noch übrig. Ja, Noah ist für mich der Grund, durchzuhalten.

Er küsst mich nicht. Stattdessen legt er seine Hände an meine Wangen, hebt meinen Kopf ein wenig an. »Sag mal, wie viel hast du denn getrunken? Du lallst ja total.« Das runde Muttermal schräg unter seinem rechten Auge wird von zwei Fältchen durchzogen, als er grinst.

»Nein. Nein, nein, nein. Niemals. Absolut ausgeschlossen. Ich lalle nicht.«

»Doch. Tust du.«

»Nein. Nein, nein, nein. Und nochmals nein.«

»Okay.« Noah stupst mich auf die Nasenspitze, als wäre ich ein kleines Mädchen. Was ich in seiner Gegenwart auch irgendwie bin. Ich presse meine Lippen zu einem Strich zusammen. Aus einem Noah werden auf einmal drei Noahs, was mich ziemlich freut, aber auch irgendwie durcheinanderbringt.

Sein Blick wird ernst, das Muttermal glättet sich. »Wie fühlst du dich?«

»Spitze.« Weil du hier bist, füge ich in Gedanken hinzu.

Ich weiß gar nicht, mit welchem der drei Noahs ich sprechen soll. Einer überfordert mich doch schon … Wie soll ich dann bitte mit dreien klarkommen?

Ich greife Noahs Hände, ziehe sie von meinem Gesicht und schiebe mich an ihm vorbei. Mit ziemlich hoher Wahrscheinlichkeit sehe ich einfach nur furchtbar aus. Dummerweise gerät die Welt in diesem Moment um mich herum aus den Fugen. Alles ist irgendwie seltsam weich, wie geschmolzene Butter. Ich klappe zusammen.

»Du bist ja total zu«, höre ich Noahs sagen, und ich glaube, er lacht auch ein kleines bisschen.

Und deshalb lache auch ich, weil es einfach das Schönste ist, gemeinsam mit ihm zu lachen. Ich lache, lache und lache, bis mein Bauch schmerzt. Mein Körper bebt vor Freude, aber Noahs Anblick erdet mich wieder. Er sitzt vor mir in der Hocke, den Kopf zur Seite gelegt, die Augenbrauen hochgezogen.

»Deine Grübchen sind unwiderstehlich«, höre ich mich mit schwerer Zunge brabbeln.

Er blickt zu Boden, damit ich sein Lächeln nicht sehe, das seine Grübchen nur noch mehr zur Geltung bringt. Er holt er tief Luft, sieht dann zu mir auf und sagt betont ruhig: »Komm, ich bring dich nach Hause.«

»Du?«

»Ja, ich. Warum nicht?«

»Bist du denn nicht mehr böse auf mich? Weil ich mich mit Chris getroffen habe?«

Chris, der an der Rialtobrücke auf mich wartet. Egal. Jetzt bin ich hier, bei Noah, und nur das zählt.

»Weißt du, Noah, ich bin so müde. Und so schwach. Und ich dachte, mich mit ihm zu treffen, würde mir helfen. Aber das stimmt gar nicht, ich war unglaublich dumm. *Du* hilfst mir.«

Er hilft mir. Obwohl er überlegt, mich zu töten. Das Schicksal hat definitiv Sinn für schwarzen Humor.

Noah betrachtet mich so lange und intensiv, dass ich den Blick senken muss, weil ich es nicht mehr aushalte. »Danke, Pearl«, sagt er schließlich. »Danke, dass du mir das gesagt hast. Aber jetzt komm. Wir können nicht die ganze Nacht hierbleiben.«

»Doch, wir können die ganze Nacht hierbleiben. Es gibt kein Gesetz, das das verbietet. Du predigst doch immer: Mach, wonach dir ist und lebe im Moment und so 'n Zeug …«

»So habe ich das ganz sicher nicht gesagt. Wenn, dann wesentlich poetischer. Aber mal abgesehen davon, dass du recht hast und wir hierbleiben könnten, wollen wir hier gar nicht bleiben. Denn es ist Nacht und kalt, und ein Bett ist wesentlich bequemer.«

Als das Wort Bett fällt, kann ich mir ein Grinsen nicht verkneifen. Das erste Mal, seit wir uns kennen, erlebe ich, wie er leicht errötet. Aber er versucht, es zu überspielen. »Steh erst mal vom Boden auf.«

Ich höre ihn kaum. Sehe nur seine wilden Locken. Muss all meine Kraft aufbringen, um meine Finger nicht in ihnen zu versenken. Ob seine Haare so weich sind, wie sie in diesem Augenblick aussehen?

Als er mir seine Hand entgegenstreckt, ergreife ich sie und lasse mich von ihm auf die Beine ziehen. Mehr oder weniger unabsichtlich taumle ich ein zweites Mal gegen seine Brust. Grinse dabei schelmisch. »Ups.«

»Du machst mich wahnsinnig, Pearl«, lacht er und verdreht die Augen. Aber er sagt das mit diesem einzigartigen Lächeln, diesen Grübchen, dass ich es als Kompliment auffasse. »Vorschlag: Ich nehme dich mit zu mir.«

Gespielt entsetzt reiße ich die Augen auf, verpasse ihm einen leichten Klaps auf die Brust. »Das würde dir so passen. Ich bin ein anständiges Mädchen!«

»Ich schlafe auch im Gästezimmer.«

Ich atme schwer aus. Es soll so klingen, als würde es mich einiges an Überwindung kosten, sein Angebot anzunehmen. Aber dann kommt doch vielmehr ein Seufzen der absoluten Zufriedenheit aus mir heraus.

»Glaubst du, dass du laufen kannst?«, fragt er.

Ich schiebe die Unterlippe vor, schüttele den Kopf, und er wirft den Kopf in den Nacken. »Du nutzt meine Gutmütigkeit total aus, Pearl!«

»Irgendetwas sagt mir, dass du gerne den Helden spielst.«

Er hebt mich hoch, als würde ich nichts wiegen. Meine Beine baumeln über seinem Arm, während meine Hand auf seiner Schulter liegt – ein perfekter Platz. »Ich bin also dein Held?«

Das silberne Mondlicht verfängt sich in seinem Haar. Sein blütenweißes Hemd offenbart einen verführerischen Teil seiner gebräunten Haut.

»Hättest du wohl gerne«, kontere ich.

Prompt lässt Noah mich los, so dass ich schon glaube, auf dem Boden zu landen. Aber natürlich fängt er mich sofort wieder auf. »Vorsicht, Fräulein. Ihr Wohlergehen liegt in meinen Händen. Ausnahmsweise werde ich Sie tragen.«

All meine Sinne sind darauf konzentriert zu spüren, wie meine Wange an Noahs Schulter anliegt. Direkt über seinem Herzschlag. Ich drücke mich an ihn und versinke im wilden Meer seines Dufts.

Jetzt erst scheint er wahrzunehmen, wie nah ich ihm bin. Scheint zu spüren, dass meinen Körper eine Art elektrische Spannung umgibt – eine Spannung, die es mir unmöglich macht, meine Wange von seiner Schulter zu lösen.

Mit einem Mal erscheint mir die Nacht zart wie die Flügel eines Schmetterlings. Ich muss unglaublich vorsichtig mit ihr umgehen, ansonsten vergeht sie in meinen Händen. Vergeht wie all die Herzen, die ich in meinem langen Leben schon zerstört habe.

»Pearl …«, sagt er.

Ich weiß! Wir sind nur Freunde. Wir sind nur verdammte, verdammte Freunde. Und verdammt, wenn ich die Wahl habe zwischen Freundschaft und gar nichts, dann wähle ich die Freundschaft, einfach nur, um diese kleinen, kostbaren Momente zu haben. Wenigstens diese Momente musst du mir lassen …

Als es mir doch irgendwie gelingt, mich von ihm zu lösen, streifen meine Lippen sein Schlüsselbein. Mein Körper gehört nicht mehr mir, mein Verstand ist wie ausgeschaltet. Ich tue diese Dinge einfach, ohne darüber nachzudenken.

»Pearl …« Eben leistete seine Stimme stärkeren Widerstand. Jetzt klingt es irgendwie … schwach, als er meinen Namen ausspricht.

Er senkt sein Gesicht, sein Mund ist geöffnet. Da ist er wieder, dieser ängstliche Ausdruck. Endlich verstehe ich, weshalb. Er weiß, was ich bin. Weiß, was ich ihm antun könnte. Und dennoch nähert er sich mir langsam. Nichts existiert mehr, nur noch sein Atem, das Kribbeln in meinem Bauch, die sanften Stromschläge, die mir sein Anblick verpasst. Ein Zittern durchfährt die Welt. Ich flehe die Zeit an, für immer stehenzubleiben. Seine Nasenspitze versinkt in meinem Haar, seine Lippen trennen nur wenige Millimeter von meiner Stirn. Mein Herz schreit: Ja, ja, ja! Ich halte die Luft an und –

Noah räuspert sich verlegen. »Sehen wir zu, dass wir nach Hause kommen.«

Es ist absolut himmlisch, mich von ihm tragen zu lassen. Diese Nacht ist wunderschön. Die Stadt gleicht einem Wunder.

»Und du findest also meine Grübchen toll?«

»Höchstens ein kleines bisschen. Sind ja nun wirklich nichts Besonderes.«

»Sei besser nett zu mir. Ansonsten lasse ich dich einfach in den Kanal fallen.«

»Okay, okay«, gebe ich nach.

»Was findest du noch toll an mir?«

»Themawechsel«, beschließe ich.

»Vergiss es. Ich werde deinen nebulösen Zustand ausnutzen und versuchen, dir ein paar intime Details zu entlocken.«

»Nebulöser Zustand? Sehr gebildet.«

»So bin ich nun mal.«

Mein Herz seufzt sehnsuchtsschwer. Über uns funkeln die Sterne so hell, als wären sie ebenso voller Liebe, wie ich es bin.

32

Als wir bei ihm zu Hause ankommen, zwingt er mich, etwas zu essen, denn ansonsten würde ich morgen den ganzen Tag über der Schüssel hängen, wie er sagt. Also kocht er für uns beide.

Dabei geht es mir eigentlich schon besser. Unser kleiner Nachtspaziergang hat mich wieder nüchtern gemacht. Ich bin wieder Herrin über meine Zunge und stehe sicher auf beiden Beinen.

Als er bemerkt, wie ich ihn heimlich beim Zwiebelschneiden beobachte, lächelt er nur, macht keine große Sache daraus. Wenn er, wie jetzt, ein schlichtes Shirt trägt, seine Haare leicht verwuschelt sind, sieht er am schönsten aus. Seine Konzentration auf das Messer und seine Finger lässt etwas von ihm abfallen, etwas, das ihn ansonsten wie einen Schutzwall umgibt. Etwas, das ihn älter macht. Jetzt ist er einfach nur ein Junge, der Zwiebeln schneidet, glücklich und irgendwie nervös ist.

Ich entdecke eine Schwarzweißaufnahme an der gegenüberliegenden Wand, die einen etwas jüngeren Noah mit Lockenkopf und Agamemnon auf dem Schoß zeigt. Auf seinem rechten Ellenbogen klebt ein breites Pflaster, ebenso auf seiner Stirn.

»Du warst ja schon immer ein Draufgänger.«

»Selbstverständlich. Man muss das Leben ausreizen«, entgegnet er mit einem frechen Grinsen. Die Zwiebeln landen in der Pfanne.

Dazu Tomaten, in Öl eingelegter Thunfisch, scharfe Salami und frisches Basilikum.

Jetzt sucht er etwas auf seinem Handy. Kurz darauf erklingen aus versteckten Boxen langsame, lateinamerikanische Rhythmen, die mich schlucken und meine Handflächen feucht werden lassen.

»Ich hätte nicht gedacht, dass du solche Musik magst«, presse ich hervor.

»Sehr sogar. In Kuba habe ich viel getanzt.« Er lässt die Spaghetti aus einer Packung ins kochende Wasser gleiten. Leckt einen Spritzer Tomatensauce von seinem Daumen. Zwinkert mir zu.

Verdammt, schon glühen meine Wangen. Kocht mein Blut wie das Wasser im Topf.

Sein Lächeln verschwindet. Die Abenteuerlust in seinem Blick bleibt. »Willst du tanzen?«

Wie ein Hase in der Falle sehe ich ihn an. »Ich kann nur Walzer und so …«

»Kein Problem. Ich kann gut führen.«

»Und dein Dad? Der schläft doch sicher, und die Musik …«

»Kein Grund zur Sorge. Der ist heute Nacht nicht da.«

Ich beiße die Zähne zusammen. Schüttele den Kopf.

»Du kannst nichts falsch machen, Pearl. Der Grundschritt ist total simpel, und das Lied ist langsam. Also, kein Problem.«

Er schiebt die Stühle zur Seite, damit wir Platz haben. Dann reicht er mir seine Hand. Widerstrebend ergreife ich sie. Er zieht mich an sich, aber mein Körper ist mit einem Mal so starr wie Eisen. Eben hat der Alkohol mir noch geholfen, die Tatsache, dass Noah ein Jäger ist, halbwegs zu verdrängen. Jetzt, wo ich wieder klar denken kann, bin ich mir dessen auf einmal erschreckend bewusst.

Ich frage mich, ob er hier irgendwo das tödliche Mittel versteckt. Griffbereit.

Was würde passieren, wenn ich mich wehrte? Würde er es dann zücken? Sind das hier gerade meine letzten Sekunden? Nein. Das glaube ich nicht. Es ist irrwitzig – aber Noah ist vermutlich der einzige Mensch auf dieser Welt, dem ich vertraue.

»Nicht so schüchtern«, neckt mich Noah. »Leg deine Hände auf meine Schultern.«

Selbst dabei stelle ich mich ungeschickt an. Jede seiner Bewegungen dagegen ist von Eleganz und Selbstsicherheit erfüllt. Und genau das macht mich noch viel unbeholfener.

»Komm noch ein Stück näher«, flüstert er dicht an meinem Ohr.

Noch nie war ich so verkrampft. In meinem Unterleib zieht es auf angenehme, aber mir bisher vollkommen unbekannte Weise.

»Jetzt entspann dich.«

»Ich bin entspannt«, hauche ich mit versucht empörter, jedoch gebrochener Stimme.

Ich spüre Noahs warmen Atem an meinem Hals, als er leise lacht. »Natürlich bist du das. Entschuldige.« Seine Finger streichen meinen Nacken hinab, folgen meiner Wirbelsäule bis zu meiner Taille. »Ich mache jetzt einen Schritt nach links, du also einen nach rechts und dann wieder zurück. Ganz einfach.«

Noah fängt an, sich langsam zur Musik bewegen. Unsere Oberkörper berühren sich, aber unsere Hüften sind ein angemessenes Stück voneinander entfernt. Noah führt mich einen Schritt zur Seite, wieder einen zurück. Und dasselbe noch einmal.

»Schließ deine Augen«, weist er mich an, und zu meiner Überraschung gehorche ich. »Vergiss alles um uns herum.«

Sein Griff wird etwas fester, diesmal macht er einen Schritt nach vorne. Es funktioniert, mein Körper reagiert automatisch. Ich werde etwas lockerer. Schmiege mich an seinen Hals. Es fühlt sich ganz anders an, mit geschlossenen Augen zu tanzen. Erst weiß ich noch, dass dort hinten die Stühle stehen, schräg vor mir die Spaghetti kochen und ein Stück weiter, zu meiner Rechten, sich der Korb mit den teuren Ölen befindet. Aber nach einer Weile ist all das aus meinem Kopf verschwunden. Die Außenwelt existiert nicht mehr, es gibt nur noch uns. Unsere Bewegungen harmonieren perfekt. Der Restalkohol im Blut lässt mich mutiger werden. Mir macht es Spaß, meine Hüften zur Musik zu bewegen.

»Sehr gut«, sagt Noah leise. Seine Stimme streichelt mich. »Ein Naturtalent.«

Auf einmal dreht er mich. Macht etwas, das mich – ohne zu wissen, wie – dazu bringt, mich weit zurückzulehnen. Noah zieht mich wieder hoch, ich taumle gegen seine Brust.

»Noah!« Das war etwas zu viel für meinen doch noch leicht alkoholisierten Kopf. Ich brauche ein paar Sekunden, um mich wieder zu fangen.

Ich beginne zu schwitzen. Ein abenteuerliches Kribbeln erfüllt meinen gesamten Körper.

Das ist der Punkt, an dem sich alles verändert. Tanzend überschreiten wir eine Grenze. Die Grenze zwischen Freundschaft und … tja, und was? Liebe? Leidenschaft?

Meine Fingerspitzen wandern ein Stück weiter, liebkosen seinen Nacken. Sie spielen ein gefährliches Spiel. Provozieren. Ich will, dass sich unser Atem verbindet. Verringere die Distanz zwischen uns. Noahs Augen verdunkeln sich. Meine Berührungen werden sanfter und zugleich auch gewagter. Seine Lippen streifen meine

Schläfe. Ich möchte erkunden, wie sie sich auf meinen anfühlen. Es fühlt sich alles so richtig an … *Verdammt, verdammt, verdammt* …

Ich kann spüren, wie Noahs Herzschlag beschleunigt. Von seinem Körper geht auf einmal Hitze aus. Er blickt mir tief, so tief in die Augen.

Seine Stimme ist rau, als er sagt: »Ich dachte, wir tanzen nur ein bisschen.«

»Tun wir doch auch.« Mein Blick ist unschuldig.

»Du bist aber gerade ziemlich unwiderstehlich, Pearl. Das war nicht der Plan.«

Mein Mund ist mit einem Mal ganz trocken. Dieses Kribbeln, das meinen ganzen Körper erfasst, macht mich verrückt. Seine Hände verschwinden in meinem Haar. Gefährlich. Willenlos biete ich ihm meinen Hals dar, ich kann gar nicht anders, es passiert einfach, und er bedeckt ihn mit Küssen. Er hebt mich hoch, als würde ich nichts wiegen. Ich schlinge meine Beine um seine Hüfte. Seine Lippen berühren meine, aber wir küssen uns nicht, kosten die Spannung aus, treiben das Knistern bis zum Höhepunkt. Die Nudeln kochen über. Heißes Wasser spritzt auf die Herdplatte. Verdampft. Zischt.

»Pearl …«, haucht er, und ich verstehe. Verstehe, dass ich zu weit gegangen bin. Er hat recht. Absolut. Verdammt, mein Fehler.

»Tut mir leid«, sage ich schnell.

»Nein, das meine ich nicht … Ich …«

Es steht zu viel Unausgesprochenes zwischen uns. Das ist es, was er eigentlich sagen wollte.

Da hänge ich, in seinen starken Armen, weich wie Wachs. Er könnte alles mit mir machen. Alles. Er hat eine Macht über mich, die mich erschreckt.

Erst, als ich wieder sicheren Boden unter den Füßen habe, weiß ich wieder, wie man atmet. Unser Schweigen, das sonst so angenehm und vertraut war, ist jetzt unangenehm und fast schmerzhaft.

»Die Nudeln«, sagt Noah nur. Er geht zum Herd und gießt sie ab.

Ein leicht nervöses Zittern geht von ihm aus, als wir vor seinem Bett stehen. »Okay, du schläfst in meinem Zimmer. Ich im Gästezimmer.«

Er weist auf eine weiß gestrichene Tür draußen im Flur. »Hier ist das Bad. Handtücher lege ich dir gleich noch hin.«

Er kramt ein graues T-Shirt aus dem Kleiderschrank. Langsam, als würde er versuchen, aus Sekunden Minuten zu machen, legt er es in meine Hände. »Hier, das kannst du anziehen. Brauchst du sonst noch irgendwas?«

»Danke, nein.«

Mondlicht fällt durch das Fenster, auf die zarte Rose, die inzwischen ganz verblüht ist. Ihre Blätter sind allesamt abgefallen und liegen in einem perfekten Kreis um den Topf.

»Dann ...« Noah kratzt sich am Hinterkopf, wirkt auf einmal wie ein kleiner Junge. Funken tanzen in seinen Augen. »Dann, tja ... Gute Nacht ... Ähm, bist du sicher, dass du alles hast, was du brauchst?«

Meine Mundwinkel heben sich zu einem Schmunzeln. »Alles gut. Danke. Gute Nacht, Noah.«

Als er die Tür schon fast hinter sich geschlossen hat, überrascht mich meine eigene Stimme: »Noah?«

Er hält sich mit beiden Händen im Türrahmen fest, so dass sich sein breites Kreuz streckt. »Ja?«

»Es tut mir leid, dass ich mich mit Chris getroffen habe. Wirklich.«

Die Spannung in seinen Schultern weicht. Zurück ist die Unsicherheit. Die Angst. In diesem Moment wird mir bewusst, dass es jedem so geht. Selbst die souveränsten, stolzesten und tollsten Menschen werden in der Liebe zu normalen Sterblichen, die sich davor fürchten, zurückgewiesen zu werden. Die Angst haben, ihr Herz zu offenbaren.

»Ich weiß, Pearl«, entgegnet er sanft. »Ich weiß.«

»Ich dachte, wenn ich mich mit ihm treffe, dann hilft mir das irgendwie … lenkt mich ab.« Ich streiche über den grauen Stoff des T-Shirts in meiner Hand.

»Wovon wolltest du dich ablenken?«

Von dem Gedanken, dass ich niemals mit dir zusammen sein kann. Davon, dass ich verrückt nach dir bin. Jede Sekunde an dich denke, dir alles zeigen möchte, alles erzählen möchte, dass ich mein Herz in deine Hände gelegt habe und seitdem völlig machtlos und nackt und wie ausgeliefert vor dir stehe.

Als ich nicht antworte, dreht er sich zu mir um. Die Distanz zwischen uns wird kleiner und kleiner, bis er dicht vor mir steht. Er fordert mich mit seiner Art, mich anzusehen, heraus. Sein Blick geht mir unter die Haut, dringt tief in mich ein, tief in meine Seele. »Wovon ablenken, Pearl?«

Ich liebe dich Noah, denke ich. *Ich liebe dich aufrichtig und ehrlich. Aber wie könnte ich dir das jemals sagen? Selbst wenn du mich zurücklieben solltest, wäre die Gefahr viel zu groß, dich zu verletzen. Dich zu küssen und dir deine Liebe zu nehmen.*

»Davon, dass ich dich ziemlich gerne mag, Noah.«

Und auf einmal ist alles anders. Die Welt ist zerbrechlich, dieser Augenblick aus hauchdünnem Glas.

Widerstrebend, als gäbe er womöglich eine Schwäche preis, antwortet er: »Ich mag dich auch. Ziemlich gerne.«

Und das genügt mir, um zu wissen, wie pures Glück schmeckt. Weil ich ihm ansehe, was er für mich empfindet.

Seine Fingerspitzen zeichnen meine Wangenknochen nach, machen an meinem Mundwinkel halt. Noch nie wurde ich so berührt, so zart und gleichzeitig so intensiv, dass mein ganzer Körper erzittert. Es ist, als hinterlässt seine Berührung eine Spur, die mich auf ewig zeichnet. Ich bin im freien Fall.

»Gute Nacht, Pearl«, sagt er und verlässt das Zimmer.

Es ist gut so. Kein Risiko. Ich lege das Shirt aufs Bett. Warte darauf, dass er die Tür hinter sich ins Schloss zieht. Hoffe, dass er bleibt. »Gute Nacht, Noah.«

Sekunden, in denen nur unser Atmen zu hören ist. Synchron holen wir Luft, synchron stoßen wir sie wieder aus. »Pearl ...«, haucht er schließlich meinen Namen.

Dann räuspert er sich. Rückwärts geht er auf die Tür zu. Noch nie habe ich ihn so verzweifelt gesehen. So überfordert.

»Morgen bring ich dich nach Hause.«

»Du musst mich nicht bringen.«

»Keine Widerrede. Es ist zu gefährlich, alleine zu gehen.« Und etwas sanfter fügt er hinzu: »Machen wir morgen was zusammen?« Er spricht zu schnell, die Wörter poltern aus seinen Mund, als wollte er es hinter sich bringen. Als wüsste er nicht, was er sonst sagen soll.

Da ist sie, die alles entscheidende Frage. Morgen ist der Tag.

Der Tag, an dem die Frist endet. Die Frage steht zwischen uns. Ich könnte nein sagen. Könnte einen Vorwand erfinden. Aber ich sage: »Gerne. Wenn du das möchtest.«

Sein Kehlkopf hüpft mehrmals auf und ab. So viele Worte, so viele Fragen scheinen auf seiner Zunge zu liegen. Aber alles, was er von sich gibt, ist ein leises: »Danke.«

Ich nicke nur. Kapituliere endgültig. Kapituliere, weil ich doch ganz genau spüre, dass er unter dem, was er mir antun muss, leidet. Und ich will nicht, dass er leidet. Nicht wegen mir. Niemals wegen mir. Ich will das Mädchen sein, das sein Leben schöner macht.

»Darf ich aussuchen, wo wir uns morgen treffen?«, frage ich ihn.

»Klar«, antwortet er und senkt dabei den Blick, als wüsste er, dass dies der letzte Wunsch ist, den er mir je erfüllen wird.

33

Alles um mich herum ist grau, weil die Glühbirne in der Küche den Geist aufgegeben hat. Das einzige Licht in meiner Bude kommt vom Fernseher, der mich mit Telefonnummern vollmüllt, die meine Einsamkeit vertreiben können, wie es heißt. Das Licht der Glotze reicht gerade, um die Ameisenstraße sichtbar zu machen, die sich über den Tisch zieht.

Musik an. Laut. Lauter. Gleich werden die Nachbarn Sturm klingeln. Egal.

Mit dem Boden der Bierflasche zerquetsche ich ein paar Ameisen. Rede mir ein, mich danach besser zu fühlen. Die eben noch perfekte Linie der kleinen schwarzen Mistviecher bricht auseinander. Alle versuchen sich zu retten. Chaos.

Was bildet sich dieses verdammte Arschloch ein? Glaubt der Prinz wirklich, dass er sie retten kann? Mit ihr glücklich leben kann bis ans Ende ihrer Tage? Glaubt er, dass er jegliches Glück auf dieser Welt verdient? Das Leben ist nicht so krass ungerecht. Es ist ungerecht, aber nicht so krass. Nein, das wäre zu viel. Der Prinz hat schon seinen versnobten Adoptivvater, der ihm alles in den Arsch schiebt, und dieses Kindermädchen, das ihn vergöttert. Er hat Geld. Ein wunderschönes Zuhause. Sein Leben ist so scheißeinfach. Es kann nicht sein, dass das zwischen ihm und dieser Suchenden, also Nummer fünf, jetzt auch noch die wahre Liebe ist.

Die Flasche knallt an die Wand. Das Glas zerspringt. Bier spritzt in alle Richtungen.

Er glaubt wirklich, sie zu lieben? Sie liebt ihn nicht. Sie teilen nicht das miteinander, was ich mit Laura geteilt habe. So etwas ist einzigartig. Er glaubt, er kann sie mit seiner Liebe erlösen? Lächerlich! Er ist blind. Sieht nicht, auf was er da zusteuert.

Ich tue ihm einen Gefallen, wenn ich es für ihn zu Ende bringe.

Lachen. Scheiße, ich habe schon lange nicht mehr so laut gelacht.

34

Und jetzt ist er auf einmal da. Dieser Tag, der alles entscheidet.

Als die Sonne aufging, habe ich Noah einen Zettel aufs Bett gelegt. Dort steht drauf, wo und wann wir es zu Ende bringen. Dann habe ich mich aus dem Palazzo geschlichen. Mehrere Stunden habe ich für den Brief gebraucht, der nun auf Damiens Schreibtisch liegt und ihm alles erklären wird. *Es tut mir leid, dass ich es dir nicht erzählt habe. Es tut mir leid, dass ich mich nicht persönlich von dir verabschiede. Aber das hätte ich nicht geschafft, und du hättest mich niemals gehen lassen.*

Ich hatte so viel Angst, Damien. Ich hatte Angst, dass ich mich täusche und meine Gefühle nicht echt sind. Hatte Angst, dass ich nicht mehr für Noah bin als eine Freundin. Hatte Angst, dass ich mich lächerlich mache. Dass ich am Ende all meine Hoffnung verliere. Ich befürchte, dass es jedem so geht. So ist das nun mal in der Liebe. Sie öffnet das Herz. Macht verwundbar. Sie ist ein Risiko. Aber man muss wagen, um zu gewinnen.

Wer weiß, vielleicht sehen wir uns ja wieder, weil Noah an mich glaubt. Wenn nicht, dann hoffe ich, dass du weißt, wie viel du mir bedeutet hast. Ohne dich hätte ich schon viel früher die Hoffnung verloren. Und dann hätte ich Noah niemals kennengelernt.

Danke, Damien.

Die Abenddämmerung verzaubert den Himmel zu einem rosaroten Kunstwerk. Ich bin zu früh, viel zu früh, aber wie hätte ich ruhig zu Hause sitzen sollen? Ich hole tief Luft. Mehrmals. Mein Kleid schwingt im Takt meiner Schritte. Ein junger Kioskverkäufer lächelt mich an, weil von mir irgendetwas auszugehen scheint, was ihm das Gefühl gibt, lächeln zu müssen. Ist es ein tröstendes Lächeln? Oder lächelt er, weil ich so glücklich aussehe? Egal was passieren wird, es wird gut sein. Entweder liebt mich Noah und lässt mich am Leben. Oder ich sterbe. Sterbe endlich …

Ich lächle zurück, weil es für mich vielleicht das letzte Mal ist. Die Luft ist warm und weich. Dieser Abend ist perfekt. Absolut perfekt. Ich glaube, noch nie in meinem ganzen Leben so ruhig gewesen zu sein. Natürlich bin ich auch nervös. Ich könnte weinen, hysterisch lachen und verzweifelt schreien, am liebsten alles gleichzeitig. Aber ich bin eben auch irgendwie ruhig, weil ich mir sicher bin, dass Noah die richtige Entscheidung treffen wird. Ich vertraue ihm.

Es ist niemand da, der sich wundern könnte, als ich das baufällige Gebäude am Rialtomarkt betrete. Langsam steige ich die Treppen hinauf. Laufe an dem Fenster vorbei, aus dem mich vor kurzem der Jäger beobachtet hat, hin zu dem Balkon aus meinen Träumen.

Ich stelle mir vor, dass ich irgendwo, in einer anderen Welt, mit Noah zusammen bin. In einer Welt, wo alles einfacher ist. In der es keine Grenzen gibt, die uns trennen.

Jetzt endlich verstehe ich, weshalb ich so gerne sehe, wie die Sonne auf- und untergeht. Es ist so wunderschön und gleichzeitig so unerreichbar. So wie es die Liebe für mich ist. Und der Tod.

Staub verfängt sich in meinem dunkelroten Kleid, als ich mich auf den Boden setze. Dunkelrot ist auch der Himmel, als die Sonne ins Meer sinkt.

Schritte. Zuerst erreicht mich sein Schatten, der neben mir auf den Boden fällt. »Ein ungewöhnlicher Ort für ein ungewöhnliches Mädchen«, begrüßt mich Noah.

Er setzt sich neben mich, unsere Arme berühren sich. Wir schweigen, haben beide den Blick nach vorne gerichtet, auf den dünnen Sonnenstreifen, der im Meer untergeht. Irgendwie haben sich unsere Finger gefunden, ich weiß nicht wann. Weiß nur, dass ich es allein deshalb, weil seine Hand schützend auf meiner liegt, schaffe, nicht zu weinen.

Die Zeit vergeht, ohne dass ich es merke und ohne dass ein Wort fällt. Alles ist genauso, wie ich es mir vorgestellt habe: Warme Luft. Vor mir das nachtschwarze Meer mit leuchtenden Punkten von den Schiffen in der Ferne. Über mir der nachtschwarze Himmel mit glänzenden Sternen, so schön, wie ich sie noch nie empfunden habe.

Ein letztes Mal nimmt meine Sehnsucht Anlauf und rennt mich fast um. Als ich Noahs schmerzhaft schönes Profil betrachte, habe ich das Gefühl, schon jetzt zu sterben. Es macht mir Angst, zu wissen, dass ich ihn vielleicht bald nie wieder ansehen werde. Das erste Mal in meinem langen, langen Leben frage ich mich, was nach dem Tod kommen wird. Egal, wichtig ist nur, dass Noah nicht da sein wird. Und dieser Gedanke ist unerträglich.

Von Anfang an war mir klar, dass ich ihn nicht verdiene. Er ist so besonders, und ich bin eben nur irgendein, letztendlich gewöhnliches, Mädchen, das er vermutlich nicht ausreichend lieben kann, nicht ausreichend, um ein so großes Risiko einzugehen, und das ist in Ordnung, weil ich will, dass es ihm gutgeht, und wenn ich nicht gut für ihn bin, dann –

»Pearl?«, reißt er mich aus meinem Gedankenstrudel.

»Ja?«

»Warum bist du hier?«

»Ich bin hier, weil du mich sehen wolltest.«

Ich frage mich, wie es sein kann, dass wir beide von Anfang an so ehrlich zueinander waren und es trotzdem so viele Geheimnisse, so viele Halbwahrheiten zwischen uns gibt.

»Aber … ich meine, du bist schlau, Pearl. Du weißt längst, wer ich bin. Und trotzdem bist du hier …«

»Hätte ich denn weglaufen sollen?«

Er nickt. Dann schüttelt er den Kopf. Legt den Kopf in den Nacken, versteckt sich hinter seinen schönen Händen.

»Ich will nicht mehr weglaufen. Ich will es riskieren«, sage ich ganz ruhig, weil es die Wahrheit ist. »Ich will es riskieren, weil du es wert bist, es zu riskieren, und ich wäre dumm, es nicht zu tun. Denn das würde bedeuten, dass ich dich sicher verliere. Und das wäre noch viel schlimmer, als zu sterben.«

Sein Blick zieht mir den Boden unter den Füßen weg. So verzweifelt, so hilflos. »Scheiße, Pearl, ich … Warum ist es nur so kompliziert?«

»Es ist eigentlich gar nicht kompliziert. Eigentlich ist es ganz einfach. Ich bin verrückt nach dir. Und ich bin froh, hier bei dir zu sein, um dir das sagen zu können.« Das bin ich wirklich. Ich bin so glücklich, ihm zu sagen, wie viel er mir bedeutet, denn so ist es nun mal, und die Liebe ist etwas Wundervolles. Also, warum, zur Hölle, sollte ich nicht glücklich sein, ihn zu lieben?

Sein Lächeln zittert. Ich versuche, es mir nicht anmerken zu lassen, wie verzweifelt ich in diesem Moment bin. Es ist in Ordnung für mich, zu sterben, auch wenn ich gleichzeitig nicht sterben will. Aber ich bin bereit, mein Leben in Noahs Hände zu legen. Mein Herz liegt dort schon längst.

Auf einmal sagt jemand etwas.

Ich erkenne meine eigene Stimme. Schwarz trifft auf Blau. Die Zeit steht still.

»Ich liebe dich.« Erst jetzt kommt bei mir an, was ich gerade gesagt habe.

Ich liebe dich. Worte, die zwischen uns stehen.

Drei simple Worte und dennoch so machtvoll. Ich habe sie schon so oft gesagt und habe ich sie dennoch kein einziges Mal wahrhaft gesagt. Ich hätte den üblichen Widerstand meines Körpers erwartet: Atemnot. Schwindelgefühle. Bauchschmerzen. Aber nichts davon. Nichts hindert mich daran, Noah meine Liebe zu gestehen. Nie zuvor habe ich mich so selbstbewusst, so sicher gefühlt.

»Du liebst mich?« Noahs weißes Hemd spannt sich, als er tief einatmet. Seine eben noch unruhigen Finger verharren jetzt still auf seinen Knien. »Meinst du das ehrlich ...?«

Schwarz verwässert. Wie auf einem Aquarell, bei dem man zu viel Wasser und zu wenig Farbe verwendet hat. »Dass ich dich liebe?«

Er sieht so jung aus in diesem Moment. Wie ein Junge, der unsicher, überfordert ist und Angst hat, alles falsch zu machen. »Ja?«

Jetzt laufen die Tränen nur so mein Gesicht hinab, tropfen auf mein Kleid und zeigen Noah, welch starke Emotionen er in mir auslöst. »Ja, das ist die Wahrheit. Ich liebe dich. Und weißt du was? Das ist das Beste, was ich je empfunden habe. Weil du absolut umwerfend bist. Ich konnte gar nicht anders, als mich in dich zu verlieben. Und ich wäre dumm, dich nicht zu lieben, weil du es wert bist. Du hast mir überhaupt erst gezeigt, was es bedeutet, zu lieben. Und dafür danke ich dir.«

Er sieht mich an, sieht mich einfach nur an. Sein Mund steht offen, bereit zu sprechen, aber es kommt kein Ton raus.

»Ich liebe dich, Noah«, schließe ich. »Und ich bin froh, dir das gesagt zu haben.«

Mein Blick fällt auf die Spritze, die aus der hinteren Tasche seiner Jeans herausschaut. Mein Herz trommelt gegen meine Brust. Eins. Zwei. Drei Schläge lang ruht mein Blick auf der goldenen Flüssigkeit. Golden wie die Sterne über uns. Dann erhebe ich mich vom Boden. Strecke ihm meine Hände hin. Voller Verzweiflung sieht er sie an.

»Es ist in Ordnung, Noah. Wirklich. Ich bin dir für alles so dankbar.«

Auch er steht auf. Macht einen Schritt auf mich zu. Seine Finger tasten nach der Spritze.

Dann geht auf einmal alles ganz schnell.

35

Noah ergreift meine Hände. Zieht mich an sich. Küsst mich.

Nicht zart und vorsichtig zögernd, sondern stürmisch, so voller Leidenschaft, dass es dafür keine Worte gibt. Weil er mich genauso liebt, wie ich ihn liebe, und weil das hier genau richtig ist und niemals anders sein dürfte.

Ich lege meine Hände auf seine Brust, löse unseren Kuss. Sehe in seine blauen Augen und glaube zu träumen. Doch dann schmecke ich ein zweites Mal seine Lippen und weiß, dass das kein Traum, dass es echt ist. Ich dränge mich ihm entgegen, als könnte ich so all die Zeit aufholen, die wir verpasst haben. All die Jahre, die ich ohne ihn verbringen musste.

Er küsst mich so, wie ich mir immer gewünscht habe, geküsst zu werden. Er küsst mich mit einer Heftigkeit und Intensität, dass es mir den Atem raubt. Küsst mich, als würde unser beider Leben davon abhängen. Seine Hände umrahmen mein Gesicht. Hitze geht von seinem Körper aus, geht auf mich über. Ich bin so unendlich dankbar, dass ich das erleben darf.

Ich schmecke seine Zunge. Weich, so weich wie seine Lippen. Wie seine Haare, in denen sich meine Hände vergraben. Und er riecht so gut. Ein Beben durchfährt meinen Körper. Ich kann gar nicht anders, als mich ihm hinzugeben.

Mit einem Mal gibt es nur noch Haut an Haut. Heftiges Atmen. Elektrizität. Angst. Hoffnung. Sehnsucht. Seine Hände auf meinem Nacken, als er meinen Hals küsst, mein Schlüsselbein, die Narbe über meiner Brust. Ich sitze halb auf seinem Schoß, weiß nicht, wie ich dorthin gekommen bin. Wie wir überhaupt auf den Boden gefunden haben. Mein Körper reagiert wie von selbst. Noahs Daumen gleitet über meine Unterlippe. Er lässt mich seine Haut schmecken, aber das ist noch nicht genug. Ich will mehr, viel mehr.

Er zieht mich an meiner Hüfte enger an sich. So sicher, als hätte er mich schon unzählige Male auf diese Weise an sich gezogen. Es fühlt sich so richtig an. Dieses Verlangen … Ich kralle mich mit den Fingernägeln an seinem Rücken fest. Will alles an ihm erkunden.

Ich spüre die Hitze seines Körpers noch intensiver, als sein T-Shirt neben uns liegt und seine Haut auf meiner. Die Zeit vergeht viel zu schnell. Verfliegt regelrecht. Und dann geht die Sonne langsam wieder auf, und ein neuer Tag bricht an.

»Pearl …«, haucht er. »Ich li…«

Schnell lege ich ihm meinen Zeigefinger auf den Mund.

»Sag es nicht«, flüstere ich.

»Aber …«

»Sag es nicht«, wiederhole ich, diesmal fast flehentlich. Denn solange wir es nicht beide gesagt haben, passiert uns nichts. »Bitte, Noah. Lass es noch eine Weile so bleiben. Denn wenn du es aussprichst, ändert sich alles.«

Die Stadt wird täglich von Gästen aus aller Welt überrannt. Menschen, die aus großen Städten kommen, modernen Städten, Städten, die mit der Zeit gehen. Doch anstatt sich davon beeinflussen zu lassen, bleibt sich Venedig vollkommen treu. Scheint mit seiner Ruhe und Gelassenheit die Hektik und Rastlosigkeit seiner Gäste nur zu belächeln. Sie gleichen einander, Noah und Venedig.

Ich stehe auf dem Rialtomarkt, auf dem Fischer ihren Fang ausladen, umkreist von gierigen Möwen. Der nachts noch nahezu spiegelglatte Kanal ist jetzt in Aufregung. Der Duft von Fisch, Obst, Kaffee und süßen Hörnchen würzt die Luft. Ich kann gar nicht genug von ihr bekommen.

Ich werfe einen Blick hoch zum Balkon, wo Noah vermutlich noch zusammengerollt auf dem Boden liegt und schläft. Er hat gar nicht gehört, wie ich mich davongeschlichen habe. Aber heute Nacht hätte er mir fast gesagt, dass er mich liebt. Wenn ich bei ihm bleibe, besteht das Risiko, dass ich ihm doch irgendwann seine Liebe raube. Das macht mir so große Angst, dass ich gehen muss. Besser jetzt einen Schlussstrich ziehen, bevor es zu spät ist.

Ziellos treibe ich durch die Stadt. Sehe, wie Rollläden vor Schaufenstern hochgezogen werden. Wie gläubige Menschen die Messe besuchen. Wie Kioskbesitzer ihre Ständer mit neuen Zeitungen füllen.

»Pearl!«, höre ich auf einmal jemanden meinen Namen rufen. Noah.

Bis gerade eben ging ich noch gemächlich. Jetzt beschleunige ich.

»Pearl! Bleib stehen!«, ruft Noah wieder.

Ich versuche, in einer Schülergruppe unterzutauchen. Noah ist schneller. Er packt mich am Arm. Hält mich fest. »Was soll das? Warum gehst du einfach?«

»Ich werde dich nicht in Gefahr bringen.«

»Du hast Angst, dass du mich meiner Gefühle für dich beraubst. Das willst du doch damit sagen, oder?«

Meine Finger erwärmen in seiner Hand. Ein hohes Fenster im Mietshaus neben uns öffnet sich. Ein Kopf taucht auf, gefolgt von einem Teppich. Mit geübten Bewegungen schüttelt eine Frau den Staub aus dem alten Ding.

»Die Gefahr besteht nun mal. Ich will es nicht riskieren, Noah. Ich will und werde nicht riskieren, dir das anzutun.«

Er sieht mich an, als hätte ich ihm ein Messer in die Brust gerammt. »Du zweifelst.«

»Ich zweifle nicht. Ich habe nur Angst …«

»Aber wovor, wenn du doch genauso fühlst wie ich?«

Ich flehe ihn mit meinem Blick an, es nicht sagen zu müssen. Denn dann müsste ich mir selbst eingestehen, dass sich Damiens Worte in meinem Kopf festgesetzt haben. Doch Noah legt seine Hände an meine Wangen, seine Augen lassen mich nicht entkommen. »Wovor hast du dann Angst?«

»Damien meinte, es könne sein, dass ich mir meine Gefühle für dich nur einbilde, weil … Vielleicht hat er recht. Bei John, dem letzten Typen, mit dem ich mich getroffen habe …« Ich schüttele den Kopf. »Was, wenn Damien recht hat?«

»Pearl«, unterbricht er mich. Zieht mich an sich und schließt mich in seine starken Arme. Hält mich fest, als könnte er mich vor all dem Schlechten dieser Welt beschützen. »Jeder, der an unseren Gefühlen zweifelt, versteht nichts von der Liebe.«

»Aber das Risiko …«

»Die Liebe ist immer ein Risiko. Und es ist doch auch meine Entscheidung, ob …«

»Du weißt doch gar nichts über mich«, falle ich ihm ins Wort, »und ich weiß so gut wie nichts über dich.«

»Vielleicht wissen wir nicht viel voneinander. Aber wir kennen uns dennoch. Und das ist das Wichtigste.«

»Aber …«

Diesmal ist er es, der mir seinen Zeigefinger auf den Mund legt und mich so zum Verstummen bringt. »Das wird jetzt nicht unser erster Streit. Nicht bevor ich gefrühstückt habe.«

Wir frühstücken in einem kleinen Café in einer Seitengasse. Kaffee, Cornettos, Marmelade und Obstsalat. Als der Rest des Milchschaums auf dem Grund meiner Cappuccino-Tasse schon fast getrocknet ist, wage ich es, eine Frage zu stellen, die mich schon die ganze Zeit beschäftigt. »Du bist ein Jäger. Das bedeutet also, dass du ein erlöster Suchender bist.«

»Richtig.« Noah legt sein Messer auf den Unterteller seines Espressos.

»Das bedeutet, dass du schon mal ein Mädchen geliebt hast. So sehr, dass du erlöst wurdest. Du hast die Liebe, die dich sterblich gemacht hat, gefunden – also deine wahre Liebe. Wie könnte ich dann für dich die wahre Liebe sein?«

»Es war nicht die wahre Liebe zu einem Mädchen, die mich erlöst hat. Es war die Liebe zu meinem Adoptivvater.«

»Aber wie war …« Ich breche ab.

Er lächelt, weil ich so angestrengt nachdenke. Auf meinen Fingernägeln kaue und die Stirn in Falten lege. Und weil er lächelt, lächle ich auch.

»Es ist doch ein Kuss, der uns Suchende erlöst, und du hast deinen Adoptivvater ja wohl nicht … oder hast du?«

Jetzt lacht Noah und setzt dabei einen Verführerblick auf. »Er konnte mir nicht widerstehen.«

»Ihhh!« Ich stoße fast meine Cappuccinotasse um, aber Noah reagiert erstaunlich schnell und rettet sie vor meinem Ellenbogen.

»Nur ein Scherz! Als mein Dad und ich den Adoptionsvertrag unterschrieben hatten, hat er mich lange umarmt und mich schließlich auf die Stirn geküsst. Und in diesem Moment hat sich etwas in mir verändert.«

»Wie hat es sich angefühlt?«

»Unbeschreiblich. Dieser Moment …« Er schüttelt den Kopf. »Es ging sehr schnell. Fast so, als wäre mir für ein paar Sekunden schwarz vor Augen gewesen. Am deutlichsten habe ich es am nächsten Tag gespürt. Meine Art, zu denken, hat sich verändert. Es hat sich gelohnt, morgens aufzustehen. Ich habe meinen Vater gesehen, der Frühstück gemacht hat, und ich war unglaublich glücklich. Zuvor war mir Frühstück immer unwichtig gewesen, wie so ziemlich alles, aber auf einmal habe ich es geschätzt, weil ich gespürt habe, dass meine Zeit irgendwann vorbei ist.«

Ich denke und denke und denke.

Zärtlich löst Noah meinen Daumen von meinen Zähnen. »Es ist einfach passiert, und es wird auch bei uns einfach passieren. Aber dafür müssen wir zusammen sein.«

»Wärst du bei deinem Adoptivvater geblieben, wenn du gewusst hättest, dass auch diese Art der Liebe zählt? Dass du ihm diese Liebe eventuell rauben kannst? Nein, wärst du nicht.«

»Du wirst mich nicht davon abhalten können, dir zu sagen, dass ich dich …«

Meine Hand, die auf seinen Mund schnellt. Der Serviettenhalter, der auf den Boden fällt. Der Kellner, der den Kopf schüttelt.

Ich denke, dass es sich damit erledigt hat. Dass ich das Schlimmste verhindert habe. Denke, dass er aufsteht, um sich nach dem Serviettenhalter zu bücken oder drinnen zu zahlen oder von mir aus auch, um zu gehen, weil er endlich eingesehen hat, wie aussichtslos das Ganze zwischen uns ist. Aber Noah ist stur, so verdammt stur.

Auf einmal steht er auf seinem Stuhl. Nach und nach gehört ihm die Aufmerksamkeit der Menschen in unserer direkten Umgebung. Die Frau am Nachbartisch faltet mit sichtlichem Interesse ihre Zeitung zusammen, hofft wahrscheinlich auf einen Heiratsantrag. Der Kellner schüttelt nochmals den Kopf, diesmal halb lächelnd, die Arme vor der Brust verschränkt, und ebenfalls wartend. Die Aufmerksamkeit der Verkäufer, der Touristen, des Postboten, der Gondolieri – sie gehört Noah.

»Ich würde gerne etwas sehr Wichtiges verkünden«, sagt er laut, so dass ihn jeder hören kann. »Ich liebe dieses Mädchen.« Er deutet auf mich. Sein selbstzufriedenes Grinsen sagt: Niemand, absolut niemand hindert mich daran, das zu tun, was ich tun will.

»Damit es keine Zweifel gibt, sage ich es noch einmal: Ich liebe, liebe, liebe, liebe, liebe sie.«

Der Applaus, den er für seine Worte erntet, ist ohrenbetäubend. Verschluckt mein »Ich liebe dich auch, Noah«. Aber das ist unwichtig, denn Noah hat gesehen, dass ich es gesagt habe, auch wenn er es vielleicht nicht gehört hat.

Wir sehen uns an, und ich weiß, dass er alles für mich ist.

36

Mein Herz pocht heftig gegen meine Brust. Trommelwirbel. Schnell gehe ich noch einmal meinen Text durch: *Ich würde euch gerne jemand vorstellen. Das ist Noah, wir gehören zusammen. Wir sind jetzt ein Paar.*

Gott, ich bin so nervös. Ich stelle mir vor, wie Alexa im Garten sitzt. Aufhorcht, weil sie uns kommen hört. Wie sie ihr Buch oder die Zeitung beiseitelegt. Sich erhebt. Nicht glauben kann, dass ich unseren Ehrenkodex, niemals einen Menschen mitzubringen, gebrochen habe.

Tatsächlich ist es ein Buch, in dem sie liest, als wir den Garten betreten. Ein uralter Schmöker aus unserer Bibliothek mit vergilbten Seiten und verblasstem Umschlag, was in diesem Moment absolut unwichtig ist – wichtig ist nur, wie sie Noah anstarrt. »Was macht er hier?«

»Ich würde dir gerne jemand vorstellen ...«

»Er hat hier nichts verloren.«

»Aber ...«

»Pearl! Schicke ihn weg. Sofort!« Ihre Stimme ist gefährlich leise.

Von der plötzlichen Spannung in der Luft angezogen, tritt Damien auf die Terrasse. Außenstehende würden ihm nicht anmerken, dass auch ihn Noahs Anwesenheit durcheinanderbringt. Aber ich kenne ihn nun mal schon seit einer Ewigkeit. An seiner typischen Abwehrhaltung – Hände in die Hosentaschen, durchgedrückter Rücken – erkenne ich, dass auch er ziemlich überrascht und nervös ist.

»Du musst Noah sein.« Er nimmt die Hände aus den Taschen, schüttelt Noahs Hand, steckt seine Hände wieder in die Taschen.

»Und du bist Damien, richtig?«, erwidert Noah.

Alexa zischt wie eine Schlange. »Damien, du wirst doch wohl nicht …«

»Ich habe«, fällt Damien Alexa ins Wort, »Pearl versprochen, sie immer zu unterstützen. Und Pearl weiß, was sie macht.«

Alexa fischt eine Zigarette aus der Packung neben ihrem Buch. Es fällt ihr schwer, das Streichholz anzuzünden; ihre Hände zittern zu stark. »Schön«, sagt sie bissig. »Und was soll das jetzt hier werden? Ein großes Kennenlernen? Soll ich die glückliche Mutter spielen, die sich wie verrückt freut, endlich einen Schwiegersohn zu haben?« Trotz Zigarettenspitze im Mund sind ihre Worte klar und deutlich.

»Das wäre eine Möglichkeit«, erwidert Damien trocken.

Endlich gelingt es ihr, das Streichholz zu entflammen. »Glaubst du wirklich, dass er dich zum Menschen machen kann? Weiß er denn überhaupt, was du bist?«

Ich bemühe mich um einen ruhigen Tonfall. »Ja, das weiß er. Noah war selbst einmal Suchender. Er ist der erlöste Suchende, von dem Rebecca erzählt hat. Der vor drei Jahren hier in Venedig zum Menschen wurde.«

»Aber das bedeutet, dass er ein Jäger ist!«

»Ich *war* ein Jäger«, verbessert Noah sie.

Anstatt sie zu rauchen, betrachtet Alexa die Zigarette zwischen Zeige- und Mittelfinger nur. Ihre Brust hebt und senkt sich sichtbar. Sie wirkt, als wäre sie eingeschlafen, obwohl ihre Augen weit offen stehen.

In diesem Moment ist Alexa wie der Rauch. Als löse sie sich auf. Plötzlich wirkt sie kraftlos, in sich versunken.

»Und jetzt?«, fragt sie leise.

Ich erzähle ihr und Damien von Hubertus, dem Jäger, der es darauf abgesehen hat, mich zu töten. Erzähle ihr von unserem Plan, Venedig zu verlassen. Uns zu verstecken, bis alles gut ist. Als ich fertig bin, steht Alexa kommentarlos von ihrem Stuhl auf. Geht auf den Palazzo zu. Verschwindet darin.

»Wann wollt ihr aufbrechen?«, fragt Damien.

»Morgen. Schon sehr früh, gegen fünf.«

Und weil Damiens Augen für mich schon immer ein offenes Buch waren, sehe ich in ihnen seine Welt zusammenstürzen. Ich sehe unsere Vergangenheit, fast hundert Jahre. Ich sehe seine Zukunft: Tage ohne mich, ohne seine einzige richtige Freundin. Allein.

Ich schlucke. »Du kommst mit.« Keine Frage. Ein Entschluss. »Ihr beide kommt mit. Du und Alexa.«

Er schüttelt den Kopf. »Alexa wird nicht mit euch gehen. Und ich werde sie nicht alleine lassen.«

»Aber Hubertus hat Alexa gesehen. Er weiß, dass ich nicht alleine in Venedig lebe. Und vermutlich weiß er sogar, wo wir wohnen.«

»Wir kommen schon klar. Ich werde Alexa davon überzeugen, in eine andere Stadt zu ziehen«, sagt er.

»Ich verstehe nicht, warum ihr nicht einfach mit uns kommt.«

»Wenn du ehrlich zu dir selbst bist, dann verstehst du's. So sehr wir uns auch für dich freuen, Pearl, so schmerzhaft wäre es für uns, dir bei deinem Glück zuzusehen.«

Nun legt er seine Hand auf meine. Lächelt. »Du solltest jetzt packen.« Er küsst mich auf die Schläfe, dann folgt er Alexa nach drinnen.

Abends kocht Damien für uns Spaghetti mit Scampi. Ich erinnere mich daran, dass das früher mal mein Lieblingsessen war und verdrücke ganze drei Portionen. Alexas Stuhl bleibt leer.

Während ich nach dem Essen meinen Koffer packe, erzählt mir Noah davon, wie er in einer sizilianischen Arbeiterfamilie großgeworden ist, wie sein Vater zwei Tage nach seiner Geburt starb, wie überfordert seine Mutter mit ihm und seinen drei Geschwistern war, und wie er schließlich nach Deutschland zog, um dort im Bergbau zu arbeiten und das Geld seiner Familie zu schicken. Obwohl ich ihm aufmerksam zuhöre und viele Fragen stelle, merkt er, dass mich etwas bedrückt. Immer wieder denke ich an Damien und Alexa und daran, dass sie nicht mit mir kommen werden.

»Was ist los?«, fragt mich Noah.

Mein Zimmer ist erfüllt von verschiedensten Lichttönen, die sich scheinbar bündeln, um ihn zu bescheinen. Noah liegt quer auf meinem Bett, auf die Unterarme gestützt, so dass er jede meiner Bewegungen beobachten kann, schön wie ein junger Gott, perfekt wie einem Hochglanzmagazin entsprungen, nur, dass das hier echt ist. Über ihm funkeln an der Zimmerdecke die Neonsterne, durch das offene Fenster fällt silbernes Mondlicht, die Stehlampe neben meinem Bett leuchtet mattgolden.

Ich frage mich, wie es möglich ist, dass Noah ungeliebt gestorben ist. Ich muss daran denken, dass er vor drei Jahren erlöst wurde, und ich vor drei Jahren nach Venedig gezogen bin. Vielleicht musste alles so geschehen, wie es geschehen ist, damit wir uns finden. Ich bemühe mich, ihn nicht zu lange anzusehen. Ich spüre, wie sich meine Sehnsucht verändert. Spüre eine neue Intensität der Sehnsucht. Sehne mich nicht mehr nur nach Liebe, sehne mich nach Noahs Liebe.

Ich falte meinen Kapuzenpullover, lasse ihn auf die Shirts in meinem Koffer fallen. »Ich mache mir Sorgen um Damien und Alexa.«

»Weil sie hierbleiben?«

Ich nicke. »Ich werde noch mal versuchen, sie davon zu überzeugen, mit uns zu kommen.«

»Findest du nicht, dass die beiden lange genug auf dieser Welt sind, um zu wissen, was sie wollen? Ich denke, dass du ihre Entscheidung respektieren solltest.«

Als der Wind stärker wird und meine unfertige Grabrede von meinem Schreibtisch fegt, schließe ich das Fenster. Ein paar Wolken schieben sich vor den Mond. Gespenstisch, wie mit einem Mal alles grau und finster wirkt. Die Lichter der gegenüberliegenden Palazzi verabschieden sich nach und nach. Die Menschen gehen schlafen. Ich werde in dieser Nacht kein Auge zutun.

»Du hast ja recht.« Mein Blick fällt auf das weiße Sommerkleid, das ich vor zehn Jahren gemeinsam mit Damien in Madrid gekauft hatte, weil mein Koffer nicht mit unserem Flugzeug angekommen war. »Hast du denn gar keine Angst?«

»Angst? Wovor?«

»Davor, dass ich dir deine Liebe rauben könnte. Ich habe dir gesagt, dass ich dich liebe. Du hast mir gesagt, dass du mich liebst. Damit ist es fast vollkommen.« Ich bringe beinahe den Stapel Pullover in meinem Kleiderschrank zum Einsturz, als ich willkürlich einen daraus hervorkrame. »Ich müsste dich nur noch küssen …«

Sein Grinsen provoziert. »Tu dir keinen Zwang an.« Er fängt den Pullover, den ich auf ihn werfe, auf, als hätte er schon damit gerechnet, dass ich so reagiere. Lässig lehnt er sich mit dem Rücken ans Bettgestell, benutzt den Pullover als Nackenstütze. Sein Lachen zieht sich von seinen Lippen zurück, während er sich die müden Augen reibt. »Nein, ich habe keine Angst. Nicht mehr. Weil ich mir absolut sicher bin mit uns beiden.«

»Wie kannst du dir so sicher sein? Ich habe so schreckliche Angst, dass wir uns täuschen und ich …«

Ich verstumme, als Noah vom Bett aufspringt, seinen Zeigefinger unter mein Kinn legt, damit ich ihm ins Gesicht sehe. »Pearl, ich bin bereit, meinen Dad – den einzigen Menschen, der mir bisher etwas bedeutet hat – für dich zu verlassen.«

»Aber wie kannst du so sehr auf meine Gefühle vertrauen? Hubertus vertraut mir nicht.«

»Er kennt dich auch nicht, wie ich dich kenne.« Ich liebe seine Art, mich anzusehen. Sein Blick ist ohne Zweifel. Ist ein Versprechen, dass er immer auf mich aufpassen wird. Er greift um mich herum und zieht mir meine dünne Strickjacke aus. »Ich würde dich am liebsten hier und jetzt und sofort küssen.«

Hastig mache ich einen Schritt zurück, stoße mit dem Rücken gegen meine offene Schranktür. »Nein, ich … Nein …«

Noah wirkt ein wenig verletzt, als er zurück zum Bett geht, sich wieder darauffallen lässt. »Ich weiß, Pearl. Ich lass dir noch Zeit. Ein kleines bisschen zumindest.«

Erleichtert setze ich mich in den Schneidersitz neben meinen Koffer. Falte meine Kleider neu, um meine Hände zu beschäftigen und um mich zu beruhigen, aber es gelingt mir nicht wirklich. »Was hat dich eigentlich dazu bewogen, mich am Leben zu lassen?«, wage ich Noah nach einer Weile die Frage zu stellen, die mich, schon seitdem er mich auf dem Balkon des verlassenen Gebäudes geküsst hat, nicht mehr loslässt.

Zuerst lacht Noah kurz auf, dann wird er ernst, fährt sich leicht nervös durch seine Locken, um zu guter Letzt wieder zu schmunzeln. »Na ja, du hast mir das Leben gerettet. Das sprach dafür, dass du ein gutes Herz hast. Und dein Lieblingsbuch *Was bleibt, ist das Gefühl*, dieser romantische Wälzer … Wer so was liest, hat noch Hoffnung. Dann noch die Tatsache, dass du mich ganz offensichtlich toll findest …«

»Was heißt hier offensichtlich?«

Sein Lächeln ist schief. Das kleine, runde Muttermal unter seinem rechten Auge hebt sich. »Nun gut, so offensichtlich auch wieder nicht.«

»Als du auf einmal im Casino vor mir standst«, fällt mir ein, »war das ein Zufall oder kein Zufall?«

»Kein Zufall. Ich hatte gehofft, dich dort zu treffen.«

»Hatte da die Ein-Monat-Frist schon begonnen?«

Er nickt. »An diesem Tag hat sie begonnen. Im Casino hast du echt verzweifelt gewirkt. Du hast gesagt, du seist am liebsten allein … Das klang ziemlich hoffnungslos, um ehrlich zu sein.« Er streicht seine Haare zurück, aber eine Locke fällt ihm gleich wieder in die Augen.

»Gleichzeitig hat mich deine Ehrlichkeit erstaunt«, fährt Noah fort. »Ich weiß noch aus meiner Zeit als Suchender, dass ich eigentlich immer versucht habe, mich bestmöglich zu präsentieren. Dass ich erzählt habe, wie gerne ich ausgehe, wie viel Tolles ich unternehme, nur die besten Seiten habe ich von mir preisgegeben. Das hast du nicht getan. Und ich dachte mir, eine Suchende, die es nur darauf abgesehen hat, Gefühle in mir zu erwecken und mir diese dann zu rauben, hätte doch so getan, als sei sie das beste und tollste Mädchen der Welt.«

»Um ehrlich zu sein, weiß ich nicht, warum ich so ehrlich zu dir war. Dem letzten Typen, mit dem ich ausgegangen bin, habe ich erzählt, ich sei eine Kunststudentin aus Mailand.«

Noah streckt die Arme über den Kopf, fühlt sich sichtlich wohl in meinem Bett. »Das mit uns ist halt von Anfang an was Besonderes gewesen.«

»Ja, das ist es.« Ich erhebe mich vom Boden, lasse mich neben Noahs Füßen aufs Bett fallen. »Am Abend im Casino hat sich jemand an meinem Boot zu schaffen gemacht. Die Wassertaxis waren alle reserviert. Auf einmal standst du vor mir und hast mir deine Hilfe angeboten. Zufall oder kein Zufall?«

»Kein Zufall.« Er lächelt zuckersüß. »Ich hab das Kabel an deinem Boot durchgeschnitten. Sorry. Ich hatte die Hoffnung, dass ich auf diese Weise herausfinde, wo du wohnst. Aber du hast mir einen Strich durch die Rechnung gemacht, indem ich dich an der Ponte de l'Academia herauslassen sollte. Also bin ich dir heimlich gefolgt.«

»Ich hatte das Gefühl, verfolgt zu werden.«

Noah rutscht ganz dicht neben mich. Seine Hand wandert unter mein Shirt. Ich könnte schwören, dass ein ganzer Schwarm

Schmetterlinge in meinem Bauch erwacht und wild durcheinanderflattert. »Auf dem Boot lag ein Papierstück«, sage ich. »Darauf war der letzte Satz eines Gedichts.« Ich ziehe die Augenbrauen hoch.

»Ups, kann sein. Ich trage immer Gedichte bei mir. Das ist so ein Tick von früher. Wenn ich nervös bin, dann spiele ich meistens am Papier rum und zupfe es in kleine Teile, so wie andere Menschen Fingernägel kauen oder sich am Arm kratzen.«

Ich verschränke die Arme. »Dann der Tag, an dem ich dich beim Joggen getroffen habe …«

Mit einer Hand stützt er sich jetzt links von mir, mit der anderen auf meiner rechten Seite, so dass er halb über mir schwebt. »Kein Zufall. Ich wusste da ja schon, wo du wohnst. An dem Tag habe ich Stunden vor eurem Palazzo gewartet und darauf gehofft, dass du endlich nach draußen kommst. Und es war so verdammt heiß … Der Schweiß auf meiner Stirn war echt.«

Ich muss schmunzeln. »Du Armer.«

»Ich hatte ja keine andere Wahl. Ich wollte und musste dich wiedersehen, aber du Sturkopf hast mir deine Handynummer nicht gegeben. Was mich ziemlich verblüfft hat. Ich wäre so gesehen ein leichtes Opfer für dich gewesen, aber du hast mich ordentlich abgeblockt. Das waren alles Pluspunkte für dich.«

»Und dann deine Party …«

Noah beginnt, mit einer meiner Haarsträhnen zu spielen. »Die ich nur deinetwegen veranstaltet habe.«

»Nur meinetwegen?« Ich bin erstaunt, und das, obwohl Noah zu diesem Zeitpunkt ziemlich sicher noch immer überlegt hat, mich vielleicht doch zu töten. »Dann hast du mich auch ganz bewusst in dein Zimmer gelockt.«

»Das war ein kleiner Test. Ich dachte mir, wenn du darauf aus bist, mir meine Liebe rauben zu können, dann würdest du sicher jede Gelegenheit nutzen, um mit mir allein zu sein.«

»Oh, okay. Das waren dann also Minuspunkte, als ich dir tatsächlich gefolgt bin, oder?«

»Zunächst schon. Aber du hast kein bisschen mit mir geflirtet.«

Ich lache auf, obwohl das, was ich nun sage, nicht lustig ist. »Du hast zu mir gesagt, dass ich nicht dein Typ bin. Wie hätte ich nach dieser Aussage noch mit dir flirten sollen?«

»Ich wollte einfach klar sagen, dass ich mich niemals in dich verlieben werde, damit du gar nicht daran denkst, mir vielleicht meine Liebe zu rauben. Verstehst du? Ich wollte dich nur beobachten. Dir keine Möglichkeit geben, dich mir zu nähern. Zu dem Zeitpunkt wusste ich ja noch nicht, ob du gut oder böse bist. Ich wollte einfach nur sichergehen.«

»Okay, du wolltest auf der einen Seite sicher vor mir sein, und auf der anderen Seite wolltest du mich kennenlernen. Deshalb die ganzen Treffen …«

»Genau. Die ganze Zeit über konnte ich dich überhaupt nicht einschätzen. Ich konnte mir einfach nicht vorstellen, dass du böse bist und Menschen bewusst ihrer Liebe beraubst. Aber du hast mir Dinge erzählt, die definitiv dafür sprachen, dass du keine Hoffnung mehr hast oder sie bald verlieren wirst.«

»Ich schätze, ich war kurz davor, die Hoffnung zu verlieren.«

»Zum Glück«, sagt Noah, »hast du ja mich getroffen.« Er lässt sich auf mich herabsinken. Die Schwere seines Körpers ist erstaunlicherweise angenehm. »Ich dachte, ich könnte dir ja einfach mal testweise einen Freund von mir vorstellen, der eventuell dein Typ sein könnte. Chris kommt bei Mädchen ziemlich gut an. Ich wollte dir helfen. Und habe Chris dabei in Gefahr gebracht, das wurde mir an dem Abend auf einmal bewusst.«

»Deshalb warst du so seltsam.«

»Ja. Eigentlich beschützen wir Jäger die Menschen, und ich Idiot habe einen Freund vorgeschickt! Zu dem Zeitpunkt habe ich bereits öfters an dich gedacht, als ich sollte. Vielleicht wollte ich mich auch irgendwie selbst schützen, ich weiß es nicht. Ich … ich hatte Angst, dass ich mich in dir täusche. Hatte Angst, dass ich durch meine Gefühle meinen klaren Blick für dich verloren habe. Aber zum Glück hast du dich nicht wirklich für Chris interessiert.«

»Wie hätte ich mich für ihn interessieren können, wenn du am selben Tisch sitzt, Noah?«, sage ich, als wäre das doch absolut logisch. Ein Naturgesetz, wie die Tatsache, dass Wasser immer nach unten läuft.

Sein schiefes Grinsen lässt seinen linken Schneidezahn aufblitzen. »Eh klar. Absolut verständlich.« Jetzt wird er ernst. »Aber verstehst du jetzt, warum ich so wütend auf dich war? Du hast mir kurz zuvor gesagt, dass er dir egal ist, und dann triffst du dich plötzlich noch mal mit ihm. Ich musste davon ausgehen, dass du planst, Liebe in ihm zu erwecken und ihn dann dieser Liebe zu berauben. Außerdem war ich wirklich eifersüchtig.«

»Ich habe mich mit Chris getroffen, weil an diesem Tag meine Sehnsucht nicht auszuhalten war. Ich hab keine Luft mehr bekommen, war wie benebelt … Es tut mir so leid …«

»Ich weiß«, flüstert er.

Für den Bruchteil einer Sekunde sind seine Lippen meinen gefährlich nah. Aber er hält den Abstand. »Und mir tut es leid, dass Hubertus dich angegriffen hat.« Sein Zeigefinger zeichnet meine

Augenbrauen nach. »Ich hätte wissen müssen, dass ich ihm nicht trauen kann. Nach dieser Sache mit Chris wollte er dich sofort töten. Wir sind dir beide unabhängig voneinander zu dieser Party auf der Isola Sant' Angelo della Polvere gefolgt und auch wieder zurück nach Venedig. Er war nur ein wenig schneller als ich.«

»Du warst ja rechtzeitig da. Das ist alles, was zählt.«

37

Es ist Nacht. Seit etwa einer halben Stunde lungere ich in dieser Nische herum, so still und bewegungslos, dass mich die Ratte erst wahrnimmt, als ich mein Feuerzeug aus der Hosentasche ziehe. So schnell sie kann flüchtet sie vor mir. Auf der rötlichen Tuffsteinmauer ist mit schwarzer Farbe *Fuck life* gesprayt.

Heute Morgen habe ich von Laura geträumt. Von ihrer absolut phantastischen Lasagne und ihrem hellblauen Nagellack und ihren Kirschbonbons, die sie so geliebt und am Ende nur noch ausgekotzt hat. Ich schiebe die Erinnerung an sie beiseite. Sie macht mich nur sentimental, und das ist so ziemlich das letzte Gefühl, das ich jetzt brauchen kann.

Ich lasse das Feuerzeug aufschnappen. Eine perfekte Flamme züngelt vor mir hoch. Frisst sich in eines der Blätter des wildwachsenden Efeus, der die Mauer des Sotoportegos umrankt. Grauschwarz rollt sich das Blatt zusammen. Ein befriedigender Anblick.

Im Erdgeschoss des Palazzos vor mir brennt Licht, ebenso in einem der Räume im zweiten Stock, wo sie vermutlich gerade mit dem Prinzen ist und ihn mit süßlicher Stimme bezirzt. Die Pistole steckt in meiner hinteren Hosentasche. Ihr Gewicht fühlt sich gut an.

Ich muss den Prinzen herauslocken. Ihn von ihr fortlotsen. Das Feuerzeug liegt noch immer in meiner Hand, als ich seine Nummer auf meinem Handy wähle. Es läutet ein paarmal, ehe er abhebt. »Ja?«

»Du musst herkommen. Ich will mit dir reden.«

»Warum sollte ich? Du hast dich nicht an unsere Vereinbarung gehalten.«

»Ja, das war scheiße von mir. Ich habe überreagiert. Also, kommst du nun?«

»Um was geht es?«

»Ich verschwinde aus Venedig. Wollte dir Adieu sagen.«

Stille. »Okay. Wo bist du jetzt?«

Wenn er zu meiner Wohnung läuft, verschafft mir das genug Zeit, es zu Ende zu bringen. »Bei mir.«

Kurzes Schweigen. »Okay. Bin in einer halben Stunde da.«

So habe ich mir das vorgestellt.

Ich beobachte, wie fünf Minuten später die Haustür aufgeht. Wie der Prinz die Stufen hinabspringt, während er seine Jacke anzieht. Er läuft ein Stück rückwärts, um sie, Nummer fünf, anzusehen. Sie steht im Türrahmen. Winkt. Ihre Gesichtszüge wirken hart. Wie in Stein gemeißelt. Spürt sie, dass es das letzte Mal sein wird, dass sie sich vom Prinzen verabschiedet?

Prinz, vielleicht solltest du sie noch einmal umarmen, denke ich. *Küssen wirst du sie vermutlich nicht können. Denn wahrscheinlich hast du ihr schon gesagt, dass du sie liebst, und wenn sie ein böses Miststück ist, dann hat auch sie dir gesagt, dass sie dich liebt. Sie wartet nur darauf, dass sie dir deine Liebe nehmen kann, du Idiot. Ich bewahre dich davor.*

Denn niemand, absolut niemand hat das Glück, diese Liebe zu

spüren, die mir Laura geschenkt hat. Diese Liebe war einzigartig. Das war mein großes Glück. Meins ganz allein.

Tatsächlich geht der Prinz noch mal mit schnellen Schritten zu ihr zurück. Umarmt sie fest und mit einer Zuneigung, die in mir den Drang erweckt, zu kotzen.

Schnell husche ich um die Ecke. Werde dort zu einem Schatten. Als der Prinz endlich verschwunden ist, warte ich noch kurz. Setze mich dann in Bewegung, auf den Palazzo zu. Durch den Garten. Halte erschrocken inne.

Eine Frau sitzt am Brunnen inmitten des Gartens, raucht eine Zigarette. Es ist die Frau, die mit Nummer fünf in der Stadt unterwegs war. Ihr Blick … scheiße. Meine Hände beginnen zu schwitzen. Schweiß läuft auch meinen Nacken hinab, meinen Rücken. Sie sieht so verloren aus. So einsam.

Wie lange ist sie wohl schon auf dieser Welt? Mit Sicherheit hat sie die Hoffnung aufgegeben. Ich muss sie töten. Ich muss.

Sie drückt ihre Zigarette am Stein des Brunnens aus, verstaut den Stummel in der Schachtel. Zieht sich ins Innere des Palazzos zurück. Ich habe den perfekten Moment sie zu töten verstreichen lassen. Die Tür lässt sie offen. Das leise Donnern eines nahenden Gewitters macht, dass ich mich aus meiner Starre löse.

Die cremefarbenen Vorhänge flattern im Wind. Blick nach links. Blick nach rechts. Die Luft ist rein. Es ist dunkel hier drinnen. Ich durchquere die Eingangshalle, die das bisschen Mitleid, das ich gerade mit der Frau hatte, wieder zum Versiegen bringt. Das hier ist kein Palazzo, das ist ein Königshaus.

Auf Zehenspitzen folge ich dem einzigen Lichtstrahl, der von oben herabfällt. Genauer gesagt, aus dem Türspalt am Ende eines Flurs. Die Sohlen meiner schwarzen Schuhe quietschen leise, als ich die Treppe hinaufschleiche. Die Waffe liegt schwer in meiner Hand. Mir fällt auf, dass ich atme. Das ist mir vorher noch nie aufgefallen, man tut es halt einfach. Aber in diesem Moment spüre ich es richtig.

Vorsichtig drücke ich die Tür auf. Reiße die Waffe hoch.

Dort steht sie, die Frau. Mit dem Rücken zu mir. Am Fenster. Sie sieht hinaus, auf den Kanal. Beide Hände auf dem Fensterbrett. Sie scheint mich gar nicht wahrzunehmen. Wie ein Geist ist sie.

Mein Zeigefinger legt sich auf den Abzug.

Wenn ich schnell genug bin, muss ich nicht auf sie schießen. Kann ihr die Spritze einfach ins Fleisch rammen, abdrücken und aus ist es.

Ich hole tief Luft. Los! Jetzt!

»Wir haben uns nie wirklich unterhalten«, sagt sie auf einmal.

Jäh bleibe ich stehen. Keine Ahnung, mit wem sie spricht. Meine Handflächen werden feucht.

»Doch«, antwortet das Mädchen. Nummer fünf. Sie tritt neben die Frau ans Fenster. Nimmt ihre Hand. Wie sie dort so stehen, sehen sie tatsächlich aus wie Mutter und Tochter.

Aber das sind sie nicht. Das ist alles nur Fassade.

»Wir haben früher oft abends zusammengesessen und geredet.«

»Über Alltägliches«, entgegnet die Frau. »Ich habe nie viel über mich erzählt, das weiß ich. Ich habe immer versucht, meine Vergangenheit zu vergessen. Ich dachte, wenn ich darüber spreche, wäre das … ich weiß auch nicht. Wäre das, als würde ich verbluten …«

»Du musst nicht darüber reden, wenn es dir weh tut.«

»Doch. Du und Damien, ihr seid alles, was ich habe und alles, was ich jemals in meinem Leben hatte. Ihr seid meine Familie, und seiner Familie vertraut man sich an. Aber ihr wisst so gut wie nichts über mich.«

Scheiße, was wird das hier?

»Ich will es dir erzählen. Vielleicht verstehst du mich dann besser. Weiß du, Pearl, mein größtes Problem war immer, dass ich im Grunde meines Herzens die Menschen hasse. Das liegt vor allem an …«

»An der dunklen Zeit?«

Sie nickt.

»Wie alt warst du, als du gestorben bist?«

»Ich war dreißig Jahre alt. Das war kurz … kurz nach … du weiß schon … der dunklen Zeit eben.«

Sie braucht eine Pause. Angelt mit dem Zeigefinger nach einer Spinnwebe unter dem Griff des Fensters. »Ich wurde 1744 geboren«, erzählt sie schließlich. »Als ich sechzehn Jahre alt war, hat mich meine Mutter auf die Straße gesetzt.«

»Was hast du gemacht?«, fragt Nummer fünf.

»Wir waren nicht sonderlich reich, deshalb habe ich eine Anstellung als Dienstmädchen bei einem Priester angenommen, um etwas Geld zu verdienen. Ich sollte seine Wohnung sauber halten und für ihn kochen. Meine Mutter war froh, dass sie mich los war.«

Durch das Fenster fällt das hellgelbe Scheinwerferlicht eines Motorboots. Erleuchtet für einen kurzen Moment das Gesicht der Frau.

»Ich habe nicht lange dort gearbeitet. Der Priester hat mich vergewaltigt. Ich wurde schwanger und kehrte nach Hause zurück. Aber meine Mutter hat mich als Hure beschimpft und wieder aus dem Haus gejagt. Ich hatte nichts mehr. Dann begann die dunkle Zeit.«

Nun sieht sie das Mädchen an, das nicht zu wissen scheint, was sie darauf erwidern soll. Mein Mund ist mit einem Mal ganz trocken.

»Ich … ich konnte das Baby einfach nicht lieben. Es hat mich jeden Tag an diesen Vergewaltiger erinnert. Wegen ihm lebte ich auf der Straße, hauste in den heruntergekommensten Bruchbuden. Musste, solange man die Schwangerschaft noch nicht sah, meinen Körper anbieten, um überleben zu können. Wenn ich sage, dass ich dieses Kind nicht geliebt habe, dann klingt es, als wäre ich ein gefühlloses Monster, aber …«

»Hast du das Kind bekommen?«

»Ich habe alles versucht, um es zu töten. Habe mich eine Treppe hinabgestürzt. War bei einer Engelmacherin, die mich fast vergiftet hätte – aber das Baby starb einfach nicht. Also musste ich es zur Welt bringen.«

Ihre langen Fingernägel kratzen über ihr Handgelenk. »Es war ein Mädchen. Sie war so zart … wie eine Perle. Deshalb nannte ich sie Perla.«

Jetzt laufen dem Mädchen Tränen die Wangen hinab. Mit gebrochener Stimme sagt sie: »Perla. Pearl. Dann hast du mich nach deiner Tochter benannt?«

Die Frau nickt. Ich glaube, auch sie weint.

»Ich hatte die Hoffnung, dass ich sie vielleicht lieben lernen könnte. Deshalb gab ich ihr einen Namen. Aber … es ging einfach nicht. Ich war am Ende meiner Kräfte.«

»Was geschah mit Perla?«

»Sie starb nach nicht mal einem Jahr. Es war meine Schuld. Wir hatten immer zu wenig zu essen, hausten im Dreck. Ich habe die Menschen so sehr gehasst … Niemand hat mir geholfen. Sie alle haben mich verurteilt und auf mich herabgesehen. Aber ich war von ihnen abhängig, zumindest von meinen Freiern. Bei ihnen musste ich lächeln und charmant sein … Es war widerlich. Dann wurde ich krank. Ich hatte starkes Fieber und Husten. Starke Schweißausbrüche. Hautausschlag.«

»Kratzt du dich deshalb so oft?«

Sie verschränkt erneut ihre Finger mit denen des Mädchens. Nickt.

»Und dann starb ich. Ich vermute, dass ich Schwindsucht hatte.«

Das Mädchen schmiegt sich an die Schulter der Frau.

»Inzwischen hasse ich mich dafür, dass ich mein Kind nicht lieben konnte. Dass es sterben musste. Ich denke jeden Tag an Perla. Und dich habe ich nach ihr benannt, weil du mir wie eine Tochter ans Herz gewachsen bist.«

Ich muss einschreiten. Diesem schnulzigen Moment ein Ende bereiten. Ich zähle bis drei. Eins. Zwei …

Etwas kracht heftig gegen meinen Kopf. Porzellanscherben fallen um mich herum zu Boden. Die Welt dreht sich. Meine Knie geben nach. Ich schlage auf den Boden auf.

»Volltreffer.« Ein blonder Typ beugt sich zu mir hinab. Auch ein Suchender. Er prüft, ob es ihm gelungen ist, mich auszuschalten.

Sie sollen alle sterben.

»Er ist noch bei Bewusstsein«, stellt er fest. »Sollen wir ihn fesseln?«

Ich blinzle mehrmals. Scheiße, mein Kopf brummt … Keine Ahnung. Alles dreht sich.

Die Frau sieht ausdruckslos auf mich herab.

»Ja.« Das sagt Nummer fünf. »Wir fesseln seine Arme und Beine. Und binden am besten auch seinen Mund zu. Alexa, renn zum Boot und starte den Motor. Damien und ich kümmern uns um ihn und kommen so schnell wie möglich nach.«

Jetzt löst sich die Schockstarre der Frau oder was es auch immer war, das sie aufgehalten hat. Sie will über mich steigen, aber meine Hand schießt nach vorne und krallt sich um ihren Unterschenkel. Sie schreit auf.

»Lass sie los!« Nummer fünf tritt gegen mein Knie, gegen meine Hand. Aber so war ich schon immer: Wenn ich mir etwas in den Kopf gesetzt habe, dann bringe ich es auch zu Ende. Eine meiner wenigen positiven Eigenschaften.

Ich versuche mich vom Boden aufzuraffen. Fast habe ich es geschafft – aber auf einmal ist der Prinz vor mir. Er schubst mich mit beiden Händen zurück. Sein Fuß trifft mich genau am Handgelenk. Ich lasse die Waffe fallen, schon liegt sie in seiner Hand. Er richtet sie auf mich, auf meine Schulter.

»Lauft!«, weist er den Rest an. »Verschwindet von hier!«

»Nicht ohne dich«, sagt Nummer fünf entschieden.

Noch immer sieht mich die Frau mit diesem seltsamen Blick an. Eine Mischung aus Angst und Bewunderung.

»Was machst du hier?«, keuche ich. »Warum bist du nicht bei meiner Wohnung?«

»Du glaubst, ich vertraue dir noch? Als du mich angerufen hast, war mir klar, dass du mir eine Falle stellst.«

Ich lache leise. Fast wie ein Wahnsinniger. »Was willst du jetzt mit mir machen?«

Noah reagiert nicht. Zu Nummer fünf sagt er: »Pearl, bitte! Lauft zum Boot. Verschwindet von hier.«

»Aber …«

»Mach, Pearl. Ich komme klar. Ich will nur, dass du in Sicherheit bist. Bitte …«

»Versprich mir, dass dir nichts passiert«, sagt das Mädchen.

»Ich verspreche es dir. Geht jetzt!«

Nun nimmt Nummer fünf widerstrebend die Frau an der Hand. Nur der Suchende, der mich niedergeschlagen hat, bleibt.

»Du auch«, befiehlt ihm Noah.

»Ich helfe dir.«

»Ich will, dass du Pearl hier fortbringst, verstanden? Wenn du das tust, hilfst du mir. Ich komme nach. Bitte, Damien.«

Der Suchende drückt Noah eine Rolle Isolierband in die Hand. Als Noah es nehmen will, hält er es fest. »Bist du dir sicher?«

»Ganz sicher.«

Zwei Atemzüge später bin ich mit dem Prinzen allein.

»Willst du mich jetzt erschießen? Na los! Trau dich, du Weichei!«, provoziere ich ihn.

»Wir bringen dich zur Polizei.«

Mein Lachen wird lauter. »Zu den Bullen? Was willst du denen erzählen? Dass es Suchende gibt und du ein Jäger bist und die Welt von den Bösen befreist? Die stecken dich in die Klapse!«

»Das lass mal meine Sorge sein.«

Noah fühlt sich sicher mit der Waffe in der Hand. Er hält sie noch immer auf mich gerichtet, als er mit den Zähnen ein Stück Isolierband von der Rolle abzieht. Es abzureißen wird mit der Knarre in der Hand schwer für ihn werden.

»Ich an deiner Stelle würde ja nicht zu den Bullen gehen. Könnte sein, dass die nicht gut auf dich zu sprechen sind. Meine ja nur …«

Noah hält inne. »Was willst du damit sagen?«

Ich lecke über meine Unterlippe. Als ob ich diese Frage beantworten würde!

»Du bluffst doch nur …«

»Vielleicht. Vielleicht aber auch nicht.«

Was Noah nicht weiß, ist, dass ich ein Messer am Knöchel versteckt habe. Als er um mich herumgeht, um mich zu fesseln, ziehe ich es blitzartig heraus. Ramme es in seinen Oberschenkel. Er schreit auf. Die Waffe fällt zu Boden, direkt vor mich. Ich muss sie nur noch greifen. Das ist so lächerlich einfach, dass ich wieder lachen könnte. Ein zweites Mal zischt das Messer durch die Luft. Diesmal treffe ich ihn an der Hand.

Angst. Ich sehe ihm an, dass er Angst hat.

Noah taumelt zurück. Blut tropft zu Boden. Sein Arm zittert, aber sein Blick ist fest. Ich springe vom Boden auf. Weiß, dass Noah ein erstaunlicher Kämpfer ist. Ein viel besserer als ich. Seine Faust streift meine Wange, aber nur ganz leicht. Die Kraft fehlt.

Ich will keine Zeit verlieren, am Ende sind die anderen noch über alle Berge. Also feuere ich einen Schuss ab. Die Kugel zischt aus dem Lauf, streift Noahs Oberarm. Eine Warnung. Er schreit auf.

Erstaunlich, wie schnell auf einmal alles geht. So schnell, dass es zu viel für meinen Kopf ist, der gerade eben noch von einer Vase eins drüber bekommen hat. Kurz ist alles ganz schwarz. Ich taumle. Als ich wieder klar sehen kann, liegt das Messer nicht mehr auf dem Boden, es ist in Noahs Hand. Blutüberzogen. Die Spitze durchschneidet die Luft, trifft auf meinen Oberarm. Bohrt sich hinein. Ich beiße die Zähne, presse die Lider zusammen … Scheiße, dieser Schmerz …

Als ich die Augen wieder öffne, ist Noah schon fast aus dem Zimmer.

Ich schieße ein zweites Mal. Diesmal ist es keine Warnung.

Ich treffe richtig.

38

Ein Schuss fällt.

Der schmerzverzerrte Laut, den Noah von sich gibt, zerreißt mich innerlich.

Kurz darauf fällt ein zweiter.

Dann ist es still. Totenstill.

Ich muss zu ihm, muss zurück zu Noah, doch Damien hält mich fest. Ich wehre mich. Winde mich in seinen Armen, treffe ihn mit dem Knie an der Hüfte. »Lass mich! Noah … ich muss ihm helfen!«

Meine eigene Kraft erstaunt mich, aber Damien ist stärker. »Das wäre verrückt, Pearl! Wir müssen hier weg!«

»Nein!« Ich kann nicht. Ich kann nicht ohne ihn weg. »Er hat es versprochen … er hat versprochen, dass er das schafft und jetzt … lass mich …«

Wir haben bereits das Erdgeschoss erreicht. Damien drängt mich der Tür zu den Booten entgegen. Zu unserer Rettung. Ich habe keine Chance gegen ihn. Ich weiß, er will mich nur beschützen, aber in diesem Moment bin ich mir sicher, ihm das niemals zu verzeihen.

Alexa schleicht hinter uns her. Ihre Schritte sind winzig, bringen sie kaum voran. Mit ihren Gedanken scheint sie fern zu sein.

Wie, verdammt? Es geht hier um Leben und Tod, und sie … »Alexa!«, schreie ich.

Aber Alexa scheint mich nicht zu hören.

»Hilf mir doch!«, fährt Damien sie an.

»Nein, bitte!« Ich mache mich so schwer ich kann. Stemme meine Füße in den Boden, erzeuge maximalen Widerstand.

Die obere Hälfte der Tür besteht aus Eisenstäben, wie in einem Gefängnis. Vor einem Jahr hat Alexa ein Sicherheitsschloss einbauen lassen. Von außen braucht man immer den Schlüssel, um in den Palazzo zu kommen. Und den habe ich nicht bei mir. Das bedeutet: Wenn sich die Tür hinter mir schließt, habe ich keine Chance mehr, zu Noah zu gelangen.

»Alexa, Damien, bitte … Ich kann hier nicht weg, ohne zu wissen, was mit Noah ist. Was, wenn er verletzt ist, wenn er stirbt … bitte …«

Damien zögert. Aber noch immer hält er mich fest im Griff. Er sieht Alexa an, doch ihre Augen sind leer.

»Wer wäre ich, wenn ich einfach so verschwinde und Noah hier zurücklasse?«, stoße ich unter Tränen hervor. »Dann wäre ich genauso schlecht wie all die Menschen, die sich einen Dreck um mich geschert haben. Wie meine Mutter, der es egal war, was aus mir wird. Bitte …«

»Pearl …«

Ich sehe ihm an, wie sehr es ihn quält.

»Damien, bitte …«

Ich kenne diesen Blick. Diesen Ausdruck in seinem Gesicht, wenn er den Mundwinkel nach unten zieht, die Stirn in Falten legt. Er bedeutet, dass er nachgibt.

»Ich komme mit dir.«

»Nein. Verschwindet von hier«, sage ich.

»Wenn, dann helfe ich dir, Pearl. Keine Widerrede.«

Es ist stockfinster im Palazzo. Das Gebäude scheint zu atmen. Überall Geräusche. Schritte? Nein, nur ein Knarzen der alten Einrichtung. Der Treppen, der Schränke, der dicken Mauern …

Alexa musste uns versprechen, bei den Booten zu warten. Dann ist sie in Sicherheit und kann sofort den Motor starten, wenn wir zurückkommen.

Nicht zu wissen, wo Hubertus gerade steckt, macht mich verrückt. Noch viel schlimmer ist jedoch der Gedanke, dass Noah vielleicht tot ist.

Wir nähern uns dem Raum, in dem Hubertus uns angegriffen hat. Die Tür ist angelehnt. Keine Ahnung, was uns dahinter erwartet. Jetzt kann ich mich noch entscheiden. Kann noch umkehren, von hier verschwinden und mich in Sicherheit bringen …

Ich spüre mein Blut rauschen.

Spüre das heftige Pochen meines Herzens.

Mein Atem. Kalt. Damiens vor Angst geweitete Pupillen.

Wir verständigen uns blind. Er legt eine Hand auf die Tür. Zählt innerlich. *Eins. Zwei. Drei.* Dann stößt er die Tür mit einem Ruck auf. Dahinter – … Noah.

Blut strömt aus seinem Oberschenkel. So viel Blut. Überall. Auf seiner Hose. Auf dem Boden. Seinen Händen. Er lehnt mit dem Rücken an der Wand. Regt sich nicht.

Ich stürze zu ihm, umfasse mit den Händen sein Gesicht. »Noah …«

Nichts. Keine Reaktion.

»Noah … bitte. Wach auf!«

Jetzt blinzelt er schwach. »Pearl …«

Damien zieht die Tischdecke von der Kommode neben der Tür. Reißt ein Stück ab. Viel zu laut …

Mit dem Stück versucht er, notdürftig die Schusswunde an Noahs Oberschenkel abzubinden, damit die Blutung stoppt. Dann greift er unter seine Achseln, wuchtet ihn vom Boden hoch. Einen Arm legt er um Noahs Schulter, um ihn besser stützen zu können. »Wo ist er?« Er meint den Jäger.

»Verschwunden … Weiß nicht, wohin …« Noah ist kaum zu verstehen.

Wir müssen es nur bis zu den Booten schaffen, nur nach unten zu den Booten …

Noah ist größer und schwerer als Damien. Und Damien war noch nie sonderlich stark. Damien zieht Noah mit sich, sie taumeln gegen den Türrahmen. Noah kracht mit der Schulter, an der er offenbar ebenfalls getroffen wurde, dagegen. Eine rote Spur bleibt auf der weißen Farbe zurück. Blut … so viel Blut. Er knurrt vor Schmerz, beißt die Zähne zusammen.

»Pearl, so heißt du doch, oder?«, hallt Hubertus' Stimme durch den Palazzo.

Von unten? Vom Flur aus? Ich weiß es nicht …

»Komm raus. Ich weiß, dass du dich hier irgendwo versteckst.« Lachen.

»Ich gehe vor«, flüstere ich.

Nicht mal im Waisenhaus, wenn die Leiterin nachts die Treppen hinaufkam, um eines der Kinder aus dem Bett zu zerren und grundlos mit einem Weidenstock zu schlagen, habe ich so gezittert.

»Peeeeeaaaarl!«

Diesmal hallt seine Stimme eindeutig von unten herauf. Aber ich kann sie dennoch nicht richtig verorten – kommt sie aus einem der Zimmer, aus dem Eingangsbereich, ich weiß es einfach nicht …

Auf der Treppe ist Hubertus nicht zu sehen. Ich gebe Damien ein Zeichen. Die Stufen ächzen bei jedem meiner Schritte, aber noch viel mehr unter der doppelten Last von Damien und Noah.

Erneutes Lachen. »Ich weiß wo ihr steckt … Glaubt ihr wirklich, dass ihr mit Noah weit kommt? Der hält keine zehn Meter mehr durch!«

Mein Instinkt schlägt Alarm, als wir das Ende der Treppe erreichen. Hier unten ist der Palazzo unübersichtlich, bietet so viele Verstecke … Ich vermute Hubertus hinter den Säulen. Hinter den Türen. In den dunklen Ecken. Ein Geräusch? Schritte … Von wo? Selbst mein Atem zittert.

Auf einmal werde ich zur Seite gezerrt. Meine Stirn knallt gegen die Kante einer Kommode. Alles schwarz um mich herum. Im nächsten Moment reißt Hubertus meinen Kopf an den Haaren wieder hoch. Etwas Spitzes wird in meinen Hals gerammt. Eine Nadel.

»Sorry, aber ich muss euer kleines Abenteuer leider beenden.« Sein Atem schlägt mir ins Gesicht. »Verabschiede dich von Noah und deinem Freund.«

»Nein!«, schreit Noah. Er will zu mir, doch Damien hält ihn fest – denn Hubertus' Daumen legt sich drohend auf den Spritzenstempel, bereit, die goldene Flüssigkeit in mein Blut zu drücken.

Meine Augen finden Noahs.

»Hubertus, bitte …«, sagt er. Er ist so schwach, die Worte kommen träge aus seinem Mund. »Gib mir die Chance, Pearl zu erlösen. Ich bin mir sicher, dass …«

»Schwachsinn!«, brüllt Hubertus.

Die Nadel bohrt sich tiefer. Mein Kopf, dieser Schmerz … er raubt mir beinahe das Bewusstsein.

In der Dunkelheit blitzt auf einmal etwas auf. Ein dumpfes Geräusch; Hubertus gerät ins Schwanken. Instinktiv reagiere ich, reiße mich los und die Nadel aus meinem Hals. Ramme ihm mein Knie mit voller Wucht zwischen die Beine. Blut an Hubertus' Schläfe. Blut am Kerzenständer, den Alexa mit zitternden Händen fest umklammert hält.

Noah ist der Erste, der sich aus seiner Starre löst. »Sofort weg hier!«

Ich packe Alexa am Arm, ziehe sie mit mir, während Damien mit Noah hinter uns her humpelt. Wir erreichen das Tor zu den Booten. Alexa hält es auf, um Damien und Noah und schließlich mich hindurchzulassen. Das Tor fällt zu.

»Lauft!«, höre ich Alexa sagen. Begreife nicht.

Sie steht auf der anderen Seite der Eisenstangen. Klammert sich an ihnen fest. Leicht könnte sie die Tür aufmachen – im Gegensatz zu uns, die nun ausgesperrt sind. Aber das tut sie nicht. Sie tut es einfach nicht.

»Was soll das?« Ich rüttele an den Stangen, doch die Tür ist fest verschlossen. »Alexa!«

Ihre Hände legen sich auf meine. Ihre Augen glänzen. Aber nicht, weil sie Angst hat oder traurig ist. Sie glänzen vor Sehnsucht nach etwas, das endlich für sie greifbar zu sein scheint.

Damien schiebt mich zur Seite. »Alexa! Verdammt, komm raus!«

»Nein«, sagt sie. »Es ist so weit.«

»Was redest du da?«

»Mein Leben kann endlich ein Ende finden. Ich kann nicht mehr.«

Ich. Kann. Nicht. Mehr.

Vier Worte. Nur vier Worte. Aber sie sagen alles.

Ich fühle mich so machtlos, so hilflos, dass mein ganzer Körper zu beben beginnt. Rüttele an den Eisenstangen, muss diese verdammte Tür irgendwie aufkriegen, irgendwie. Ich will Alexa nicht verlieren …

Aber die Tür bleibt fest verschlossen.

»Wir müssen hier weg!«, ruft Damien Alexa zu, als wisse sie das nicht. Als hätte er sie nicht verstanden. Dabei weiß er genau, wie sie ihre Worte meint, will es nur nicht wahrhaben.

In dem Moment, in dem sie meine Arme packt, taucht eine taumelnde Gestalt am Ende des Gangs auf. Der Lauf einer Pistole ist auf uns gerichtet. Ein Schuss. Nur wenige Meter neben Noah schlägt er in die Wand ein.

»Ich werde versuchen, euch so viel Zeit wie möglich zu verschaffen … Verschwindet jetzt!«

»Alexa! Nein!«

Wie von fern höre ich Noah sagen: »Die Boote … Hubertus hat die Kabel durchtrennt. Wir müssen zur anderen Kanalseite schwimmen.«

Noah. Er kann mit seinen Verletzungen nicht schwimmen …

Damien flucht.

»Bitte«, sagt Alexa zu mir, »bitte, seid mir nicht böse. Ich wünsche mir ein Ende. Das hier ist meine Chance.«

Ein zweiter Schuss. Steinsplitter spritzen durch die Luft.

»Sehr bewegend. Wirklich«, ruft Hubertus. Er geht, als wäre er betrunken.

»Verschwindet«, flüstert Alexa. Sie streicht durch die Eisenstangen hindurch über meine Wange. Ihre Finger sind eiskalt. »Ihr schafft das.«

Tränen lösen sich aus ihrem unteren Wimpernkranz, laufen hinab zu ihrem Kinn, tropfen auf ihr weißes Kleid. »Gerade bin ich sehr glücklich, wisst ihr? Das war ich schon lange nicht mehr.«

Und dann lächelt sie. Sie lächelt so schön und unbeschwert und frei, wie ich es noch nie an ihr gesehen habe.

Im nächsten Moment dreht sie sich um. Stürmt auf den Jäger zu. Schlägt mit ihren dünnen Armen auf ihn ein, um uns Zeit zu verschaffen. Ich sehe mit an, wie Hubertus mit dem Griff der Pistole gegen ihre Schläfe donnert. Wie sie gegen die Wand kracht. Goldene Flüssigkeit in einer schwarzen Nacht. Die Nadel bohrt sich in Alexas Hals. Alexa wehrt sich nicht. Das Letzte, was ich von ihr sehe, ist, wie sie auf dem Boden zusammenbricht. Ich sehe, wie Alexa stirbt.

»Alexa! Nein!«

Eine Hand an meinem Arm. Damien. Er zerrt mich von der Tür fort.

Die Welt ist mit einem Mal zähflüssig. Meine Beine, Arme, Hände bewegen sich kaum. Ich treibe. Haltlos. Weiß nicht, wie ich noch atmen soll. Alexa und Damien waren bisher alles, was ich in meinem Leben hatte. Sie waren meine Freunde. Meine Familie.

Auf einmal geht alles ganz schnell. Noah sagt etwas, aber ich höre ihn kaum. Er gibt mir einen Stoß. Jetzt ist Wasser um mich herum. Nachtschwarz. Ein paar Sekunden lang ist es totenstill.

Meine Beine reagieren automatisch, treiben mich nach oben.

Ich durchbreche die Wasseroberfläche. Zwei Hände, die nach mir greifen. Ich spüre einen Körper. Sehe Noahs schmerzverzerrtes Gesicht. Höre seine Stimme: »Gleich haben wir es geschafft. Gleich.«

Er ist der tapferste Mann, der mir je begegnet ist.

»Glaubst du wirklich, Noah, dass ich es dir so leicht mache?«, ruft Hubertus vom Steg unseres Palazzos aus. »Dass ich keinen Trumpf im Ärmel habe?«

Mit Damiens Hilfe klettert Noah auf der anderen Kanalseite auf den Gondelsteg, während ich mich alleine aus dem Wasser ziehe.

»Was meint er?«, keuche ich.

»Keine Ahnung«, presst Noah hervor. Er hat den Fetzen der Tischdecke verloren, mit dem Damien seine Schussverletzung abgebunden hatte. »Schnell weg hier. Gleich wimmelt es hier nur so vor Polizisten.«

Licht quillt zwischen den zugezogenen Vorhängen benachbarter Palazzi hindurch. Aus anderen Fenstern starren besorgte und neugierige Nachbarn auf uns herab.

Ich spüre meinen Herzschlag überdeutlich.

Damien stützt Noah, so gut es geht. Wir kommen langsam, viel zu langsam voran. Ich rechne damit, dass Hubertus jeden Augenblick vor uns stehen wird. Dass er es zu Ende bringen wird. Noahs Gesicht ist ebenso blass wie die Wolken vor dem Mond. Seine Lippen sind ganz blau. Nicht mehr lange und er wird zusammenbrechen. Brücke. Gasse. Brücke. Immer weiter, bis der Markusplatz vor uns auftaucht.

»Was jetzt?«, fragt Damien.

»Wir brauchen ein Wassertaxi! Noah muss ins Krankenhaus«, sage ich. »Er verblutet sonst.«

Noahs Finger schließen sich um meine. Er versucht mich festzuhalten, aber der Druck seiner Hand ist nur schwach.

Auf einmal ist es gleißend hell. Scheinwerferlicht sticht in meine Augen. Mehrere Atemzüge lang bin ich wie erblindet. Eine Stimme. Laut. Verstärkt durch einen Lautsprecher. *Bleiben Sie stehen.* Als ich wieder klar sehe, kann ich meinen eigenen Augen nicht trauen. Mehrere Boote sind neben zwei Wassertaxis aufgetaucht. Männer in Uniform springen an Land. Polizisten.

Das alles ist vollkommen surreal. Das hier kann nicht wirklich passieren. Es kann einfach nicht sein …

Wer von Ihnen ist Noah di Angelis?

Unsicher hebt Noah die Hand. Wollen sie uns helfen? Uns retten? Nein. Pistolen sind auf uns gerichtet.

Hände hoch!

Signore di Angelis, wir müssen Sie verhaften.

Es beginnt zu regnen.

»Was? Wieso?« Noah versucht sich zu wehren, als einer der Polizisten seine Hände ergreift. Sofort stürmen drei Kollegen herbei, fixieren seine Arme auf seinem Rücken.

»Es besteht der dringende Verdacht, dass Sie einen Mann getötet haben«, entgegnet einer der Polizisten ungerührt. Ein junger Kerl, höchstens Mitte zwanzig, mit Ziegenbart und von Müdigkeit geröteten Augen. Man riecht, dass er eine lange Nacht hatte.

»Was? Aber ich …« Er bricht ab. Denn er hat einen Mann getötet. Gemeinsam mit Hubertus. Er hat den Glatzkopf getötet. Einen Suchenden, der eigentlich schon seit vielen Jahren tot sein sollte.

»Es liegen Beweise vor.«

»Was für Beweise?«, mischt sich nun auch Damien ein.

»Das erklärt Ihnen der ermittelnde Kommissar.«

Jemand ruft: »Er ist verletzt. Wir brauchen einen Arzt.«

Blut tropft von Noahs Hand. Tränkt seine Jeans.

»Scheiße …«, flucht der Polizist. Er reagiert gerade noch rechtzeitig, als Noahs Bein wegknickt. Fängt ihn auf.

Ich werde von ihm weggezerrt. Wehre mich, aber meine Kraftreserven sind erschöpft. »Das können Sie nicht tun! Er hat nichts gemacht!«

Hinter den Kuppeln der Kirche Santa Maria della Salute geht die Sonne auf. Wie makaber sie mir mit einem Mal erscheint. Ihr Licht verschwimmt hinter dem Regen, der auf den Boden trommelt, das Wasser des Kanals in Aufruhr bringt.

Wieder und wieder schreie ich Noahs Namen.

Eine Bewegung rechts von mir. Ein Mann mit dicken Tränensäcken, gräulicher Haut, Dreitagebart und einem dünnen, braunen Mantel blickt auf mich herab. Offensichtlich der zuständige Kommissar: »Gehören Sie zu ihm?« Sein Atem riecht nach Kaffee.

Ich nicke. »Ja. Ich …«

»Heute Nacht wurden in einem Palazzo Schüsse gehört«, unterbricht er mich. »Ein anonymer Anrufer hat ausgesagt, dass diese Schüsse von Signore di Angelis abgefeuert wurden. Waren Sie die ganze Nacht an seiner Seite?«

»Ich …«

Damiens Hand auf meiner Schulter lässt mich verstummen. »Noah di Angelis hat weder etwas mit einem Mord zu tun, noch mit den Schüssen heute Nacht. Sie können ihn doch nicht einfach festnehmen, nur weil jemand behauptet, dass er diese Schüsse abgefeuert hat.«

»Uns liegt Beweismaterial vor, das ihn zweifellos mit einem

Mord in Verbindung bringt. Es wurde uns ein Video zugespielt, das den Mord an einem Mann, der vor ein paar Tagen tot in einem Kanal aufgefunden wurde, zeigt. Signore di Angelis ist auf diesem Video zu sehen.«

»Sieht man auf diesem Video, wie er den Mann umgebracht hat?«

Der Kommissar zieht ein Zigarettenetui aus seiner Jackentasche. Lässt es aufschnappen, fischt eine Zigarette heraus und steckt sie sich mit einem Casino-di-Venezia-Feuerzeug an. Er beantwortet diese Frage nicht. »Wie stehen Sie beide zu Noah di Angelis?«

»Wir zwei sind mit ihm befreundet, waren die ganze Nacht an seiner Seite und können somit bezeugen, dass er unschuldig ist.«

»Woher kommen dann Noah di Angelis' Verletzungen? Und wie kommt es, dass Sie alle voller Blut sind?«

Damiens Kiefer mahlt.

»Uns wurde mitgeteilt, dass Signore di Angelis heute Nacht versuchen würde, Venedig zu verlassen und unterzutauchen. Stimmt das?«

Ich bin nicht fähig zu antworten. Mein nasses Haar, meine nasse Kleidung klebt an mir.

»Er wollte nicht untertauchen«, antwortet Damien mit seiner für ihn typischen ruhigen Stimme, die einem das Gefühl gibt, ihm hundertprozentig vertrauen zu können. »Wir wurden verfolgt. Noah ist verletzt, weil er angeschossen wurde. Von dem Mann, den sie suchen. Der der Mörder ist! Und warum ruft denn niemand einen Arzt?«

»Keine Sorge.« Der Kommissar bläst Rauch in Richtung seiner ausgetretenen Lederschuhe. »Der Notarzt wurde schon längst gerufen. Er ist auf dem Weg.«

Er gibt einem Polizisten ein Zeichen, dass er uns im Auge behalten soll. Dann wendet er uns den Rücken zu, steuert dem Boot entgegen, zu dem Noah gezerrt wird.

Zwei betrunkene Teenager haben ihre Handys gezückt und filmen aus einer Seitengasse heraus, wie Noah beteuert, unschuldig zu sein. Der Polizist, der eigentlich auf uns aufpassen soll, versucht sie zu verscheuchen.

Plötzlich passiert zu viel zu schnell. Die beiden Jugendlichen deuten auf etwas. Auf Noah. Er bricht zusammen. Hat so viel Blut, viel zu viel Blut verloren … Die geballte Aufmerksamkeit ist nun bei ihm. Polizisten rennen an seine Seite, jemand ruft *Wo bleibt der verdammte Notarzt*!

»Noah!«, schreie ich.

Ich will zu ihm. Aber eine Hand schließt sich um meinen Oberarm. Hält mich zurück.

»Tragisch, nicht wahr?«, sagt jemand hinter mir. Hubertus.

Ehe ich mich zu ihm umdrehen kann, ehe Damien reagieren kann, bohrt sich etwas Spitzes in meinen Oberarm. »Hast du ernsthaft geglaubt, dass ich keinen Plan B habe? Ich lasse nicht zu, dass du so davonkommst. Mit ihm. Ihn kaputt machst. Denn du wirst ihm seine Liebe stehlen, das ist es doch, was du vorhast.«

Genau in der Sekunde, in der die goldene Flüssigkeit in meine Blutbahn gedrückt wird, blickt Noah auf. Blickt ein letztes Mal zu mir.

Die Welt steht still.

Ich sehe mit an, wie Noah meinen Namen schreit. Wie er seine letzten Kräfte sammelt. Wie er es schafft, sich vom Boden aufzuraffen. Sich loszureißen.

Aber es ist zu spät. Ich spüre, wie sich das Mittel ausbreitet und muss daran denken, dass ich zweihundert verdammte Jahre Zeit hatte, meine Grabrede zu schreiben und sie dennoch nicht vollendet habe, jetzt, wo sie fertig sein sollte.

Und ich denke, dass meine Angst, diese verdammte Angst, mich davon abgehalten hat, Noah zu lieben, so bedingungslos, wie er es verdient hätte. Ich habe ihm nicht die Chance gegeben, mich zu erlösen, obwohl ich mir sicher war, dass er dazu fähig ist.

Noah rennt auf mich zu. Rennt, so schnell es seine Verletzung zulässt.

Ich höre Hubertus sagen: »Das ist nicht die wahre Liebe zwischen euch. Das ist sie nicht. Ihr wisst nicht, wie sie sich anfühlt ...«

Ich falle. Falle in Noahs Arme, der rechtzeitig bei mir ist, um mich aufzufangen, der meinen Namen flüstert, immer und immer wieder, und irgendwie liege ich auf einmal auf dem Boden, Noah streicht mir die Haare aus meinem Gesicht.

Ich sage noch: »Ich liebe dich, Noah.«

Er sagt: »Ich liebe dich auch, Pearl ... Ich liebe dich so sehr ... bitte, Pearl, bleib bei mir ... Pearl!«

Und dann küsst er mich.

Alles um mich herum verblasst. Die Welt, sie existiert nicht mehr. Nur noch wir zwei existieren, Noah und ich, und das ist alles, was ich brauche. Das Gefühl seiner Lippen auf meinen erwärmt mein Herz. Eine Wärme, die mich glauben lässt, nur Gutes erlebt zu haben. Sein Kuss zeichnet mich. Brennt sich auf meinen Mund. Meine Hände verlieren ihre Anspannung. Gleiten seinen Nacken entlang, über seine Schultern, während ich zurücksinke. Als hätte ich vor, hier zu schlafen, lege ich mich auf das Kopfsteinpflaster.

Das ist das letzte Mal, dass Noah und ich uns so berühren.

Hinter den grauen Wolken begrüßt mich der rosarote Morgenhimmel.

Wir hatten viel zu wenig gemeinsame Zeit.

Wir hatten keine Zeit, um richtig glücklich miteinander zu sein. Aber trotzdem waren die wenigen Augenblicke, die ich mit Noah hatte, die schönsten in meinem langen Leben. *Lieber sterbe ich in dem Wissen, dich geliebt zu haben, Noah, und von dir geliebt worden zu sein, als mein Leben, wie es ohne dich war, weiterzuführen.*

Dieser Gedanke tröstet mich. Ich weiß, dass ich Noah ehrlich und aufrichtig geliebt habe.

Ich habe dich geliebt, Noah.

Ich liebe dich ...

Ich sehe ihn an, und alles macht einen Sinn. Es macht Sinn, dass ich nicht gestorben bin. Dass ich so viele verfluchte Jahre auf dieser Welt verbringen musste – alles nur, um diese Liebe zu spüren.

Ein Zittern breitet sich in meinem Inneren aus. Auf einmal zerspringt die Welt vor meinen Augen, löst sich auf in gleißend helles Licht. Alles ist ganz weich und leicht.

Ich sterbe.

39

Zu sterben fühlt sich anders an, als ich es mir vorgestellt habe. Es ist kein schwarzes Loch, durch das man fällt und danach einfach verschwunden ist. Im Gegenteil. Es ist hell, leuchtend hell, als würde ich in einem Meer aus Sternen treiben. Nur schwer gewöhnen sich meine Augen an dieses Licht.

Ich höre mein Herz schlagen.

Boomboom. Boomboom. Boomboom.

Wie wohl die Injektion wirkt? Immerhin hieß es so lange, dass Suchende nicht sterben können …

Blitze in meinem Kopf. Erinnerungen, die mich überrollen. Ich sehe John. Sehe, wie er mich verliebt betrachtet. Sehe all die anderen, deren Liebe ich geraubt habe. So viele Gesichter, die ich schon fast vergessen hatte. Mit jeder Erinnerung wird meine Seele leichter, bis ich sie irgendwann nicht mehr spüre.

Mein Herz wird langsamer.

Jetzt sehe ich eine gesichtslose Frau. Ein schmutziges Kleid hängt an ihrem mageren Körper. Sie hält einen Säugling in den Armen. Legt ihn vor den aufragenden Wurzeln einer umgestürzten Tanne ab. Wendet sich weg und geht, ohne sich noch einmal umzusehen.

Ich kann es kaum ertragen zu sehen, wie die winzigen Fingerchen des Babys am dreckigen Laken zupfen. Sein Atem gefriert zu einer dünnen weißgrauen Wolke, weil es so kalt ist. Es schreit. Wimmert. Die dunklen Augen gläsern.

Ein Mann findet das Baby, hebt es hoch, sieht sich mehrmals um – aber er kann niemanden sehen. Die nächste Szene in meinem Kopf zeigt, wie er an der Tür des Waisenhauses klopft, in dem ich aufgewachsen bin. Meine Ahnung wird Gewissheit – ich bin das Baby.

Im nächsten Moment bin ich etwa zehn Jahre alt. Stehe als letztes in einer Reihe von Kindern, die sich der Größe nach aufgestellt haben. Es ist offensichtlich ein Weihnachtsabend, das erkenne ich am mit Strohsternen geschmückten Weihnachtsbaum. Draußen liegt meterhoch Schnee, in der Stube knistert Feuer im Kamin. Der Tisch ist feierlich gedeckt, aber nicht für uns Kinder. Die Leiterin prüft unsere Hände, ob sie auch sauber sind, ehe wir nach oben geschickt werden und den restlichen Abend nicht mehr nach unten kommen dürfen. Unter meinem Daumennagel ist ein schwarzer Rand, weil ich gerade eben noch die Asche aus dem Kamin gekehrt hatte, bevor er angezündet wurde. Die Ohrfeige, die ich dafür bekomme, ist so heftig, dass ich kurz wie betäubt bin.

Nun sehe ich ein Messer. Sehe Blut auf meinem Brustbein.

Bin in einem Keller eingesperrt, halb erfroren. Versuche den Tod mit meinen Gedanken herbeizulocken. *Nimm mich mit, bitte, nimm mich mit …*

Im nächsten Moment wird mein Kopf unter Wasser getaucht, immer und immer wieder, in eiskaltes Wasser, bis die Adern in meinem Gehirn zu platzen drohen.

Ich werde an den Haaren hochgerissen – bin auf einmal in

einem Stall. Ich stehle Milch, werde erwischt, stolpere, und die Bäuerin rammt mir die Mistgabel in den Oberschenkel.

Dann liege ich mitten auf einer Wiese, versunken im hohen Gras, die Augen auf den Sternenhimmel gerichtet.

Mein Herz wird langsamer, immer langsamer. Ich spüre es kaum noch.

Auf einmal sehe ich Dinge, die mir völlig fremd sind. Wieder ist die Frau da, die offenbar meine Mutter ist. Doch nun hält sie mich liebevoll in den Armen. Wiegt mich. Dieses Mal hat sie auch ein Gesicht. Sie sieht mir ähnlich, hat dieselben dunklen Augen und markanten Brauen wie ich. Ich wachse nicht mehr im Waisenhaus auf, sondern bei ihr und einem liebevollen Vater. Wir essen gemeinsam Brot und Schinken, und als ich schon im Bett liege, erzählt sie mir eine Geschichte.

Jetzt verstehe ich, wie dieses Mittel funktioniert. Es verändert meine Erinnerungen. Versucht mein Gehirn zu täuschen. Tatsächlich, es funktioniert. Ich lächle, weil ich mir immer eine echte Familie gewünscht habe und sie nun am Ende bekomme. Auch, wenn es eigentlich nur eine Lüge ist.

Vielleicht ist es in Ordnung, endlich zu sterben. Ich habe Noah geliebt, und er hat mich geliebt, und das ist alles, was ich jemals wollte. Mehr darf ich nicht verlangen.

Wer träumt, hat Hoffnung, hat Noah zu mir gesagt. Und ich scheine zu träumen. Denn auf einmal ist es wieder gleißend hell – zwei Sekunden später sitze ich im hohen Gras der Wiese, auf der ich starb. Neben mir eine ältere Dame. Ihr schicker beiger Zweiteiler kommt mir irgendwie bekannt vor: diese feine, cremefarbene Strickjacke und die dazu passende Bügelfaltenhose … Irgendwo habe ich die schon mal gesehen. Doch wo?

»Hallo, Pearl«, sagt sie mit einem freundlichen Lächeln. »Erinnerst du dich an mich?«

»Um ehrlich zu sein, nein«, sage ich unsicher.

Woraufhin sie mir mit ihren faltigen und mit dicken Klunkern geschmückten Händen mein rechtes Knie tätschelt. »Nicht schlimm. Das dachte ich mir schon. Wir sind uns einmal am Strand begegnet. Wir haben nicht miteinander gesprochen, aber ich habe euch gesehen. Dich und Noah.«

Jetzt dämmert es mir: Neben mir sitzt die ältere Dame, die mit ihrem Hund am Strand entlangspaziert war und *So ein schönes Paar* gesagt hatte.

»Entschuldigen Sie, aber …?« Ich lasse die Frage unausgesprochen im Raum stehen, denn sie erscheint mir irgendwie unhöflich.

»Warum ich hier bin, wolltest du fragen?« Sie lacht leise und warm. Wie eine Oma, die einem heiße Schokolade kocht und dann vor dem Kamin Geschichten erzählt. »Was glaubst du denn?«

»Ich weiß nicht … Ich dachte, ich wäre tot«, sage ich.

»Das bist du auch. War es nicht das, was du dir so viele Jahre gewünscht hast?«

Das habe ich. Bevor ich Noah kennengelernt habe.

»Was mache ich dann hier?« Auf einmal habe ich Angst. Angst, dass der Tod ein weiteres Leben ist. Ewig. Ein weiteres ewiges Leben.

»Du bist hier, weil du es mir sehr schwer machst.«

»Ich mache es Ihnen schwer?«

Sie nickt.

»Ähm … das tut mir leid, das wollte ich nicht. Aber warum mache ich es Ihnen so schwer?«

»Dazu kommen wir gleich.«

Es bleibt mir nichts anderes übrig, als diese Antwort vorläufig zu akzeptieren und darauf zu hoffen, dass sie es mir bald erklärt.

Ich sehe mich um. Alles ist genauso wie an dem Tag, an dem ich starb oder eben nicht starb. Tiefe Nacht. Es riecht nach Regen und nasser Erde und eisiger Luft.

»Warum sind Sie hier, wenn ich doch tot bin?«, frage ich. »Sind Sie … sind Sie Gott?«

»Die Menschen geben mir viele Namen. Ich selbst nenne mich Hoffnung.«

»Dann haben Sie die Suchenden erschaffen?«

»Ja, das habe ich. Jeder verdient es, Liebe zu erfahren. Wer die Liebe nicht kennt, kennt das Leben nicht.«

»Aber es ist grausam, ein Suchender zu sein«, entfährt es mir.

»Ich will euch nicht quälen, Pearl. Es gibt für jeden Menschen die wahre Liebe, das ist ein Versprechen. Aber die Menschen sind so blind. Manchmal kann die wahre Liebe direkt vor ihnen stehen, und sie sehen sie nicht. Sie legen sich selbst so viele Steine in den Weg.«

Die Konturen der älteren Dame verschwimmen, lösen sich auf, und vor mir sitzt ein junger Gondoliere. Ich brauche einige Augenblicke, bis ich mich an ihn erinnere: Es ist der Gondoliere, der mir damals Noahs Muschel in die Hand gedrückt hat, als ich sie auf der Flucht vor Hubertus verloren hatte.

»Immer wieder versuche ich euch Zeichen zu geben oder euch zu helfen«, sagt er. »Aber ihr seht nur das, was ihr sehen wollt. Liebe ist so einfach – so war sie zumindest von mir gedacht, aber die Menschen haben ein ungemeines Talent darin, sie kompliziert zu machen oder gar vor ihr zu flüchten.«

»Weil man Angst hat«, rechtfertige ich mich.

»Angst wovor? Glücklich zu sein?« Als der Gondoliere lächelt, kneift er die Augen zusammen, als würde er in die Sonne schauen.

»Angst davor, verletzt zu werden. Zurückgewiesen zu werden.«

Nun löst sich auch der Gondoliere auf, und neben mir sitzt der Teenager, der mich auf dem Markusplatz mit seinem Skateboard angerempelt und gegen Noah geschubst hatte. »Das weiß ich doch. Und deshalb hofft ihr auf das Schicksal, das es auch gibt, aber das nicht alles übernehmen kann. Man muss sich auch trauen, ein Risiko eingehen.«

»Ich habe es riskiert …« Meine Stimme bricht. Ebenso meine Kraft, die Tränen zurückzuhalten.

»Ja, das hast du tatsächlich. Und deshalb machst du es mir so schwer.« Der Junge seufzt wie ein alter, weiser Mann. »Ich würde dir gerne etwas zeigen. Leg dich zurück.«

Ich tue, was er sagt. Sinke mit dem Oberkörper auf das Gras. Da ist er wieder, der Mond, das Letzte, was ich vor meinem Tod gesehen habe. Aber jetzt scheint er mich nicht mehr auszulachen. Jetzt tröstet er mich mit seinem Anblick.

Der Junge beschreibt mit der Hand einen Halbkreis in der Luft, und auf einmal erkenne ich inmitten der funkelnden Sterne Noahs Gesicht. Ich sehe mich auf den Pflastersteinen des Markusplatzes liegen. Noah küsst mich, küsst mich immer wieder und wieder. Seine Tränen tropfen auf meine Wange. Er küsst mich, weil er hofft, mich dadurch zu retten. Er hofft, dass ich die Augen aufschlage und ein Mensch bin.

»Passiert das gerade wirklich?«, frage ich.

Der Junge nickt.

»Ich will das nicht sehen«, sage ich. Rolle mich zur Seite. Ertrage es nicht.

Die Bilder verschwinden. Über mir ist wieder Himmel.

Ich habe das Gefühl, als würde man mir langsam und qualvoll das Herz herausreißen.

Ich schließe die Augen. Sehe Noah vor mir, die Unerschrockenheit seines Blicks. Höre sein funkensprühendes Lachen, die Melodie seiner Stimme. Rieche den Duft seiner sonnengebräunten Haut.

»Dann ist es jetzt also so weit«, sage ich. »Nach so vielen Jahren …«

Ich frage mich, ob ich dort, wo ich nun hinkomme, Alexa sehen werde. Mein Herz steht still.

»Bist du bereit?«, fragt mich die Hoffnung.

»Bereit für was?«, entgegne ich. Ich schmecke Salz. Schmecke meine Tränen. »Sterbe ich jetzt?«

Die Hoffnung sagt: »Weißt du, Pearl, die Sehnsucht ist eine gewaltige Kraft. So gewaltig, dass sie dein Herz nach deinem Tod wieder zum Schlagen brachte. Aber noch viel mächtiger als die Sehnsucht ist die Liebe.«

Verwirrt richte ich mich auf. »Was bedeutet das?«

»Ich sagte doch, du machst es mir schwer. Oder besser gesagt: Was wäre ich für ein Unwesen, wenn ich nicht ein Auge zudrücken würde?« Das breite Lächeln des Jungen entblößt seine Zahnspange. »Du hast ihn gefunden, deinen Seelenpartner. Den Menschen, der dich durch seine Liebe sterblich macht. Du verdienst ein Leben mit ihm.«

»Heißt das …«

Auf einmal löst sich das Gras um mich herum auf. Der Himmel. Der Junge. Gleißend helles Nichts. Aber ich habe keine Angst. Ich weiß, dass alles gut werden wird.

»Mach die Augen auf, Pearl«, flüstert die Hoffnung.

»Mach die Augen auf, Pearl«, fleht Noah. »Bitte …«

Und mein Herz schlägt.

Einmal. Dann noch einmal. Zögerlich. Und kurz darauf ein drittes Mal. Die Schläge pendeln sich ein, finden ihren gewohnten Takt. Warmes Blut fließt durch meinen Körper. Ich spüre harten Boden unter mir. Ich lebe.

»Bitte, Pearl …«

Das helle Licht zieht sich nun ganz zurück. Leuchtendes Blau. Der Himmel. *Mein* Himmel. Noahs Augen. Gebräunte Haut taucht vor mir auf. Hinter Noah zeichnet sich ein rosaroter Morgenhimmel ab.

»Pearl …« Seine Tränen benetzen meine Wange.

Es hat aufgehört zu regnen. Mehrere Männer in Polizeiuniform stehen um mich herum, darunter auch zwei Sanitäter. Ich nehme alles nur verschwommen wahr. Noah streicht über mein Gesicht, ein Sanitäter fordert ihn auf, sich von mir zu lösen. Er wehrt sich, aber dann packt ihn der Polizist mit dem Ziegenbart. Führt ihn weg.

Ein Notarzt redet auf mich ein, aber seine Worte dringen nicht bis zu mir durch. Prallen ungehört an mir ab. Schwankend erhebe ich mich vom Boden, gestützt von Damien. »Wo ist Hubertus?«

»Ich weiß nicht, aber …«

»Hubertus muss sagen, dass er gelogen hat!«, unterbreche ich ihn. »Dass nicht Noah diesen Mann getötet hat. Wir müssen ihn …«

»Ich bin hier.«

Hubertus steht unter den Arkaden des Dogenpalasts. Die Spritze, in der die Flüssigkeit war, die mich fast getötet hätte, hält er noch immer in der Hand. Er sieht aus wie jemand, der alles im Leben verloren hat. Dennoch empfinde ich kein Mitleid für ihn.

»Wie …?«, fragt er.

»Weil es die wahre Liebe ist«, entgegne ich.

Er wischt sich mit dem Handrücken über die Stirn. Dann verschwindet seine Hand in der Innenseite seiner Jacke. Zieht etwas daraus hervor. Die Pistole. Der Lauf schwankt zwischen mir und Noah hin und her.

Sofort haben auch die Polizisten ihre Waffen gezückt und auf Hubertus gerichtet.

»Lassen Sie sofort die Waffe fallen!«, brüllt der Kommissar.

»Mit dieser Waffe«, sagt Hubertus, »habe ich den Mann getötet. Es war nicht Noah di Angelis. Ich war es.«

Ein paar Sekunden lang ist es still. Die Polizisten blicken nervös zwischen Hubertus und dem Kommissar hin und her, unsicher, wie sie sich verhalten sollen.

»Lassen Sie die Waffe fallen!«, schreit der Kommissar wieder.

Hubertus Zeigefinger legt sich auf den Abzug der Waffe. Gerichtet auf Noah. »Ich bin auf dem Überwachungsvideo nicht zu sehen, weil ich mich versteckt gehalten habe. Nachdem ich geschossen habe, ist Noah sofort zu dem Mann hingerannt, wollte helfen. Aber es war zu spät. Noah wusste nicht, dass ich vorhatte, den Mann zu töten. Er dachte, wir spionieren ihn nur aus. Es tut mir leid.«

Ein Schuss fällt.

»Nein!«, schreie ich.

Die Waffe fällt zu Boden. Hubertus' Knie knicken ein. Er sackt auf die Pflastersteine, die sich unter ihm rot färben.

Er hat die Waffe so schnell in den Mund gesteckt und abgedrückt, dass ich erst jetzt begreife, was geschehen ist.

Noah sieht hinauf in den Himmel, wo die Morgensonne ihr warmes Licht vergießt.

40

In den frühen Morgenstunden dürfen Damien und ich das Polizeipräsidium endlich verlassen. Wir fahren sofort zu Noah ins Krankenhaus, dessen Hand und Oberschenkel verbunden sind. Er hatte viel Blut verloren, weshalb sie ihn noch eine Weile hierbehalten wollen. Erst als die Krankenschwester uns mittags bittet, sein Zimmer zu verlassen, weil Noah sich ausruhen soll, brechen wir auf. Wir gehen zu unserem Palazzo, auch wenn weder Damien noch ich dorthin zurück wollen. Alexas lebloser Körper liegt noch immer vor der Tür zur Wassergarage. Als würde sie schlafen. Ich streiche ihr das Haar aus dem Gesicht. Ihre Haut ist eiskalt.

»Wir sollten sie begraben«, sagt Damien.

Ich nicke. »Aber es soll keine typische Beerdigung werden. Wir feiern ein Fest. Weil es ihr jetzt endlich gut geht.«

Damien trägt sie in den zweiten Stock, legt sie auf ihr Bett, wo ich sie zudecke und mich neben sie setze. Mir wird bewusst, dass ich sie nie richtig umarmt habe. Damien hat mir Nähe geschenkt und meine Einsamkeit vertrieben. Aber wer hat das für Alexa getan? Niemand.

Irgendwann, als es draußen schon dunkel ist, macht Damien das Licht im Zimmer an. »Ich habe Abendessen gemacht. Kommst du?«

Ich richte mich auf. War auf Alexas kalter Brust eingeschlafen. Nicke. »Danke.«

Wir schweigen beide. Zögern. Damien, weil er wie immer spürt, dass mir noch etwas auf dem Herzen liegt. Ich, weil ich Angst vor seiner Antwort habe.

»Wie geht es jetzt weiter?«, wage ich schließlich doch zu fragen.

»Ich weiß es nicht, Pearl.«

»Wir zwei … wir bleiben doch zusammen, oder?«

»Ich habe immer gesagt, dass ich auf dich aufpasse, Pearl. Und daran habe ich mich auch gehalten. Aber ab jetzt passt Noah auf dich auf.« Dann geht er nach unten.

Am nächsten Tag hole ich Noah aus dem Krankenhaus ab. Die Krankenschwester, eine stämmige Sizilianerin mit grauen Haaren und einer Vorliebe für knallbunten Liedschatten, will Noah gar nicht gehen lassen. »No, no, no!«, sagt sie immer wieder. »Er ist noch zu schwach!«

Als Noah sie endlich davon überzeugen kann, dass es ihm gut geht, und wir das Krankenhaus verlassen und die frische, einzigartige Luft Venedigs einatmen, frage ich ihn: »Wie kann jemand wie du überhaupt zum Suchenden geworden sein?«

»Als ich noch ein Mensch war – das waren andere Zeiten, Pearl. Meine Familie war am Ende, ich war abweisend, habe nie gelacht und kaum mit anderen Menschen gesprochen. Ich war ausgezehrt und sah überhaupt nicht freundlich aus.«

»Wie dumm von den Menschen, dass sie nicht erkannt haben,

wie einzigartig du bist«, sage ich mit einem charmanten Augenaufschlag.

Er lacht. »Wie gut für mich. Ansonsten wäre ich jetzt nicht hier bei dir.«

Er kitzelt mich an der Taille, und ich kichere wie ein kleines Mädchen und renne weg, was mies ist, weil Noah humpelt und kaum hinterherkommt.

Zwei Tage später findet Hubertus' Beerdigung statt. Noah und ich haben lange gezögert hinzugehen. Am Ende bin ich froh, dass wir uns einen Ruck gegeben haben, denn außer seinem Vermieter sind wir die einzigen, die an seinem Grab stehen. Und sein Vermieter ist offensichtlich auch nur anwesend, um mit geballten Fäusten zu schimpfen und lauthals zu verkünden, dass Hubertus ihm noch zwei Monatsmieten schulde.

Als er endlich verschwunden ist, knie ich mich neben die aufgehäufte Erde, lege den Strauß weißer Rosen vor das Kreuz. »Ich denke, dass es auch Hubertus jetzt besser geht.«

»Vermutlich hast du recht«, antwortet Noah und streicht mir liebevoll über den Kopf.

Später, am Nachmittag, bereiten wir alles für Alexas Fest vor. Es soll ein schönes Fest werden, mit gutem Essen, schöner Musik und viel Freude. Elisabetta kocht, was das Zeug hält, während wir in unserem Garten Lampions aufhängen und den Tisch decken. Als ich mit Noah das Geschirr durch unseren pompösen Saal trage, pfeift er bewundernd. »Der Raum ist echt der Hammer. Habt ihr hier oft getanzt?«

Ich muss lachen. »Ständig. Wir waren ja alle so gut drauf, besonders Alexa und ich.«

Noah rollt mit den Augen, schüttelt dann den Kopf, als hätte ich einen geschmacklosen Witz gemacht. Aber auch er kann sich ein Grinsen nicht verkneifen. »Das holen wir nach.«

Ich denke, dass wir unglaublich viel nachzuholen haben.

Um acht Uhr abends trifft Noahs Vater ein. Er, Noah und Kiara sind neben Elisabetta die einzigen, die Damien und ich eingeladen haben. Wen sollten wir auch einladen? Da Kiara Noah eine Nachricht geschrieben hat, dass sie sich verspätet, fangen wir schon mal mit dem Essen an. Mein Herz, meine Seele, einfach alles ist so leicht. So unbeschwert. Ich kann gar nicht anders, als die ganze Zeit zu grinsen, weil das hier – diese Menschen, dieses Leben, das, was noch vor mir liegt – so verdammt schön ist.

Mir fällt auf, wie atemberaubend diese Stadt ist. Wie zart das goldene Licht der Palazzi am Canal Grande sich spiegelt, wie angenehm warm der Wind, wie beruhigend das Surren der Motorboote. Wie schön es ist, die Wellen gegen die Steinstufen am Rand unserer Gartenoase schlagen zu hören. Dieser Wein, dieses Essen, diese zauberhafte Atmosphäre – all das ist auf einmal wertvoll. Unendlich wertvoll. Weil mein Leben endlich ist. Weil ich sterben werde. Und nur deshalb bekommen die Dinge im Leben eine Bedeutung.

Nach dem Essen will mich Damien kurz unter vier Augen sprechen. Wir ziehen uns in sein Zimmer zurück, wo ich mich im Schneidersitz auf sein Bett setze, das er zu meiner Verwunderung zum ersten Mal, seit wir hier wohnen, mit einer Tagesdecke überzogen hat. Es duftet nach frisch gewaschener Wäsche, ein Geruch, den ich liebe.

Ich betrachte die uralten und vermutlich inzwischen wertvollen Plakate, die für Konzerte von Elvis Presley oder Filme mit Audrey Hepburn werben. Jeden einzelnen Umzug haben sie überlebt, weil Damien immer gut auf sie aufgepasst hat. Das mag ich so an seinem Zimmer. Auf der einen Seite ist es hochmodern eingerichtet mit Playstation und Flachbildfernseher und diesem unglaublich bequemen Wasserbett. Aber auf der anderen Seite findet man darin so viele Erinnerungen an vergangene Zeiten.

Ich deute auf eine Plastikfigur von *Super Mario*, die auf seinem alten Schallplattenspieler steht. »Weißt du noch, wo der her ist?«

»Klar. Den hast du an dem Tag bekommen, als wir mit dem Cabrio nach Österreich fahren wollten. Wir waren schon auf halber Strecke, da ist auf einmal Rauch aus der Motorhaube gequollen. Das Auto wurde abgeschleppt, und wir haben die Nacht bei McDonald's verbracht, weil es nirgends ein freies Hotelzimmer gab. Der *Super Mario* war in deiner Menütüte drin.«

»Ich glaube, ich habe noch nie so viel in einer Nacht gelacht. Und gegessen.«

Damiens Augen leuchten auf, als er daran zurückdenkt. Doch auf einmal wird er ernst. Stellt den Zimmerspringbrunnen an, in dessen Mitte Wasser über einen Bergkristall läuft und eine Kugel zum Drehen bringt. Kein gutes Zeichen. Den Brunnen hat er bisher nur angemacht, wenn ich verzweifelt war, und er mich trösten wollte. Jetzt beruhigt mich das leise Plätschern nicht.

»Also, warum wolltest du mich sprechen?«, frage ich ihn.

Damien streicht mit der Schuhspitze die Teppichfransen glatt. »Versprichst du mir, nicht böse zu sein?«

»Natürlich.«

»Okay. Gut.« Er holt tief Luft, als müsse er für das, was er mir sagen will, innerlich Anlauf nehmen. »Ich werde für eine Weile weggehen.«

»Was? Warum?«

»Ich muss einfach mal raus aus Venedig. Wieder was anderes sehen.«

»Und wie lange willst du weg sein?«

»Vielleicht bin ich nur ein paar Wochen unterwegs, vielleicht ein paar Monate. Vielleicht aber auch noch länger. Ich hab keine Ahnung.«

»Aber warum jetzt?«, frage ich.

»Kannst du dir das nicht vorstellen?«

In diesem Moment schäme ich mich für mein Glück.

Damien kniet sich vor mich auf den Boden. »Ich will nicht, dass du ein schlechtes Gewissen hast, nur weil du die wahre Liebe gefunden hast. Ich freue mich wie verrückt für dich, das musst du mir glauben. Du hast es so sehr verdient. Und wenn ich nicht wüsste, dass es dir auch ohne mich gutgehen wird, würde ich niemals weggehen. Aber mal ehrlich …«

Er nimmt meine Hände. Hält sie fest. »Ich glaube nicht, dass ich es lange aushalten werde, dir und Noah jeden Tag dabei zuzusehen, wie glücklich ihr miteinander seid. Du weißt, wie sich das anfühlt, die Liebe bei anderen zu sehen, aber selbst alleine zu sein. Und ich will auch nicht, dass ihr euch wegen mir zurückhaltet. Ich kenne dich. Du würdest aus Rücksichtnahme Noah bitten, euch nur bei ihm zu treffen, oder dich hier bei uns nicht zu küssen oder was auch immer.«

Ja, das würde ich. »Das wäre doch nicht schlimm. Noah versteht das sicher auch.«

»Ja, aber ich will, dass ihr jede Sekunde miteinander in vollen

Zügen genießt. Mal abgesehen davon, schadet es mir sicher nicht, mal wieder was Neues zu erleben. Frischer Wind sozusagen.«

Erst jetzt fällt mir auf, dass kein Buch auf seinem Nachttisch liegt. Mir fällt auf, wie aufgeräumt sein sonst mit Zeitschriften und Papieren bedeckter Schreibtisch ist. Mir fällt die gepackte Ledertasche auf dem Stuhl auf.

»Und wohin willst du?«, frage ich ihn.

Er zuckt mit den Schultern. »Keine Ahnung. Mal sehen. Hab gehört, in Argentinien soll es sehr schöne Frauen geben.«

»Die werden sich auf dich stürzen mit deinen blonden Haaren und deinen blauen Augen.«

»So hab ich mir das auch vorgestellt.«

Wir lachen beide, doch keiner unbeschwert.

»Ich verstehe dich. Aber ich werde dich so unglaublich vermissen, Damien. Ohne dich wird es nicht perfekt sein.«

»Nichts in diesem Leben ist perfekt, oder?«

Jetzt setzt er sich neben mich. Umarmt mich lange und fest. »Ich werde dich auch schrecklich vermissen, Pearl. Aus jeder Stadt, in die ich komme, werde ich dir eine Postkarte schicken.«

»Wann wirst du aufbrechen?«

»Vermutlich heute Abend noch. Ich werde einfach an den Flughafen fahren und mich überraschen lassen, in welchem Flugzeug sie noch Platz für mich haben.«

»Das geht alles viel zu schnell. Bleib doch wenigstens noch ein paar Tage.«

Er küsst mich aufs Haar. »Nein. Kurz und schmerzlos, so habe ich mir das vorgestellt. Und je eher ich fahre, desto eher bin ich auch wieder zurück.«

Damiens Ärmel wird nass, als ich mein inzwischen tränenfeuchtes Gesicht an seinen Oberarm schmiege. »Ich bin fest davon überzeugt, dass es auch für dich gut ausgeht.«

»Ich auch, Pearl. Ich auch«, sagt er leise.

Als wir wieder zu den anderen in den Garten gehen, bemerkt Noah sofort meine gedrückte Stimmung. Ich erzähle ihm, was los ist. Er nimmt meine Hand und führt mich nach drinnen in den großen Saal. Schließt sein Handy an den Lautsprecher an, lässt die Beatles verstummen und *Feel* von Robbie Williams erklingen. *And I need to feel real love and the love ever after, I cannot get enough.*

»Ich dachte, dass passt irgendwie zu uns beiden, findest du nicht?«, sagt er.

Er zieht mich an sich. Langsam bewegen wir uns, mein Kopf an seiner Brust. Sein Griff ist angenehm fest. Ich fühle mich sicher und geborgen.

Eine Stunde später. Es ist so weit. Damiens gepackte Ledertasche steht vor der Haustür. Damien vor mir, beide Hände auf meine Schultern gelegt.

»Ich bin ja nicht aus der Welt«, lacht er, als er meine tränengefüllten Augen sieht. Aber sein Lachen ist gedämpft. Er weicht meinem Blick aus, hebt seine Reisetasche vom Boden hoch und geht auf die Tür zu.

Gedämpft dringen die Stimmen von Elisabetta, Umberto und Noah durch die offene Terrassentür zu uns herüber. Ich höre, wie eine Weinflasche entkorkt wird. Höre das Klirren von Gläsern, als sie anstoßen.

»Damien …«, setze ich an.

Doch er dreht sich zu mir um und legt mir den Zeigefinger auf die Lippen. »Kurz und schmerzlos. Okay?«

Ich nicke schwach. »Die Nächste ist die Richtige«, sage ich unter Tränen.

Er zieht mich an sich, umarmt mich fest und lange. Als es schließlich so weit ist, wende ich mich schnell ab, will nicht sehen, wie er davongeht. Und obwohl ich Angst habe, dass es mir den Boden unter den Füßen wegzieht, drehe ich mich dann schließlich doch ein letztes Mal nach ihm um. Sehe, wie er die Tür aufmacht. Wie ein bildhübsches Mädchen in ihn hineinstolpert.

»'tschuldigung«, stammelt sie sofort. Fächert ihr langes, blondes Haar hinter den Rücken.

»Mein Fehler«, sagt Damien. Sein Griff um die Ledertasche wird fester.

»Du bist Damien, oder? Pearls Bruder. Noah hat viel über dich erzählt. Gehst du schon?«, fragt Kiara.

»Ähm ... ich ...«

Zwei Hände legen sich auf meine Taille. Warmer Atem kitzelt meinen Hals. »Was, wenn ich dir sage, dass ich jetzt gerne mit dir alleine wäre?«

Ich beiße auf mein Lächeln. »Scheinbar kannst du Gedanken lesen ...«

41

Am nächsten Morgen werde ich vom Duft frischen Kaffees geweckt. Wie phantastisch dieser Geruch doch ist! Noah stellt ein Tablett mit Orangensaft, Hörnchen, Kaffee und Marmelade neben mich aufs Bett, weit genug von mir entfernt, dass er sich noch neben mich legen kann. Als er den Arm über mich streckt, um meine Wange zu streicheln, atme ich seinen Duft ein, der noch viel besser als der des Kaffees ist. Der Stoff seines Shirts klebt an seiner Haut, weil er offenbar gerade geduscht hat. Sein Haar ist noch nass. Tropfen perlen auf meinen Hals hinab, als er sich über mich beugt.

»Einen wunderschönen guten Morgen«, haucht er.

»Guten Morgen«, hauche ich zurück.

Seine Lippen schweben nur ein winziges Stück über meinen, aber er küsst mich nicht, weil er ganz genau weiß, welche Macht er über mich hat. Süße Folter.

»Gut geschlafen?«, fragt er. Als er lächelt, wird das kleine Muttermal unter seinem Auge von charmanten Falten durchzogen.

»Sehr gut«, murmle ich. Ich muss denken, wie gut seine Lippen auf meine passen.

»Hunger?«, fragt er, und ich nicke.

Jetzt taucht er seinen Zeigefinger in das kleine Schälchen mit

Marmelade und führt ihn zu meinem Mund. Ich lecke die fruchtige Süße ab. Da sind sie, die beiden Grübchen, die ich so sehr liebe.

»Was machen wir denn heute?«

Ich zucke mit den Schultern. »Keine Ahnung. Mal sehen.«

Die Sonne fällt durch den Spalt der zugezogenen Vorhänge hindurch.

»Ist dir eigentlich klar, dass wir einen ganzen Palazzo für uns allein haben?«, fragt Noah. Er schüttelt den Kopf, als könne er es selbst nicht glauben.

»Heftig, oder?« Schnell strecke ich mich ihm entgegen und küsse eines seiner Grübchen.

»Junges Fräulein!«, mahnt er mich spielerisch. »Nicht so stürmisch!«

Wie verdammt schön es doch ist, wenn die Sonne aufs Wasser scheint, sich ihre Strahlen in den zarten Wellen verfangen.

Wie verdammt schön es doch ist, wenn die alten Frauen mitten in einer Gasse zum Plausch stehen bleiben, mit Stofftaschen voller Gemüse, Fisch und Obst.

Wie verdammt schön es doch ist, wenn sich Fensterläden öffnen, Köpfe herausgestreckt werden, man sich auf den Straßen grüßt, auch wenn man sich nicht kennt, wenn man von Passanten angelächelt wird, einfach, weil man selbst so breit lächelt.

Wie verdammt schön es doch ist, die Augen zusammenkneifen zu müssen, weil der Tag so voller Licht ist.

Wie verdammt schön es doch ist, die Treppen der schmalen Brücken hinaufzuspringen, die Straßen entlangzulaufen, immer schneller und schneller, sich zu verirren, in einer Sackgasse zu landen. Sich dort stürmisch zu küssen, als würde man etwas Verbotenes tun.

Wie verdammt schön es doch ist, Noahs Hände auf mir zu spüren, wie sie mein Kleid hochschieben, unanständig hoch, meine Haut berühren.

Wir leben. Wir leben nur einmal.

All das hat Bedeutung, weil ich sterblich bin. Ich werde sterben, irgendwann. Bis zum letzten Atemzug werde ich Noahs Liebe auskosten.

Wir schlendern über den Rialtomarkt, wo es mich auf einmal überkommt, ich mir einfach eine Orange schnappe, dann Noahs Hand, und wir rennen.

»Maledizione! Bleibt sofort stehen!«, ruft uns der Verkäufer hinterher.

Aber das interessiert uns nicht, wir lachen nur, weichen Touristen aus, lachen und lachen, rennen und rennen, als könnten wir so all die Jahre aufholen, die wir nicht gemeinsam hatten.

Wir kaufen uns Pizza und essen sie und die Orange auf dem Vaporetto, das uns zur Insel Sant'Erasmo bringt. Als Noah mir das Ticket für eine einfache Fahrt in die Hand drückt, frage ich ihn: »Und wie kommen wir wieder zurück?«

»Wer weiß, ob wir überhaupt zurück wollen. Was, wenn wir Lust haben, heute Nacht am Strand zu schlafen?«

Wir spazieren am Meer entlang, bis Noah mich auf einmal hochhebt und ins Wasser hineinträgt. »Wage es ja nicht!«, mahne ich ihn mit erhobenem Zeigefinger.

»Oh, scheint ernst zu sein, wenn du schon den Finger gegen mich erhebst«, neckt er mich.

»Sehr ernst«, antworte ich, und er stellt mich wieder auf die Füße. Das Wasser reicht mir bis zu den Knien. Die Wellen berühren den Saum meines Kleides.

Auf einmal überkommt es mich, und ich spritze eine Ladung Wasser auf Noah. Damit hat er nicht gerechnet. Aber schnell hat er sich gefangen: »Na warte.«

Er jagt mich durchs Wasser, bekommt mich zu fassen, hebt mich hoch und lässt sich gemeinsam mit mir fallen. Wir tauchen beide unter, kommen von oben bis unten nass wieder hoch.

Mein Bauch schmerzt, weil ich so viel lache und so unbeschreiblich glücklich bin. »Du bist absolut verrückt.«

Ich spüre Noahs Hände auf meinem Rücken. »Und du bist so schön. So schön, Pearl.«

Unsere nasse Kleidung klebt aneinander. Die Tropfen auf unserer Haut werden eins. Wir küssen uns. Küssen uns mit all der Leidenschaft und Liebe, die wir aufbringen können.

Als die Sonne untergeht, sitzen wir im Sand. Ich zwischen seinen Beinen, an ihn gelehnt, unsere Finger ineinander geschoben. Die Sonne verabschiedet sich, der Mond begrüßt uns. Voller Kraft leuchten die Sterne über uns, erinnern mich an die Sehnsucht, die mich so viele Jahre gequält hat.

Jetzt ist sie gestillt.

Danksagung

Ich möchte allen danken, die mir dabei geholfen haben, Pearl ins Leben zu rufen.

Danke, Madeleine. Du erfährst immer als Erste von meinen Ideen und wirst nicht müde, mit mir über diese zu diskutieren.

Danke, Anki. Es tut so gut, wenn du am Anfang eines Projekts sagst: »Ich bin schon gespannt, was du aus der Geschichte machst und wie sie sich entwickelt.« Dann kann ich es selbst kaum erwarten anzufangen. Die Idee mit dem Harfenklingelton hat Pearl übrigens stibitzt: Denn wenn du mir schreibst, erklingt ebenfalls die Harfe.

Danke, liebe Silke. Du bist eine wundervolle Lektorin. Ich vertraue voll und ganz auf deine Anregungen und Ideen und bin immer wieder beeindruckt von deiner sprachlichen Raffinesse.

Herzlichst danken möchte ich auch meinem großartigen Agenten Kai Gathemann, der von Anfang an hinter dem Projekt stand und an mich glaubt.

Zu guter Letzt: Danke an meine treue Leserschaft, die mir aus dem Wald nach Venedig gefolgt ist. Ihr macht diesen Beruf zu dem besten, den ich mir wünschen kann.

Der zweite Teil der phantastischen Bannwald-Trilogie

Wenn dein größter Feind dein Vater ist und er von dir verlangt zu morden – kannst du dann dein Schicksal tragen?

»Wir dürfen uns nicht mehr sehen«, waren seine letzten Worte. Und auch wenn Robin weiß, dass sie nur so ihrer beider Leben schützen können, scheint mit jedem Tag ihre Sehnsucht nach Emilian zu wachsen. Doch als Birkaras, der Anführer der Taurer, sie zwingt ihren Stamm zu verlassen und einen unschuldigen Menschen zu töten, muss Robin eine Entscheidung treffen – eine Entscheidung auf Leben und Tod. Wird Emilian an ihrer Seite sein?

Julie Heiland
Blutwald
432 Seiten, gebunden

Das gesamte Programm gibt es unter
www.fischerverlage.de

fi 6-2109 / 1